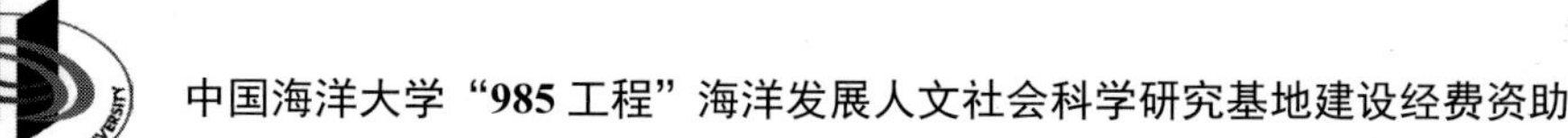
中国海洋大学“985工程”海洋发展人文社会科学研究基地建设经费资助

王蒙研究

（第一辑）

顾　　问　管华诗

主　　编　严家炎　温奉桥

中国海洋大学出版社

·青岛·

图书在版编目（CIP）数据

王蒙研究．第一辑/严家炎，温奉桥主编．—青岛：中国海洋大学出版社，2014.10

ISBN 978-7-5670-0770-3

Ⅰ．①王…　Ⅱ．①严…　②温…　Ⅲ．①王蒙—文学研究—文集　Ⅳ．①I206.7-53

中国版本图书馆 CIP 数据核字（2014）第 232328 号

出版发行　中国海洋大学出版社
社　　址　青岛市香港东路 23 号　　　　　　邮政编码 266071
出 版 人　杨立敏
网　　址　http://www.ouc-press.com
电子信箱　cbsebs@ouc.edu.cn
订购电话　0532-82032573（传真）
责任编辑　王　晓　　　　　　电　　话 0532-85902342
印　　制　青岛双星华信印刷有限公司
版　　次　2014 年 10 月第 1 版
印　　次　2014 年 10 月第 1 次印刷
成品尺寸　170 mm × 230 mm
印　　张　15.25
字　　数　300 千
定　　价　30.00 元

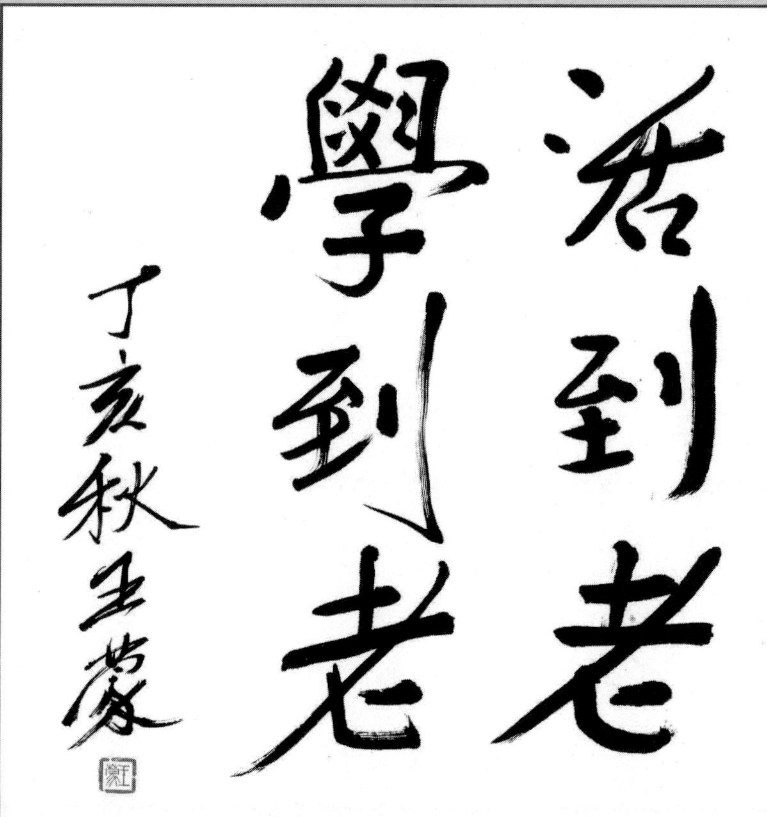

活到老 学到老——王 蒙

文心雕龍

文心雕龙——莫　言

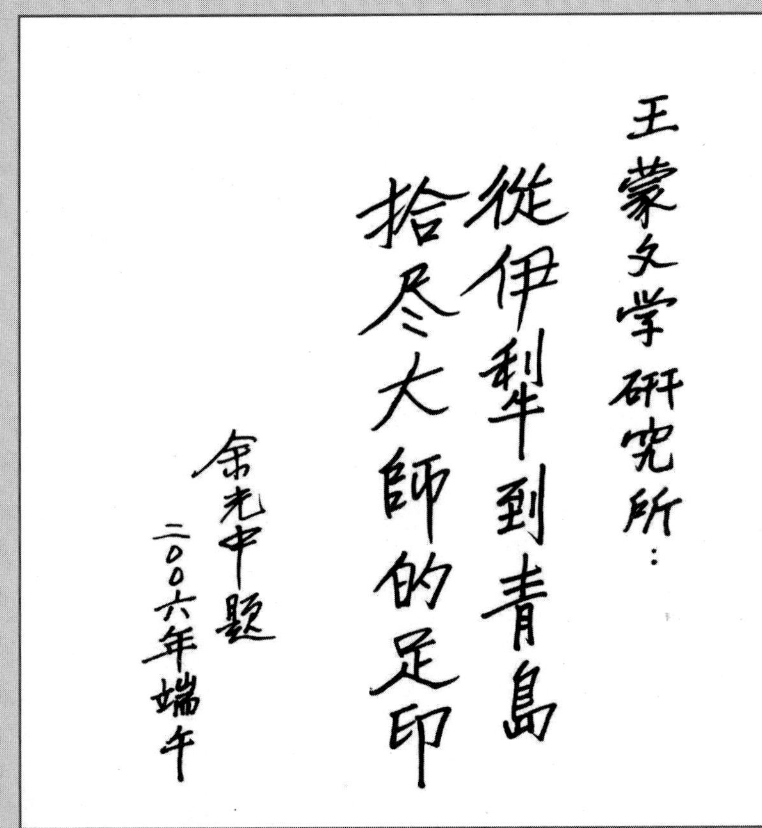

从伊犁到青岛　拾尽大师的足印——余光中

沈辭怫悅若游魚銜
鉤而出重淵之深浮藻
聯翩若翰鳥纓繳而墜
曾雲之峻收百世之闕
文采千載之遺韻謝朝
花於已披啓夕秀於未
振觀古今之須臾撫四
海於一瞬
右錄陸士衡文賦句
祝賀老友王蒙仁兄從事
創作五十年
癸未中秋清園王元化

沈辞怫悦，若游鱼衔钩而出重渊之深；浮藻联翩，若翰鸟缨缴而坠曾云之峻。收百世之阙文，采千载之遗韵。谢朝花于已披，启夕秀于未振；观古今之须臾，抚四海于一瞬。

——王元化

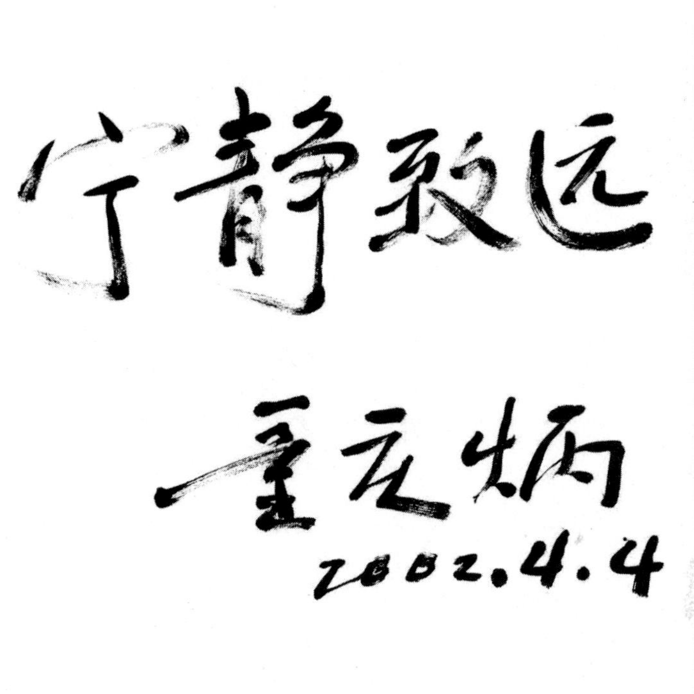

宁静致远——童庆炳

满纸游戏语，彻底明白人。偶挂部长相，仍是作家魂。

——冯骥才

贯通先生——贾平凹

面对王先生之博学多才，常使人有如临沧海之感。所以，我往往误读『王蒙在海大』一书为『王蒙在大海』。——（加拿大）叶嘉莹

面对王先生之博学多才常使人有如临沧海之感、所以我往往误读「王蒙在海大」一书为王蒙在大海

叶嘉莹 二〇〇五年九月五日 于青岛海大

王蒙同志是中国当代文学史上一位有代表性的杰出作家，值得认真学习，认真研究。

——张 锲

王蒙同志是中国当代文学史上一位有代表性的杰出作家，值得认真学习，认真研究。

张锲 二〇〇四年十月于青岛。

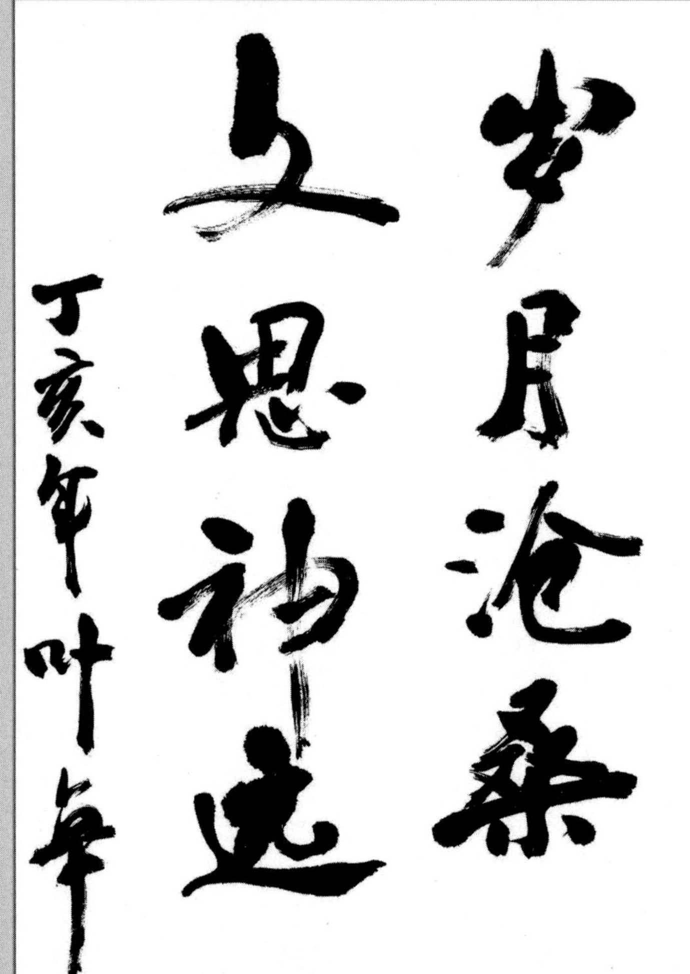

岁月沧桑　文思神远——叶　辛

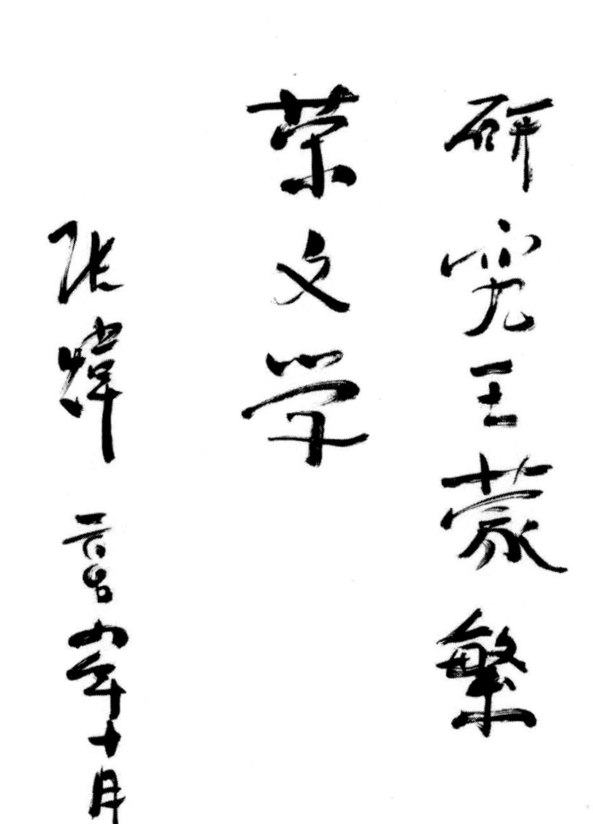

研究王蒙 繁荣文学——张 炜

静水深流——黄济人

目录 CONTENTS

王蒙讲稿

综合研究

《这边风景》评论专辑

左右看王蒙

学位论文选载

王蒙新作《闷与狂》

王蒙讲稿

新疆的现代化焦虑与民族传统文化

王　蒙

给新疆班讲课，多少有点老乡对老乡的感觉。我主要讲两个问题，一个是中华文化生态与新疆各民族文化的重要地位，另一个就是现代化与民族传统文化。

第一个问题，中华文化是一个多民族的文化，又是一个以中原地区汉族文化为主体的文化，对这样一种文化，我们有一种描述，它是一种一体多元的文化。

一体就是我们都属于中华文化，说中华文化的时候，一定不能说它就是汉族的文化。季羡林先生生前就说过，中华文化不是一个汉族的文化，它本身就深受各民族文化的影响。汉族文化从来不是一个纯粹的、不受外来文化影响的文化。举一个例子，唐代有一个词牌叫《苏幕遮》，这是由西域传来的一种歌曲旋律与节奏。谁最早发现了这个词牌，而且对这个词牌发生了特别的兴趣呢？不是外人，正是唐明皇，那个跟杨贵妃爱得死去活来，一起制造了巨大爱情悲剧的人，有人说那是整个唐朝最伟大的爱情故事。是他最早发现了《苏幕遮》的节奏与韵律，是他使之成为中原地区填词的一个词牌。大家熟悉的像毛泽东填词的时候用的那些词牌，如《水调歌头》《蝶恋花》《十六字令》《忆秦娥》等，《苏幕遮》就是类似这样一个词牌，但这个《苏幕遮》一听就不是汉语，这是从西域地区来的。

吃的东西就更不用说了，西瓜就是。我在新疆的时候，在《新疆文学》上看到西瓜就是从新疆传到内地来的。所以到现在为止，新疆的西瓜仍然是最好的品种之一。还有菠菜，叫菠薐菜，实际上是阿拉伯语。北京现在的香菜，过去叫芫荽，也是来自西域。古人专门为这种菜创造了两个汉字——芫荽，这个词专指这种菜，不做别用。另外如“白菜”、“萝卜”里的“白”、“萝”都可以做别用，“白”是颜色，“萝”可以用来组成“藤萝”。

拿北京来说，北京因为做过蒙古人入主中原时的大都，所以北京话吸收了很多的蒙古语。北京还有很多回民，也吸收了很多阿拉伯语。北京有一种点心叫萨其马，是蒙古语“狗奶”的意思。我们听着有点不可思议，不容易接受。但是那时候，也许蒙古人喝过狗奶或吃过用狗奶做的食物。当然，现在已经与狗奶毫无关系了。老北京都知道，老北京的回民有一个词叫 niyat。宁夏银川有一个大清真寺，不是政府或者外国人修的，是老百姓 100 元、1 000 元这样捐钱修起来的。我去的时候，当地的回民领导就说，这不叫捐钱，你们知道他用的是什么词吗？就是 niyat，是指心意、动机。相反，如果一个人为人不好、不善良，喜欢找别人的毛病、造谣、让人不愉快，老北京就说这个人 niyat 不好。其他从欧美吸收来的语词还有很多。有时候政治事件是不愉快的，但语言无罪，吸收词语来用，代表一种情态，一种生活。北京以前没有“瞜瞜”的说法，是八国联军来以后才有的。什么叫“瞜瞜”？就是英语“look look！”其他的如坦克就是 tank 的音译，等等。

新疆当地吹的笛子叫 meh，唢呐叫 suneh，其实唢呐是从西域传来的。新疆维吾尔族由于所处的地理位置，受中原文化影响非常深，同时也受其他文化的影响。受汉文化的影响很多，但一点也不影响他们的生活。譬如说矿井用的词，hang 就是矿，damei 是大煤，suimei 是碎煤。在内地很多地方如湖南，他们不说小，就说“碎”。所以碎来源于汉语。建筑用词如 chuanzi（椽子），lim（檩条），蔬菜也是，如 baicai（白菜），都是受到汉文化的影响。同时 piazi（洋葱），波斯语是 پیاز，叫洋的都不是汉语地区原有的。新疆人民发明的叫皮辣红的一道新疆沙拉，就是洋葱、辣椒和西红柿做成的，非常好吃。

新疆语里很多抽象词，也吸收了大量汉语。如 daoli（道理），讲道理则是 daolixixi，完全从汉语来的。liangmian 到乌兹别克斯坦成了 legmian，究竟是汉语的凉面还是拉面呢？反正是受了内地吃面条习惯的影响。饺子叫作 zhuwawa（煮娃娃），在甘肃那一带不知是否有这种说法。馄饨叫 ququleh（曲曲儿），山西有这样的说法，但他们说的曲曲不是馄饨，是把面弄成小面条煮。包子叫 mantah，就是馒头的发音，现在北京馒头就是指那种不带馅、用面发了蒸出来的。可是古代包括内地陕西等一些地方，把加了糖馅、枣、核桃馅的叫 mantah，加肉馅菜馅的叫包子。新疆的包子应该是从这来的。

所以生活中各种文化是相互交融的，当我说新疆人民的生活有很多受汉族的影响时，丝毫不意味着没有了维吾尔人和新疆的特点。为什么？任何一种东西，当它传播到一个省区或者一个民族，它必然要本土化。比如我们讨论一下拉面的问题。过去北京把这种面不叫拉面，叫抻面。它做的卤与我们在新疆做的完全不一样。不但新疆的拉面与北京话的拉面不一样，与北京现在到处挂着牌子卖的兰州拉面也不一样。而且南疆的拉面与北疆的拉面也不一样,南疆的拉面一条长长的,像盘香一样,一圈一圈转着,估计一条就能煮一锅。北疆就简单多了,就切成大一条,然后拉成面煮着吃。我也做过拉面,但做得很粗,像大拇指一样粗,但是我的女婿很爱吃,说新疆人吃这么大的面,真长劲啊。所以不要过多考虑它的来源,很多来源是说不清楚的。比如我们吃一种饭 poluh,是从波斯来的。

有一次我和我的好朋友阿不来提•阿不都热西提在一起聊起这个时他就问我,哎,王队长(因为我最光荣的经历是曾任新疆维吾尔自治区伊犁哈萨克自治州伊宁县巴彦岱人民红旗公社二大队副大队长,所以我很了解这些东西),我们这个饭是汉族的,那个饭是伊朗的,那么我们维吾尔族没有自己的饭了?我说不对,因为文化是什么?文化就是谁掌握了就是谁的。比如皮鞋,我们从意大利进口皮鞋 10 万双,用了 100 双,就剩 99 900 双,用了 1 000 双就剩 99 000 双。说到文化的层面是什么?是你把意大利的鞣皮子、做鞋的技术都学来了,与你的脚形相对照、相配合。因为维吾尔人、蒙古人你们的脚与那些欧洲人的脚是不一样的,号都不一样。在香港买的 42 号,与在欧洲买的 40 号的一般大。因为香港人的脚本来就小,而欧洲人的脚本来就大。与脚型、习惯、气候结合,产生出你的造鞋技术,就成了本土化,就成了你中国的造鞋的文化。当然,历史上中国也有自己的造鞋方法,但皮鞋很少。当你拥有了这种技术之后,你就可以造十万、百万双,只要有人要,卖得出去就可以。所以,文化是必然会本土化的。实话实说,马克思主义到了中国都要本土化,那个拉条子到了新疆能不本土化吗?拉条子到了喀什噶尔,还能一样吗,当然不一样了,它的样子不一样,味道也不可能一样了。

所以,文化是互相影响的,它是多元的。但是文化又是一体的,是什么意思呢?在整个中国,不管是各省也好,少数民族自治区也好,边疆地区也好,我们的传统文化里有一些十分靠拢的,或者十分一致的价值追求,精神的走向,精神上的追求。新疆现任的自治区党委书记,也是中央政治局委员张春贤同志跟我讨论,他说,我们应该怎样概括我们中华文化这种多民族文化的精神上的趋向、精神走向与要求。去年在乌鲁木齐、在喀什作过两次讲座,我都讲过这个问题。我用这样四句话、32 个字来表述:不管是中原地区文化,还是新疆地区的文化,还是藏区的文化,不管是汉族还是少数民族,我们有些共同的文化理念。我归结为“敬天积善,古道热肠”。积善,就是要多做好事。内地很多人家在过年时贴对联,其中大家喜欢贴的对子如“忠厚传家久,诗书济世长”“守身如执玉,积德胜遗金”。这与我所了解的维吾尔族的文化观念太一致了。维吾尔人很讲究,每天都要做好事,做了好事是 sawap,做了坏事就是 gunah。如果一个少数民族,一个维吾尔人不知道什么叫 sawap,什么叫 gunah，这怎么可以。我们讲“古道热肠”，尊重古代留下来的那些传统，那些道德规范，我们有一种关怀和帮助别人的热烈心态。“尊老宗贤，崇文尚礼”，新疆的兄弟民族也好，内地的汉族也好，都有这样的看法。“忠厚仁义，太平和谐”。维吾尔人希望和谐希望太平，我的印象太深了，一见面就 qilikmo，qilikmo……没完没了地问你是不是太平是不是平安。没有比平安更重要的了。汉族小孩从小习字写“天下太平”四个字，没完没了地写这四个字，最少写了几千张。

再往下讲是“勤俭重农，乐生进取”。我讲一个我在伊犁农村印象非常深的事，这与长期以农业为产业的维吾尔人的习惯有关。当地人养一种土奶牛，有时候自家的奶牛不产奶或奶不够，就去向邻居家借，互相关系好的，拿个碗就过来要上一碗，拿回去做奶茶。走在路上如果不小心，地上洒上了一点，他不会马上走，而是把碗放在一边，用一点土来把奶埋上。因为奶之得来不容易，它是牛身上长的东西，是农民把这个奶挤来的，你让它掉到地上，会很不好意思，因此不能让它暴露在地上，不尊重奶的价值，要用土来埋上。如果拿的是一块馕，掉到了地上，如果还能拿起来吃肯定会拿起来吃的，如果不能吃也要用土埋上。这是对农业劳动的一种尊重。新疆人都知道，馕打出来后都放在房梁上，老鼠与猫上不去，还有就是通风、干燥。馕的好处就是干，耐放。不像馒头、馍馍蒸出来之后放两天就坏了。像现在这样的热天，放一天就不能吃了。新疆的农民，尤其是南疆的农民说，如果你的馕放得太高够不着，可以踩着《可兰经》去够，如果你的《可兰经》放得太高够不着，你不可以站在馕上去够。

这是对农业劳动的尊重。这种尊重还表现在新疆文化上，新疆的文化是一种乐生的文化，认为人活着应该快乐。新疆的说法是，人生下来后除了死之外，都是找乐，都应该快乐。活下来了，难道还不快乐吗？这是孔子的思想啊。孔子说“仁者乐山，智者乐水”“发愤忘食，乐以忘忧，不知老之将至”。别人问他的学生，你的老师怎么样，他的学生就回答如何如何。孔子说，你们为什么不回答他是“发愤忘食”，一激动连吃饭都忘记了。开心的时候，就忘记了忧愁。这是一种乐生的精神。这些地方都说明，我们中华文化是有整体性的。我们与西方强调竞争，强调胜负，优胜劣汰是不一样的。

当然，我们的文化又是多元的，首先语言不一样，维吾尔语是阿尔泰语系、突厥语族，与汉语是不一样的。我们的造句是主谓宾，维语是主宾谓。维语是粘着语，动词后面可以加十几个二十几个附加成分，来改变它的语法意义。汉藏语系是词根语，通过增减词字来改变语态。这是不一样的。不一样才好啊，才能丰富多彩。我在新疆生活观察到的生活习惯等方面的不一样太多了，很好玩。汉族人缝扣子，针向右外侧拉，而维语人是往左肩方向内侧拉。汉族的木匠推刨子是往前推，维吾尔族木匠是往自己方向拉。俄罗斯木匠也是这样，师傅就是这样教的。北京有个歇后语：推头用推子——一个师傅一个传授。当然，这是玩笑话，拉还是推都不是问题。汉族洗衣服拧衣服，手腕上下相对着往外拧，维吾尔族喜欢正手手腕朝内拧。这有什么问题呢，这样生活才丰富多彩。

我认为，“尊重差异，互相交流，互相包容，互相欣赏”，这是一个非常美好的理念。不是因为有差异我就讨厌你，我就看不起你。如果没有差异，生活还有什么意思。所以，这是非常美好的方式，这是非常正确的态度。

中国有一个大学者费孝通，担任过全国人大常委会副委员长，他是英国皇家学会的会员，在世界学术界有很高的威信。他提出来一个口号“各美其美，美人之美，美美与共，世界大同”。每个人都可以认定自己美好的东西，同时也要看到别人美好的东西，虽然不一样，美的东西我们可以共享。我想这是一个非常好的方针与口号。

我还愿意非常直爽地讨论一个问题。我们国家有大量的穆斯林，大量信仰伊斯兰教的兄弟姐妹。其中回族人口最多，遍布全国各地，海南岛、黑龙江有，沿海的各城市也有。还有宁夏回族自治区、新疆维吾尔自治区，新疆还有不是穆斯林的汉族、蒙古族、锡伯族，现在还有朝鲜族等民族。我在新疆任副大队长的时候，就住在维吾尔农民的家里，我的房东阿不都热合满，还有房东大姐叫赫里倩姆。

我对穆斯林有非常欣赏的地方。第一讲卫生，不断地让你洗手，从早到晚。本来我是从城市来的，应该养成及时洗手的习惯，但确实有这样的情形，在农村劳动回来晚了，有点饿，一看饭做出来了，不管是拉面还是玉米饼子，就急着去吃。他们就提醒：“你怎么不洗手就要吃！”我就觉得不一样。因为伊斯兰教把这个清洁作为核心价值来看待，非常重视。其次是他们非常重视慈善，特别提出要施舍。你自己有什么东西，别人需要的时候，你要给他。当时我在伊犁，住在伊宁市解放路，离绿洲饭店不远。我的窗子上挂的是民族老师给我做的窗帘。晚上有时候有乞食者需要帮助，一看我的窗帘就认为我们家是少数民族的，过来敲门要一点钱。开门一看我是汉族的，可能认为我不给钱，掉头就走。我就在后面追。当然那时候我也没有很多钱，两毛三毛，现在看起来已经不算钱了，但总是一点心意。伊斯兰教还有一个很好的地方就是不崇拜偶像，不搞具体的偶像崇拜，不把真主人格化。有一次我与伊犁农村的小女孩，她可能也就八九岁。那时我正在努力地学习维吾尔语，见到谁都愿意聊天。有一次我就指着上天说：“真主在天上。”她就告诉我说：“老王，真主不在天上，真主在我们每个人的心里。”好厉害一个小女孩，她的理论水平太高了！我们在宗教里需要寻找的是一种终极的概念。宗教并不是说哪里有一个神仙，月亮上有神仙。人已经登上过月亮，那上面没有神仙，火星上也没有，神是在你的心里。在这些方面，伊斯兰教都有很先进的地方，对人类文化的发展作出了贡献。世界上第一部药典是阿拉伯人写的，阿拉伯人在数字方面也有很多贡献。还有很多其他方面的贡献，都不需要我去细说。

但是我们同时又要看到一个重要的问题，伊斯兰教究竟是向开放上走，还是向排他方面走。现在有很少数的人，这些人当然不能代表伊斯兰教，但他们在向排他方面走。我在伊犁的时候，有一些高级的伊斯兰知识分子，他们的头脑、心胸都非常的开阔，思想也非常开阔。在“文化大革命”当中，我看到过。那是我当完副大队长之后，回到自治区文联。我在一个维吾尔族同事那里看到了一个手抄本，是波斯大诗人莪默•伽亚谟的《柔巴依》，郭沫若翻译成《鲁拜集》，给了我非常多的感动。比如说他的一首诗是这样说的：“我一只手拿着《可兰经》，另一只手拿着酒杯，有时候我是非常清真，也有的时候，我也会做一些不符合清真戒律的事情。在蓝宝石般的苍穹下，为什么要把人分成穆斯林与异教徒？”他是11世纪的诗人，在那样一个宗教氛围浓烈的国度，他都能提出这样一些见解。

这次演讲之前，我还找到了伊朗最著名的诗人哈菲兹的诗。哈菲兹这个名字的意思就是“熟背《可兰经》的人”。我去过伊朗的设拉子，那里有他的墓，到处都有非常漂亮的他的诗集，人们非常喜欢。到了他的墓地之后，翻开诗集，用手指翻开一页上的诗句，就像占卜一样，可以预言你的吉凶祸福。哈菲兹最反对的就是宗教的极端性、狭隘性与排他性。他写的诗太多了。其中有这样一首：“当我从清真寺来到酒肆，不要恣意指责，说教之辞太枯燥，何不畅饮这陈年酒浆。心儿啊！假若明天像今天这样欢乐，生活该多么有意义，多么令人向往。”下面这首诗里他说得就更厉害了，如果我到了伊朗，我都不敢说这样的话。他说：“我已知道如此之多，我无法再把自己称作，一个基督徒、印度教徒、穆斯林、佛教徒，或犹太教徒。”他又写道：“我与每一座教堂，每一座清真寺，每一座庙宇，和所有的神殿相爱。因为我知道，在这些地方，人们用不同的名字称呼，同一个神。”就是不管是哪一种宗教，大家都向善，都希望有一个好的结果，都希望过上幸福的生活。翻译这些诗的是北京大学的一批学者，当然还有其他地方的专家学者，也包括文化部的专家。这些诗都放在《波斯文库》里。当年江泽民同志访问伊朗，与伊朗总统哈塔米一起在《波斯文库》上签了名，祝贺汉语译本的出版。在这里我也无意推销酒类，我也没有得到伊犁特曲或茅台酒的委托，来当形象代言人。我只是说，古代的穆斯林大知识分子,他们的头脑很开放,什么都敢说。其实,维吾尔人的头脑也非常开放。正是南疆的维吾尔朋友告诉我:“阿訇说什么,你要学,阿訇做什么,你不要学。”我们不是看不起阿訇,阿訇也是人,他也有这样的不太清真的情形,他也要tamaxa(玩),他有时候也想喝一点simsimsui(仙泉水,这里是指酒)。

所以新疆的维吾尔人接受了伊斯兰教以后,把宗教与这块土地结合起来了,它是一个世俗的宗教,不是一个神权的宗教。什么叫神权的宗教,对不起,西藏有一点,那里有这样一种教派,就是把全部的家当,财产、土地、房屋都卖掉,然后一步磕一个头,一路磕头到拉萨,到布达拉宫。最大的愿望就是在到达那里之后,磕完最后一个头,趴在那里,死掉。这是神权社会。我们新疆是世俗社会,是一个热爱现实生活的社会。刚才说到伊犁,那里的哈萨克族人最喜欢开维吾尔人的玩笑了,管他们叫“做买卖的”。他们告诉我,维族人一天不做买卖就难受,回去把左边口袋里的东西卖给右边口袋,这就是世俗生活。

所以我们完全可以放开头脑,可以像古代的哈菲兹一样。刚才我说到的莪默·伽亚谟是历官,掌握日历,哪一天开斋,哪天封斋,哪天宰羊,哪天做什么,他对这样的律例太清楚了,但是他们都有这样开放的、人间性的,接受各种不同事物的思想。

以上就是我与大家讨论的第一个问题。

下面我与大家讨论第二个问题:现代化与民族文化。现代化已经是一个常用的词,但是中华文化走向现代化的过程是非常艰难的,可以说是非常痛苦的。因为中国的地理环境与历史境遇很特殊。中国是一个得天独厚的地方,在几千年以前已经有了黄河流域和长江流域的相当精致的文化,这一个中原文化,东面、南面都是大海,当时的中国人没有到海的对面去看看都有些什么值得探索开拓的思想,而认为那里就是海。北面、西面、西南面就是少数民族,而显然这些少数民族的文化都没有中原文化那样发达。这样就养成中原文化的一种骄傲、沉醉和一种自我欣赏,乃至于一种盲目的自大与自信,认为周围地区的文化都是不发达的,甚至于也没有民族与国家的观念。过去说的国,是诸侯国,天下就是整个中国。中国几千年的历史上,近的近一千年里,两个朝代都不是汉族人做皇帝。一个是元朝,一个是清朝。但是一些过去离中原远一点的这些民族,这些同胞,他们来当了皇帝后,整个民族都融汇到汉族文化中去了。所以汉族从来没有对自己的文化产生过怀疑,从来没想过自己的文化会被别的文化吃掉。一直到1840年鸦片战争为止,突然发现还有那么强大的文明,有那样强大的武器,你那些刀枪剑戟、那些土炮根本无法相比。在谢晋导演的电影《鸦片战争》里,清朝的人看到英国的军舰以后,他们的反应是“大清国的克星到了”。先是林则徐抗争,打不过人家,皇上又派自己的弟弟去讲和，那个英国的舰队司令参观了关天培以身殉国的虎门炮台。关天培是非常勇敢的，在与英国舰队的战斗中受了重伤，还在指挥战斗。那个英国人看了炮台后问："这就是你们的海防炮吗？"回答说是。他说："你们这全都是垃圾！"

所以在很长时间里，中国的知识分子有一种对中国文化的焦虑。我们的文化，在欧美的强势文化面前有灭亡的危险。在这个问题上，孙中山说得比毛泽东还煽情，还严重。孙中山是怎么谈中国文化的处境的？他说中国面临的是"亡国灭种的危险"。国家要亡，人种要灭。他还说，当时中国的处境是"人为刀俎，我为鱼肉"。欧洲人预备了刀和案板，中国就是那条鱼，那块肉，只等人家宰割了。

辛亥革命以后，大革命胜利前夕，清末最有名的学者王国维自杀了。他懂英文，懂德语，他最喜欢德国的哲学家叔本华。他为什么自杀？因为中国正面临"几千年未有之变局"。像他这样深受到中华传统文化熏陶的人，看到中华文化面临这样巨大的危险，没有了活路。这是陈寅恪对他的分析。

清末时候还有个著名的学者严复，他是留学英国回来的，他翻译了赫胥黎的《天演论》，他是个达尔文主义者。他的译本翻译得非常漂亮，以至于"文革"当中，全国已经不出版什么书了，毛主席提出来，你们印一些严复翻译的赫胥黎的《天演论》吧。严复将这本书翻译介绍到中国来就是希望中国要自强，《天演论》讲的是"物竞天择，适者生存"。万物都为生存而竞争，在竞争中胜利了，就是被上天选中，可以继续存在，如果失败了，这个物种就要被淘汰。但他在中国看不到任何的希望，他非常痛苦，最后吸食鸦片而死。这样先进、文明的一个人，他失望地死了。

所以到"五四"的时候，出现了各种非常激烈的言论。用胡适的话就是"我们事事不如人"，吴稚晖的说法是"把线装书扔到茅厕里去"。左翼人士也一样，鲁迅劝年轻人不要读中国书。钱玄同更激烈，建议废除汉字汉语。我在想，这样中国人该说什么话呢？改成说英文？一见面 Hi！他更为激烈的说法是"人过四十一律枪毙"。因为中国人很保守、很封闭，坏习惯很多，上完厕所不洗手，当然维吾尔人不这样，还有随地吐痰等，我不多说了。内地、中原地区、汉族地区，为了现代化，流了多少血，流了多少泪，有多少人发疯，有多少人自杀，有多少人杀人。因为处于两难的境地，坚守，就是看着中国的文化积贫积弱，不堪一击，任凭西方国家今天在这里宰一刀，明天在那宰一刀。如果积极地学习西方的东西，又怕把自己的东西丢了，自己的文化灭亡了。那时有激烈的想法是要把承载中华传统文化的汉字都取消了，汉字那么难写，拼音文字多省事。这样的痛苦说明什么？就是一个古老的文化，面对现代化的时候，有一种焦虑,有一种紧张,有一种不安,有一种尴尬,有一种两难。

直到1978年12月举行了党的十一届三中全会,确定了改革开放的政策。当然在“文革”的后期,一次人民代表大会上,周恩来总理已经得了重病,在别人代他念的报告稿中,就已经提出了“四个现代化”的问题。真正开始现代化的步伐,是1978年12月党的十一届三中全会以后。经过这样一个漫长的过程,从1840年到1978年,经过了138年,从十一届三中会之后又过了36年,中国在现代化的道路上确实取得了非常显著的成就,有目共睹,无可辩驳,完全都不能想象,包括新疆。我在新疆16年,那时在新疆想买一瓶啤酒都非常困难,乌鲁木齐买过两次。出行pikup(小车),那得多大的官才能坐啊。现在的生产力有了空前的发展,人们的消费能力也有了空前的发展,这些都不是问题了。

但是与此同时,我们的文化,我们的生活方式,都会带来一些变化,都会面临一些挑战。从文化的观点上,你会觉得现代化会让人们付出一定的代价。文化有两个特点,第一是每天都在积累。什么都是文化,现在我在这里讲课也是文化,我们用的投影、麦克风、电脑、手机、MP3、录音机,都是文化。我们每天读的书,得到的信息,每天都在积累。但是我们更要看到文化的另一面,文化每天都在消失。我在新疆工作、生活了16年,我1979年离开新疆到现在已经35年,当然,我离开之后又不断地到新疆去,今年我已经去了两次,去年也去了两次。新疆的文化就在不断变化,既在不断积累,也在不断地失去。我非常欣赏新疆的一个风景就是水磨。新疆的一些河渠水量很大,水磨很多。尤其是伊犁,看水磨的多数是俄罗斯族的。水磨现在已经越来越少了,用电多方便。像用驴拉磨,就更少了,有粉碎机,有粮食加工厂,都用电了。甚至于有人告诉我,有些地方连坎土曼都不会用了。我一听大吃一惊。我喜欢说我是抡坎土曼的人,坎土曼是新疆农民最基本的劳动工具。但是现在各种工具也在发生变化,我在我的小说《这边风景》里面专门描写了打钐镰。我不知道现在的人还会不会打钐镰,应该不会像过去那么多,现在机械化了。过去用钐镰打苜蓿,一打一大片,很好看。我在别的地区很少看到有用钐镰的。这个钐镰有很高的文学意义,在《安娜·卡列尼娜》当中,描写到小说的主角之一,农奴主列文与农奴一起打钐镰的情形,而且还有一张插图。很多东西都在变化,很多说法都在变化。过去一讲现代化的结果,就是全国一盘棋,全世界一盘棋。全世界是一个市场,不是两个市场,是一个统一的市场。我们维吾尔语的地位也感到受到威胁。你考大学,不会汉语你考得上吗?你考公务员,不会汉语你考得上吗?你到口里做生意,你不会汉语行吗?你不但要学汉语,你还得学英语。现在口里地区的人都是拼了命在学英语,有的是从幼儿园就开始学英语。

现在政策有调整，不让从幼儿园学了，我不了解这方面的情况。面对这样一个连接起来的大的市场，我们的产业结构也会受到大的挑战。比如说伊犁，过去有几种手工业很好，如做靴子。但是现在也有变化，我说得不对了请你们帮助补充。他们做靴子没有温州人做得好啊，没有温州人可以大量生产的经验。还有伊犁的坎土曼帽子也是这样。很多传统的产业正在重组或正在发生变化。原来和田有苏州援建的丝绸厂，听说也已经没有了。所以说，所有的生产方式、生活方式都在发生变化。这种变化对于文化来说，第一，你得到了一些新的，第二，你失去了一些旧的。

在这种情况下，新疆的各族人民能不能搭上现代化的快车就成了关键。如果说精通商品经济的日本人来了，美国人来了，土耳其人来了，国内的温州人来了，上海人来了，香港人来了，那么我们仅仅靠我们过去从左口袋向右口袋卖这个莫合烟、杏干或别的什么的经验，能不能搭上这列快车？所以，在文化上，现代化会带来很多问题，会使有的人感到被动，感到恐惧，至少感到不习惯。这种新的问题如果又被境外的，被现代化甩下来的这么一批人，他们在某种程度上是变态、充满了仇恨、绝望的人所煽动，那我们的文化该怎么办？本来我们是一种 tamaxa（玩）的文化，结果变成了一种报仇雪恨的文化，我们本来是兄弟姐妹的文化，变成一种恐怖的，或者是一种黑暗的、阴暗的文化。

问题在于，我们不能拒绝现代化，不管现代化会带来什么陌生的东西，不管现代化使我们产生哪些不安，拒绝现代化我们就被世界边缘化了，被国家边缘化了，拒绝现代化我们就永远贫穷落后愚昧下去，就是自绝于地球，自绝于时代，自绝于未来。

同时，正是在现代化的快车上，我们要注意保护与弘扬自己的民族文化，自己的特色，否则就是自绝于祖宗，自绝于人民。尤其是新疆，尤其是南疆，那里有许多文化名城，珍贵文物。我希望包括内地的援疆工作人员，好好学习新疆的传统文化，并且致力于保护这些文化遗产，万万不可粗心大意，不可发生建设中破坏传统文化的事情。

对于新疆，我们还需要解决另一个问题，就是使新疆的各族人民搭上现代化的这辆快车。只有在这辆现代化的快车上，新疆各族人民才能享受现代化带来的一切利好，享受到对生活有利的东西，对人民有利的东西，我们也才有强大的实力来保护我们的传统文化。为什么中国现在文化上比过去自信得多？ 20 世纪 80 年代的时候，我们在对外上就碰到这样一个问题，就是所有发达国家都追着中国，要在中国建立文化中心，叫互设文化中心。我们当时的政策就是一个也不能设！你设了文化中心，就会对我进行和平演变，我又没钱上你那里去设文化中心，我演变不了你。可是现在呢，我们在全世界很多国家设立了文化中心,据说现在已经开业的就有16个。我们除了设立文化中心,还不惜拿出很多钱来,在很多地方设立孔子学院。体现出来的就是实力不一样了,信心也不一样了。现在相反,我们设立了很漂亮的文化中心,而那些曾经追着要在中国设立文化中心的国家却没钱,没能在中国设立文化中心。现在北京设立的外国的文化中心有一些,有的还给我发邮件,比如说西班牙的塞万提斯学院,德国的歌德学院,总共已经有7个,但我们在外面设立的已经有16个。你只有在现代化中有所成功,有所发展,才能减少你的文化焦虑、文化不安与文化变态。

最近有一件事让我非常高兴,我在北京认识了一个维吾尔族的年轻人库尔班江,他是中央电视台的摄影师,他在那里工作得也非常优秀。他在全国采访了110多个从新疆来的,在口里各地打拼的,多半是成功人士,也有正在打拼,还不那么成功的。有带着孩子在读研究生的,开餐馆的,卖羊肉串的,大部分是在内地在现代化的大潮当中相当成功的来自新疆的各族同胞。其中有一个美女,现在是阿里巴巴的高管,收入与威信都很高。在他们的身上让人看到的是光明,不是黑暗,不是仇恨,不是焦虑,不是不安,不是尴尬,不是痛苦。因为他们乘上了现代化这趟列车。现代化不是万无一失的,不是完美无缺的,由于现代化使你离自己的传统文化越来越远,这确实是一个很大的遗憾。但是我们也要看到另一面,由于现代化,你有了实力,你可以回过头来做大量的保护、继承、弘扬传统文化的工作。比如我们国家现在有很多文艺团体都投向市场,但是一些体现我们国家传统文化的如京剧、昆曲,一些地方戏曲团体,国家都有一定的投资,有一定的财政补贴,以帮助他们能够发展起来,新疆也不例外。我几次去新疆乌鲁木齐团结路,我们家以前就住在团结路附近的十四中学里面。在团结路那里现在就有自治区的木卡姆艺术团,正是在现代化、改革开放的高潮中,木卡姆被联合国教科文组织列为人类非物质文化遗产,新疆成立了木卡姆艺术团。在北京国家大剧院我知道最少已经有两次十二木卡姆的演出,其中最少有一次是由刘云山亲自请来的,表演了刀郎木卡姆、哈密木卡姆、吐鲁番木卡姆。所以我们不能把现代化与民族文化对立起来,我们要追求的是在现代化的过程中,更好地来保护、弘扬、继承、珍惜我们的传统文化。用拒绝现代化的方法,你是保护不了自己的民族传统的。拒绝现代化的结果,只能是民族的衰微与灭亡。

这种焦虑不但维吾尔族有,哈萨克族有,汉族也有。在拒绝现代化的前提下,你的文化更混不下去。汉族历史上有热烈鼓吹传统文化的,如北京大学的辜鸿铭,一直梳着长辫子,他不剪。几乎所有的欧洲语言他都会,他把胡适都镇住了。一次别人向他介绍说这是胡适先生,是在北大教西洋哲学史的。他就问人家，你的拉丁语怎么样啊？胡适说我不会拉丁语。辜鸿铭说你连拉丁语都不会敢教西洋哲学史?！这把胡适给镇住了，无话可说。辜鸿铭在伦敦看《泰晤士》报，他倒着看。两个当地小青年看见了就说这个“猪尾巴”，连字是正是倒都不知道，他买报干什么。辜鸿铭回过头来，用标准的牛津音说，你们英语太简单，正着看是对我智力的污辱。倒着这么瞭几眼，几分钟你们国家那点破事我全知道了，还用正着看吗？吓得那两个伦敦青年落荒而逃。他还挑战英国文化：你们英国文化好，好个屁，中国文化才好。中国文化为什么好？一个男人可以娶5个老婆。你这是男女不平等！怎么不平等了？一个茶壶可以配5个茶碗，哪有一个茶碗配5个茶壶的。但是依靠这样的人，中国文化能发达吗？他是怪杰，是中国的天才，但是他对中国的文化发展不可能有很多的贡献。恰恰是在急剧的现代化过程中，我们保护了多少文物，什么时候保护文物有改革开放以来保护得多？我们出了多少的典籍？我们国家财政部有专门的拨款，《永乐大典》在出版，《中华文化大典》在出版，二十四史出了多少版本，包括我们新疆维吾尔文和汉语的维吾尔族的典籍我们出了多少？我知道的《福乐智慧》最少有两个新的版本，《突厥语大词典》我们也出版了。现在新疆文库正在出版，今年4月我去出席了《新疆文库》发行的活动，文库要出维吾尔文、汉文、哈萨克文、蒙古文、柯尔克孜文、锡伯文等6种语言的版本。古代汉唐对西域的各种记录，各种的描写，还有外国的，斯文•赫定、巴尔得、伯希和、斯坦因，美国人、瑞典人，过去去过新疆的外国人对新疆的各种考察、各种记录都包括在文库里。如果没有现代化，没有生产力的发展，我们想保持我们的传统文化，我们做得到吗？当然，现在中央也已经完全知道了这种情况。我看最近中央新疆工作会议的文件里，也提到解决就业的问题。现代化会造成失业，这种情况是完全可能的。你原来的工厂办不下去了，倒闭了，等等。不管怎么样，我们得想办法跟上这辆现代化快车。我们党的工作者也要深深地认识到，把边疆的各民族同胞拉到现代化这个高铁上来，是我们边疆稳定、发展最重要的任务。在这种情况下，我们的民族文化也可以得到发展。我们可以保留原汁原味的、完全不变的东西。内地这种情况也非常多，“五四”时候就开始讨论，戏曲能不能用机关布景，也打灯光。有争论，有人现在还在坚持绝对不可以，还要与梅兰芳、程砚秋、马连良、王人美那个时候一样的布景，不加任何变化，这样做当然可以，你加一些新的变化，同样也可以。我们的民族文化也是这样，要在现代化这个大潮当中，为民族文化的征集、保护、抢救、弘扬创造条件。绝对不能把现代化变成与民族文化对立的东西。

明年就是赛福鼎同志诞辰100周年，我还参加了中央批准的赛福鼎同志的文献纪录片拍摄工作。赛福鼎同志当年给我印象最深的是，他最担心的就是新疆的少数民族变成一个落后的、边缘的民族,变成一个赶不上潮流,赶不上时代的民族。他非常敏感。比如北京这边要培养一批女飞行员,他马上找中央,看能不能有维吾尔族的女孩可以参加培训。体育学校培养高水平的体育人才,他也非常关心。当我还在文化部上班的时候,他跟我多次说过,他希望用十二木卡姆的旋律来做交响乐。为这个事,我也下了很大的功夫,前年,还是贾庆林担任全国政协主席的时候,有一次国家交响乐团与新疆一起搞的十二木卡姆交响音乐会,基本上用西洋乐器,小提琴、大提琴、单簧管来演奏,还有钢琴协奏。贾庆林主席出席了音乐会。中央歌剧院还有以维吾尔故事创作的歌剧《热瓦甫恋歌》演出,有很多领导同志,赛福鼎同志的夫人阿依木也参加了。

所以我们完全有可能,在现代化的大潮中,对维吾尔族、哈萨克族、锡伯族等十几个新疆世居民族的文化加以保护,对此我们应该充满信心。这个过程中一定还会碰到一些苦恼、一些困难,这些都是可以克服和解决的。我也在我力所能及的范围之内,到处呼吁。有一件事我非常感动,2010年,我的好朋友、维吾尔著名诗人铁衣甫江诞辰80周年时,新疆召开了纪念会议。张春贤书记也参加了会议,而且决定自治区每年拿出1 000万元来鼓励新疆各少数民族进行母语写作,帮助把这些作品翻译成汉语,说明中央、自治区各个方面正在重视新疆各民族的文化的保护与发展。

在我最困难的时候,我在新疆生活工作了16年,在"文化大革命"当中,我在新疆是最安全的,任何的人身迫害都没有。每每想起来,我都要说,我热爱新疆,我想念新疆,我感谢新疆各族人民。有一次,香港的电视台对我有一个关于新疆的采访,我说了一句话:"新疆的各族人民对我恩重如山!"说完这句话,我没想到,那个曾经在凤凰卫视工作过的杨锦麟先生及他带的一帮小丫头、小小子,有抬机器的、打灯的、录音的,他们都流了眼泪。本着对新疆的热爱,我认为发生的我不希望看到的那些事件,那是暂时的,是极少数。我爱新疆的各族人民,我相信新疆的各族人民一定能够赢得一个光明的、美好的前途,我们一定要用光明来代替黑暗,一定要用智慧来代替愚蠢,我们一定要用开放来代替狭隘,一定要用现代化来代替无知、落后、贫困,那种自己把自己囚禁起来的生活。我已经越来越老了,我今年已经80岁了,但是我仍然相信新疆的未来,新疆的光明。

(本文是2014年7月1日王蒙先生在中央党校新疆班所作演讲。资料来源为http://cul.sohu.com/20140813/n403405577.shtml)

全球化与民族文化建设

王　蒙

大家好!

我有机会跟大家交流一下我对新疆文化事业、文化传统、文化建设的一些看法,对我来说非常愉快,但是也有一些恐慌,因为毕竟我更多的时间生活在内地,新疆虽然近几年每隔一两年都会来一趟,但是也缺少深入的接触、了解和分析。另外,由于我五年多以前告老离休,唯一的身份是中央文史研究馆的馆员。所以,我谈的只是个人的一些想法,一个文人感想,一切以自治区党委的正式文件、决议为准,但是我会说到一些我自己特别有兴趣、爱钻研的话题。都不是定论,仅供参考。

我谈第一个问题,是我对新疆文化事业的期待!

我知道自治区党委去年开了文化工作会议,提出了"一体多元"的文化格局,提出了现代文化的引领,这样一些提法对我来说是非常重要的。为什么呢?我认为,新疆文化问题是一个触及灵魂的问题,是一个人心的问题,是民心的问题。有的物质的东西,容易接受,比如吃的东西,说这个东西好吃,你就吃,另外一个东西不太熟悉,但是吃两次之后觉得也很好,接受了,没有什么关系。恰恰是在文化的问题上——文化源远流长,影响到每个人生活方式、生活习惯与思维方式,不那么好判断。

我在北京也参加过一些展现、展演新疆传统文化和当代文化果实的活动。比如说,去年在美术馆举行的哈孜先生画展,我看了以后,作为一个在新疆待过长时间的人,就很震动,我觉得新疆生活有这么多动人心魄的画面,有这么多难以磨灭的记忆,有这么多文化的内涵。这次出发到新疆前没几天,又一次举行了《十二木卡姆的春天》大型演出,是由自治区木卡姆团上演的,这次是在北京国家大剧院,还有一次是那个中国剧院,是和田剧团演出的木卡姆。去年则是大剧院演的木卡姆的交响乐,以西洋乐器为主来演奏木卡姆改编的交响乐作品,这还是赛福鼎同志当年多次跟我讲过的愿望。为这次演出,我也向现任文化部的领导、党组、艺术司做了呼吁,写了报告。最近这次演出的声势非常大、振聋发聩,有许多在京工作的新疆同志,看演出的时候热泪盈眶、热泪横流,它有一种新疆的文化在北京的舞台上显灵的感觉,真是不得了。我还要说,新疆的文化需要高度的专业化和学术化的处理。文化这个东西是来不得含糊的,音乐就是音乐,美术就是美术,乐器就是乐器,文物就是文物,历史就是历史,典籍就是典籍,都需要有很高的专业知识,才能把它研究清楚,说清楚。

但同时,它又是一个民间化、人民化的问题。文化已经成为一种习惯,起居、生活,柴米油盐酱醋茶,吃喝拉撒睡,衣食住行,无不浸透着中华传统文化、新疆文化特色。所以,我常想,我们的文化工作,一定要考虑到人民化和民间化的特点,就是咱能让老百姓接受,它不是人心工程吗?能不能做到人心里头,能不能被人民选择、所认可,这是非常重要的事情!所以,和每一个老百姓都有关系。有时候一种观点,不一定很正确,但是它已经被老百姓接受了,你想改变非常困难。

我记得我还在巴彦岱公社当农民、担任副大队长的时候,那时候,整天演的是样板戏、芭蕾舞的《红色娘子军》《白毛女》。可是巴彦岱农民怎么反映的?说跳舞是手的动作,说芭蕾舞动不动把腿踢这么高,这笑死人了,丑死了。当然,他的这个观点不对,芭蕾舞手可以动,腿也可以动,腰也可以动,脖子也可以动,屁股也可以动。舞蹈是全身的姿势,用身体的语言、舞蹈的语言,可是我知道,你别着急,你想很快说服他,这做不到。

1969 年《参考消息》上刊登美国登月成功的消息,我告诉房东阿不都热合曼:美国人上了月亮,他说那是胡说八道,你千万不要信那个,是骗人的!书上写过,如果要上月亮,骑马要 64 年(还是 128 年我记不清楚了),意思要很长时间。我心想:“骑马骑一万年你也上不去。”房东跟我关系那么好,什么事都跟我讨论,就是不接受我的说法。但是过了几天,村里头有一位在县里当过科长的阿卜杜日素尔跟他说了这事,他就相信了,连续好几天,他都说:“哎呀,老王,这是怎么回事?人真上了月亮,跟过去阿訇对我讲的不一样!”

任何人认识事情,都有一个艰难的过程,甚至是痛苦的过程,所以说,文化一定要做到贴近人民、贴近实际、贴近生活,就是“三贴近”。同时,人民的、民间所尊崇的文化又是非常精英、非常高端的。

我们需要各族的文化大师。大师听起来有点吓唬人,其实英语就是“master”——师傅、硕士,维吾尔语就是“乌斯大”——能工巧匠,没有这样的人物,没有专门家,怎么可能发展文化?所以,我期待着我们的文化事业、人心工程、民心工程能做得很专业,能做得很学术,能做得跟老百姓心贴心,能够做得“三贴近”,同时又能培养出一代又一代的文化的大师、文化的精英、文化的人才。光一个“乌斯大”不够,我又想起一个词来,我也跟农民常常谈论,就是“阿里木”——真正有知识的大学者,文化要有“乌斯大”,要有“阿里木”,又有“夏衣尔”(诗人)那就好了。

第二个问题,我想讨论一下,为什么说新疆的文化是一体多元的,为什么“一体多元”是一个比较恰当、比较合适的说法?前两天跟张春贤书记见面,他说能不能说说中华文化最大的特点。

我先说一个笑话,我想起赵启正先生,他曾任国务院新闻办主任,有一次带一个团在国外,有一个外国人就说,你们老说中国文化是博大精深,到底怎么样博大精深,能不能给我讲一讲。他们团里头有一个教授,是专业级的学者,这个教授就回答:“因为中国文化博大精深,没法讲!”这么谈问题比较困难,中华文化变成了不可言述、不可传播、不可讲述的了。所以我今天想先谈一个问题,就是我们中华文化的基本追求是什么,就是古代的“中国梦”是什么,这是一个很大胆的说法,目前并没有定论,所以我说的是仅供参考。另外,我用的这个词是“追求”,我没有用“价值”这个词,因为“价值”这个词是近年从西方引进过来的,叫“value”。

第一点,我认为我们文化的追求、文化的原则是敬天积善、古道热肠。“敬”是尊敬的敬,尊敬天,“积”是积累的积,“善”是善良的善。古道热肠,这是对东方文化的一个说法,我们认为天不变道亦不变,我们认为很早以来,祖祖辈辈都相信最基本的道德,而且我们有一副热心肠。这是中华文化的特点。

“敬天”不需要解释,因为中国目前还存在着的最古老的书是《易经》。《易经》认为天和地具有一切的美德,人类的道德是从天地那里学来的。“天行健,君子以自强不息,地势坤,君子以厚德载物。”一个自强不息,一个厚德载物,这都是天和地所具有的品质,有了天和地才有万物,所以对生命爱惜,对生命尊重,这是和对天敬畏有关系的,是有所敬畏。积善是说中华文化的特点是泛道德主义,就是不管衡量什么事,先从道德上开始。这个特点和现代文化有距离,所以我说的命题不是一成不变的。现在泛道德论并不足够让我们做好当今的、社会主义的、现代化的事业。但是它仍然在老百姓心中根深蒂固,如果一个人不重视自己的道德追求、道德形象,就很难做成几件成功的事情。古道热肠,重情尚义,重视人际关系,这是中国人的尺度。所以,按美国亨廷顿的说法,中国文化是一种情感的文化,重视情感,重视人际关系。

第二,尊老宗贤,尚文执礼。尊老,我们对老人是尊敬的,尊老宗贤,就是把圣贤作为我们的目标,尚文就是我们崇拜知识、崇拜读书、崇拜文化。“执礼”就是按照礼节来做各种事情。

这两条跟少数民族文化追求、文化观念,可以说是相当一致的。比如说关于积善,积善是什么呢?就是文史馆开会的时候,哈孜先生所说的“萨瓦布”,需要警惕的是“古纳”(罪孽),应该积德、积善,不要罪孽,就是这个意思。“尊老”,我知道,新疆少数民族,尤其是维吾尔族,在尊敬老人这一点上比汉族只有过之而无不及,当然是尊重老人,尊重贤人,是注意礼貌的。

在推崇文化这点上,我也觉得很惊人。在新疆时我在一户人家住了很多年,有一次和房东聊起天来,我详细讲了自己的经历,我说我原来生活在北京,很早就成为一个干部,我还写作,但是在后来的政治运动当中,出了一些麻烦,找了一些麻烦,来到新疆,又来到伊犁农村,现在荣任副大队长。你猜这个农民他是怎么说?他是文盲,他跟我说:老王,我告诉你,任何一个国家有三种人是不可缺少的,第一个是国王,现在没有国王了,总而言之一个国家要有一个领导人。第二个要有大臣。但是我想不到的,我觉得惊人的是,他说第三要有诗人,一个没有诗人的国度,怎么能成为一个国家呢?这是对文化的尊崇,对知识的尊崇。从一个乌兹别克作家抄写的《纳瓦依》,你也可以看出来它对诗人的尊崇,对知识的敬意!我想起在“文革”时期,能读的书有限,但是我在自治区文联,那时候,有一个评论家叫帕塔尔江,那个时候和他也是铁哥们,我在他的一个手抄本里,第一次知道了“奥玛•海亚姆(Omar Khayyam)”,读到了这位波斯诗人的作品,郭沫若翻译的叫莪默•伽亚谟,讲这个知识分子,知识人,那种对知识热爱和尊崇让人心生敬意,这首诗,我一下子背下来了,现在给大家念一下:

我们是世界的希望和果实,
我们是智慧眼睛的黑眸子,
假如把世界看成一个指环,
无疑,我们就是镶在指环上的那块宝石!

他多牛呀,他比李白还牛!是不是?李白就够牛的了:“君不见黄河之水天上来,奔流到海不复回,君不见高堂明镜悲白发,朝如青丝暮成雪!”但是他更牛,他说:“我们是世界的希望和果实,我们是智慧眼睛的黑眸子,假如把世界看成一个指环,无疑,我们就是镶在指环上的那块宝石!”这种自信,这种信心,表达对知识、对文化的尊崇!有知识、有文化的人,是被尊敬的。很多年前,哈孜同志给我写书法,就是《可兰经》上的那句话:为了寻找知识,你可以不怕远到中国!汉文化里重视知识的例子就更多了,有些话现在看不完全恰当,但是它也是这个意思——读书最要紧,“万般皆下品,唯有读书高”“书中自有黄金屋”,就是挣钱也得会读书才行,否则挣不上大钱,只能挣小钱。“书中自有颜如玉”,你想婚姻成功,也需要读书;“书中自有千钟粟”,你想有社会地位,也得要读书，这些地方是完全一致的。

第三个，忠厚仁义，和谐太平。

不管是西域文化还是中原文化，我们渴望的是这一条，有时我们没做到，由于各种原因，比如说宋朝开头非常繁华，开封当时是全世界人口最多、生活最快乐的一个城市，但是它又被各种战争破坏了，但是我们追求的是忠厚仁义、和谐太平。

依我个人看法，在中原文化中最早代表古代中国梦的就是《礼记·礼运篇》讲的“大同”：“大道之行也，天下为公。选贤与能，讲信修睦。故人不独亲其亲，不独子其子……”渴望世界大同的日子，当然那个时候并不了解世界，那时候是以中原为中心的观念，还不是现在的国家观念。我小时候练习写字，红模子里面，最多的就是四个字：“天下太平”。横也有了，竖也有了，撇也有了，捺也有了，点也有了，我们世世代代是希望天下太平的，这是容易解释的。维吾尔人就更是这样了，一见面就问：“平安吗？”他们不停地重复的“帖期”就是太平、平安的意思，如果都不平安了，人身都得不到保证，生命得不到保证，家庭生活得不到保证，衣食住行得不到保证，相互关系得不到保证，还有什么其他呢？我们可以说这也是一致的，一体的。

第四，意义问题，这也是非常重要的，就是中原文化也好，西域文化也好，重农重商，乐生进取。

汉族和维吾尔族看重农业，一丝一缕，一粥一饭，当思来之不易。我在巴彦岱最感动的事情之一，就是咱们民族的农民种粮食。他们告诉我，世界上最伟大的东西就是馕，馕高于一切。一个农民，哪怕一个小孩子，走在街上吃着吃着有一块馕掉下来了，要还能吃，就把它拿起来擦干净再吃下去，不能再吃了，怎么办？挖一个坑，把馕埋起来，馕是不能随便丢弃的，发生了不幸可以把它掩埋。这个大家都知道。伊犁养奶牛很多，所以，经常农户之间互相要牛奶，借牛奶。经常在村里看见小孩拿一个碗，甚至奶皮子，路上绊了一下，啪，牛奶掉在地上了。怎么办？他要掩埋，他把那一碗“奶皮子”放在旁边，很小的孩子，他要过来把土盖在上面，不能让牛奶暴露在外面，因为“不幸逝世”，需要掩埋！中原，人们对于浪费粮食非常反感，这叫暴殄天物，这点和美国人太不一样了，美国人如果一个东西不想吃了，就会把它放下，他们认为，个人感觉高于一切。

中原文化本来是抑商的，但是后面经过许多年，慢慢地对商业也重视起来了，所以有晋商的发展，山西商人，我们到平遥，给你介绍晋商故事，讲童叟无欺，商业信誉，诚信第一，讲物资的流通！还有徽商、鄂商等等。新疆的一些少数民族，尤其是维吾尔人有重商传统，他们很喜欢经商，我的房东是很古板的人,但是如果有机会的话,他也不排除弄一点莫合烟倒手卖一卖,弄点沙枣卖一卖。

上世纪60年代,从乌鲁木齐坐长途汽车到伊犁,到皮革厂下车,一下车就看到有人点着电石灯,卖葵花子,卖沙枣,那时候商品受到很大限制,还有卖刘晓庆照片的,这个在北京是买不到的,她住没住北京我不知道,但她没有来过新疆,也没有来过巴彦岱,也没来过伊犁,后来,凡是女明星的照片,只要能找得着的伊犁这都卖,这是一个重视商业的地方。所以,哈萨克人有个善意的笑话,维吾尔人好做买卖,他们一天没有生意,就把左边口袋里的东西卖给右边的口袋。多么可爱的商人!

乐生进取,就是他对人生是抱乐观态度,不是抱悲观态度,也不是抱愤怒态度,不是抱你死我活的态度。中原文化讲的也是一样,孔子的教导是什么?“仁者乐山”。仁者爱人,见到山以后,他会感到非常的喜爱、喜悦。“乐”有喜欢的意思,也有快乐的意思。仁者像山一样,是有原则的,是撼动不了的。孔子夸赞自己最喜欢的弟子颜回:“贤哉,回也!一箪食,一瓢饮……”每次能吃东西就吃一点,拿一个瓢子舀一点水喝就行了,居住在陋巷。“人不堪其忧,回亦不改其乐。”别人觉得贫穷,可是颜回高尚,高尚的人是快乐的,是充满信心的,是乐观的!

维吾尔族更提倡乐观,我印象最深得就是他们认为人出生以后除了死,全是找乐,全是快乐!他们给我讲的,维吾尔人,如果有两个馕,他只吃一个,什么原因?留下的那个馕当手鼓用,“巴拉巴拉”敲,多么乐观的民族!多么乐观的文化!这些地方,我们有共同追求、共同的语言!

第二,维吾尔文化、西域的文化、新疆各少数民族的文化与以汉族为主体的中原文化之间有太多交流和相互影响、相互融合。

我先说汉族吸收西域文化的东西。我问一下,在座的有没有阿克苏或者库车来的人?咱们艾尔肯副主席就是——为什么呢?我多次看到这方面的材料,唐朝曾有一个词牌叫作《苏幕遮》,“词”就是不整齐的诗,其实就是歌词的意思,词是宋朝最发达,但唐朝已经有了,而且这个词牌的节拍、音韵是唐明皇首先制定并唱起来的。这个词牌,范仲淹、周邦彦都写过特别有名的诗,范仲淹的“碧云天,黄叶地”就是这个。这个词牌是哪来的?阿克苏来的。

阿克苏某地至今保留着一种风俗,我给中央党校新疆班前后讲过六次课,我问过,没有一个阿克苏朋友能告诉我。它叫什么呢?叫“乞寒节”,冬天下第一次雪前后有这么一个“节日”,什么意思呢?就是希望今年冬天好好冷一下,冬天不冷的话,第二年会发生很多的疾病、很多的不幸。在乞寒活动过程中人们唱的歌就叫作“苏幕遮”,现在已经查不出原来的发音了,这是汉族从西域吸收的文化。别的就更多了，唢呐，我们现在还叫“sunay”，唢呐是专门造出来的一个词，它是外来的乐器，不是中原本地的。但是这一点，我也不了解，笛子，“笛”本身发音就是指的西边少数民族，“东夷西狄，南蛮北夷”，这是中原的说法，称作“狄”，所以叫作“笛子”，可是笛子没有笛发音，就是“nay”，提到近代、现代的歌曲，我印象最深的，是《敬祝毛主席万寿无疆》，就带有浓厚的新疆风味。

说起来原来的一个好朋友，可惜去世了，叫郝关中，外号叫作“戴尔维希”，穿得破破烂烂，整天研究西域文化。他告诉我，他说“芫荽”这个词是一个怪词，因为这两个字它没有别的讲究，是专门造的字。一个“草”字头一个“元”字，一个“草”字头一个“妥”字，念“芫荽”，这两个字必须连在一块用，汉字本来是单个的字，你光说“芫”没有这个话，光说“草”字头一个“妥”字，又没有。“芫荽”是什么呢？“芫荽”是阿拉伯语，当然，现在叫香菜，我不知道伊犁，恐怕新疆很多地方都叫芫荽吧？是从西域来的。抽的烟更是阿拉伯人抽的，叫“淡巴菰”，就是tobaco，同样是阿拉伯发音。

生活在新疆的汉族人，从维语里边制造了许多二转子词，又像维文又像汉文，我就不懂。我刚到伊犁时，听到“大家麻家”开个会，什么叫“大家麻家”？我见人就请教，他们告诉我维语有加词尾的说法，是维语嘛，我也奇怪！还有“胡里麻唐”，我也分不清楚，还有现在汉族人谁肚子痛了，就说，我肚子“塔希郎”了……伊犁的维吾尔语里面，也掺杂了大量他们说是汉语但听起来却不明白的词儿，夫妻离婚是了“另干”了，我想来想去是“另干”了，你干你的，我干我的了，不在一块干了，就是“另干”了。

和田集市上卖薄薄的桦木片，是引火用的，烧柴火你拿火柴怎么点呢？薄薄桦木片火一点，木片就着起来了。这个叫什么？“qudengzi”，后来我才明白是“取灯子”。我小的时候，在北京管火柴叫作“取灯”，所以70年前，北京话也很接近和田话。现在的北京人都不知道了，北京人从伊斯兰文化里还吸收过大量的语言。比如，北京过去说这个人的心不好、老是坏心眼，叫什么呢？叫“泥胎”不好！去年在银川举行书博会，我到银川，银川的朋友跟我讲，他们那儿有一个清真寺重新翻修，是由穆斯林捐款修起来的，说捐款他们不叫捐款，我们叫“nietai”，就是“动机”，就是“用心”，实际上来自阿拉伯语“尼亚提”；说人死了变成“罗汉”了，回族也都知道。说回民，每星期五去祈祷叫“主麻”，都是一致的地方，实际上这个中原地区，它吸收了各种语言，以北京话为例，“瞜瞜”是英语，“坦克”也是英语来的。还有一些词语，如共产主义、社会主义等，过去汉语里面没有这些词语，这是日本的协和汉语。北京食品“萨其马”是蒙古语。北京人赶车的时候，现在我的印象，新疆也是这样，往左转的时候“咿咿咿”,往右转的时候“哦哦哦”,这是满语。

维吾尔的语言受中原文化汉语的影响那更多了,“檩”是檩条,还有“椽子”,“大煤”,是大块的煤,“碎煤”是小煤,全都是一样的。我刚才说的芫荽是中原受西域的影响,那么西域白菜就是白菜啊。洋芋很奇怪,因为洋芋是从欧洲过来的,但是新疆用的不是欧洲的语言,不是用罗马的语言,用的是汉族的语言“洋芋”!

还有我们最喜欢的凉面、拉面。这些还有点奇怪,因为我在新疆的时候,我看很多阿拉木图、塔什干出的小说,包括用斯拉夫字母的维文小说。塔什干的维吾尔语小说,到塔什干维语里面,凉面,它的发音是“来个面”。我顺便说一下,有一次,我跟一位维吾尔老友聊起饭,我跟他说,“拉面”从汉语中来的,“煮娃娃”、“蛐蛐来”都是从汉语来的,而“抓饭”是波斯语,老友就问了,说照你这么说,我们维吾尔族还有饭没饭?不是汉族饭,就是波斯饭,我们维吾尔族就没饭了?不是!我们懂得一个道理,文化吸收进来以后,必然和本民族、本地区结合起来,吸收的过程就是消化的过程,就是本土化过程。新疆人做“拉面”的方法和兰州拉面并不一样,咱们在座肯定也有兰州来的人。兰州是怎么做法?和北京的满族人做拉面方法也不一样,岂止是和口里汉族的同志做面、吃面的方法不一样,喀什噶尔和伊犁也不一样。伊犁做面都是小小,一根一根平摆的,喀什噶尔跟做盘香一样,盘一个大盘,一圈一圈,螺旋形的,非常大、非常长,像艺术品!做菜方法也不一样,我到塔什干去过,也没少吃拉面,到乌兹别克斯坦,维吾尔语最吃得开了,基本上懂的,问题是他们很多人不会说乌兹别克语,只会说俄语,我也帮不上忙!还有,我最近才知道的,因为过去在巴彦岱住,我有一个乌兹别克朋友,他喜欢吃一种叫作“阿勒噶”的甜食,就是用蜂蜜、白糖、面、清油在一块做的一种点心,形状有点像山东同和居饭馆做的“三不沾”,这据说是乌兹别克的,我以为是北疆食品,最近我才知道,南疆也有!

我们探讨文化来源,不存在归属问题,来源是别处就不属于你的吗,不对。因为文化不像物质的东西,比如说,你从内地买来一万双鞋,卖一双就剩 9 999 双,文化是什么?文化是你学习了做鞋的方法,然后与脚的大小、人们的爱好相结合,做完了这个鞋具等,做出来的鞋就是你的了,当然,这种互相的影响非常之多。维吾尔语言的一大特点,就是他们勇于接受、各地区的、各民族的语言,维吾尔语有四个的方面借词,一个比一个多。一个是阿拉伯语,其次是波斯语,波斯语比阿拉伯语还多,那有什么关系?我们接受就接受了,为我们所用,我们还是中国人!然后就是俄语,近代很多新名词都是俄语来的,汉语就更多了,不但有具体的,还有抽象的,我最喜欢维吾尔语词,“daolilixixi”——

“讲道理”,“道理”本来在汉语是一个名词,前边加“讲”,就叫“讲道理”。到维语省事了,“daolilixi”加上一个动词词尾,“daolilixixi”就是“讲道理”。

所以,互相的影响,互相交流是各个方面的,这就是文化的整体性与多元性。

我们必须看到,从1949年以来,中国的政治形势、经济形势有了巨大的变化,中央政府是一个有效管理着、掌控着除台湾以外中国的各个地区、各个省市这样一个政府。新中国成立以来,我们有共同的经历、共同的困难、共同的失误、共同的命运、共同的痛苦、共同的希望、共同的快乐。所以,我们要很好地总结新中国成立以来的新疆的文化建设,以及内地交流支援、交流学习文化建设这方面的经验,有哪些成功的,有哪些失败的。但是,不管是成功的还是失败的,我们必须看到这样一个事实,60多年了,除少部分地区外,中国实现了统一,这期间,我们有许多共同的文化烙印、共同的文化趋向、共同的文化记忆。

我们有同样的记忆,口里成立人民公社,这里也一样,公社亚克西！口里学习什么,我们这里也学习,然后林彪出的事情,这里也给农民传达,农民还问,说林彪上了飞机匆匆忙忙走,他带馕了没有？老百姓心太好,怕把林彪饿着！这也说明我们是一体化的！

“多元”不细说了,当然是多元的,语言文字就不一样,维吾尔语是阿尔泰语系、突厥语族。阿尔泰语系的语言也很多,日语、韩语、蒙语、满语,满族人还当过中国最高领导呢,入主中原,而且为中华民族的兴旺发展也作出了很大贡献。蒙古阿尔泰语系的民族,生活习惯很多地方不一样,不一样的地方太多了,我在伊犁研究,有很多新疆的朋友不注意,汉族人洗衣服,如果不是左撇子,是这样拧,右手往前拧;维吾尔人洗衣服,如果不是左撇子,是这样拧,右手往后拧,左手往前拧;维吾尔人洗衣服是往上浇水,用葫芦舀一点水往上浇,搓完以后,用水浇,拧完了再浇水！汉族人在盆子里洗。汉族人做针线活,是右拇指在下,食指和中指在上,捏着针扎过去,把针伸出来;维吾尔人做活是右拇指在上,这个维吾尔人也有他的可爱之处,害怕扎别人,多危险,这样扎别人可能性就比较少,除非你站后边。汉族人推刨子是往前推,但是很多少数民族是往后拉,俄罗斯人也是这样,往后拉。还有许多许多,我不用细说。

多元并不等于会发生冲突,恰恰因为多元,新疆文化的资源才这样丰富、这样可爱。所以,我非常赞成张春贤同志提出的,不同民族文化要互相欣赏这样一个观念,起码好玩、有趣,所以,各式各样的,如果就一种人多没劲,饭也有不同的做法、不同的吃法！这是我讲的第二个问题。

第三个问题,我想试讲一个相对比较敏感的问题,但是我愿意非常坦率地讲我的看法,就是关于伊斯兰教在新疆文化中的地位。

伊斯兰教在新疆文化中的地位非常重要,这是不可回避,也是无法否认的,因为新疆有相当一部分民族,维吾尔族、回族、哈萨克族、克尔克孜族、塔吉克族、乌兹别克族都是信仰伊斯兰教的。但是,这里头,伊斯兰教就更像其他的文化、学说和理论一样,到了任何地方,都有一个本土化的过程,所以伊斯兰教到了新疆,它有新疆化的过程,它有中国化的过程。比如说,回族生活在内地,回族人数量比新疆伊斯兰民族的还要多,宁夏是回族自治区,青海有大量回族人,而且有一些很有名的回族人。青海的马忠英,带领军队打到了新疆来,打到了伊犁,所以,西北地区有大量的回族,有陕西回民。我的祖籍是河北省南皮县,有大量的回民,而且我们家原来是生活在孟村回族自治县,它叫孟村,但是它是一个县的名字,后来,因为家里面迷信,家里死人太多,迁到南皮县,依然是离孟村最近的一个县,所以我想我这个遗传基因里有这个数代人和与穆斯林同处一村、同饮一河的水、同吃一锅饭的优良传统,我觉得我和全世界穆斯林接触的时候,都特别亲热、特别自然。

从伊斯兰教本身来说,很好说,有很多东西是我最欣赏的,第一它注意清洁,"halam",这个太好了,我在伊犁农村,我是城市人,我祖籍虽然在农村,但我出生在北京,是城市人,应该卫生习惯好一点,但是我的房东大姐赫里倩姆经常提醒我:"老王洗手了没有?"

我感觉真好,有一个农民大姐、有一个农民妈妈催促我注意卫生,这是多好的事情。还有一个伊斯兰教不崇拜偶像,这个我也很喜欢,一种宗教信仰,一种神职,出现偶像非常麻烦,你怎么办?

捷克有一个作家叫米兰·昆德拉,在中国有相当的影响。他写过西方的神学界,就耶稣是否大便、进洗手间这个问题,进行过旷日持久的争论,而且解答不了,我就不细说了,细说好像这个话题也不算高雅。伊斯兰教没有这个问题。

这样,这种宗教意识变成一种思想,变成一种意识,真主是没有形象的,它是人的一种灵魂,一种概念。

有一次我很感动,在农村里劳动的时候,我跟一个八九岁的农民小女孩聊天,她上学没上我不知道,说到什么事我也记不清楚了,反正我手指着上边,我说,"你的意思是真主会知道这一切的",然后这小女孩就告诉我,"老王,真主不在天上,真主在我们每个人的心里。"我就想这女孩水平太高了,给了我很大的教育,它不是一个具体的东西,不是上面,而是在心里,一个认识上,心灵的一个取向也好,一个慰藉也好!

第三个,我认为伊斯兰教还有一个好处——同情穷人。它帮助穷人,它把施舍看成穆斯林的一个重要义务。讲卫生、同情穷人,而不搞偶像,注意的是人的内心，这都是我非常佩服的。但是在外国的极少数人当中，有一种排他性。这个我们可以比较一下世界三大宗教，这方面，佛教是不管你信不信佛教，拜佛不拜佛，毫无关系，我要拯救众生！不管你信不信佛，甚至一个老虎、一个蚊子、一个苍蝇我也要拯救……我都要拯救，我面对的是众生，众生一律平等，这是佛教。

基督教的意思是你要是不信我，你就是迷途的羔羊。现代西方还有他们热忱的传教士，走到哪儿都要宣传他的教义，他认为你不信他，你就是迷途羔羊，他要拯救，这个有点麻烦，没事他要拯救你，我活得好好，要拯救我干吗？

至于把不信本教的人定性为异教徒，甚至不惜与异教徒产生暴力冲突，这绝对不好！而且许多穆斯林里面的大学者、大诗人，他们在几百年前就反复呼吁，不应该有狭隘的排他心理。

同样，也是我前面说的，波斯诗人有一首诗，这首诗给我们教育太大了，他说什么呢？大意是，我一个手拿着《可兰经》，一个手拿着酒杯，有时候我们做得很清真，非常穆斯林，非常伟大，有时候我也不太清洁。不洁，本来就是最难听的话了，在阿拉伯语中，“酒”一词来自“不洁”一词。谁喝酒谁就是不洁的，就是违背圣训！但是新疆有几个人不喝酒？

他另外一首诗里头也是这样的，他说：“无事需寻欢，有生莫断肠，遣怀书共酒，何问寿与殇？”（空闲的时候要多读快乐的书，不要让忧郁的青草在心头生长，干一杯再干一杯吧，哪怕死亡的阴影已经与我们靠近）可以打打折扣的，给自己开点方便，那么较劲干什么？跟谁过不去？

然后第三句话是，既然都在像蓝宝石一样的苍穹之下，为什么要分成穆斯林和异教徒呢？多先进，这老哥们多棒啊！他是14世纪的，离现在已经600多年了。我去伊朗访问过，我很喜欢伊朗，伊朗人占主要地位的诗人是哈菲兹，对哈菲兹尊敬极了，但是哈菲兹诗里面，有很多嘲笑阿訇、嘲笑经文学校的诗，思想非常开放，主要写的是爱情，爱情诗写得太好了，我觉得简直可以编成歌唱，而且那么简单、那么朴素，他说什么呢？“我好比海水里面的一条鱼，等待着美人把我钓上来！”

写得太漂亮了，哪怕钓上来嘴流血了，被钩子钩住了，但是也希望美人快把自己钓上来吧！在水里我更难受、更窝囊，我活不了！

我还看过很多这一类的，比如原来苏联艾妮写的《布哈拉纪事》，布哈拉是原来的宗教名城，有专门学经文的学校，书里写经文学校，写的全是小孩子跟老师淘气的故事。这样的话伊斯兰教和维吾尔文化的结合，起了什么作用呢？就是伊斯兰教神性必须和世俗性、人间性相结合。宗教的力量光有神性是不行的，它必须和人间性相结合。所以，台湾星云大师就没完没了强调，佛教要办人间的佛教,就是对老百姓生活有帮助的佛教。星云大师,也是一个大老板,不知道有多少财产,在全国开公司,在全世界开公司,星云大师搞大量慈善事业,办教育,台湾佛光大学就是他办的。

我们看新疆伊斯兰教,它也做大量世俗的事情。婚姻过去来说要管,治病也要管。我在农村里我知道,农村里男子性无能都是找阿訇——起码过去如此,现在有男科医院了。

比如说,虽然伊斯兰文化到来,我们有了"希提",这是宗教节日,但是,我们还有另外世俗的节日,就是"巴衣拉姆",而在维吾尔语中还有汉族的内地的节日叫作"恰甘"。后二者都是世俗的节日。例如努儒兹节,内容非常丰富热烈。

我顺便说一下,西方把伊朗妖魔化了,伊朗其实并不那么极端。离现在大概有六七年了,那一年 12 月份我去访问的伊朗,伊朗的各个宾馆里都有圣诞树。伊朗地毯非常有名,也有画作的地毯,诗歌插图的地毯也有。还有耶稣降生的地毯,这是我亲眼看到的。而且,每年 12 月 25 日,包括被西方骂成大妖怪的内贾德总统,都向全世界基督徒问好,他不是那么排斥的。所以,有一个很基本的问题,我们要给新疆伊斯兰教定性,伊斯兰教在新疆所构成的是一个世俗社会,不是一个神权社会,不是一个让大家不要生命、不要财产、只要圣战的社会。没有!新疆没有这样的历史,没有这样的记忆。

"文革"当中,当时武斗非常厉害,那时候我在城里也有个家,妻子在第二中学教书,我就住在伊犁。有很多知识分子跟我说,老王,汉族小孩怎么这么坚决,两派互相放枪,他说,我们手是很软的。

维吾尔人有一句话,我很喜欢,"maili"。全世界找不到这个词,把它翻译成"也行",这是很别扭的,"maili"是什么意思呢?是"可以妥协"的,虽然我并不希望是这样,但是就这样了,随便去!类似这么一个的意思,一个人卖东西,一个人买东西,买东西希望越便宜越好,卖东西希望越贵越好,最后,买东西的说我就是不出这个钱,回头就走了,等走出十步,卖东西的人就说"mailimaili",汉族人以为是"卖了卖了",不是说"卖了卖了",是说"也行"。它是一个非常务实的,一个通情达理的,它论的是现世——佛教的说法就是"此岸"。

最近,我出版的小说里面写道,一个虔诚的穆斯林认为,如果你种瓜的时候,不断浇水催熟,或者你卖牛奶时候,奶子里面掺水,这样的话你死后骨头会变黑,坟墓会坍塌。

对世俗社会并不排斥,对现代人生并不排斥,不是浑身绑满炸弹,一拉就拉响那种!

以色列和阿拉伯国家产生那么巨大冲突，但是美国人最喜欢吃的以色列的“beigou”，就是咱们的窝窝镶，有时候文化很有意思，有时候敌人跟你有同样的文化，有时候和你有同样文化的人，有可能成为你的敌人，破坏你和平的、幸福的、太平的生活。

自从两个阵营（冷战）结束以后，意识形态问题降低了，几乎有些最原始的问题反而都出来了。我确实从我内心里，完全不相信新疆会发生民族冲突、宗教冲突，如果有冲突，是国外敌对的势力的挑拨与破坏。

第四个问题，我想谈一下现代化与民族的文化传统这个问题。

从中国内地，尤其是汉族经验来说，现代化过程，尤其在文化上有时候是一个困难过程，在这方面，我国有极其痛苦的经验。因为中国在古代时候，他就不知道世界还有很多的重要国家，他认为中国就是天下，周围有很小的一些比较荒凉、比较边缘的地方，有一些小的番邦（国家），你去日本、韩国，看其古代文化，弄不好你以为是中国古代文化拷贝、一个翻版。再往东边都是海。

而在1840年，鸦片战争以后，中国人突然发现这么异常的事，中国人太痛苦了，在谢晋先生导演的《鸦片战争》里，最典型的，它最后的一个场面是道光皇帝带着儿子、孙子，在一个风雨交加、雷电轰鸣之夜，向大清国祖宗牌位磕头，哭成一团，道光皇帝对不起大清帝国的祖宗。

辛亥革命一发生，没有几天，当时的大学者王国维就自杀了。王国维是懂西学、懂外文的，他多次向中国人介绍康德的理论、叔本华的哲学思想，引进许多欧洲哲学思想。但是他为什么自杀？没有人理解，因为他并不是保皇党，他也不是清朝重臣，清朝西太后也好，宣统、光绪皇帝也好，对他没有任何恩泽、恩惠。原因之一就在于他最早感觉到，在现代文明面前，中华文明要完蛋了，他太痛苦了。类似的痛苦的故事不知道有多少！

最早一批被清朝政府培养起来，懂西学的，有一个相当著名的叫严复，是英国留学的。他在英国留学时梳长辫子，他翻译了赫胥黎写的《天演论》，实际上介绍达尔文的思想，进化论的思想。他是用文言文，很多地方是用骈体文形式翻译的，翻译极其漂亮。但是这个人回到中国以后，最后是怎么死的？最后是吸鸦片死的！他看不到中国的前途，他以为，要富强中国，就必须牺牲中国文化；而要坚守中华文化，中国就永远不能进步。所以，“五四”时期，提出非常激烈的口号——“打倒孔家店”，其中还有国民党元老吴稚晖提出来的——“把线装书扔到茅厕里去！”鲁迅提出来不要读中国书。经过很长的时间，付出很大代价，包括心理上付出很大代价，人们开始才认识到，实现现代文化，并不是传统文化的丧钟，并不是要把传统文化消灭，而是要对传统文化进行一个创造性的转变。

提出对中华文化进行创造性转变,学者里头最早是一个林先生,是我小学的同学,后来他一直在美国威斯康星,他叫林毓生。中国文化曾经有很多的不安,而且发生过极其激烈的恐怖行为。

在几次国内革命战争当中,恰恰是国民党,给共产党扣上了不要文化、不要祖宗,拿了俄国卢布的帽子。还说,中国共产党只认马祖列宗,而不认黄帝、孔子。经过了快 94 年(从五四运动到现在),正是由于我们国家改革开放取得成绩,使我们增加了对中华文化的信心,使我们认识到,发扬传统文化和吸收先进文明并不矛盾,正是现代化进程,使中国目前,包括各个边疆地区、少数民族地区,包括新疆、西藏的文物保护、传统文化的继承与弘扬,达到了空前的力度和水平!

不错,解放初期,我们是有过不爱惜文物的事情,比如北京就有一个很大遗憾——把城墙全拆了!

当年,北京大学有一批教授,梁思成、侯仁之,他们每年自费印宣传单,他们主张,当然建筑的事情不必多说了,就是保留北京古城,在北京西部,在石景山、周口店这些地方,建新城,千万不要动北京古城,北京的古城太宝贵了,全世界简直无与伦比。但是在“大跃进”当中,把城墙全拆了,反过来我们看看,我们在现代化口号提最响的,是 20 世纪 80 年代、90 年代,和 21 世纪前 10 年,是我们保护文物最好的时候,国家花了多少钱、多少文物专家建议得到采纳!我个人体会,现代文化引领,并不是对传统文化的破坏,并不是对传统文化的抹杀,恰恰是现代观念下,来尊重历史,保护文化,保护特色,保护文化遗产。我们文化遗产什么时候像现在弄得这么欢呢!如果没有改革开放、没有现代化目标,我们十二木卡姆能被联合国教科文组织所了解、所知道、所肯定吗?还有许许多多,还有昆曲也被联合国教科文组织所肯定,我们追求应该是在现代引领下现代文化和传统文化的整合。我大胆地说一句话,文化这个东西,不是零和模式,不是这个存在,那个就不能有了。比如说,我用美声唱法,不等于你不可以有民族唱法、民间唱法、原声唱法、通俗唱法、流行歌曲唱法,三个、四个、八个、九个都存在,谁妨碍谁呢?

又比如有武侠小说,有《阿凡提故事》,照样可以有这样类型的小说、民间故事、童谣……什么都可以有。所以,我常常讲,在文化上我们不能“破”字当头,而应“立”字当头,我们建新的建筑不等于必须拆毁旧的建筑,旧的建筑更宝贵,因为它是文物,已经不能使用了,至少我们应该保护一部分,要让后代知道我们的过去是怎么样的。

你到欧洲许多地方旅行,现代化城市当中,都有一块地方保持最老式样,在斯德哥尔摩有这样的,在马德里也有这样的,所以,我们追求的不是在文化上的你死我活，而是在现代文化引领下实现创造性转变，造成一体多元大发展、大繁荣的形势。我想这是我们追求的目标。

这里面有学习，有借鉴，也有保护，不管怎么样，先保护下来！这方面我自己认识上也有一个相当的过程，有一年，我访问法国，法国文化部长雅克朗就问我："现在中国戏曲里面，男人演女人角色多不多？"按照我过去的思维定势，我就回答说，过去男人演女人或者女人演男人，因为越剧里面很少有男角，男的一般都是女的演；京剧里面女的都是男的演，因为，过去男女授受不亲，男女都在一个剧团怕出丑闻。没有想到，法国文化部长雅克朗说，不一定，有不同效果，女的有女的的效果、男的有男的的效果！他的效果女演员代替不了，梅兰芳有他的效果！

中国有一位李先生叫什么呢？

（观众：李玉刚！）

过去我们认为，男人演女人是落后的，实际上他不是落后的。过去我们认为拳击太野蛮了，很残酷，所以中国是不能发展拳击的。现在看，只要按规则、按制度办事，大家觉得拳击是很有魅力的运动。

我刚当文化部长的时候，全国三四个具有革命老资格的女同志，几位大姐，给我批的就是深圳要搞礼仪小姐竞赛，是变相选美，是把妇女当作玩物，是对妇女的严重损害。

我一听，下令深圳停止。现在呢，选美光在三亚就有多少次了，在深圳也有多少次了。很有意思的是，越是选美，越要保持格调的高尚，参加选美活动，当观众的男人一律穿黑西服、白衬衫，打领带都不行，而要打蝴蝶结，而且领结只分两种颜色，一种黑色、一种紫色，红的不行，说明来的人都是绅士，都是高雅的人！越是这样的活动，越特别注意它的层次，不是低级活动，不是一个肮脏的活动。所以说，文化的东西看不清楚，就放在一边保留，不要轻易灭了。灭也灭不了，现在证明选美也没有灭，拳击也没灭。

反过来说，我们新疆本地人我太了解了，我说，老乡们、同胞们，我太了解您了。所以，有时我们非常反感的东西，就像我说芭蕾舞腿动作，其实看着挺漂亮的啊，又健康、又有感情，你看，英国芭蕾舞女演员的腿漂亮，长那么漂亮的腿，对我们下一代形象有好处的，为什么要往特别肮脏的地方想呢？这是健康，这是青春，这是艺术，这是活力！

我知道，民族同志最反感的就是二转子音乐，二转子音乐有利于我们推广。王洛宾的音乐，民族同志不喜欢。但是，现在台湾都把王洛宾当成"乐圣"看，通过他都知道了新疆旋律。知道的是真的、假的，我也弄不清楚，但是说是新疆的就是新疆的吧！

许多民族同志最反感的就是刀郎。你怎么能叫“刀郎”呢？叶尔羌流域才叫刀郎！可是他叫刀郎，汉族人没有一个人会想到(口里的汉族人)他和叶尔羌河有什么关系？刀郎是什么呢，一个带刀的男子罢了，然后他唱了《2002年的第一场雪》，我没有听过他的歌，但是我不反对他，反对他干吗？全中国那么大，既然有人听，既然出唱片，就让他做。所以，对文化的事情，不要动不动就反感，有时候，反感是狭隘的表现。

昨天上午，我跟伊犁一大批学生、教师、干部座谈的时候说，如果一个人只懂一种文化的话，就会对其他文化产生反感、生疏、硌硬、接受不了。比如说，我们应该叫“水”，英国叫作“water”，法国人叫“aqua”，维吾尔人叫作“su”，哈萨克人好像也叫“su”，蒙古人叫“ousu”等等。我们觉得，这不是莫名其妙，什么“aqua”，什么“water”，什么“su”，明明就是“水”，但你接触长了你就明白，这当然是“su”啊，这不是“su”是什么？所以，对和我们不同的东西，要有开放的心态。

汉语中有一个成语叫作“党同伐异”，和自己相同的东西，我们就看成是一党的，视为一体。“伐异”，不同的东西就要讨伐。我们为什么不能党同喜异，党同乐异呢？和你相同的东西认为是知己，看到不同东西，觉得很好玩，要有一种好奇心。

维吾尔语也有一句谚语，谚语说，“如果他跟你说的话不一样，他的心对你来说就是异己的”。太狭隘了！我们可以改成正面的词，同语则同心，异语亦同德。我是坚决主张来新疆工作的干部，你干三五年也好、干半年也好、干两年也好，你要学维吾尔语，缩小了与当地各民族之间的距离，说一句算一句，说一个词是一个词，别的不会说，你就说“亚克西”！王震同志在新疆的时候规定，学会维吾尔语，而且考试通过的，每人提升一级，多么精明英明的王震同志！

有一年我去德国住了六个星期。之前我报名参加德语学习班，当然学不会，六个月哪能学会啊，六年都不一定学得好。起码到现在我知道怎么叫一辆出租车。所以，我们这些方面一定要有开放心态，汉族同志一定要好好学习维吾尔语，民族同志一定要好好学汉语。不学汉语你吃亏太大了，不学汉语你升学有困难，你能上最好的学校吗？不学汉语你难就业，你找不到合适的工作，不学汉语你发展困难。所以，这些方面，要用积极的态度促进一体多元的发展，促进各个民族的相互了解、相互尊敬、相互欣赏，促进我们新疆民族团结。

我在新疆待过16年，在农村劳动了那么多年。那时候，很多政策“左”得要死，但是那个时候民族之间非常亲切、不分你我。不用说别的，就是过肉孜节和库尔班节的时候，多少汉族同志跑到民族同志家里面吃撒子，喝白酒；过春节的时候，多少民族同志跑到汉族同志家里面又唱又跳。我们一定要使新疆成为一个民族团结友爱的乐园，我不相信新疆会老是发生恶性案件。因为那些恐怖分子、暴力分子，他们不能代表新疆人民，更不能代表我视为亲人的维吾尔人！

我开句玩笑，他们问我，“老王同志，你从哪里知道那么多事情？”

我说，我也算是半个“缠头”，他们听见后怎么说，他们说“你整个一个维吾尔”，所以我怀着这样的心，和新疆各个方面的朋友，谈谈文化，谝谝闲传，说错了，请大家指出，具体的工作按自治区党委指示来办，明天我上喀什，再过两三天我又回北京了。就是在北京，我虽然不会念经，我要念我的心经：祝福新疆！

（本文是王蒙先生2013年5月25日在乌鲁木齐的演讲。）

关于“数学与人文”的对谈

王蒙 冯士筰 方奇志 徐妍

数学与人文

王蒙（著名作家）：大家好！很早福建有一个文学评论家叫林兴宅，他提出一个观点，他说“最好的诗是数学”，这句话一说，全国哗然，我当时并没有很多道理可说，但是我非常喜欢这句话。古今中外不止一个有名的文学方面的人才自嘲说：我为什么写这小说写诗，因为我从小数学不及格，汪曾祺先生就有过这样的表述。但是我跟这种类型的写作人有相当大的区别，我从小就迷于数学和语文，我为什么迷于这两样呢？我始终感到只有在数学和诗学里面，人的精神能够进入一个比较纯粹的境界，他能把对世界的认知符号化、纯粹化、提升化与激扬化，比如，你就是用数学的一些概念，用数字、数量关系，或者用形体、形状，或者其他，用这些东西来认识数学，来认识世界。而且只有在你的这个很特殊的精神世界里头，你能感觉到这种智慧的光芒，你能感觉到人类的智慧中有多少奇妙的激情与创造发现！不管你有多少不顺心的事儿，多少琐碎的事情，多少鸡毛蒜皮的事情，多少小鼻子小眼、抠抠索索的事，可是你进入这个境界以后，这些东西没有“入门证”，根本进不来，你只剩下了智慧，只剩下了推理，同样也只剩下了想象，最纯粹的想象。

我想作诗的感觉和解一道数学题的感觉是非常非常一样的。我年轻的时候，小的时候，上初中的时候，我就迷于这个。后来我长大一点就觉得各种数字和形状都是充满了感情的。譬如说，当我们说“一”的时候，中国人最喜欢这“一”：一以贯之，“吾道一以贯之”，这个人的坚决，多么鲜明，有多么忠诚；“天下定于一”，所以叫“定一”的人特别多，如陆定一、符定一等；有了“一”就有了一切，“道生一，一生二，二生三，三生万物”。后来许许多多的数学现象，我觉得都是人生现象，它反映的是人生最根本的道理。譬如说，我最喜欢举的例子就是我在北戴河看到一个捉弄人的、一个带赌博性质的游戏。老板用四种不同颜色的球，比如说红、黄、蓝、白，每样 5 个，放在一块 20 个，然后让你从里面任意抓出 10 个来，如果颜色的组合是 5500，就送你一个莱卡照相机；如果是 5410，就送你一条中华烟。然后，他反过来，有两个组合是你要给他钱：一个是 3322，一个是 4321，3322 加在一块也是 10，4321 加在一块也是 10。结果人到那儿一抓呢，经常是抓出来 3322 和 4321。这个是非常容易计算的问题。很多老师，包括西安电子科技大学梁昌洪校长，他是数学家，他把整个的算草都给了我，而且他特别重视这个，他在学校里头组织了几百个学生在那儿抓，抓了一个小时，然后又在电脑里头算，结果都完全一样，就是 3322 和 4321 所占的比率最高，都能占到接近 30%。而 5500 呢，它只是十几万分之一。为这事我还出了丑，因为我有这悟性，没这知识，我说这 5500 的比率和民航飞机出事故的比率是一样多的，结果民航局的朋友向我提出了严重的抗议，说民航局从来没出过这么多事故，他们不是十万分之一，可能是千万、或者更多万分之一。所以我也长了很多的知识。

这几个数字，一个是 3322，一个是 4321，迷住了我，我觉着这就是命运。什么叫命运？3322 或者是 4321 就是命运，为什么 5500 的机会非常少，就是命运绝对拉开了的事并不常见，一面是绝对的富有，因为 5 是全部，某一种颜色的球全部拿出来才是 5，另一个是 0，这个机会非常少，十几万个人中就一个，它赶上了 5500，我们也是爱莫能助了。所以说命运的特点在于：第一，它不是绝对的不公平；第二，它又绝对不是平均的。例如 4321，哪一个和哪一个数都不一样，却又相互紧靠，它的比率非常之大，我觉得这个命运太伟大了，这就是上帝，这至少是上帝运算的一部分，活着让你 3322，这非常接近，但是不完全一样，或者是让你 4321，谁跟谁都差一点，但是也不可能完全一样，但也很少可能是 5500。还有，如果你不是往外拿 10 个球，而是往外拿 12 个球，你想拿出 3333 绝对平均的概率也是非常低。恰恰由于 10 不可能用 4 除尽，4 种拿 10 个，才出现了这样美妙的结果。这就是几率、命运和上帝的关系。一次我和一个美国研究生谈起我的作品，我忽然用我的小学五年级的英语讲这初中二年级的数学，我就给他讲这 math，我说这就是 God。他就说“I don’t like this.”他很不赞成，很不喜欢我这样的分析，把伟大的上帝说成是数学。但是我不是说伟大的上帝是数学，而是说数学的规律是上帝所掌握的，和宇宙的奥秘是一样，我先说到这，希望得到冯院士和方院长的指导。

徐妍（中国海洋大学文学与新闻传播学院教授）：数学的趣味的确无限，原因就是它和人文密切相关，更重要的是，它里面含有非常多的我们人类难以穷尽的哲学，当然是生命哲学、东方哲学，以及灵感、想象力。但是如果说我们能感受到的话，一定是有好奇心、想象力，同时还有智慧的头脑，在这点上我想也不是每个人都可以达到这种境界的。

冯士筰(中国科学院院士,中国海洋大学海洋环境学院教授):我既不是数学家,也不是文学家,正好是在这两个范围以外的这么一个人。我后来再一想,我来有一个好处,有什么好处呢?我给大家算一笔账,你就会发现,我来也有我的用途:第一,在座的文学家,当然了,王蒙老师为首,是文学的一个组合,再加上数学组合,正是两家碰撞。数学组合,方院长,再加上老师和同学们,加在一块这又是一个组合。你们两个加在一起就是这个会议的主题,我们假设你们加在一块是 +1,放在数轴的正的方向,算 +1 的话,刚才王蒙老师说的“九九归一”,1 是很好的数字,我假设为 +1,那么我参加有一个好处,我既不是数学家,也不是文学家,如果我是真的一点也不懂的话,你可以把我算作在这数轴上的一个负数,我们假设是 −1。要是真这样的话倒挺好,我们把二者作和,即 +1 加 −1 等于 0,零这个数字是非常精彩的,我猜啊,方老师可以给大家一个解释。0 这个数字太美妙了,但在数学上,跟 1 比,甚至要超过这个数字。从中国的人文理解,“九九归一”很好,但从数学上来讲,0 是很奇妙的。因此,有我在确有一个好处,把我加在数轴上,就变成 0 了,太完美了这个数字!当然我也不是完全不懂,我也学过小学算术、初中代数、大学微积分了。文学的话,虽然没有系统学过,但至少是高中语文的水平。我看过一些书,因此,我不是完全听不懂,我就不是一个完全的 −1,而是一个负的零点几,这样一看,跟各位加在一起,就变成了一个不到 1 的一个小的正数,这就不圆满。另外呢,我不是一个绝对不懂的一个 −1,加在一块更不能是 0 了,就更不圆满了。但是,我想不圆满,这正反映啊,我们人类的发展和社会的发展没有圆满,从哲学上看这“不圆满”要比“圆满”更圆满!我这么一想啊,好吧,我就来参加吧。

方奇志(中国海洋大学数学科学学院教授):数学本质上和王先生刚才说的是一体的,因为从其源来讲,数学是研究世界的本源的,就是说它是形而上的东西。比如我们说 5 个手指头、5 个苹果,然后 5 头猪,这都是应用、现实层面的,但是你把那些单位都去掉,就只有一个“5”,那就变成了数字。从很久以前开始,人类相信数字是上帝安排给这个世界的某种模式,也就是说这个世界是按某种数学的模式运行的,这个模式可以用到很多的方面。从起源上讲,数学的所有研究、包括欧洲的数学发展,都是率先属于教会的,它是宗教的一部分。所以我们可以用一种哲学的换位来看数学。数学和文学,包括和哲学,在对人生最本质的和对世界最本质的探索方面是相通的,只是角度不同,应该都是一种我们所说的形而上的东西。

数字与人文

徐妍：听了三位老师的发言，我有一所得，也就是一个初步的认识，数学它其实是哲学，而且如果套用海德格尔的“诗与哲学是近邻”的话，我现在认识到是数学和人文是近邻。

王蒙先生说，从 1 到 9，我们都会从 1 到 9 想到一些，但是王蒙先生提供的是这样一些内容，比如说天得一以清，天下定于一；一分为二，二心，二臣；道生一、一生二、二生三；三足鼎立，三星高照，一分为三；四时生焉，四方、四顾茫然；五行，五色；六六大顺；七巧；八面玲珑；九九归一等。从 1 到 9，0 暂时悬隔到那里，因为 0 实在太妙了，我们把它放在后面。

王蒙：我忽悠一下，中国人喜欢“一”，因为这整个的世界是“一”，世界是统一的，郭沫若的诗有一个非常有意思的话是“一的一切，一切的一”，现在我也没完全明白是什么意思，但是他挺棒的，天下定于“一”。中国文化最讨厌的是“二”，如二心，如果皇上说你有二心，你的脑袋就保不住了。毛泽东也喜欢数字二：一分为二，天无二日，我就当那个“二日”，这是毛泽东和柳亚子说的话，老蒋说天无二日，我偏偏再给他出一个太阳。毛泽东讨厌“三”，他也喜欢“一”，什么“一元化”领导啊，这他都喜欢。他喜欢“一”也喜欢“二”，当革命没有胜利的时候，他喜欢“二”，革命胜利了，他喜欢“一”，但是他讨厌“三”，没有第三条路线，没有中间路线，第三条路线都是假的。我怎么觉得后来，就是改革开放以后，“三”的地位有点提高，哲学家庞朴就提出来一分为三，一分为三是什么意思呢？他说，譬如说，一抓就死，一放就乱，一抓就死这是“一”，一放就乱这是“二”，但是我们追求的应该是“三”，就是抓而不死，放而不乱，就是在“一”和“二”的斗争中产生出的一点新的模式，新的思维，新的生产力，新的生产关系。“一分为三”是庞朴教授提出来的，有一定的影响，但是也没有得到普遍的响应。我个人很喜欢他这个话。你只要承认了“三”，就承认了不断出现新生事物。所以老子说，“道生一”，抽象的道变成了一个统一的宇宙。“一生二”，这个宇宙就变成了矛盾的两个方面，矛盾的两个方面斗争的结果是会出现新的东西，既不完全是“一”，也不完全是“二”，那么不断地出现新的东西就生了万物，所以我个人也有点喜欢这“三”。但是在男女关系上我不喜欢“三”，我不希望第三者插足，我这一辈子也没有“三”的记录，我永远只“守一”。

徐妍：刚才王蒙先生讲，从 1 到 9，他最喜欢哪个呢，他在书中已经说了，特别不喜欢“小葱拌豆腐”的那种一清二楚的思维方式，我也猜想可能“三”是他比较青睐的数字之一，这是在哲学上，不是在生活上。而且在这里面我的感受是虽然有着对于传统文化的追溯,但也有他个人的,或者一代人的那种伤痛的历史记忆。中国要是能够允许“三”的存在,那大概是一件非常大的不容易的事。

冯士筰:王蒙老师刚才谈得非常清楚,从1到9,谈得确实不错,我想方老师应该更有她的体会,就这九个数字,咱不谈0,0是个比较奇妙的数字,这是个基本数字。刚才王蒙老师谈到了一、二、三之间的关系,不容易啊,“一分为三”,在今天我们能讨论它,这已经是不容易了,这是一个巨大的、本质性的进步,不是从文学上,也不是从哲学上来看,而是从社会上来看。在我们国家,现在能讨论一分为三了,上帝呀,这真是保佑!

在我谈之前,我先斗胆“批驳”一下王先生。您和您夫人“守一”呀,OK!但是,“三”是重要的:小孩儿!没有小孩儿,就不是一个家,就不是一个三维结构,就不是一个完满的家庭。事实上,就王蒙老师的恋爱观有一个非常重要的、最稳定的因素,“子子孙孙,无穷匮也”,就是后代。我们老说n维空间,其实我们生存在一个三维空间($n=3$)中,三维空间是除了时间以外最稳定的空间。抱歉,这是补充,不能叫反驳。

“一分为三”看来可能是非常重要,至少非常有趣,大概“三”的位置是最稳定、最和谐的,也普遍存在,不管你承认不承认。我们过去看小说也好,看电影也好,都是红脸就红脸,白脸就白脸,非黑即白,没有灰色地带。我说话可能是有点僭越了,反对写中间人物,其实说白了,冒昧地说一句,在座的各位,可能咱们大多数都是中间人物。大家都知道写武侠小说最著名的作家金庸,我对金庸最佩服的一点,他书里面的主角几乎都是中间人物,这点儿是完全超出武侠小说的主旨和传统上的特色的。其实“三”是最稳定。还有一个特色,这个“三”,往往是一个最难处理的事情,社会之所以这么复杂,就是因为“三”。我们在不断地处理这个“三”,处理得好,我们就皆大欢喜;处理坏了,就得好好处理处理,“水能载舟,亦能覆舟”大概是这个意思。这个“三”是最普遍存在的,毛病是最多的,我们要不断处理它,这才是真正的现实社会,而不是非黑即白,灰色地带其实是挺多的。所以,“一分为三”是非常值得研讨的事情。

我不是哲学家,我也不懂哲学,但是我体会到这个“三”确实重要。其实这个概念王蒙老师已经提到了,咱们自古就有“一分为三”这个概念,三足鼎立,如果咱把“三足鼎立”分析分析也很有意思。他们造出这个三足鼎立的这个鼎来,你还要维持这个鼎不倒,老保持这个稳定三足。再有就是平衡,平衡可以是稳定的,可以是不稳定的,这两种情况都有,这是两个极端,永远的绝对平衡在社会上是不存在的,在自然界也不存在,它早晚要变。绝对不稳定也不会,你可以想办法调整它使它平衡。最好的平衡,就是随遇平衡,就是这球它总是平衡的，这就是那个“三”。所以，我理解这“三”，从数学科学到自然科学，到咱这社会，能够来讨论这“一分为三”，这本身就是一个巨大的进步。我们现在最推崇的唯物辩证法，辩证唯物主义有三个基本规律，一个是“对立统一”，一个是“量变质变”，一个是“否定之否定”，也是“一分为三”。但是，数学家可能更希望把基本规律归为更简单的，我不反对，在数学上，我们假设越少越好，才能有一个统一的、更扎实的理论基础。我们搞海洋的，我是搞物理海洋的，搞海洋就要搞海水运动，我们也是要尽量把假设减少到越少越好，不要这么一假设那么一假设，随心所欲。你要提出最基本的假设一个、两个、三个来导出你的动力学模型。这方面方老师就更有体会了，咱们中学学的那个几何上的勾股定理，那是非常精彩的。我举个例子，就像这个勾股定理，“勾三股四弦五”，我们老祖宗早就发现这个事儿，这是中国人发明的，没错，这一点是绝对正确的，但是，我们为什么没有系统地发展起这个几何学来，而让希腊人发展了，从现代科学来看是很值得深思的。方老师知道，他们也有这个定理叫“毕达哥拉斯定理”，他们这定理是推论出来的，证明出来的。他们首先提出几个最基本的公式，就是几何公理，然后系统地推出和证明了一系列定理，建立了“欧几里得几何大厦”。前者是“1”，后者就是“2”，什么是“3”？1和2都不是绝对唯一的真理。有意思的是，把这些公设改一个之后，就可以变成“非欧几何”，这或许就是“3”？伟大的广义相对论就基于非欧几何构建起来。我这话什么意思呢，就是“一分为三”的这个“三”，的确是值得研究的。我说真的，王蒙老师，要有兴趣研究这个哲学观点，这有利于自然科学哲学和社会科学哲学的发展。我最赞成的是胡锦涛同志倡导的“科学发展观”，“以人为本”为核心。谢谢！

徐妍：刚才，王蒙先生和冯老师都对“三”情有独钟，我认为，数学、数字和文化都有着深厚的各种各样形式的联系。接着我们还是请方教授以数学家的目光，或者是个人的记忆来挑选她比较喜欢的数字。

方奇志：下面我就聊一下数的发源。人类从什么时候、怎样开始识数的？现在的探险家到原始部落去，会发现几乎所有的原始部落里面用到的最大的数就是“3”。为什么呢？在数的产生过程中，先是有了“1”，大家认为这是我，然后慢慢地出现了“2”，因为我对面有一个人，在出现了“1”、“2”以后，数字停顿了很长时间，之后又出现了“3”。“3”的发现，相当于人们发现在我、你之外，还有一个客观的第三者站在那儿。我们会看到许多与“3”有关的现象：原始部落里人们会把三个东西堆在一堆去数它们，而不会堆成四个一堆；希腊大写数字的写法，一个大Ⅰ、两个大Ⅰ、三个大Ⅰ，而4写出来的时候就变成Ⅴ左边加个Ⅰ（相当于五减一），6就是Ⅴ右边加个Ⅰ（相当于五加一），7就是Ⅴ右边加个Ⅱ(相当于五加二),8就是Ⅴ右边加个Ⅲ(相当于五加三)……因而3是一个特别基本的数字。

刚才冯院士谈到毕达哥拉斯学派,这个学派是数学里最早、也是在西方哲学和西方美学里最重要的一个具有宗教色彩的重要学派。毕达哥拉斯学派的宗旨就是万物皆数,他们认为数是万物的本质,上帝创造了数字,世界就是按照数字的各种运算、各种模式规律来构成的,然后剩下的都需要人来做、来解释。人的工作就是来发现自然的奥秘。因而这个学派主要研究的就是数。勾股定理在西方称为毕达哥拉斯定理,是因为毕达哥拉斯首先给出了这个定理的严格证明。毕达哥拉斯为了庆祝这个定理的证明杀了100头牛,所以这个定理还有一个特别通俗的名字叫"百牛定理"。毕达哥拉斯学派对于数字有他们自己的认识,他们认为:"1"是原则、是世界万物之母,这和我们道家的讲法是一样的;"2"是对立和否定,和毛主席所讲的也基本一致;"3"则是万物的最终的形式、代表完美的形式,按照我们数学中有种讲法,"3"就是一个系统。我用家里日常的一种规律性来讲数字"3",一个孩子是要管的;两个孩子你要"拉",因为他们会经常打架;如果这家有三个孩子,父母是很好当的,只需"宏观调控"就行了。因为三个孩子,往往是两个一伙、一个落单,这个落单的孩子就会想办法妥协、去沟通,三个人就会在不断的运动变化之中维持着一种平衡,家长只需要看着他们玩就行。从这个层面上讲,"3"真的是个很完美的数字。在西方哲学里面,数学的起源是与宗教在一起的。三位一体是西方哲学非常重要的模式,从这个角度看,"3"这个数字是很重要的,"3"即可成为一个系统,或者说一个系统一旦达到"3"就稳定了。

多说一句,就是刚才冯院士所说的为什么我们的勾股定理比西方的毕达哥拉斯定理提出早好几百年,但大多数人仍然称之为毕达哥拉斯定理。我觉得一个很重要的原因就是我们没有证明,但毕达哥拉斯证明了。从本质上讲,西方的数学更多地强调认识数的本质,要通过认识数来探究世界运行的模式。在这种探究中,通过毕达哥拉斯定理发现了无理数,导致了数学史上的第一次危机。而中国的数学是从丈量田亩开始的,勾股定理是从实用出发,强调有用。所以我们并没有从勾股定理中发现无理数,因为现实生活中的度量用不到无理数。西方的数学更讲究逻辑的严密的和本源性的发展,因而发展得更为持久。这有点像哲学,如果哲学都以实用为主的话,那么就无法存在和发展了。从这个层面上来讲,数学在西方的发展要比在中国好。

徐妍:刚才方院长是从另一角度,不光是从数学的王国,而且她是从西方对数字、以数字"3"为例提供给我们另一种,我个人的理解也许有误读的地方,就是另一种"3"的存在样式,或许"3"本身作为一个数字,作为数学王国中的一分子，它可能在不同的文化环境中，不同的文化链条下，会有一个不同的存在样式。在西方呢，我想它稳靠、协和，因此它能发展壮大，这个可能是两种不同的文化。我们因方院长的阐释，知道“3”在不同的文化、不同的国度有不同的样式，这是我的一个理解了。非常感谢方院长。

数学与命运

王蒙：我这个摸球的例子，大家都可以去试试，你用四种扑克牌，或者四种麻将牌都行。你会发现摸出来不是3322就是4321，这个机会多。其实就是方老师开始时讲的，这是一个形而上的东西，中国人也有这种头脑。比如说中国人说一个人的命运，有一个词，说他“赶上点儿了”，这个“点儿”是一个数学名词。有人倒霉，大家也说他赶上点儿了，有人突然发达起来了，蹭蹭直上，芝麻开花节节高，你摁都摁不住了，嫉妒也没用，告状也没用，他赶上点了。尤其还有一个更严重的话叫“气数”，比如说这个朝代气数已尽。“数”、“气数”、“气”很抽象，你摸不清楚。“气”你可以说是他的运气，也有一个人，或者是执政集团，或者是这个朝代，或者是这个皇帝主观的自信，或者是我们所说的那种气场等等。还有就是“数”，数字经过若干发展运动以后变成了“气数已尽”。这国民党啊，我这一辈子感受最深的就是国民党那时候就是气数已尽，你没办法。当然我那个时候是非常反对它的，从个人来看，现在看国民党那些人也不都是最坏的。比如说胡适现在行市也很好，现在已经被很多人所尊敬。当时根本就帮不了他，怎么弄怎么倒霉。你们看三大战役，淮海战役的时候，国民党是用装甲车、汽车来运输，人民解放军靠的就是腿，每次到一个地方都是前15分钟，前20分钟，或者前半天，共产党已经占领了，国民党拼了半天命，他就是差这么十几分钟、20分钟，气数已尽。这里面是有一个数字的法则的，这个数字又和时间的运行，和你所说的“这条轴”是联系到一块儿的，到时候说不行就是真不行了。

所以说，我觉得很好玩。所以说命运。古代有算命的，算命的进行的是什么呢？基本上类似数学活动，所以叫“算命”。生辰八字这一系类的创作，包括抽签都是一个数学活动，这也是几率——你抽着上上签的可能性有多大，你抽着下下签的可能性有多大。甚至于这个“相面”，相面这里面是不是也有着几何性的观察，哪儿跟哪儿的距离怎么样，哪儿跟哪儿的距离怎么样，这人人中长寿命就长，要分长短，要分大小，其实这都是数学的概念。所以数学是人类认识世界的一个最基本的方式。

爱情里面也充满了数学的那种表达，“执子之手，与子偕老”，这是一个很长的一个数字,偕老,起码是几十年的一个数字。“不需要天长地久,只需要曾经拥有”,这是另一种爱情观,这种爱情观要求的是瞬间,是刹那,甚至于就是偶然,是不稳定。

所以,我觉得数学是一个基本的认识世界的方式。顺便我也呼应一下,比如说咱们也研究这个商高定理,但是没有发展成为完备的数学。就这个问题我谈两点:一点,咱们喜欢整体性的思维,我既是为了实用丈量土地,我又是为了趣味。通过商高定理,我觉得很有趣味,3、4、5 这几个数字太迷人了。他没把它抽象化,分割得很清楚,说我这要研究的就是这个数量关系。还有一个原因,咱们不重视计算,丈量计算我们不够重视,从古代就不够重视。毛主席讲实践论,他说感性认识多了,就变成了理性认识。但是这个话不完全,因为感性认识再多,本身不可能变成理性认识。毛主席本人已经认识到这一点,所以,他最初在延安提世界上的知识,一个是阶级斗争知识,一个是生产斗争知识。但是在 1958 年、1959 年,尤其是在“大跃进”失败以后,毛主席提出来的是生产斗争、阶级斗争、科学实验。到现在为止没有一个人研究,为什么毛泽东加上了“科学实验”。我认为从背景上来说是由于“大跃进”的失败,从学理上来说,毛泽东他体会到感性认识是不可能由于数量的积累就变成理性认识,他需要通过科学实验。那么,如果我斗胆来讨论这个问题,科学实验是重要的,还有一条同样重要的就是逻辑推理与数学运算,感性认识是通过科学实验,因为科学实验也已经非常靠近逻辑推理与数学计算,这个加上以后,毛主席的实践论、认识论就比较完整了。所以,如果我们有这样一个比较完整的认识,如果我们能够更加深入地探讨中国人的大脑需要更多地强调逻辑与数学的问题,我们中国人在科学上,在数学上,也会有非常好的前途。

徐妍:刚才这个话题,就是“数学与命运”的话题,也是从几率和组合这样一个非常复杂与玄妙的话题,经王蒙先生的解释和体验,也可以说是从“三”生发过来的。比如说,命运是非常混沌的、未知的、无限的,没有人能说得清楚,说得明白,说得清楚的就不是命运。但是,数学呢,固然也是说不清楚的世界,但是努力明确这种混沌的世界,为什么用精确的世界来解释一个混沌的世界,这个是我特别好奇的。中国人缺乏精确的思维,像王蒙先生所讲的,我们缺乏一种科学的、严谨的、数学的思维方式。但是,这两个方式我们如何对接,我想这也可能是其奇妙的地方,也是其哲学的地方。

冯士筰:刚才王蒙老师已经谈得非常精彩了,很多话非常中肯。这里面既然谈到几率了,其中的一套数学理论待会就要请方老师来解决。我看到过有关几率的一首诗,王蒙老师也可能看过,方老师也可能看到过。现在有一个数学家叫安鸿志,他用概率统计研究《红楼梦》,得到一个重要的结论,就是这部

《红楼梦》是骂雍正的。我很有兴趣，王蒙老师可能更感兴趣，很有意思，对错咱不说。他本身是数学家，尤其是红学家，他的院士同学写了首诗，这个同学诗写得不错，我试着背背看看，他说的实际上是“规律”，他说：“随机非随意，概率破玄机。”为什么随机非随意，你研究概率论就把问题给解决了。第三句呢，就是这个“无序隐有序”，你看着乱七八糟，其实也有序。最后一句“统计来解谜”，也就是说统计学就把谜给解开了。这首诗不愧是数学家写的，写得非常的好，没有一句废话。我想举个例子，实际上在20世纪，现代物理学两大支柱，一个大家知道是爱因斯坦的相对论，另外一个是量子力学。量子论本身用的数学工具就是概率统计。所以说，概率统计，也就是王蒙老师刚才提出的几率，有非常大的使用价值，而且是20世纪现代物理学两大支柱之一。不过话讲回来了，爱因斯坦是反对量子力学的，据说他说过这么句话：“我就不信上帝会掷骰子！”我们不去管他的观点，现在认为两者都对，爱因斯坦也对，量子力学也对。这句话出现另外一个问题，上帝会不会掷骰子？掷骰子，这说明什么呢？人生的际遇就是掷骰子，你别看它很乱，我看是冥冥之中有一个规律在里面起作用。当然了，这里面有很大的不同，比如时代的不同，历史发展的不同，农业、工业何止是水平的不同，还有人际关系的不同，诸如此类等等。也许出了个天才，又出来一个魔王，这都可能进行一些干扰，但总体来看，我觉得真有一番规律，按照辩证唯物主义的观点，就是从马克思社会学来看。幸好历史是人民写的，这是从政治观点来看。实际上从根本上说我们尚不清楚，因为人类历史太短了，中国算长的吧，也不过就是三千来年文明史。从整个地球上的社会发展，不要说宇宙发展了，我们还摸不清楚这个规律。看来，命运是掷骰子。实际上，这里面有一个——西方人叫上帝，东方人叫老天爷——造物主可能给分配好了，按老子的讲法就是“道”。我说句可能或许完全错误的话，我看宗教和哲学是一个东西，两种表现，你把这个拟人化了，就变成宗教了；可能你要是把它看作老子说的“道”呀什么的，这就是哲学。对不起啊，我既非宗教学家，又非哲学家，我这可能完全是胡说八道，冒犯了！谢谢。

徐妍：刚才我想起两个词，我不知道是不是俗话的理解，冯院士特别有“穿越”的能力，上天入地是一种穿越，然后，超越时空，超越国别，也是一种穿越，但是无论如何穿越，他的理解是极其有逻辑性的。尤其有一个“一”的存在，这个可能就是我们说的人文修养无限好的科学家。

方奇志：数学里“概率论”是研究什么的呢？就是研究随机性的，明知道它不可知，仍然要努力地了解它。王先生前面提的“几率”，在数学上也称为“概率”，就是描述不确定性的一个概念。就像王先生所说，几率再大、就算你的几率是99.99%，可能到时候啥结果也没有，俗话说就是赶不上点儿；而即便几率再小,就是10的负100百次方,事情到时候也说不定就发生了,你就赶上这个点儿了。所以,几率只是描述一种不确定性概念,而不能确定事件的结果。但是,随着不确定事件的慢慢积累、不断地重复,某种规律性就会渐渐展现出来。这些规律性,在座学过"概率论"的同学都知道可以用一个叫"大数定律"的数学定理来描述。

大数学家雅各布·贝努利从1685年起发表关于赌博游戏中输赢次数问题的论文,后来写成巨著《猜度术》,这本书在他死后8年,即1713年才得以出版。大数定理就是以他的工作为基础的定理,所描述的规律是:当一个随机的事情被无限次地做下去的时候,那么其结果的规律就有了。像扔硬币,扔一次、两次、三次,结果都正面朝上,我们是无法确定其规律性的;但是当我们不断地、无限次地扔下去,就会发现出现正面朝上的次数大概占1/2,不会差很多,这就是规律性。贝努利在《猜度术》的结束语中说:"如果我们能把一切事物永恒地观察下去,那么我们终将发现世界上的一切事物都受到因果律的支配,而我们注定会在种种极其纷杂的事物当中认识到某种必然。"这正对应着王先生所谈的几率和命运之间的关系。

有一本描述随机性的非常有意思的书,叫《醉汉的脚步》。作者用一些例子告诉我们,生活中的许多事情大致就如同刚在酒吧待了一夜的醉汉那蹒跚的脚步一般难以预测,同时也提示我们如何在一个更深层次和更正确的基础上来进行决策。算命本质上就是依赖概率,但是算命的人很聪明,他们会巧妙利用概率。像王先生说的那个摸扑克牌游戏,我们可以想象把命运的各种可能性结果组合在一起,就是扑克牌抽出的所有可能的情况。算命的人会特别清楚出现各种情况的概率大小,如出现1234的可能性就特别大、出现2233的概率也很大,但出现5500的概率就特别小。因此,算命的人绝对不会说概率特别小、也就是特极端的那种情况,而总会挑着出现的概率特别大的情况来讲。用这个摸扑克牌的例子,如果我是算命的人,我就会对每个人说"你摸到2233或1234"。大家都觉得算命算得很准呀,所以,算命的其实是懂概率的!

徐妍:命运,在一些重大的事情上我是信过的,但是一到不好的事情,我体现了传统中国人的思维,不好的时候我就不信了。我对命运是半信半疑的,东方对偶然和必然,对恒和变,可能有我们的幸福哲学,我们不信天不信地,其实我们信的是命运,我们有我们自己的哲学,所以当悲剧来临的时候,或者说人生平淡的时候,我们都会活得很满足,那么当有所灾变的时候,包括像死亡、疾病来临的时候,我们会有我们的应对,也许是天意如此,这也是我们这个民族更温顺的一个原因吧。他可能这两方面同时存在。这是我的一个体会。

数学中的0、无穷大和终极关怀的关系

王蒙：刚才听方老师说《醉汉的脚步》，这题目简直太好了，太迷人了。这是一个数学的命题，但这也是一个文学的命题，这可以是一个长诗的题目，也可以是一个小说的题目，可惜今天是听方老师说，我不好意思下次写一本书叫《醉汉的脚步》。这个“0”，也是我最感兴趣的数字，我觉得这个“0”从哲学上说，就是中国人所说的“无”，因为“0”是“zero”，“零”也就是“nothing”，所以，“0”就是无，无就是万物生于有、有生于无，所以无是本源。无当然是本源，因为我们在座的每一个人都生于无，在我们被我们的母亲怀胎之前，我们就是无。中国人在这个“无”字上是很下功夫的，所以老子说无为、无欲，认为一个人能做到“无”的境界，为学日益，为道日损，以至于无为，就是要做到“无”的境界。但是，无为无不为，为什么呢？因为有生于无，无又不是都有，所以，中国古人又说，这最早出处我记不清了。中国人说的更伟大，说的什么呢？无非有，无是没有，无非无，无也不是永远无，无因为能够变成有，无非非无，但是你无也不是把无给否定了，无本身是不否定无的，无不否定无，但是无又可以变成有。为什么无能够变成有呢？有了无穷大的帮忙，无和无穷大结合起来，就有可能产生出有来，就从“0”变成了“1”，有了“1”就有了一切。电脑的数字有0、1，它没有其他数字，0和1已经代表了全部数字。那么发展到最后它可以变成无穷大，当然关于无穷大，它是一个延伸的、正在进行的概念，还是一个已经完成的概念，在数学界也有极大的争论。无穷大是什么呢，0和无穷大放到一块就是道。刚才冯院士也讲到这个，把上帝人格化。把上帝人格化呀，非常麻烦，米兰•昆达拉的小说里就描写过欧洲的神学家曾经长期争论的一个问题，就是耶稣进不进卫生间。人格化了就有这个问题。而伊斯兰教它并不人格化，因为它认为这是一个观念。道也有这样的特点，它是一个概念，同时它高于一切。道是没有形象的，既是规律，也是本体，取之不竭，用之不尽，“天地犹如橐籥乎”，就像皮口袋的风箱一样。现在新疆也有皮口袋这个东西，动之不穷，取之不竭，就是你这么拉来拉去，永远没个完，这是特别具有无穷大的特色。所以，数学里面，一个是0，一个是1，一个是无穷大，这都是哲学，这都是人生的符号，这甚至是神学的符号。神学并不是说我们一定要相信教会，因为对于神学的真正的、经典的定义，就是终极关怀、终极眷顾，就是不可能用现世、用经验说明的一切，我们从无怎么变成了有。你如果这么说的话，这个无穷大就真的可以解释一个，我不知道我说的对不对，请方老师指导，就是说它已经超出了经验。我甚至认为这是人类预言的产物。因为我们人的经验都是有限的，没有无穷大，有0，这个经验是有的，有限是有的，不管多么大。但是

呢,根据人们构造反义词的功能,我们感悟到除了有限以外还有无限。我们的经验里面只有一段段的时间,只有暂时,但是构造反义词还需要一种永恒,所以我觉得这几个词特别好,可以和最后那个问题,今天没有时间专门谈了,可以联系起来,恰恰是0和无穷大之间,有和无之间形成了各种悖论。数学悖论呢,实际上说到底它也是一个0和无穷大之间的悖论,因为既然是0,你永远是0,可是无穷大了以后它又不完全是0。数学的悖论里最基本的问题是说你如果承认有,那有没有0,有没有0啊?你既然承认有,那0也是一种有的方式,如果0变成了有的方式,就太受鼓舞了,我一想到这个,我对于岁数越活越大,到了最后乘鹤西去,上西天我都不害怕了,因为0也是一种存在的方式,0也是一个数字,0也是有。传染病的零报告同样是疫情报告吗?零疫情也是疫情啊。那么我说无,无会不会无呢?无无了,那不就变成有了吗!这不就是人生最大的悖论:无是可能无的,有也是可能无的。有当然是可能有的,但是,无可能就变成可能有的了。这一下子整个的世界都可能活了。上帝,我说的这个上帝是完全不进卫生间的终极,当有了终极以后,无、有、生、死、存在、规律、本体、抽象都激活了,真是让人感到无限的幸福。

徐妍:王蒙先生刚才的那种阐释,对无穷大、0还有悖论之间的关系的阐释是非常精彩的。为什么呢?我的感觉是我们生活在这个世界上,一定有很多和每天的阳光一样的伴随着的孤独呀,恐惧呀,也是和很多悲剧性的问题连在一起的。但是,如果我们有这种理解,这种旷达的理解,那我们可能都会得到拯救,也就是说,我们每一天都会有明天,衰老、死亡都会有美好的明天。因此,我们说,我们懂得了零,懂得了无穷大,懂得了它们之间悖论的关系,我们也懂得了中国人的幸福哲学和我们的生命。

冯士筰:王蒙老师谈得非常精彩,非常高级,也非常抽象,我几乎是无话可谈了。我既然坐在这儿,不谈我感觉过不了关,那我就跟大家说得更通俗一点,就说这个“0”或者这个“无”。0这个概念留给方老师讲。在0和无之间,0既是无又是有,“0”者,既无又有也。但是,这无是很重要的,刚才王蒙老师已经阐释了很多哲学原理了。我给大家举个例子,阐明0和无穷大。大家知道现在这个武侠小说里面,我最推崇的是金庸。改革开放以后,我才慢慢看到像金庸写的武侠小说。这里面我想说一点,结合这个“无”。凡是看过的就会发现这个人很有本领,那个很有本事,有少林派,有武当派,本领都很大。比如说那个降龙十八掌,那个独孤九剑,那都是很厉害的一些招式,最高的招式是什么呢?就是没有招式。谁?张三丰。这就对了。这就是王蒙老师讲的这个“无”,这个“0”。有招式你可以得5分,你可以得10分,他可以得90分,他可以得100分。要是没有招式呢,恐怕就是超100了,就是“无穷大”!所以,最大的本领就是无招无式,“此时无招胜有招”。我想,这就是“无”(招式)或“0”(招式)才具有“无穷大”(本领)! 二者对立统一了!

无穷大,这个无穷大也很悬。这个无穷大与0一样,是既“有”又“无”。因为无穷大你不知道它有多大,要多大有多大,看来有点“虚无”,“海外有仙山,山在虚无缥缈间”,这就是无穷大的“无”吧,那么“有”呢? 为此我们先回到“0”的有无讨论,再谈无穷,因为后者涉及一个“动态过程”。正如王蒙先生所言,0或无是既“无”且“有”,有无兼得,这是哲学所云。我们举一个数学上的简单例子作为佐证或注解。任何一个有限数加上0或减去0还是该数本身,也就是说此时0不起任何作用,表明0的“无”。但当你用0去乘该数时,结果却变成了0了,表明了“0”的“有”(作用)。特别任何一个有限数的0次方都是1,此时0的“有”作用有多大呀,“九九归一”了。现在老人们碰到一块常说,健康才是1,其他都是0,没了健康其他都谈不上了! 这表明了0既“有”且“无”的属性。如果没有这个1,其后的0都是“无”;只有有了1,其后添一个0就是10,再添加一个0,就是100,再加一个0就是1000了,如此无限地添加0岂非就是无穷大了,这不仅表明了此时0的“有”,同时不就也表明了无穷大的“有”吗! 更有趣的是,1的存在是必需的! 为了更直观、更生动地体会到无穷大的存在,多说两句。若把上述例子看作年龄,人一生几十年,最长百十来年吧,千年的高寿已是《庄子》中彭祖的年纪了,后者比前者就可以看作实际上的无穷大了,我们搞物理的常把它称为“物理上的无穷大”;“上古有大椿者,以八千岁为春,八千岁为秋”,这个与彭祖比又是实际上的无穷大了。反过来,“人生天地之间,若白驹过隙,忽然而已”,就算彭祖的高寿,与这株上古大椿树比也不就是实际上的无穷小吗? 2 000多年前啊,庄子真是伟大的智者,他早已引入了“无穷”的概念:“至大无外,谓之‘大一’(无穷大);至小无内,谓之‘小一’(无穷小)”;他又以直观之比较,生动地引入了实际上对无穷的感受:“天与地卑,山与泽平”,意思是,从整个宇宙的尺度观察“天与地都是低的,山峰和湖泽都是平的”,因为天空、地势、高山和湖泽的尺度与前者比较都是实际上的无穷小,当然就难以分辨其高低了。“无穷小”这个概念的引入是自然的,也是非常有用的,0不能作分母,可是无穷小行,因为无穷小和无穷大可以互为倒数,这当然是马马虎虎地讲。其实,正如王蒙先生说的,无穷首先是一个过程的经历,我们中学数学课上老师就讲过“一尺之棰,日取其半,万世不竭”,这又是庄子的至理名言,思想太超前了,它描述了一个无限逼近的过程,这根棍子无穷次地被截取(无穷大)而越变越小(无穷小)的过程,太生动了,2 000多年前呀,真是“朝闻道夕死可也”! 这里,正如王蒙老师所言,有3个关键符号或元素,即0、1(代表有限数)

和一个无穷过程;那么,为什么无穷大是"终极关怀"呢?

我们先建立一个简单的数轴上的"人生成长轨迹模型",可谓之"直线模型"。原点(0点)代表出生,向右循着正轴在成长,直到正无穷,这意味着一个人长生不老了,这不符合实际,这个"模型"必须抛弃。其实,为了建立一个依据王蒙老师所信仰的"人生成长轨迹模型",只需扬弃上述由负无穷到正无穷这个无穷长的"直线模型",而建立一个在无穷远处正、负无穷相互逼近为一个无穷远点即可,两极相合,"物极必反",这个"人生成长轨迹模型",可称之为"圆周模型"或"王蒙模型"。我们可以把上述无限长的数轴想象为一个半径为无穷大的圆周,故可称为"圆周模型";我们将会看到这个"圆周模型"可以注释王蒙老师的哲学理念和主要观点,特别包括我们这一部分讨论的无穷大和终极关怀,故可称之为"王蒙模型"。请看,首先能够扬弃不合理的"直线模型"而相对合理地建立"圆周模型"的关键在于无穷远点的理念和对无穷大的处理,这不就生动表明了无穷大的"终极关怀"吗?! 其次,一旦过渡到建立了"圆周模型",无穷大已完成了它的"终极关怀"的使命,将不再显现于"人生成长轨迹的圆周"上,羽化成仙了。其实,在这个模型中,原点(0点)的位置并不重要,每个人有自己的出生原点(0点),其后循着逆时针在圆周上成长;显然,原先的负轴也多余了,可视为无穷点又与零点重合了,正如王蒙先生所言无穷就是零,"量变质变",一个无穷长的"直线模型"羽化成了一个有限长的"圆周模型"。此时,注意:① 该模型合理地反映了人生是有限的,因为圆周的长度是有限的,乃直径与π的积;② 人生一世,绕圆一周,到驾鹤西归时,又回到了出生的原点(0点),"尘归尘,土归土",生死相依,有无同在。当然这不是一个简单地回归或归零,是"否定的否定":因为不论你这一生是"可怜无定河边骨",抑或有幸"采菊东篱下,悠然见南山",都会留下你人生的痕迹和对周围、社会甚至历史的点滴影响。请闭上眼想一想,将来弥留之际,你能不感到这是人生不幸中之大幸吗?可是若没有无穷大的"羽化"哪来的这种"终极关怀"呀!

(本文是2013年12月13日王蒙、冯士筰、方奇志、徐妍在中国海洋大学的对谈。由温奉桥、王婷婷根据录音整理,略有删改。已经作者审阅。)

青年与文学

王　蒙

今天和大家一起聊聊天，谈谈“青年与文学”。

首先，我想说的是青年需要文学。从全国来看，现在文学氛围并不好，文学书籍的销售量不如过去，一些文学期刊的变化就更大。像在20世纪80年代，有些大型文学期刊的销售量能达到150多万册，而现在能达到10万册就算是非常好的。国内外都有人说文学正在消亡，甚至预言小说要灭亡，原因之一是当下视听技术、多媒体技术和网络的发展似乎对文学造成了威胁。文学是语言和符号的艺术，是抽象的艺术，它并不直观。比如读者在想象林黛玉和贾宝玉的爱情时，需要沉浸在文本中反复体会，认真阅读，钻研书页上的词字比喻还有语言背后的语言。而看《红楼梦》电视剧，看到一个漂亮、忧郁、瘦弱的女孩和一个长得无懈可击的公子在一起谈恋爱就会感到很直观，他们搂在一块儿就更直观，他们生气、哭泣就更更直观，要死要活啦这都特别直观。视听技术冲击了文字符号化的魅力，这个问题由来已久。1980年，我去美国时购买了一本“会唱歌”的儿童文学书。十几年前，我也收到过“会唱歌”的生日卡，刚一翻开，就会唱起“Happy birthday to you”。其实这里面都装了纽扣电池，是很简单的技术附加物。人们不满足于只有平板的语言文字，于是后来又发展出“读图时代”（顺便说一下，图画书、小人书也非常吸引人。我上小学的时候，老师严格规定不准看小人书。小人书容易让人沉迷其中，难以自拔，影响学习，而且看小人书的同学功课都比较差）。近几年来，美国又出现一种“能吃”的儿童文学书，书的最后两页会写“你愿意吃我吗，我很香啊，我很甜啊”等等这样的话。小孩子看到这里就把那一页撕下来，放到嘴里嚼嚼咽下去了。再比如网络对文学的影响，这里不再细谈。

但文字、语言、符号所承载的想象力和信息量是巨大的，“一百个读者就有一百个哈姆雷特”，一百个读者也会有一百个林黛玉。新版《红楼梦》费了老大的劲，反应却不很好。在我看来，真正喜爱文学的人没有一个会对影视作品满意。文学作品输送给你的那种丰富、深刻、耐咀嚼,那种回味和想象,是视听、多媒体、网络无法带给你的。在座的年轻朋友可能不知道,“四人帮”刚被打倒时,电视上正在播美国人拍的《安娜•卡列尼娜》。当时的苏联人对此很不满意,因为在他们心中,安娜•卡列尼娜是一个圣洁的、超凡脱俗的形象。美国人打死也出不来那个气质。教育学家、语言学家、心理学家、生理学家都有一个共识,即语言是思维最主要的依托与载体。没有发达的语言系统就没有发达的思维系统。一个词儿,假如你都没有听说,不了解它的含义,那能生发出多少思想?因此,爱读书的人的智力程度和通过阅读所得到的启发,和仅仅从视听对象——更不要说是从陷于感官刺激的视听对象中所得到的精神启迪,是完全不一样的。

我还要说,青春需要爱情,爱情需要文学。我常常在想,究竟是先有爱情,还是先有爱情文学?我很小的时候,就从书中读到了一些爱情。虽然不完全懂爱情是怎么回事,但却从中汲取到一种启发、呼唤和对爱情的美化。及至后来见到心仪的女孩子,立刻就和书里的故事联系起来。比如普希金的《冬天的夜晚》,虽然这首诗是写给他的奶妈,但对我来说,起的却是爱情诗的作用。“同干一杯吧,我不幸的青春时代的好友”,我陶醉其中,心想这多像是在和自己的女朋友说话。“让我们用酒来浇愁。酒杯在哪儿,像这样,欢乐涌向心头。”我觉得这写得太好了。《红楼梦》也是青春小说,在那么肮脏的环境里,寄生的环境里,垂死的环境里,青春是唯一的健康与美好的元素。在死气沉沉与虚伪透顶的封建文化的毒害中,青春仍然有自己的生命力,青年人在一起仍然是那么快乐、美满。我常说《红楼梦》里有诗歌节,海棠开花是诗歌节,吃螃蟹是诗歌节。尤其写得最好的,是下着大雪,烤着鹿肉,吃着中国 BBQ 在那里搞诗歌竞赛。他们争抢着对答,常常是她这句还没有说完,他那句已经出来了。尤其是史湘云和薛宝琴这小姐俩在那儿抢的呀。我自命幼时能背唐诗三百首,10 岁开始写旧诗,可是试了一下,却一句也接不上来。既有烤的鲜鹿肉,又有青年人集体创作的鲜活的诗,这真是青年联欢的诗歌节啊。

我看《红楼梦》还有一个稀奇古怪的体会,我觉得和贾宝玉最相像的一个人物是薛蟠。虽然薛蟠打死了人,但自古以来对这个人物的评价并不像贾蓉、贾珍、贾琏那么龌龊、下流。薛蟠和贾宝玉俩公子哥儿,脾气都很豪爽、任性,也都不故意害人。柳湘莲把薛蟠打了一顿,薛蟠却说你愿意和我玩就玩,不愿意和我玩你也不要打我。两人最主要的区别是贾宝玉有文学修养,他会做诗,他把对女孩子的感情都变成了诗。薛蟠的文学修养太差,他会什么呢,他会恶搞。中国的恶搞是从薛蟠开始的。比如薛蟠和贾宝玉、蒋玉菡、冯紫英等公子哥儿一起吃酒,席上行酒令。说到女儿愁,薛蟠蹦出一句“绣坊蹿出个大马猴”。当然后面还有更粗俗不雅的话，这里不再展开。不同的文学修养造就不同的人格、趣味和层次。当爱情没有了文学的美化和引导，爱情就会变得堕落，变得动物化、商业化。有点文学修养总会好得多，尤其在座的女生，如果你们的 boyfriend 连李白、《红楼梦》都没有看过，那你们一定要小心。因为他脑子里不是钱就是升官，要不然就是彻底的薛蟠那种。

再比如《阿 Q 正传》，在我看来，阿 Q 最痛苦的不是革命没有成功，假如阿 Q 革命成功了那也麻烦，最后他肯定会被“双规”，甚至被判刑、枪决。阿 Q 最痛苦的是爱情没有成功，因为吴妈对他来说是很合适的。他突然一天晚上给吴妈跪下了，说“我要和你困觉”。性骚扰！假如阿 Q 读过一点徐志摩的诗，他应该对吴妈说，“我是天空里的一片云，偶尔投影在你的波心，你不必讶异，更无须欢喜，转瞬间消灭了踪影。你我相逢在黑夜的海上，你有你的，我有我的，方向；你记得也好，最好你忘记，在这交会时互放的光亮”。吴妈的文学水准稍微差一点，但她要是会唱流行歌曲，至少会唱《月亮代表我的心》，没准他们俩这事就成了。所以呢，文学可以改变命运，文学可以带来爱情，文学可以带来幸福。爱情需要文学，青年呢？青年往往喜欢批判，青年很敏锐，敏锐得容易发火。发火、骂脏话、摔杯子、打人，这并不可取。假若阅读文学，哪怕文学作品中的情景与你的遭遇并不完全契合，你仍然可以吟诵“世人皆浊我独清，世人皆醉我独醒”来表达内心的苦闷和情感。青年人追求精神的胜利和提升，这恰恰也是文学的长处和特权。文学解决不了蜗居的问题，解决不了治病的钱，但文学至少给你一些美好的语言，深刻的语言，智慧的语言，叫作君子坦荡荡相赠以言，小人相赠以财。“假如生活欺骗了你”，其实生活欺骗你是一件很痛苦的事情，但是普希金却告诉你“不要悲伤，不要心急，在阴郁的日子需要镇静，相信吧，那愉快的日子即将来临”，你需要镇静，要坚信愉快的前景即将来临。青年人还有各种各样的梦和理想。青春梦应该也是中国梦的一部分。很多精神上的追求，实践难以企及，语言却可以抵达。美好的语言会提高人的精神层次，带来丰富的智慧和教训。应该说，一个钻研文学、喜欢文学、与文学为伴侣的人，它的精神质量和内心世界都会从文学中得到莫大的益处。再从技术和实际的层面来讲，喜欢文学的人，语言能力也比较强。假如你想申请一份补助，想向朋友写个借条，要向上级交一份检讨，更不要说给自己的异性朋友写一封信了，没有良好的语言能力，是不容易过关的。因此，不管你学的是什么专业，都需要文学。

第二，我想说，文学需要青年。我们的文学有一种青年的精神——敏锐，理想，有所批判，有丰富的感情、激情或者叫多情，有对生活的热爱、珍惜，有好奇心，有艺术的感觉，有对生活细节的极大的兴趣。这些是青年的特点，也是文学的特点。所以文学中写到青年的时候,特别让人感动。十几岁的时候我读屠格涅夫的《初恋》,实际《初恋》这个故事在中国人看来有点别扭,因为初恋的对象是父亲的情人,这爷俩纠缠在一起似乎有点尴尬。但是小说结尾有一段话让我至今难忘。他说:"青春,青春,你什么都不在乎,连忧愁也给你安慰,连悲哀也给你帮助。"为什么一个人在年轻的时候连忧愁都给你安慰?因为忧愁是对心灵空白和感情空白的一种填补、一种充实。"少年不识愁滋味,爱上层楼,爱上层楼。为赋新词强说愁。"假如连愁都没有发过,那多么可怜。"闺中少妇不知愁,春日凝妆上翠楼。忽见陌头杨柳色,悔教夫婿觅封侯。"从不知道愁到知道愁,既多了一份生命体验,也多了一份成长。为什么连悲哀也会对你有帮助?对青年人来说,忧愁和悲哀也是精神的资源和财富。即便一事无成,至少还可以写诗。但假如连忧愁和悲哀都没有,恐怕连诗也写不成了。

在我的印象中,中国古典文学很少用"青春"这个词。为这事,我专门查了这词的词源。"青春"有两个讲解,一个是指春天。"白日放歌须纵酒,青春作伴好还乡",杜甫很浪漫,也有点"80后"的意思。中国古典诗词更喜欢用"少年"。"恰同学少年,风华正茂,指点江山,激扬文字,粪土当年万户侯。""夫子红颜我少年,章台走马著金鞭",这是李白回忆他比较牛的一段,受唐玄宗赏识时写下的诗。究竟是不是金鞭,让人有些怀疑,但表达一种美好的设想和想象,一种得意之情,则是文学的特长。古典文学里,我更喜欢的一个词是"华年","锦瑟无端五十弦,一弦一柱思华年",哎呀,这词儿怎么出来的啊?华年!有一年和台湾的朋友在一起聊天,台湾的朋友很逗,在研究中国统一以后怎么办。他们建议国歌一定要采用中华人民共和国的国歌《义勇军进行曲》,因为台湾所谓的那个"国歌"太难听了,还建议大陆同意将梅花定为国花。然后他们提了一个意见,大陆可以在台湾推行简化汉字,但是"華"字一定不能简化。因为"華"是汉字中最美丽的一个字。这个字是真好看,怎么写都好看。由于喜欢"华年",我也很喜欢"年华"。一说到这两个字,真叫人又珍惜,又留恋。哪怕你已经70岁,80岁,但每每沉浸在文学里,每当提笔写作,依旧对这个世界有好奇,有感叹,有趣味,有思恋,有依依不舍。中国的文化相对提倡的是少年老成,老成持重,喜怒不形于色。林语堂在一篇文章里写道,中国文化是很敬老的文化,希望一个人成熟、稳重,不浮躁、不着急。我看《新闻联播》,常看到奥巴马从飞机上小跑着下舷梯,我想中国的领导人绝对不会这样。就拿今天我演讲来说,假如我小跑着上台,那也会影响我的公信力。梁启超很早就提倡"少年中国",他认为中国不能老是那么老成持重,那么慢慢悠悠,那么"一慢二看三通过"。至少在文学中要蓬勃出一种青春的力量,要迸发出活力和生命力。即使青春逝去,年华游走,文学依然能唤醒你当年豪迈的志气。所以我说，文学需要青年。其实没有必要刻意地说这个作家是哪一代的，在我们心中，李白、杜甫从来都不是多么老的作家。文学能把世世代代人的心声连在一起，如果你是一个真正的艺术家，你就能永葆艺术的青春。文学描写死亡、年老，但写作者仍然有一颗青年的心。

我们还会在阅读中发现，文学对青春有多么钟爱。所以，青春的短促，青春的逝去，青春的怀恋，都是文学中最感人的元素之一。

第三，我想说，青年和文学这两个概念、这两个内容都不是无懈可击的，都是有要商量、要改善的空间的。青春非常美好，但即便是再美好的东西也要允许从不同角度、不同侧面来考虑。米兰•昆德拉曾在一篇文章中批评青春，他也是一爱抬杠的主儿。他认为青春很不好，很不可爱，因为青春容易片面，容易煽情，容易做出不理智的事情，常常做出错误的选择，青春太不成熟。昨天有人提到陀思妥耶夫斯基，让我想起了这样一个故事：法国一个话剧院曾经以重金邀请米兰•昆德拉改编《白痴》。当时米兰•昆德拉很需要钱，就答应下来。但读完《白痴》，他决定把钱退回去。因为他认为《白痴》太激烈，太黑白分明，太躁，他认为假如陀思妥耶夫斯基掌握了权力，那他将会是法西斯主义者。这是米兰•昆德拉对青春的一种说法和见解。年轻人容易否定一切，容易动不动就和别人发生尖锐的矛盾和摩擦。曾经有位日本学者送给我他的书，书的封面写着“青春和终结”。青春有时候很夸张，文学有时候也很夸张；青春有时候很愤怒，文学也喜欢愤怒。愤怒出诗人，龙应台女士写《中国人，你为什么不生气》。我的体会是，中国人中爱生气的品种已经在几千年中被淘汰了。老成持重没有问题，但仅仅有一面会单一。

文学有望梅止渴、画饼充饥的作用。文学是虚拟的，它的伟大也在虚拟。因为虚拟，文学更加自由，更加有表现力；因为虚拟，使得精神空间不断扩大再扩大，开阔再开阔，但是，毕竟它是虚拟的。我常常想起《三国演义》中诸葛亮挥泪斩马谡的故事。诸葛亮和马谡私交很好，马谡被斩之后诸葛亮很伤心。诸葛亮身边的将士走过来说，丞相不必伤心，马谡这是咎由自取。这时候诸葛亮却说他并不是为马谡忧伤，他想起了先帝在白帝城托孤的时候说过，马谡此人“言过其实，终无大用”。这出戏我看过不止一次，给我印象很深。而且我老听错，听成“年过七十，终无大用”，这跟我现在的情况一样。所以我们要警惕，不能就满足于我是青年，我是文学青年，我爱文学，而放松了对自己的要求。我们应该更理性，更明辨是非，更成熟。

（本文是2013年5月10日王蒙先生在中国海洋大学的演讲。由孙巧巧根据录音整理，略有删改。）

《青春万岁》六十年

王　蒙

60 年的往事

我的处女作长篇小说《青春万岁》，从 1953 年秋动笔，至今已经 60 年了。1953 年“开工”，1954 年第一稿完成，送中国青年出版社，1955 年中青社肯定了此稿的基础，并由中国作协青年工作委员会出面为我办理请创作假事项，1956 年修改定稿，1957 年部分章节在《文汇报》上连载，个别章节在《北京日报》上发表，1979 年由人民文学出版社首次正式出版，至今 33 年来发行超过 50 万册，期间还有此书的《中国文库》版、建国六十周年作家出版社版、天津百花文艺出版社《王蒙选集》版、华艺出版社《王蒙文集》版、人民文学出版社《王蒙文存》版。并于 1983 年放映了根据小说改编的同名影片。60 年离着“万岁”固然还远，至少，它算是长命的。

小说发行的不少，但谈不上畅销，属于长销：正式出版至今，33 年来重印没有停止过。这是一本唯一的书，写于上世纪 50 年代，冻结假死于胎中 24 年后，出版于“文革”甫告结束，至今仍上架于图书市场，为读者尤其是青年读者所购买与阅读。50 年代有过许多比《青春万岁》更重要更显赫的书，但它们现今只出现在修史、教学、科研领域，而在普通读者的阅读生活中、市场销售中、公众关注中，它们已经“寿终正寝”。

《青春万岁》60 年，回忆起来，也还有趣。

从动笔到完成

我对我们那一代有个自出心裁的说法，就是说在我们的从少年到青年时期，赶上了从旧中国到新中国的翻天覆地，我们恰好活到了历史的关键点儿上！我们赶上点儿啦！接着赶上了从革命的凯歌行进到和平建设时期的历史过渡。我亲眼看到了，亲身经历了旧中国的土崩瓦解，反动势力的穷凶极恶，革命力量的摧枯拉朽，新中国的百废俱兴、万象更新。

而在1953年，19岁的我已经感觉到，胜利的高潮，红旗与秧歌、腰鼓的高潮不可能成为日常与永远。那么我觉得自己有一个使命，把这一段历史时期，把这一段历史时期的少年——青年的心史记录下来。

还有一个不无可笑的过程是，什么五年计划呀，什么大规模、按比例的建设呀，什么工业呀，曾使我热血沸腾，我申请离开青年工作岗位去考大学学建筑，因为苏联作家安东诺夫的小说《第一个职务》对于一名女建筑师的生活经验的描写使我沉醉。我的申请未获准，我无法，只好走向文学。此时又从《译文》（后改名《世界文学》）上读了苏联爱伦堡的文章《谈作家的工作》，同样使我如醉如痴。“一痴”成不了改为“二痴”，我动笔了。

我是悄悄地写作的，怕人家说我不安心本职工作也怕写砸了丢人。写得很辛苦。一年后完成初稿，我请我的妹妹王鸣与本单位即团东四区委干部朱文慧帮我抄了一遍，我请我父亲王锦第帮助，拿给北京电影制片厂的编剧、作家、南皮县同乡潘之汀先生（我称之为潘叔叔）看看。一个月后他来信说我“有了不起的才华”，他已推荐给中国青年出版社文艺室审读。当时的该社文艺室负责人是吴小武即作家萧也牧。负责读我的稿子的是编辑刘令蒙。

潘先生的信令我如发高烧。但底下是漫长的等待。为了等到中青社对于此文稿的处理意见，我用了一年的时间，急不得恼不得，催不得问不得，哭不得笑不得。期间我小心翼翼地给刘先生打过电话，刘先生也给过什么“快了”之类的答复。忽然从我所在的团北京市委传出消息，令蒙在反胡风运动中有麻烦，我只能目瞪口呆了。终于，1955年秋天，我接到吴小武电话，说是小说最后请了中国作协青年工作委员会副主任、老作家、评论家萧殷审读，约我到赵堂子胡同萧老师家里一谈。萧殷老师指出此书稿有很好的基础，作者有好的艺术感觉，问题在于小说缺少一根主线，需要从结构上下功夫打磨。他还表示，可以由中国作协青委会出面为我请创作假，专心于书稿的修改。

1956年初，我获得了“创作假”，就这三个字已经让我乐得屁颠屁颠的了。此前一年夏天，我在《人民文学》上发表了小说《小豆儿》。秋天，在《文艺学习》上发表了小说《春节》，并获得了参加定于1956年春天召开的全国第一次青年作者会议的通知——为了怕有人骄傲，不叫作家叫作者。梦想正在成真，各路绿灯正在亮将起来。

参加青年创作会议的一个收获是得到了结识我心仪已久的邵燕祥诗人的机会。我把我起草的《青春万岁》的序诗给他看，他热情地回信说：“序诗是诗，而且是好诗……”他帮我做了一些修改，其中重要的是增添了“用青春的金线与幸福的璎珞织你们”句。序诗的中心是对于所有的日子的编织心情，这是我当时的实感，是文学写作的最大魅力所在，燕祥的金线与缨珞亦功不可没。

1956年,我发表了小说《组织部来了个年轻人》,引起热烈反响。同时,《青春万岁》改完交稿。各方面已经传出对于此书的正面舆论。年底,《人民日报》上发表了刘白羽同志的文章,谈到“张晓的《工地上的星光》与王蒙的《青春万岁》表现了青年作家的新实绩”(大意如此)。

1957年,先是上海正欲恢复出版的《文汇报》驻京办事处主任浦熙修女士与著名报人梅朵先生找我洽谈《青春万岁》在该报副刊连载事宜;后来也确实选载了约7万字。此后中国青年出版社与我签订了出版合同。此书清样已经打出了。

《文汇报》的连载

《文汇报》的连载也有一点小故事。先是后来被毛主席称为“能干的女将”的著名的浦熙修与梅朵登门拜访,预付稿费,说好了全文连载,但后来未这样做。我认为是由于《青春万岁》的题材与抒情散文文体,在当时难成主流,说严重一点就是不无另类。他们一复刊,连载的是郁风的散文配画《我的故乡》,然后找我商量,说他们准备搞选载。

这使我极不高兴,我退回了预付金,说明此事作废。但浦、梅两位长者锲而不舍,又是写信,又是坐着汽车来拜访——当时谁家有“屁股冒烟”即坐汽车者来访也不是小事。总之,最后还是按他们的意思办了,客观上看能够部分连载一下也好,否则全面胎死或假胎死,连个模样也没有看得着,岂不更加悲哀?

后来1993年我正好在香港时与碰巧也到了香港的黄苗子、郁风夫妇见面,我与郁风说起此事,我开玩笑说郁风应该赔偿我的“精神损失费”,郁风大笑。

冻结与假死

但同时从7月份全国“反右运动”开始,此书冻结。我的姐姐王洒告诉我,她一次在新华书店,碰到一位女青年问售货员:“有《青春万岁》这本书吗?”

当然回答是“没有”。

说是冻结吧,已经舆论上沸沸扬扬,《文汇报》上连载了近三分之一,就是说不是完全冻结于胎中,而是出世一小部分,胎儿脑袋已经伸出了子宫,突然叫了停,可以说是中途难产。这在历史上可能也是难得一遇。

1961年,在“调整、巩固、充实、提高”的口号下,中国各方面的政策有所松动。首先是人民文学出版社负责人韦君宜同志派人找我,打问《青春万岁》

的书稿情况。不久中青社的著名编辑黄伊也找过来了，我并与该时中青社负责人边春光见了面。他们请了《文艺报》的负责人、著名评论家冯牧审读书稿，我与冯牧也见了面。冯牧认为书稿无问题，只是里面提到“苏联”的分量过多，可以减少一下。于是我把提到苏联歌曲、书籍的地方尽量改成本地土产：将青年们读的《卓娅与舒拉的故事》改成《把一切献给党》，把苏联歌曲改成陕北民歌，说好了很快可以出版。这时出现了八届十中全会，即北戴河会议，提出“千万不要忘记阶级斗争”。如此这般，青年出版社将书稿报到主管上级团中央那边，请团中央的一位书记刘导生同志审读。据中青社同志传达，刘书记的主要意见是书中未写出知识分子与工农兵的结合，是个缺憾。是时包括对杨沫的《青春之歌》也有此批评，故而杨沫加写或改写了若干章节，写她的书中人物林道静不是没有去结合过。

我还把此书稿呈交给对我甚为爱护的时任中国作协党组书记的邵荃麟同志看过，邵认为我写得很好，但与工农兵结合的问题亦不可忽视，他建议我去某省找个出版社低调出版下。……此举亦未可能。因整个形势正朝着“拧紧螺丝钉”的方向迅跑。

黄秋耘同志还告诉我，说有好事者问冯牧审读《青春万岁》事，冯牧甚感尴尬。由于冯牧肯定了半天仍然出不了书，冯牧可能以为旁人会对自己的政治判断力与权威性留下非正面的印象吧。

我听着，就不止是尴尬了。我想到的是哀莫大于心不死。兹后在聂绀弩先生的诗中，发现了此语。

黄秋耘学问极好，他参与过《辞源》的编纂。但他与我说到“尴尬”二字时读为“见介”，不知是否受到广东话的影响。

然后是“文革”，我以为《青春万岁》已经宣告死亡，死于难产。一个“之歌”，一个“万岁”结合得怎么样我不敢说，倒是我本人，去了新疆，与维吾尔族的农民结合得如鱼得水，不亦乐乎，并有2013年花城出版社出版的《这边风景》为证。

感动人的是，新疆生产建设兵团友人姚承勋读了我的此书清样，他用绸布面做了封套，将清样装订得很漂亮，并宣布：此书已经由他出版，印数一册。时在1973或1974年左右。可惜的是这个“姚版”书，没有保存好，找不到了。

出书了

1976年“四人帮”垮台，1978年我应中青社之邀到北戴河团中央的培训中心修改《这边风景》的文稿。在京，我与人民文学出版社的领导韦君宜同志见面。君宜同志关心我的平反问题、调回北京问题,同时坚决提出,《青春万岁》可以立马考虑出版。只有极个别的地方,指描写杨蔷云的春天的迷惘心情,略删即可。她还建议请萧殷写个序,说明一下这是当年旧作。我给萧老师写了信,因萧老师当时身体不好,无法动笔,于是改由我个人写了后记。交稿后我回到乌鲁木齐。

就是在乌鲁木齐迎接新年之时,我收到了《光明日报》,原来是该报副刊刊登了我为《青春万岁》写的《后记》。呜呼痛哉,於戏快哉,从 1953 年到斯时的 1979 年,是 26 年,从打出清样的 1957 年算是 22 年,从 1962 年宣告此稿“难产死亡”到斯时是 17 年,终于得见天日了,此张《光明日报》的到来大出意料,哭哭笑笑,夫复何言?

《光明日报》一出,我立即收到了老友来信,说是向马特洛索夫夏令营的营长“报到”。原因是,《光明日报》所发的《后记》中提到 1953 年东四区的中学生马特洛索夫夏令营。马是苏联卫国战争中的一位英雄,他用自己的身体堵住了法西斯德寇的碉堡枪眼,一本描写他的事迹的纪实作品《普通一兵》1953 年时正在中国热销。我是马营营长,《后记》里提到的著名物理学家是郝柏林,时为马营副营长,我妻崔瑞芳也是副营长。我们的马营还请了大作曲家郑律成谱写了“营歌”,歌词是谁写的,没有弄清,唱道:

普通一兵,是我们中国青年的心,
我们热爱自己的祖国,
我们热爱和平的人民……

向我报到的马营人员是天津的中学语文教师程庆荪。1953 年她是女二中的团总支组织干事,她的儿子是著名的剧场运营家钱程先生。

其他,与一点歉疚

1979 年 5 月,人民文学出版社首次出版了《青春万岁》,定价 6 角 8 分,首印 17 万册。

这里有一个阴差阳错的地方。抓这个书,最费力气的是中国青年出版社。1978 年谈此书出版的时候我正在为中青社改《这边风景》,我满心以为会给中青社提供一个更加“革命化”得多得多的书稿,没有想到因了“风景”过于“革命”了,斯时亦未宜出版。“万岁”不够革命,“风景”过分革命,都未能在中青社成活。后来中青社得知“万岁”稿到了人文社,甚为着急,他们还通过团中央有关领导极力做我的工作。把稿子要回来,因他们自己毁掉了清样。但我已经答应了君宜这边,不好再改变。这是我至今对中青社有所歉疚的,顺便向中青社的新老工作人员问好，我仍然期望有机会为中青社效劳。

早在“文革”一结束，上海电影制片厂即有刘果生先生来联系将《青春万岁》改编电影事，但据说电影厂的某些导演认为小说风格不易搞成电影……后来出现了导演黄蜀芹女士，愿意开拍。1983 年拍出来，反响不坏。1984 年，我率包括黄女士的电影代表团以此影片为主参加了苏联塔什干电影节。

另，此书还得到了时在山西出版的《语文报》主办的“中学生最喜爱的书”的奖励。

还应该提一下吴小武即萧也牧，他因小说作品《我们夫妇之间》挨批，再未翻身，1963 年我去新疆，他从中国青年出版社要了一辆车送我去车站。“文革”后回来，听说他死于干校，死得很惨。

（原载于《新文学史料》2013 年 5 月第 2 期。）

综合研究

王蒙小说的哲学、数学与形式

杨　义

猎狗变蝴蝶的文学传奇

在当代作家中，观察与思考的神经最为活跃和发达者，莫过于王蒙。作为一个丰富而复杂的文学存在，王蒙的文学本质特征，在于通过波澜壮阔、一浪接一浪的文学式样翻新，执着地进行社会、历史、政治、文化的反思，以及反思之后紧接着新一轮"对反思的反思"，从丰富的维度直接介入和参与时代和中国人精神谱系的理性思考。他不是站在这个时代之外来批判这个时代，而是反复咀嚼着自己的刻骨铭心的人生苦难和应对苦难、超越坎坷的不懈的坚持，连同对自我的批判来批判这个时代。因而，"刻骨铭心"四个字是王蒙历难和超越的路碑，是王蒙人生与文学的关键词。

"右派"帽子压抑下的可以说是"人非人"、人失去尊严的精神苦刑和历练，对于一个思想者而言，是刻骨铭心的。有所谓"国家不幸诗家幸"，"刻骨铭心"的历练作为一种不可复制的思想资源，成就了王蒙一生最好的实际学问和反思的纠结点。他以历练与生养他的这个民族一道，承担了命运的苦涩，不撂下挑子在一旁唉声叹气，也不置身度外而搬弄风凉话，而是在担当中化解苦涩，在抉心自食中获得新的智慧。他有资格说，"所有的跌宕悲喜，都是人生的历练，都凝聚成人生的智慧：沉浸、阔大和喜悦"，"历练是银，活法是金，遭遇是外在的，而活法全在自身的选择"[①]。没有人会否认王蒙睿智，但这种睿智不是归隐或逃避，而是出自对脚下这方土地的诚意和深爱，而且爱得心头流血。用心血换来的智慧，才是最值得珍视的。这种呕心沥血的智慧化为五彩缤纷的审美，是始于形式，融合数学，而深入到哲学的。这就是王蒙小说的独特形态。

自从80年代重返文坛，王蒙就津津乐道于自己创作取材的界域，是"故

---

① 王蒙：《一辈子的活法》，北京出版社2011年版。

国八千里,风云三十年”。他以这么10个字敞开了一个广阔的时空,“八千里”意味着生活坎坷,“三十年”意味着历史曲折。

在八千乘三十的沉重中,生活对王蒙不依不饶,王蒙对生活也不依不饶:“生活中的这些事情会相当快地进入我的小说。我希望我的小说成为时间的轨迹。”[①] 他对30年的时间轨迹作“编年学”的追踪,但漩涡中汹涌着的“刻骨铭心”的生活,使他的“编年学”成了躁动不安的颠三倒四的“编年学”。在“编年学”的颠三倒四中,他主张从时空的发展来看“我们互为历史,互为博物馆,互为寻找和追怀、欣赏和叹息的缘起。我们互为长篇小说”[②]。要做到这四个“互为”,他必须参悟生活,也必须参悟形式。他也许是当代高雅文学作家中最高产的。以小说为例,就有《青春万岁》、《活动变人形》、《暗杀—3322》、《恋爱的季节》、《失态的季节》、《踌躇的季节》、《狂欢的季节》、《青狐》等长篇,《布礼》、《蝴蝶》、《杂色》、《相见时难》、《名医梁有志传奇》等中篇,《在伊犁》系列小说以及100多部小说集。这些作品所涉及的时间和地域,使之几乎成了当代中国社会政治生活风波和知识分子精神磨难的包罗宏富的编年史。这种时间的编年学之所以刻骨铭心,是在其原始底色中珍藏着一种“少共情结”,一颗少年布尔什维克的心,而这种情结这种心,却一再被捂入镪水中浸泡,被凋蚀得到处都是伤痕和棱角。很难找到第二个作家能够像他那样创意迭出、式样翻新,无论是流光一闪的青春期,还是灵感泉涌的复出而极盛而不知老之将至时期。如果需要从文学中解读当代中国的政治文化史,解读当代中国知识分子的精神罹难史,王蒙作品是一个难得的百味兼陈的典型。百味兼陈,不仅要“陈”,而且要升华,升华出哲学以含蕴百味。

历史的潮头在推涌着王蒙,搓揉着他的“刻骨铭心”。在1979年至1980年那一波现实主义回归和现代主义初萌的浪潮中,他在不到两年的时间里,轮番推出《布礼》、《夜的眼》、《风筝飘带》、《蝴蝶》、《春之声》、《海的梦》等一组中短篇小说,超越回归而率先尝试西方意识流手法,重启已中断多年的意识流写作的东方化进程。他从形式入手,打开通向哲学与数学的大门。他本人借用自己作品的名字,以蝴蝶自拟:“我的一篇小说取名蝴蝶。我很得意,因为我作为小说家就像一个大蝴蝶。你扣住我的头,却扭不住腰。你扣住腿,却抓不着翅膀。你永远不会像我一样地知道王蒙是谁。”[③] 这只“百变蝴蝶”提出了

① 王蒙:《倾听者生活的声息》,《你为什么写作》,人民文学出版社2004年版,第53页。

② 王蒙:《失态的季节》,《王蒙文存》(5),人民文学出版社2003年版,第1页。

③ 王蒙:《王蒙文集》(第7卷),华艺出版社1993年版,第705页。

“王蒙是谁”的命题,他虽然“百变”,但百变不离其宗,就是围绕着他的“刻骨铭心”。

本来王蒙最初起名,联系着西方文学名著,也是林(琴南)译小说名著。其父王锦第,北京大学哲学系毕业。据王蒙回忆其父在北大上学时“同室舍友有文学家何其芳与李长之。我的名字是何其芳起的,他当时喜读小仲马的《茶花女》,《茶花女》的男主人公亚芒也被译作‘阿蒙’,何先生的命名是‘王阿蒙’,父亲认为阿猫阿狗是南方人给孩子起名的习惯,去阿存蒙,乃有现名”[①]。亚芒化作蝴蝶,这还不够,王蒙生年属什么?王蒙说:“狗。”他有一次清晰而准确地发了这个单音后,惭愧地笑笑说:很抱歉,本来想属得雅一点的。狗性忠诚,但奔波劳碌。狗在筋疲力尽、甚至伤痕累累之后,变成一个现代的庄周,酣然做起了“蝴蝶梦”。这就是作品的意识流,感染着作家也来一个意识流。这不是一只养尊处优的宠物狗,而是一只猎狗,长途奔袭,捕捉思想的猎物,将浑身的泥泞和汗水,化为千变万化的美学蝴蝶,创造了一个当代文学史上猎狗变蝴蝶的传奇。

刻骨铭心的精神底色与时间轴之零

先考察王蒙小说的起点,看其中隐含着何种文化基因。尽管人们将《青春万岁》当做王蒙的处女作,但这部写于 1953 年作者 19 岁时的长篇,历经磨难,于 1979 年正式出版的时候,却令人感到青春犹在,已是隔代前尘。小说以如诗似歌的青春热情,描写了 1952 年北京女七中郑波、杨蔷云等一群高三学生的学习、生活,生机蓬勃,散发着鲜明的时代色彩和浓郁的青春气息。如作者在《序诗》中所言:“所有的日子,所有的日子都来吧,让我编织你们,用青春的金线,和幸福的璎珞,编织你们。”如此以金线编织日子,涉世未深,但那种有点不可救药的乐观情怀依然作为历史档案存入人们的记忆。这在现代中国人的精神谱系基因库中,是一种独特的存在。

真正应该视为王蒙小说起点的,是 1956 年发表的《组织部来了个年轻人》,此时王蒙 22 岁。是否他想借以夫子自道?小说主人公林震也是“才 22 岁”,与作者同龄。这就是王蒙好用于主人公年龄的数学,他的不少作品总有一个正面的善于思考的人物,与他同龄或年龄相仿。小说在建构着一种“年龄话语”,以年龄与现代中国的时间轨迹共构“编年学”。林震富于理想、勇于进取,他订规划,学这学那,做这做那,他要一日千里。宣称人要在斗争中使自己变正确,而不能等到正确了才去做斗争。初入组织部,对于那里弥漫着的

① 王蒙:《王蒙自传第一部:半生多事》,花城出版社 2006 年版。

麻木、拖延、不负责任的空气,感到“是对群众犯罪”。慷慨激昂地表示:“党是人民的、阶级的心脏,我们不能容忍心脏上有灰尘,就不能容忍党的机关的缺点!”他面对的是组织部第一副部长刘世吾,这位长官用一句口头禅“就那么回事”,作为应付工作和生活的万能灵丹,似乎是一个看透一切的“哲学家”。初见面就对林震赠言:“我们的工作并不难作,学习学习就会作的,就那么回事。”指导青年人处理家庭生活,就说:“你的许多想法是从苏联电影里学来的,实际上,就那么回事……”在“就那么回事”的背后,掩盖着刘世吾可怕的冷漠与麻木的心态和病症,成了对事业、对生活采取旁观者态度的“老油条”式的官僚主义者。刘世吾是这样敷衍问题:“当然,想象总是好的,实际呢,就那么回事。问题不在有没有缺点,而在什么是主导的。是缺点是基本的?显然成绩是基本的,缺点是前进中的缺点,我们伟大的事业,正是由于这些有缺点的组织和党员完成着。”又这样进行“年龄批评”:“年轻人容易把生活理想化,他以为生活应该怎样,便要求生活怎样,作一个党的工作者,要多考虑的却是客观现实,是生活可能怎样。年轻人也容易过高估计自己,抱负甚多,一到新的工作岗位就想对缺点斗争一番,充当个娜斯嘉式的英雄。这是一种可贵的、可爱的想法,也是一种虚妄……”听刘世吾谈话,似乎可以消食化气,但他在制造着一种“机关空气”,形成了一种机关精神冷漠症。

小说的许多细节描写,幽默、嘲讽中已经露出了几分老到,显示了对党政运作方式的批判性了解。行文中提及的苏俄作品有《拖拉机站站长与总农艺师》、《静静的顿河》、《被开垦的处女地》和屠格涅夫《贵族之家》。也就是说,王蒙创作伊始,拥有浓郁的“苏俄文学情结”,让小说主人公根据电影里全能的党委书记的形象来猜测党的工作者,遇到难题就自言自语:“按娜斯嘉的方式生活,真难啊!”小说中触及爱情这种人类青春的主题,在林震的身边增加了一位赵慧文,他们之间的纯洁而微妙的情感波动,对机关作风的趣味相投的剖析,实际上增添了描写的维度,加深了心理深度。这些情结和主题,都作为创作中的原始关照,为王蒙20余年复出后的小说提供了反思的对象和探索的始发点。这里存在着王蒙刻骨铭心的精神底色。

复出后的王蒙写了一批意识流小说,这一文学行为无异于格局过于单一的中国文坛发生一次地震,在以创新为务的作家面前敞开了一个广阔的空间。小说竟然也可以这样写,这就以形式的解放撞开了精神解放的大门。而《布礼》成为对王蒙意识流进行解码的钥匙,但它与其说用了意识流,不如说用了“时间流”,时间的颠倒错综使人生与它的时代已到碎片化了。捡拾时间碎片,沾满斑斑泪痕血迹。对这段人生的思考,对王蒙而言,是刻骨铭心的。《布礼》通过时间的灵活调度,其结构在乍看有点颠三倒四中,几乎每一章都组合了一正一反、亦庄严亦荒谬的两个时间段，使之相互质疑，相互碰撞。年代的数码，也有正数和负数，这也是一种联系着人文与审美的“数学”。

庄严与荒谬的转捩点是1957年8月，小说就从此处落墨，这是数字轴上的零，零蕴含着无穷大。零也可能是一个黑洞，吞噬精神上的光。中心城区委员会的青年干部钟亦成，因一首小诗被首都报纸作为毒草批判，被划为“右派”；到1966年6月，又被红卫兵批判、殴打。随之时间跳回1949年1月，反顾精神的原始底色，作为高中学生、党支部书记的钟亦成，组织护校、护城，迎接解放军进城，生擒国民党败兵。女中学生组成的领队凌雪，对他挥手：“致以布礼！”（即“布尔什维克的敬礼”）接着又跳回1966年6月，被红卫兵打晕的钟亦成苏醒过来，叹息这些与自己参加护城时年龄相仿的红卫兵：“在人类历史的永恒的前进运动中……如果没有十七岁的青年人，就不会有进化，不会有发展，更不会有革命。”他在昏迷中喊出：“致以布礼！”时间顺着前跳到1970年3月，宣传队副队长质疑他15岁入党、17岁以候补党员当支部书记，是欺骗。似乎为了辩解或反驳，时间又逆向跳回1949年1月，城市解放，钟亦成到大学礼堂参加党员大会，慷慨激昂的讲演，革命狂欢的会餐。

接下来的是《布礼》时间前移，展示1957～1979年20余年的精神历程。钟亦成常常想起这次党员大会，想起那些互致布礼的共产党员们，感到为此宁愿付出一生被委屈、一生坎坷、一生被误解的代价，也是值得的。应该看到，1949迎接解放与1958戴上“右派”帽子，这两个时间点的反复撞击的精神效应，是刻骨铭心的。于是，时间碎片化，频繁跳跃于1950年2月听区委书记老魏讲党课；1957年11月被定为反党反社会主义的资产阶级右派分子；1967年3月，群众组织批斗老魏，钟亦成陪斗；时间又定格在1979年。一个灰影子钻到了卧室，与钟亦成对话。灰影看破红尘，指责不论是致以布礼还是致以红卫兵的敬礼，不论整人还是挨整，全是胡扯，全是一场空。钟亦成自信心灵曾经是光明的，而且今后会更加光明，今后去掉了孩子气，仍然会留下更坚实更成熟的内核。而灰色的朋友，“除了零，你又能算是什么呢”？尽管庄严与荒谬纠结，但“布礼”情结和信念九死无悔，百折不磨。钟亦成与灰影辩论，零到底是虚无，还是无限。

支撑着“布礼”情结和信念的，有两根支柱。一根在社会，一根在家庭。时间闪到1958年3月。戴上“右派”帽子的钟亦成约会凌雪，打算割断爱情丝缕，免得“玷污了你的布尔什维克的敬礼”。但凌雪回答：“黑怎么能说成白……让我们，让我们结婚吧！……党是我们的亲母亲，但是亲娘也会打孩子，但孩子从来也不记恨母亲。”追溯这根爱情、家庭的支柱，支撑着1951～1958年，他们拥抱光明，互为自我，埋在心底、浸透在血液和灵魂里的光明和爱是摧毁不了的。1958年4月,二人结婚,凌雪被开除出党。区委书记老魏备酒祝贺。1958年11月,他被下放到山区农村劳动改造。灰色的影子又来可怜他,不要像个傻瓜似的看不透。他反问灰色的朋友,有什么资格说看透,你到生活的激流中游过泳、经历过浮沉吗?没有下过水的人有什么资格评论水、抨击水、否定水呢?时间又跳到1970年。钟亦成叹息:祥林嫂!为什么生活在社会主义新中国的一个共产主义者,一个朝气勃勃、赤诚无邪的年轻人的命运竟然像了你?中华民族呀,多么伟大又多么可悲!经过一段"年代不详"之后,又跳到1978年9月。钟亦成写了申诉,希望以21年的血泪和痛苦,恢复历史真相。提到血泪痛苦,时间又闪回1958年11月~1959年11月,他在山区掏大粪,背着粪篓子给梯田施肥。春天,深翻地;夏天,割麦子;秋天,打荆条,习惯了农村的劳动和生活,成了山里人。他因思想而获罪,获罪之后却变成了无人过问、自生自灭的狗尿苔(一种野生菌类)。他黑夜救火负伤,却招来疑是纵火犯的审查。瞬间闪出的1979年灰色的影子,嘲笑他"活该",被他斥退。随即跳到1975年8月,严酷事实的长期折磨,使其精神上负罪感消失。却接到老魏在"文革"中入狱7年、身患血癌的消息,回城看望时,老魏痛惜反右扩大化"毒化着我们的国家的空气",写下为钟亦成改正的意见书而撒手人寰。这是社会政治生活的精神支柱,钟亦成脱帽肃立,"致以布礼"。又闪回1959年11月27日,救火反被审查的钟亦成昏死后,区委书记老魏赶来看望,许多农民为他请功。最终时间凝止在1979年1月,钟亦成、凌雪夫妇接到了平反昭雪、恢复党籍的书面结论。尽管"布礼"这个名词久已消失,为人淡忘,他还要向全世界的真正的康姆尼斯特——共产党人致以布礼。

这部中篇以时空错乱的形式,对接起庄严至极、也荒谬至极的历史碎片。它已经超越了一般的"伤痕文学",反思了从新中国成立到"文革"结束30年间亦悲亦壮的知识分子精神痛史。这里有岁月的失落,也有精神的启示,从血泪浸泡中,打捞出一颗金子般的心。王蒙是在耍弄着什么"乌托邦"语言吗?他是顽强地行走在遍地泥泞坎坷的旅程上,进行理性求索的思想者。由于是理性求索,行文中的独白和议论,很难说是"意识流"中无端涌动的潜意识或下意识了。值得一提的是,王蒙在1979年6月写成这个中篇,思想已经追踪到1979年1月,他的思想过程是从"过去时"中延续了"现在进行时"。他对文化与人的痛苦的反思,是立足现在,抓紧现在的。这就是王蒙的精神关注点,就是他的"人文—数学"上的"一","天得一以清,地得一以宁,神得一以灵,谷得一以盈,万物得一以生"[①]。王蒙是经常引用《老子》的这段关于数字"一"

---

① 《老子道德经》(第39章),《诸子集成》(第3册),中华书局2006年版,第24~25页。

的名言的。

审美几何学与生存哲学

王蒙小说创作全盛期的代表性作品，是《活动变人形》。他以形式蕴含思想，以形式创新宣示思想解放的叙事策略，在这里表现得淋漓尽致，淋漓尽致得有一点像巨幅的泼墨画。书名就相当怪异："活动变人形"是一种日本玩具读物，"像是一本书，全是画，头、上身、下身三部分，都可以独立翻动，这样，排列组合，可以组合成无数个不同的人形图案。所以叫'活动变人形'"①。三个板块的拆解和拼合，就是王蒙的"审美几何学"。作家就是用这种板块推移、随意翻篇的叙事方法，大开大阖地展示了一个趋慕洋风的知识者在旧家庭泥泞中打滚的人性变态和心路坎坷。他将文化解剖刀伸入人性人欲深处，随意挥洒，笔墨恣肆，而又冷峻得带有几分颠三倒四的残酷；不是抽象地拨弄人性人欲，而是在人性人欲中纠缠着中外文化脉络，纠缠着奇异组合的三代人家庭姻亲，剖析其盘根错节的深度精神谱系。小说家陈忠实如此谈论他的阅读体会："王蒙笔下的倪吾诚，变幻着各种脸谱。用我们惯常的性格说解读不透。我看到一种心理结构被颠覆心理秩序被打乱的典型人物形态。这个人接受新的政治理念以及洋的生活理念，把原有的旧的理念所结构的平衡和稳定颠覆了，却无法实现和达到新的结构的平衡和稳定。"②

小说主要集中在20世纪40年代，集中在留过洋、向往西方文明的倪吾诚身上。尚未成年，母亲就企图用抽大烟和娶媳妇的办法来挽救他的偏激。女方姜静宜是乡下地主的女儿，和寡母姜赵氏及也是寡居的姐姐姜静珍住在一起。他在母亲亡故后，变卖家产，旅欧两年，在北平的一所大学任教，一身洋气，以文明人自居。如果说倪吾诚向往西方自由、平等、博爱的文明精髓也就罢了，但他所得却是西方文明的皮毛。他只是厌恶中国习俗的丑陋，反对随地吐痰，将鲜肉与剩菜、馊菜一锅煮，而喜欢洗澡，喜欢上舞会，喜欢服用鱼肝油、使用寒暑表，但凡沾上"洋"的便是好的。他慨叹中国人童年生活的贫乏，"男孩子只能拨拉着自己的小鸡巴玩"，因而对儿童讲童话、买"活动变人形"的洋玩具，教女儿挺起胸走路，给孩子温馨恬美的微笑和拥抱。

倪吾诚也想对家庭生活"洋化"改造，却在这番改造中不得安宁。静宜信奉的是家庭实用主义，不愿当狐狸精，要的是生孩子，省钱买煤球，而不是买无

---

① 王蒙：《活动变人形》，人民文学出版社1985年版，第107页。

② 陈忠实：《再读〈活动变人形〉》，《南方文坛》2006年第6期。

用的玩具“活动变人形”。倪吾诚受不了沉闷的家庭气氛,几天不回家,在外面游荡请客,将“洋化”理想化作口沫星子,大谈抱负,和学生探讨中国前途。静宜以为他在外面嫖妓,恨得咬牙切齿。尤其是静宜乡下的母亲姜赵氏和姐姐静珍也来北平同住后,三个女人结成了反对倪吾诚的统一战线,将家庭变成一个随时可以引爆的火药桶。这两个来客的“变态寡妇文化”,是制造家庭火药桶的好材料,静珍还在如花似玉的年纪就守寡,心理压抑变态,喜欢挑拨家长里短,就连野猫发情都恨得牙根痒痒。她抽烟、喝酒、做饭,每天早晨必修“洗脸仪式”,煞费周章地洗脸擦粉、上胭脂,边洗边打,边洗边骂,堪称一绝。岳母喜好洗脚、倒尿盆,靠老家一点田产收租过活,百无聊赖,长于恶骂。妻子姜静宜依凭如此生力军助阵,就合谋算计倪吾诚,偷走他兜里的钱,又扣了他一身滚烫的绿豆汤,使之落荒而逃。王蒙就有这种本事,使“恶骂”成了一种翻江倒海、如火如荼的“国粹”或“国宝”,土语村话,咆哮号啕,又泼又悍,大有不“气死王朗”誓不罢休之情态,堪称当代小说一绝。在胆战心惊的骂声喧腾中长大的小儿女,与母党同仇敌忾,都把父亲当成“败家子”,形同陌路。倪吾诚万般无奈,在妻子怀第三个孩子时就远逃他乡,甚至去过解放区,其后离婚再娶,并未尝到幸福的味道。在历次运动中,他热情赞美领袖英明,而慷慨激昂带来的却是大折跟斗,颇受皮肉之苦,晚景凄凉寂寞。作品给他留下的是一个魂不守舍的“活动变人形”,一幅漫画式的精神陷于分裂和痛苦而又找不到出路的文化变脸。

王蒙曾经自白,这部小说对他而言,是刻骨铭心的:“《活动变人形》的题材是刻骨铭心的记忆……我需要一个料理,需要一个过渡,需要一个告别,我起码需要说一声,别了,童年!别了,老屋!别了,爹妈!没有意义就没有意义吧,不成格局就不成格局吧,不入流就不入流吧,不像一部小说就不像一部小说吧,然而它已经在王蒙的心里憋了那么久,它已经被包括王蒙在内的人忽视了那么久,它未肯离去,这毕竟是真实的啊。”王蒙写作时,独处京郊门头沟区山窝中的西峰寺,开始了写作的疯狂期,一天写15 000字,写得比抄录得还快。又去大连修改定稿。书名最初想用《空屋》,又改为《报应》,最后定为《活动变人形》(“我明明记得这是我小时候玩日本玩具的名称,但是所有的日本友人都说日语有‘人形’(玩偶)而没有‘活动变’”)。他吐了一口气说:“我毕竟审判了国人,父辈,我家和我自己。”①

《活动变人形》对其主角倪吾诚、姜静珍、姜静宜以及姜赵氏极尽嬉笑怒骂之能事,唯独对倪藻绝少嘲讽,而是通过他再加上一个经常打断叙事连续性

① 王蒙:《关于〈活动变人形〉》,《南方文坛》2006年第6期。

而大发议论的叙事者，潜在地掌控着全局。大概是要给全书中的文化反省提供一个世界性的关照框架，遂以倪藻旅欧开篇，“出国”不妨忆旧；以他归国作结，回国之后，倪藻要进入“八十年代的中国现实”。也就是说，它是以20世纪80年代的当代意识，来拥抱和审判40年代的文化悲喜剧老故事。作品通过倪藻之口呼应书名，认为每个人都由三部分组成：他的心灵，他的欲望和愿望，他的幻想、理想、追求、希望，这些是他的头；他的知识，他的本领，他的资本，他的成就，他的行为、行动、做人行事，这些都是他的身；他的环境，他的地位，他站在什么样的一块地面上，这些是他的腿。头、身、腿若能和谐、能调和、能彼此相容，那人就能活。[①] 而这三部分是活动可变的。比如戴着斗笠的女孩儿，可以是身穿西服的胖子，也可以是穿和服的瘦子，也可以是穿皮夹克的侧扭身子。为什么身子侧向一边呢？这也很容易解释，显然是它转过头来看你。然后是腿，可以穿灯笼裤，可以是长袍的下半截，可以是半截裤腿，露着小腿和脚丫子，也可以穿着大草鞋。这种肢解重组的不和谐、不调和、不彼此相容，成了近代中国知识分子精神惶惑痛苦的独特而深刻的象征。以倪藻旅欧与归国的世界性的大四方形框架，容纳着倪家老宅的“活动变人形”的几何切割变异，王蒙的“审美几何学”运用得得心应手，几乎有些出神入化了。

需要进一步追问的是，这种奇妙的几何切割中，蕴含着何种哲学？数学是如何转换为哲学的？细加深究，《活动变人形》的哲学乃是“倒转了的存在主义”哲学。存在主义三原则，一是“存在先于本质”；二是“世界是荒谬的，人生是痛苦的”；三是“自由选择”，“人即自由”。这一二三的次序，恰好是倒转过来的“活动变人形”的腿、身、头。排列顺序的不同，就是意义的不同，其中隐含着“王蒙式的审美几何学”。在强势的西方文化面前，倪吾诚“头”的选择，追求自由而落入不自由；他空幻的选择，造成了他“身”的存在荒谬和精神痛苦，视“他人即是地狱”；他的“腿”陷在旧制度的泥泞中，制度的存在制约着他的人生本质，而非“存在先于本质”。这种非存在主义或倒转的存在主义，恰好是找不到自己的根之所在的知识者无限苦闷、失望、痛苦、消极悲观的原因，铸成了人的本质流失的无限尴尬，成为全书以“活动变人形”意象加以嘲讽的对象。这种嘲讽的颠覆性，颇有点“笑使万物，包括信仰和教会的权威性，都成为疑问”[②] 的意味。历史的理性站出来发言了：不要让鬼魂缠住活人，倪藻

---

① 王蒙：《活动变人形》，人民文学出版社1987年版，第289页。

② 雅各伯(Helmut C. Jacobs)：《诺维利诺的愉悦与笑》，收入塔派特和荣格主编《愉悦的模仿——希尔特先生65周岁纪念文集》，图宾根和巴塞尔出版社2003年版，第66页。

要走自己的路。

全书通过对倪吾诚们旧时代生活不得安生的严厉审判,最终落脚到探讨其后代倪藻们走向革命的必然性,以及拖累他们“进一步,退两步”的难以摆脱的精神负担的宿命性的深层原因。它审判着和诅咒着“那个死去的时代和它投射给我们的长长的阴影”,其思想底蕴之丰富,历史感之厚重,多有值得称道之处。也就是说,《活动变人形》蕴含着一种非存在主义的破碎化的生存哲学,成为20世纪80年代反思文学中具有文化哲学深度的标志性作品。

季节风云中的失态、踌躇与狂欢

这已经给我们留下足够深刻的印象:王蒙的小说以艺术形式变异之灵便活跃著称。20世纪80年代复出而全盛期的“东方意识流”,就有多方尝试,狗变蝴蝶,形式翻新接着形式翻新。评论家已经注意到,他的《春之声》注重听觉,《夜的眼》注重视觉,《风筝飘带》又兼有象征。《说客盈门》、《一嚏千娇》是讽刺作品;《球星奇遇记》属通俗逗乐型;新疆伊犁小说系列又基本回复到了传统写法。[①]

作家对生活感觉和形式创新的敏感,达到了一种精神巅峰状态,欲罢不能,恐怕连那个“罢”字也没有想过。直到前面分析的长篇小说《活动变人形》,既集意识流之大成,又以“肢体分解组合”的方式深入到新的文化哲学的思考之中。那么,这种形式创新的锐意追求,到了年逾花甲的老成时期,是难以为继呢,还是“庾信文章老更成,凌云健笔意纵横”?

且看王蒙从1993年起,用了7年时间完成的“季节”系列《恋爱的季节》、《失态的季节》、《踌躇的季节》和《狂欢的季节》。季而有四,象征国家态势与人生浮沉的春夏秋冬,也是一种“人文—审美”的数学,其中蕴含着某种气数的意味。这给人的感觉是他宝刀未老,依然是以形式创新蕴含历史理性思考的前沿性作家。王蒙曾讲过:“短篇小说是真正的艺术。长篇小说也是艺术,但尤其不是艺术,是非艺术,是人生,是历史,是阴阳金木水火土,是灵肉心肝脾胃肾,是宇宙万物。”[②] 他这种是与不是,是得无边无际的小说学,为他小说文体出现狂欢状态打开了闸门。《季节》四部曲,以其个人经历为蓝本,写了从新中国成立前夕到“文革”结束30余年的社会风雨和精神悲欢,于编年史

---

① 贺兴安:《王蒙晚年小说变异》,《文学评论》2006年第3期。

② 王蒙语,见《大家》创刊号。参见王春林:《话语、历史与意识形态——评王蒙长篇小说〈失态的季节〉》,《小说评论》1994年第6期。

的恢弘结构中，因注入意识流、又注入调侃与反讽而充满弹性的跳跃，算得上王蒙创作的一次全面的破解之综合与狂态之超越。它对翻云覆雨的历史波折，及在其簸荡下的知识分子精神苦刑和炼狱，作出严峻却充满智慧的批判性反思，在广度与深度上都赋予新的力度。中国作家中，能对20世纪中后期的政治史中的精神史作出如此广阔而深刻的反思者，也只有王蒙。

《恋爱的季节》从1951年春天写到1953年春天，写了人民共和国的早晨。它热情欢呼："真的，每一天都是盛大的节日！是胜利的季节，是青春的季节，也是恋爱的季节！共产党来了，恋爱的季节开始了！"《青春万岁》中那种乐观得有点透明的青春梦，被召唤回来；《布礼》中那种真诚向上的碎片重新被缀合，而睁开一双阅尽沧桑的眼睛，对之进行深度的审视。可以说，这是王蒙以发展了的《布礼》的眼光，对他的第一部长篇《青春万岁》在20世纪90年代的重写。在那个刻骨铭心、令作家憧憬怀念不已的年代，北京某区青年团几位干部，那些正处于人生花季的少年布尔什维克赵林、祝正鸿、钱文、周碧云、洪嘉等人，将个人的生活汇合进革命的政治与历史大潮之中，使全书的字里行间鸣响着纯真、美好、欢快而充满激情的主旋律。活泼浪漫的周碧云认为，生活在严肃而热烈的集体当中，每个人的小我都要压缩到最小最小最小，必须以此建立自己的恋爱观。她毅然中止了与出身于留学知识分子兼基督徒家庭的青梅竹马的恋人舒亦冰的爱情，而倾心于比她矮小的革命诗人满莎。勇敢活跃的洪嘉也同样认识到，恋爱本身不再是自然的情感，而成了革命的律令，从而追求一位年龄至少比她大一倍的苦大仇深、半文盲并身负重伤的战斗英雄，毅然宣布与他订婚。资本家家庭出身的李意等人与亲情决裂，也是为了汇入滚烫的革命和建设的洪流。他们恐惧平庸，采取直线思维或浅层思考方式剔除烦恼，勇往直前，青春在"燃烧"。但是，饱阅沧桑的作者已经在感慨他们会被激情灼伤了。

拉开40年时空距离来反省新中国成立初期的青春激情，注入的是交织着理性与反思的冷静审视。距离产生理性，对于思考者而言，距离的长度与理性深度成正比，这也是王蒙的"人文—审美"数学。"梦断香销四十年，沈园柳老不吹绵。"一个年届花甲的老者朝花夕拾，追忆40年前难以忘怀只好托付给1953年几与自己同龄的年轻人钱文了。

钱文知道，他挽留不住时间，挽留不住鸟儿、花朵、树叶，挽留不住的1948、1949、1950、1951年，挽留不住自己的16岁、17岁、18岁、19岁，如今他马上就要20岁了。这种"年龄话语"使他陷入深深的惆怅之中："现在"不可挽留地变为"过去"，自己的"恋爱的季节"处在消退之中，但他岂能知道，陆续降临的"季节"会打上"失态"、"踌躇"、"狂欢"的烙印？孔子说："天何言哉？四时行焉，百物生焉，天何言哉？”[①] 据说法国作家普鲁斯特的杰作《追忆逝水年华》，直译乃是“寻找失去的时间”，王蒙在“失去的时间”的苦苦寻找中留下了诸多待解的方程式。作为“季节四部曲”的首部，文本肌理已经为以后三部埋下了解答方程式的常数与变数，这就是王蒙津津乐道的文学中的数学。

《失态的季节》正面展开的故事，始于1958年，终于1961年，写的是“反右”运动结束到“三年困难时期”之间，一批“右派”在山区农村和近郊农场“劳动改造”和“自我改造”的悲辛往事。这是作家对自己刻骨铭心的“右派”遭际的充满历史理性与反思色彩的再审视。《恋爱的季节》里那些少年布尔什维克，不少人在1957年被戴上“右派”帽子，个别人可能平步青云。“失态”季节之所以失态，是由于意识形态高压下革命与人性关系被扭曲而失态，人格尊严被践踏，历史逸出了常轨。小说的重大突破，是以历史的真实过程和理性的严峻态度，既审视了政治失态，也审视自我失态。它打破了“文革”结束初期“右派”小说创作模式，即将“右派”拔高和装饰成“悲壮的英雄”的激情写法，真实地恢复那场历史风暴的本来情景，重现了历史风暴突然袭击下“右派”并非个个英雄，倒是平平常常，张皇失措，还在人性弱点的暴露中显得有点“狗熊”。这种创作模式，带有灵魂自剖的意味。

历史变得如此匪夷所思：钱文在欧美同学会吃了一顿西餐；郑仿倡议组织成立一个儿童文学研究会；萧连甲纠正批判自己的大字报上的几个错别字，无非芝麻大的事情而已，竟然被无限上纲上线，戴上“右派”帽子。人与人之间投机自保，互相撕咬，作践自己和别人的人格尊严，可怕地都出于一派虔诚。曲风明找萧连甲的谈话，以诚挚的同志式的严厉、生动、深刻和精妙，苦口婆心的“温暖”蕴含着“请君入瓮”的杀机，让你在“铁的逻辑”面前承认“莫须有”的罪名，真是令人心惊肉跳。如此入木三分，来自作家的刻骨铭心，非过来人写不出来。被运动起来的群众对待“右派”的态度常常是划清界限，比如钱文的丈母娘用“我跟你没话”，把钱文拒于千里之外，如此“孤立战略”，令人心寒。多少人真诚地怀疑自己、出卖自己，也真诚地怀疑别人、出卖别人，良知泯灭，人格和尊严荡涤无存。杜冲的婚姻破裂；激情洋溢的周碧云成了面容憔悴、脏乱不堪的主妇；萧连甲自杀；鲁若死在监狱中；拿“帽子”整人的曲风明却被戏剧性地定性为“右倾机会主义分子”受整。钱文也在睡梦中吐露潜意识的无奈：“有了帽子可预防伤风感冒，有了帽子就不再失眠，不再胡思乱想，不再不服气，不再对任何人有什么不满，不再闹情绪……多么幸福的右派

① 《论语·阳货篇》，《四书章句集注》，中华书局1983年版，第180页。

帽子！多么温暖的右派帽子！多么严丝无缝的右派帽子！”革命者成了“右派”，劳动改造中认同“右派身份”，虔诚夹杂着惶恐，困乏的肌体承受着精神的炼狱，人生庸常化加深了唯唯诺诺低头认罪，精神在异化中变态，作家对自身内在精神世界进行了严厉的毫不容情的自审。钱文逐渐看透了人情冷暖与残酷，既看到了卞迎春利用手中的“首长”威权，把从前情人高来喜整得生不如死；也看到了一心向党、又红又专的路红心，到新疆卷入了残酷的政治斗争，被狙击手杀死，死得不明不白。面对一幕幕整人、告密、背叛的人间丑剧，钱文对人性之恶陷入绝望。他把猫作为恋人、女儿，在猫的身上寄托全部的温情。唯有妻子叶东菊，性情纯朴，她对钱文的命运沉浮，宠辱不惊，显示了女性承受灾难的精神力量。即便在艰窘屈辱中探望右派丈夫，也精心修饰，款步生春，营造着贫贱夫妻的殷殷柔情，给钱文一个惊喜，在他心头增添了一丝暖意。作家用笑的形式告别过去，在人性失态中发现人性的常有所谓“戏场小天地，天地大戏场”，面对那个指鹿为马、黑白颠倒、帽子满天飞、灵魂被撕裂的岁月，小说选择了与之相配的话语游戏化风格，淋漓痛快，少有节制。令人读来常常忍不住要笑，笑完了又感到某种沉重和辛酸。文体营造着情调。以失范的语言嘲讽失态的时代，作家的“人文—审美”数学又浮出水面，他在平行线的弯弯曲曲中寻找着难以交叉的交叉点。

《踌躇的季节》的时间段是 1962～1963 年。它以绝妙双关语为题，展示了 60 年代初知识者“踌躇满志”乎、抑或“踌躇不前”乎的回归民间的心态，反思了风风火火的历史在制造平平淡淡的卑俗人生。乍暖还寒的“小阳春”似的政治气候中，“脱帽”运动似乎给知识者的命运投来一束晃眼的阳光。但重提阶级斗争的阴晴莫定，又给他们带来踌躇与彷徨、隐忧与迷茫。钱文决心告别生活了 30 年的这座城市。正如《淮南子•俶真训》所说：“其所守者不定，而外淫于世俗之风，所断差跌者，而内以浊其清明，是故踌躇以终，而不得须臾恬澹矣。”①

他已经看透：必须活下去，活着才有是非、有善恶、有回忆、有评说。如果像萧连甲、鲁若那样结束生命，除了臭一块地以外就什么都没有了意义。因此，他丢掉任何期待和希望、追求和努力、挣扎和苦斗，包括某种形式的隐忍和蛰伏，要到边疆去学点实实在在的本领，和妻子叶东菊一样，以平常心过着一种以柴、米、油、盐为核心的平常日子。流落边陲，就不妨专心地制啤酒，制酸奶，研读菜谱，烧饭做菜，津津有味地体验着“吃”乃是生活之中的首要事务，而不是某种可怕的罪过。寒冷的冬季也无奢望，有一间生有火炉的小房子足矣。

① 《淮南子•俶真训》,《诸子集成》（第 7 册），中华书局 2006 年版，第 26 页。

他的渺小幸福就是与妻子生活在一起,生儿育女,养猫养鸡,偶尔打一回麻将。尽管半夜惊醒,但想一想生活的目的,更多感受到的是能过普通人的日子,不失为一种福分:"做一个平庸的人是多么福气呀!"

在钱文的心目中,革命高调算是破产,浪漫激情早已远离,打扫房间、排队买豆腐、哄孩子洗尿布,直至欣喜若狂地大啃西瓜,都纳入他的"安逸哲学"。小说中不乏对吃西瓜、烤饼和素什锦之幸福感的津津有味的渲染。且看这段形容:"多么可爱的夏天!西瓜是上苍的杰作,吃西瓜是夏天幸福的极致。幸福、理想、诗意与西瓜同在。在酷热的折磨下,在炼狱的威逼下,在你的呻吟和抱怨、挣扎和潦倒中,你得到了天助,得到了上苍的恩宠,得到了一股清流,一派清新,简直是一个崭新的生命。既是吸饮,又是吞噬,既是收纳,又是吐弃。踢里秃噜,滴滴答答,三拳两脚,张飞李逵,一个西瓜就进了肚。除了吃西瓜,什么东西可能吃得这等痛快!夏令吃个瓜,豪气满乾坤!伏天抱个瓜,清风浴灵魂!盛夏抱个瓜,飞天怀满月!春风风人,夏雨雨人,何如西瓜瓜人!有物曰西瓜,食之脱俗尘!有瓜甘而纯,食之乃羽化!清凉,甘洌,柔润,通畅,安抚,洗濯,补养,透亮,如玉如珠,如液如浆,如花如鸟,如云如霞,如饴如脂,如鲲鹏展翅逍遥游于天地之间直到六合之外!"才思泉涌,痛快淋漓,是游戏笔墨,也是快意文字。这是何等的"吃西瓜哲学"呀!西瓜虽小,却涵容天地,人间的一切烦恼都不妨置之度外,尽管超凡脱俗、快意朵颐中,难免令人掠过一丝辛酸。钱文的心酸在于:"命运,该有多么不可思议!人生,该有多么变幻莫测和千奇百怪!"人是不能够太高兴的,积近30年之经验,他深知人要是一高兴底下就一定要倒霉。不能翘尾巴,只能时时夹着尾巴,因而"我只是一个卑微的人,我只需要最正常最渺小的幸福,只需要与东菊生活在一起"。精神的高压,在制造着人间的渺小。

有学者认为:"王蒙与他的同代人,完成了中国文学由浪漫的崇高,向多元的杂色的过渡,仅此一点,他便获得了一种'史'的意义。……王蒙最初吸引我的,便是这种诡谲幽默、汪洋恣肆的情致。他渐渐学会了超然于象外,学会了以多样性、复杂性、广博性来驱赶心灵的寂寞。……他对世相种种、官场种种、文人种种均有相当的了解。一个深味世态的人,常常不会以一只眼睛打量世界,他越来越感到生活的荒诞,文化的荒诞,存在的荒诞。于是他出语讥人、圆滑幽默,他调侃戏弄世间也调侃戏弄自己……王蒙身上牵扯着真谛与俗谛的长影,从共产主义到非共产主义,从殉道精神到平民乐趣,这种不和谐的旋律在他那儿竟和谐了。"[①] 有意思的是,这部《踌躇的季节》一开头就运用了

① 孙郁:《从纯粹到杂色》,《当代作家评论》1997年第6期。

游离主线的闲笔，从而为主体叙事安置了一个独特、新奇、陌生的眼睛，打量着全书承载的时代政治的内涵。整整第一章写祝正鸿的表舅，一位骆驼客出身的商人："于是我想起了祝正鸿的表舅，他做买卖，到处讲吃亏是福。无论如何该轮到他老了，冥冥中的小说之神，或者更准确一点说是文学界的鲁班祖师爷这样指挥着我的手指，而我对于表舅的了解又太有限。"作者似乎信手拈来，却通过人物的眼睛、经历和感受，见证了 1950～1960 年代社会变迁乃至政治运动。骆驼客在新疆嫖妓，险些被同伴枪杀，这荒唐的凶险，映衬了新中国成立前的动荡和混乱；他以处世的练达赢得了某书记的信任，被补选为工商联副主席，折射着开国之初执政者的开明与通达；又因出言不慎、授人以柄，被开除出工商联，透露了肃反政治的诡谲；后又开杂货店生意兴隆，显示了 60 年代初政策宽松，社会复苏；而随后在祝正鸿的暗示下关闭杂货店，乃至在抑郁中生病而死的结局，则预示着"山雨欲来风满楼"的社会情势。此人物与全书的人物存在着若有若无却不绝如缕的关联，通过骆驼客的眼睛，从独特的角度窥见了作品中一对重要人物周碧云和凌函栋诡秘而暧昧的关系。更本质的关联在于这似乎突兀的寓言性叙事结构，以小见大地象征着 20 年间中国政治的波诡云谲，从而形成了小故事"召唤"大故事的结构衔接，类乎话本小说的"得胜头回"葫芦结构。在小大衔接的葫芦结构中，以骆驼客的新疆生活联络着知识者的新疆生活，王蒙使用的不是意义的加法，而是乘法，暗示着这种颠踬人生遍及社会各阶层。书名是篇章学的第一紧要处。"季节四部曲"的书名，致力于对特定时代"社会心理模式"的概括，可谓呕心沥血，匠心独具。在下一部《狂欢的季节》的首章，作家还半是得意、半是调侃地告白："我曾经多么样的满意于'失态'与'踌躇'的命名，这样的词儿创造出来不就是为了我的长篇小说系列吗？你悠久地垂悬在那里，闲置中等待着对号入模子。失态，举重若轻，绵里藏针，哭笑不得……踌躇，既是踌躇满志又是踌躇不决，一语双关，且惜且悲且痛且摇头摆尾并顿足长叹，您上哪儿找这么好的无法译介的词儿去！"作家选用这些"无法译介"的好词儿来概括他至为刻骨铭心的人生经历，是经过呕心沥血地推敲和锤炼的。那么，对于《狂欢的季节》的书名，作家又是如何刻意经营、别出心裁呢？

《狂欢的季节》主要写"文革"，对于它的命名，王蒙曾经反复掂量，举棋莫定，颇有点"吟安一个字，拈断数茎须"、"两句三年得，一吟双泪流"之概："那么这一个季节应该是恐惧的季节？是奔突、是疯狂、是死亡的季节或时节么？是横冲直撞大火熊熊痛快淋漓，由真正的历史大手笔写就的浓艳的或浓烈的季节么？抑或是闲散的、恬淡的、无聊的、空白的、等待的、静悄悄的，比如说是养猫养鸡养黄鼠狼腌咸蛋种花种草打毛衣读菜谱打木器家具和常常醉酒的叫作畅饮的季节么?也许我应该叫它意外的或混乱的、困惑的、迷失的、梦魇的至少是奇异至极的神妙至极的百思不得其解的、你只好叹为观止的季节吧?”必也正名乎?名不正则言不顺,圣人早就这样告诫世人。似是而非,似非而是,“跳跃的季节”也不是,“发情的季节”还不确,直到此书的第103页,王蒙才说:“也许更加贴切的应该说是狂欢的季节,真是又唱又跳又叫。”依据“大乱避城,小乱避乡”的古训,钱文告别北京,举家远迁边疆小城,直至“文革”结束。因而能抽身度外,俯瞰百态,悲悯众生。他以观察者、思考者和旁观者的角度来考察文化大革命中众生的行为和心态。尚在钱文从北京赴边疆途中,他家金鱼死掉了,然后死了猫,死了鸡。给予他寂寞人生些许慰藉的小生灵逐一死亡,一开篇就飘散着苍天无情的死亡气息。死亡气息和外界的狂欢氛围形成了强烈的反差,是悲剧意味和闹剧噪音之间的极度猖狂和严重对立。摘帽觉头轻,边疆少牵挂,钱文就偷得一度清闲,全身心投入世俗生活之中,养猫养鸡做酸奶做饭哄孩子盖房子挖地窖喝酒唱歌抽烟打麻将。有道是“尘沙多苦趣,第一是书生”[①],平凡人生既令人惬意,又令人不甘,却只好在惬意与不甘的夹缝中忍耐着无聊和无奈。

而那些处于政治漩涡的人,如犁原、陆浩生、张银波这些老革命却在天旋地转中纷纷落马;善于深文周纳的曲风明饮恨自杀;赤胆忠心的刘小玲被活活打死;政治嗅觉灵敏上蹿下跳的章婉婉,经历了离婚、出卖肉体、谄媚讨好、被批斗、寻机报复等一系列人生折腾后,被明确为没有改造好的“右派”接受群众专政,不再跳来跳去,竟然与前夫复婚,心平气和地过起了日子。陆月兰和洪无穷当了红卫兵,改名为陆红心和洪无私,活现了“一个纯正的人左起来”的精神变奏。洪无私因是托派的子女,下放边疆,与父亲划清界限,成了坚定的造反派。而“文革”结束后,进了说清楚班,发疯住进医院。行文一再点击:“革命就是狂欢,串联就是旅游,批斗就是摇滚乐,霹雳舞”;“文革是一次集中的词语狂欢,字词拉练”。全书结尾,还作了酣畅淋漓的发挥:“然而这毕竟是中国革命世界革命的一次人民大狂欢,是一次毛泽东诗意盎然的狂想曲。毛泽东称自己一辈子就做了两件事,一件是建立了新中国,一件是‘文化大革命’,这绝非偶然。从中可以看到他老人家是怎样地看重‘无产阶级文化大革命’,这是英雄主义与理想主义的狂欢,超前思维的狂欢,这是意志的狂欢,概念和语言的狂欢,创造历史即追求历史的一点新意社会的一点新意的狂欢,用后来时髦起来的话来说,这是追求‘创意’的狂欢,群众运动的狂欢,天才、智慧和勇气的狂欢,献身精神和悲剧精神的狂欢,力比多和激情、欲望和野心的

① [明]袁中道:《风雨舟中》,《珂雪斋集》(卷一),上海古籍出版社2007年版。

狂欢。人生说到底是什么？人生不过几十年，人生就是生命的一次狂欢，更正确一点说是一次狂欢的实验，意义就在狂欢和实验本身。”

不是以“浩劫”，而是以“狂欢”来形容“文革”，这是文学家不愿落入俗套的苦心积虑的一种创造。他在彻底否定之余，转向对狂热发昏的社会文化心理的探讨，勾起了对人类的无限悲悯。“浩劫”侧重对“文革”进行道德和历史的审判，而“狂欢”则触及人性的深处和欲望的膨胀，是一种追求深度的文化反思。王蒙说:“我不想一段历史过去了，就大家一块儿诉苦，一块儿跺脚，文化大革命搞糟了，这已经用不着我来说了，大家早就写了。我力图反映的是这个历史时期的人性，希望我的作品能再现当时的激情、热烈，哪怕幼稚、荒谬。”[①]他拒绝将刻骨铭心的人生经历进行神圣化、戏剧化、恩怨化、黑白化，严峻地拷问着灵魂深处的皱褶和阴影。王蒙警示世人:“你大讲‘文革’的逍遥和狂欢的时候甚至丧失了起码的郑重与诚实。赵飞燕因了跳掌上舞而得宠，那是一千七八百年前的事了。你的狂欢也不过是手掌上的舞蹈。你根本不敢向掌外看一眼，不要说是看一眼，就是想一想你也就跌下了万丈深渊。”万丈深渊上的掌上狂欢，这种对历史悖谬的当头棒喝，蕴含着博大的人间悲悯。

处理“文革”这个艰难的话题，是对作家的思想、智慧和语言方式的极大挑战。王蒙间杂使用小说和反小说的手法，许多文字简直就是急风暴雨、倾盆而下、一泻无余的思想随笔。王蒙的文体意识相当自觉，《狂欢的季节》理应采用相对应的“狂欢体”书写，采用狂欢化的语言风格，以创造精神冲击波的超审美效应。本义的“狂欢(节)”，源自古希腊罗马酒神崇拜与祭祀仪式。苏俄理论家巴赫金将之导入文学艺术，形成了巴赫金“狂欢化诗学”。王蒙是否从中受过启示，不得而知。但《狂欢的季节》的语言无法无天，随心所欲，肆无忌惮，无所拘束，随手拈来土语村话、政治套话、雅言俗话、咒语骂话，加以排比重叠，删落标点以加快语速，如大浪淘沙、浊浪拍岸，反讽调侃，纵横捭阖，好生了得，兀的不喜杀人也么哥，兀的不苦杀人也么哥！从而颠覆了中国诗文语言惜墨如金、含蓄蕴藉的传统，在泼墨如注中，把叙事抒情、描绘形容、幻觉警句、说理论辩、冷嘲热讽混合成滚滚滔滔的狂欢的语言流，强化了主体精神爆炸力。用王蒙夫人的话来讲，王蒙具有语言的“魔症”[②]。狂欢的语言洪流将“狂

---

① 许以黎:《当代知识分子的心灵长卷——王蒙谈新作〈狂欢的季节〉》,《学问》2000年第8期。

② 周大新:《将文字制成“集束炸弹”》,《多维视野中的王蒙》,中国海洋大学出版社2004年版。

欢季节”冲击得七倒八歪,如希腊神话所讲,乌拉诺斯身上的男根落入大海,激起泡沫,维纳斯就这样诞生了。诞生的是不是维纳斯且不说,却从泡沫中蒸馏出清醒地谛视“狂欢”的种种妙语格言,从而揭示了“狂欢的季节”的荒谬本质,令人感到痛快淋漓。以狂欢化的语言蕴含哲学,也算是王蒙的一大本事。

“季节四部曲”开始了一种“世纪性的文化反思”。作家将自己刻骨铭心的30余年社会人生悲喜剧逐幕回放,亦纵亦横、忽前忽后地全方位反思历史,拷问人性,蜀鹃啼血,晨鸡警世,为多灾多难、精魂不灭的民族提供一份文化启示录。这里凝结着作家本人的遍体鳞伤的血迹,但他并不作儿女态而顾影自怜,也不作江湖态而快意恩仇,他要以历史理性和审美智慧写下一份关于历史、文化、政治、人性的泣血之书、智慧之书。提到这“季节四部曲”,王蒙感慨万千地说:“它是我的怀念,它是我的辩护,它是我的豪情,它也是我的反思乃至忏悔。它是我的眼泪,它是我的调笑,它是我的游戏也是我心头流淌的血。它更是我的和我们的经验。”[①] 这四部曲的精神自传色彩很浓,如果将《活动变人形》看作是对家族、对父辈之反思;那么,“季节四部曲”就是对自身、对同辈,对自己所在的时代之反思了。在四部曲中,作家的“自我”植入一是在叙事者,常常现身说法,口若悬河,或抒情,或议论,嬉笑怒骂,在驾驭着人物进退和情节发展中,与读者共享情感的痛快和智慧的喜悦。二是贯穿四部曲的主人公钱文,将自己的追求、遭难、窝囊、趣味、明智,好好坏坏都塞到钱文的生命历程中,然后再退到一边,对之进行冷静的剖析。至于因小说而致祸,被戴上“右派”帽子的人生遭际,还散落一些碎片在道具式的人物王楷模身上,但只给他留下一个姓氏的躯壳,而将诗人的灵魂托付给钱文了。这就是王蒙一再阐述的《红楼梦》中“影中影”的叙事策略,清朝魏秀仁《花月痕》第25回的回目也是“影中影快谈红楼梦,恨里恨苦咏绮怀诗”。如此将作家的影子一分为三,三以贯穿四季,三三四四隐喻着千千万万,这就是王蒙的数字审美学。

青狐惊艳中的精神现象学

在“季节四部曲”还需写出预约的两部后曲的间隙中,王蒙似乎按捺不住去采摘另一个魅力诱人的审美之果。那是一个青色的果子,泛青处似乎附着鬼魂。《青狐》无疑是王蒙晚年小说的一个异数。作家本人如此交代,《青狐》“比较充分地小说化”,如果说《青春万岁》写得“最青春”,《组织部来了个年轻人》写得“非常激愤”,《坚硬的稀粥》写得“很讽刺”,“那么这个《青狐》呢,写得非常一个小说”。其实在选题上,《青狐》也“很中国”,同中国小说的

① 王蒙:《长图裁制血抽丝》,《文艺新观察》(第一辑),长江文艺出版社2001年版。

志怪传奇传统，乃至民间“狐仙”传说结下因缘。小说封面称“这个女人就是一部交响乐”，我们不妨把它综称为人物的“狐性”。王蒙谈到青狐的个性时说：“这种独特的个性你不能够从政治上、从社会学或历史角色上给它定个性。但是我们从它身上也可以感慨这几十年我们国家的历程，她的变化，她的沧桑。”[①] 也就是说，《青狐》的政治历史反思的色彩比起王蒙以前的小说，已是相当淡化，在人物身上可以感受历史沧桑，却不能对之作出政治、社会、历史定性。

《青狐》是如何得名的呢？《青狐》扉页内容简介说：“作者从一个绝妙的角度对女性、欲望、爱情以及革命、民主、权力等等做出了自己独特的解读。”[②] 后来成为知名女性作家的青狐，原名卢倩姑，出身贫寒，心气孤傲，命薄如纸。小说开篇，就详细描写其脸部轮廓，特别是眼睛、下颚。她从情窦初开，就有如此自我感觉：“没有丝毫低眉顺眼的贤淑，没有丝毫舒适受用的温柔，没有丝毫源远流长的东方文化的积淀，而有的却是洋人的脱离猿猴不久的兽性兽型”，是一只“狼仔”。但在旁人眼中，钱文说她像狐狸，白部长私下判定她是“狐狸精”。她后来发表作品用的笔名是“青姑”，只因评论家杨巨艇在谈到她时，把“青姑”念成“青狐”，就索性把笔名改成“青狐”了。她本人还有点自鸣得意：“狐仙的青辉，多么迷人。”有说道“王蒙七十，辣笔摧花”，实际上作家从不知疲倦的政治史、精神史的史诗叙事之外另辟蹊径，从小人物成名的角度打开情欲的秘密，却消解了作为文学商品卖点的火爆的“性解放”的竹篮打水一场空。《青狐》不能从政治社会上确认人物个性，却应从精神现象学上探求人物的性情、欲望和命运。

青狐自小与母亲相依为命。孤儿寡母的家庭结构的选择，使《青狐》扬弃《活动变人形》中从政治文化视角“审父”的母题，而将个人情欲放置在自做主、自造孽的伦理语境中。她在20世纪60年代只是一个微不足道的小干部，买服装的首要标准是“把自己捂严实”，但是一做梦又“把自己脱得光光”。要在“交心、放包袱、灵魂里爆发革命、狠斗私字一闪念”中全盘交代，“作一个干干净净的女子”，待到梦中“光溜溜的丢丑”，“终于铁了心，就叫青狐”。她初恋的男子，在“反右”运动中跳楼自杀；大学辅导员将她奸污，被判刑劳改。她又结了两次婚，一个丈夫因病猝死，一个丈夫闹得分居10年而遭车祸丧生。

---

① 《王蒙新世纪讲稿》，上海文艺出版社2005年版，第391～392页。

② 王蒙：《青狐》，原刊于《小说界》2003年5、6月号及2004年1月号，单行本由人民文学出版社2004年出版。

她究竟是克夫的白虎星,还是精灵尤物、彩蘑罂粟、天仙神女、妖魅冤孽?她使乏味的人间多了一点神奇,使平凡萎缩、丑陋肮脏的男人在一个短时间勃勃起来、燃烧起来、英俊起来,然而仍然受到提防和质疑,受到审查和歧视。美的品质远比丑更可疑、更危险,美是狐狸、狼和潘金莲,而龟、蜗牛和武大郎的品质才是善,"她仅有的性经验,却使她觉得与男人的那种关系她得到的差不多只是强奸,和她发生过性关系的男人到了那个当儿全都恶俗不堪,丑陋不堪,挤鼻皱眼,口角流涎","像是谋杀,像是抢劫,像是强暴。她没有得到过诗意"。美是祸,还是福?性是功,还是罪?《青狐》在王蒙著作中,无疑更具有"后现代意味",更具有生命哲学意味,把思考引入了现代人的精神存在和现代情绪的更深层。

青狐的内心对于异性纯洁的爱,存在着长久躁动的饥渴,却在现实中屡屡碰壁。这种力比多,成了创作的原动力。她把这些苦闷和压抑都写进了小说,"她想写小说是为了她的永远无法实现的爱情",写小说也离不开情欲的纠缠,将小说书写当成抵抗现实的武器,营造一个虚幻的避难所。我有迷魂招不得,难道应该承认"书写即招魂"吗?在"伤痕文学"波澜初起的时候,青狐写了小说《阿珍》,一举成名。在改革开放的十几年中,她从一个默默无闻的小干部,变成了享誉海内外的大作家"青狐";从到月底就揭不开锅,变成有车有房有人民币加各种外币硬通货存款;从与母亲相依为命,变成了观光环宇、踏遍五大洲四大洋的世界公民。对于如此辉煌的"发迹变泰",她竟恨不得"一火而焚之"。灵的飞扬,到底无法代替肉的孤冷。灵肉分离和冲突,构成了青狐人生不可救药的悖谬。

青狐曾一度钟情于那位高度评价她的作品、肯定她的才华,又长得高大英俊的"思想家理论家"杨巨艇,听他激情奔放地谈论民主、人道、智慧、文明,就按捺不住"心颤"。她梦见杨巨艇像一匹马,高飞入云,向她微笑。38岁的她愿意和这位有妇之夫"热烈忘情地拥抱在一起而不涉淫乱"。但在第一次单独相处时,却被杨巨艇突然发作的疝气病折断了浪漫情缘。青狐也移情于思想深邃的王楷模,醉心于他的大海夜泳和他写的《夜之海》,在访问欧洲的一个午夜,要求同他幽会而遭拒绝。她悟出自己是"玉面狐狸",觉得天下的男人或者她不喜欢,或者不爱她、不敢爱她,自己像是狐狸拜月没有结果。在历史层面上,荒诞已经超越了灾难;在情欲层面上,人与宿命反而互为荒诞。正如王楷模所说:"历史有时候虎头蛇尾,有时候昙花一现,突然变脸,冷锅里冒热气。历史常常患流行感冒、疟疾、便秘,蛮不讲理却又怎么说怎么有理。"如果单纯从青狐的故事来看,似乎只是一个女作家之人生发迹与情欲波折互为悖谬,命运浮沉与社会政治历史又有何瓜葛?但上面已经提到,作家的数字审美学中，一分为三，常将自己的生命碎片黏在王楷模身上，因而这番“历史变脸”“历史感冒”的议论，何尝不可以看作作家对历史悖谬的嘲讽性解说？《青狐》可以作为20世纪70年代末到90年代初中国文化界的某种“精神现象学”来解读。它是反弗洛伊德精神分析学的，或者说，它对弗洛伊德精神分析学采取“滑稽模仿”的态度。因而，这是一部令人沉思的书，可以引发人们对爱情、性、女性、个人、时代、政治、历史等一连串盘根错节的社会人生命题的深沉思考。

青狐之所以经得起深沉思考，是由于小说没有将这个人物纸片化，而是把她写得形神兼备，写出了她的灵与肉的冲突、思想与行为的多面性。在文学传统上，青狐关联着被蒲松龄自称为“狐鬼史”的《聊斋志异》。鲁迅评《聊斋》，称许其“使花妖狐魅，多具人情，和易可亲，忘为异类，而又偶见鹘突，知复非人”[①]。在民间传统中，狐魅聪明、狡猾而善变，散发着妖气魅力，超越人间伦理约束，幽明相通，具有超现实的能力，是礼法森严的传统社会中的一个富有情感幻想的异数。西方文化也有狐狸，如希腊诗人阿寄洛克思所云：狐狸知道许多事，刺猬只知一件事。狐狸机变百出，刺猬只知防御。英国当代思想史家伯林伊塞亚·伯林爵士在《刺猬与狐狸》中，提出了一个十分有趣也十分重要的文化问题。他认为，思想家分刺猬、狐狸两种类型：刺猬偏重理性，存一大智；狐狸偏重经验，机巧百出。狐狸型人物有：亚里士多德、但丁、伏尔泰、莎士比亚、黑格尔、歌德、普希金、巴尔扎克、屠格涅夫、陀思妥耶夫斯基、尼采、易卜生、托尔斯泰、乔伊斯；刺猬型人物有：柏拉图、马克思。伯林说，托尔斯泰乃天生狐狸，却一心想做刺猬，到头还是一只狐狸。至于女人要打消做刺猬、做思想家的念头，立下做狐狸的信念，修炼成精。[②]

《青狐》中这个青色的狐魅，既有异类人情，偶见鹘突的况味，又有聪明善变，修炼成精的素质。她也算公关好手。在北戴河海边同欧洲作家对话时，听到外国人百般挑剔中国作家“不反抗”、缺少“抽屉文学”，她就义正词严地作出反驳：“你们教给我们斗斗斗，再斗几年又剩下喝西北风啦。我们有主意，什么该说什么不说，什么该斗什么怎么斗，什么可以等一等什么不能等，什么要写什么怎么写，我们知道！”她的“爱国激情”融合着现实的考量和历史的理性，令人吃惊，也值得深思。旅欧之行，她何尝没有心灵开放，而又柔情似水的一面呢？但她被草地、晚钟和教堂感动之余，面对洋教师爷和假洋教师爷质问中国作家干什么去了，她自有独立不阿的回答：“我们在做我们想做的事。您

---

① 鲁迅：《中国小说史略》，上海古籍出版社1998年版，第147页。

② 参看裴毅然：《“刺猬”与“狐狸”》，《光明日报》2009年10月28日。

在做什么呢?”“只要世界上还有种种的不公正,就永远不要期望人们会忘记马克思主义。”中国近代以来多灾多难、备受折腾的现实,不仅对于作家,而且对于作家笔下的人物,也是“刻骨铭心”的。刻骨铭心,自然形成刻骨铭心的逻辑,这也是现代中国知识者精神现象值得注意的一面。尽管青狐有过婚姻,又不曾获得爱情;尽管她驰骋风情万种的想象,却感到终身爱情不幸;但在狂放之外,她不失去执着,坚持自己久阅沧桑得来的信念。然而,她的自主爱国的欧洲之行,到后来的一次文艺整肃中反而成为揭露的对象,于是宣布退隐。谁想到,狐狸也有刺猬的一面,尽管因其刺猬的一面而受伤。

小说最后一章,曲终奏雅,成了一曲悲怆的生命挽歌。令人心有戚戚焉,联想到《红楼梦》第120回的《离尘歌》:“我所居兮,青埂之峰;我所游兮,鸿蒙太空。谁与我逝兮,吾谁与从?渺渺茫茫兮,归彼大荒!”[①] 已经名扬四海的青狐,到远郊风景区新建的度假村青月山庄度假时,独自寻访了深山中的狐狸沟,写成了她的最后一部12万字的小说《深山月狐》。虽然获得好评,她却宣布从此搁笔。数月后青狐又发表了一部中篇小说,描写冷战时期的一个孤岛上两个阵营的男女间的无望爱情。编者按语中,说明这是青狐封笔前的旧作。她不在意各种评论,却陷入对自己命运的反省,我究竟写过一些什么呀?她对记者宣布:她已决定收回她的全部文学创作,宣布无效。来了一个对自己的彻底否定:“我完了,我只不过是一个牺牲品,我孤独,我寂寞,我迷茫,我平生没有写过一篇自己满意的作品,没有交上一个换心的朋友,没有穿过一件合身的衣装,没有住过一套舒适的房子。尤其是,没有爱情,只有自欺欺人;没有真心,只有虚情假意;没有高潮,只有无穷的你骚扰我,我骚扰你,自我骚扰,互相骚扰。我的生活,你的生活,他的生活,她的生活,都是狗屎。”青狐终于变得有点像刺猬那样,真诚地回首她一生的生存状况和精神纠葛。真诚的回忆变得如此沉重,是回忆的错,还是真诚的错?

这真是“落了片白茫茫大地真干净”,给人无穷的苍凉感。本来人生就是一个大戏台,生旦净末丑联袂登场,热热闹闹地表演完毕,不愿谢幕也得谢幕。谢幕中有价值的审视和反叛,爱的错觉、美的绚烂、真的幻影扮演完了,便收拾道具行头,归入孤独寥落的梦魇。这里使用的是细小叙事,指向的是苍茫邈远的宇宙哲学、生命哲学,构成了对80年代以后中国现代性叙事,包括性与情欲叙事的重审、追问、消解与重建,由此展示了现代中国知识者精神现象的绚烂而紊乱的图谱。青狐是一个精灵,真可谓汲日月(特别是太阴)之精华,集山川之秀异,投胎于自然,生长于社会,处处防范却也每每出击,隐于万象又存于

---

① 《红楼梦》,岳麓书社2008年版。

万有。她在一个动荡多变的时代中载浮载沉，亦风光亦寂寞，一切似乎都是气数。在人间追逐幻境，不管是情的、财的、官的幻境，都可能遇上绳索、枷锁、紧箍咒，要警惕本性的迷失。这是非常有趣的，狗变蝴蝶的作家，于此遭遇狐狸，他窥视着现代人的精神处境的尴尬，窥视着他们无法作出抉择的虚妄的抉择。作家由此获得的是另一种"刻骨铭心"。在这里的宇宙哲学、生命哲学中，一生二，是生长的开端，二是阴阳。然而阴阳之间出现了阻隔和障碍，造成了孤阴不生，独阳不长。不生不长，一切归于零；零是无穷大，又是无边的消解，是幻中真，真中幻。它消解了性的疯狂，消解了梦的狂幻，回归到一个未知数，还原出心的真诚与脚踏实地。内在的是心，外在的是地，心与地，即是无穷。这就是王蒙文学中的数学与哲学，他以哲学与数学的思维，给文学增添了智慧。

杨义：中国社会科学院文学研究所

（原载于《山东师范大学学报》2013年第5期。）

王蒙小说散论

[俄]谢·托罗普采夫
姜 敏 译

个人与人物类型

早在创作之初，在20世纪50年代的短篇小说中，王蒙就表现出对个性鲜明的人物的青睐。当然，这并不意味着他笔下的人物无一例外都具有这样的特点。王蒙是一位善于内省的作家，不主张机械地反映周围的世界。他远远不是把周围客观世界的一切存在都纳入他的艺术建构，他关注的只是那些能够打动他的东西，他最主要的观念是肯定人身上的人性，深信共同的事业没有个人的参与是不可能完成的。

但由于王蒙自己有着关注社会的热情，所以他在创作中无法只限于对人物的个性特点、心理特征的剖析。短篇小说《他来》中两个人物都脱离了群体，去除了外在的包装，他们仅仅像敏锐的感官一样发挥着各自的功能，并且，他们两人之间也是相互隔绝的。在这篇小说中显露出作家深邃的存在主义思想，但这类短篇小说不是王蒙典型的作品。我们不能非常肯定地说王蒙的很多小说中也确实蕴含着这样的思想。

如果对王蒙小说中的人物进行分类，初步可以分为以下三类：第一类是脱离群体的个体；第二类是群体中的个体；第三类是机械地执行社会职责的人。在王蒙的创作中，第一类人物比较少见，另外两类人物纷繁复杂，又可分出更小的类别，在一些人物身上个人因素在一定程度上占优势，在另一些人物身上则是社会因素占优势。第三类人物囊括的是所谓的“反面人物”，指出这一点很重要。也就是说，这类人物不考虑自身的感受，机械、僵化，没有任何内省意识，像机器一样执行着自身的社会职责，他们不会因为自身个性化的感知而放弃对职责的执行。但是王蒙对这类人物没有给予特别的艺术观照，他只是指出这类人物在社会和国家中必然存在的事实，他们象征着过去的“渐渐消失的特点”以及“某些不足之处”。

王蒙的小说就像《春之声》中的火车，穿透夜的黑幕，承载着人的温情，唤起主人公心中的希望，在经受不久前的动荡带来的冰冷之后希望复苏，重返期待已久的“童年土地”：“……内燃机车拖着一长列闷罐子车向前奔驶。天上升起了月亮。车站四周是薄薄的一层白雪。天与雪都泛着连成一片的青光。可以看到远处墓地上的黑黑的、永远长不大的松树。有一点风。他走在了坑坑洼洼的故乡土地上。他转过头，想再多看一眼那一节装有小鸟、五月、烟草花和约翰·施特劳斯的神妙的春之声的临时代用的闷罐子车。他好像还从来没有听过这么动人的歌。他觉得如今每个角落的生活都在出现转机，都是有趣的、有希望的和永远不应该忘怀的。春天的旋律，生活的密码，这是非常珍贵的。”①

恰恰是为了奏出自己心中鸣响的“春天的旋律”，王蒙才开始文学创作。他是书写“春天”的诗人（他写诗，发表诗，但这里称他“诗人”，不仅仅因为他写诗，而且主要是因为他的小说创作整体上呈现出诗化风格），书写春天意味着书写觉醒、革新和青春，但他书写的青春不是那个年龄段必有、同时具有过渡特点的青春，而是作为一种不可或缺的心灵状态的青春。他的小说中那些早就不青春年少的人常常却成了“青年人”，他们以内在的热情超越了年龄上的“秋天”和“冬天”。譬如，短篇小说《春夜》里跑去约会的芳芳的父母。

王蒙在创作中通过对人物的塑造体现了他所钟爱的一个思想，即一个人需要合理地调和对立的因素，需要大局与自我兼顾，既要有社会参与意识，又要保持自己的个性。他没有把本应相互关联的因素剥离开来，甚至也无法想象可以通过什么方式把它们分离开。积极参与社会的人物把对国家政治生活的参与看成神圣的职责，王蒙对这类人物精心加以描绘。前面所提的短篇小说《他来》是一个例外。

王蒙笔下的人物没有脱离群体，政治进程对他们有多大程度的影响，他们就在多大程度上参与政治进程。尽管王蒙笔下的人物经常是处于社会进程之外的，并且他们在脱离政治的自由空间里时常能感觉到那种十足的惬意，然而他们积极参与政治进程，因为他们认为这是社会活动的最高形式。

我们认为，作家在这种处理方式中展现的首先是中国的传统政治观，中国人把政治看成实现群体和谐的方法。由此，王蒙小说中人物的治国愿望部分体现了他们积极的参与意识，这种愿望与囊括范围更广的社会性是协调一致的，而社会性被看作人的本质属性。基于这样的理解，王蒙作品中的绝大多数主人公都是参与政治的。

积极参与社会可以表现在两方面：一方面，纯粹是机械地履行自己的职

---

① 王蒙：《王蒙文集》（第11卷），人民文学出版社2003年版，第289页。

责,是对上级领导制定的具体政策的回应:向下传达政策,使其不折不扣地得以执行;另一方面,是个人对政策的感知和参透,本身受到政策的浸染。王蒙通过中篇小说《湖光》中的两个形象于维琳和李振中体现了这两种态度。

社会参与、党性、政治参与是中篇小说《布礼》的主要人物钟亦成的主要特点。对于他来说,上述三点不是外在的定义,不是经什么人确认、在一定情况下可以改变和撤回的评价。不,这些特点是他的本质特点、思想的核心、无以根除的精神,他将与这种精神长相厮守到生命的终点,失去这种精神,他也就失去了生命。在作者的艺术构思里,小说的主人公经历了非人的痛苦和磨难后仍然活着,这可以理解成作者昂扬的乐观主义激情,他以此强调,正是这些人使国家得以留存,他们为国家承受痛苦,而且常常要作出牺牲。

王蒙小说中热衷政治的人物中存在对立的两极:一极是把社会参与和政治参与看成自我构建的人,另一极是把这类参与看作自己必须履行的职责的国家工作人员。他的创作里主要的社会政治冲突就是在这两极的相互作用中形成的。

然而不能不指出,王蒙的小说主要就是由热衷政治的人物组成的,不关心社会政治的人物少而又少,暂时还没有达到需要进行单独分析的规模。

构建和谐的音乐

王蒙经常把音乐引入自己的小说中,他把音乐用作艺术结构的组成部分,音乐在一定程度上起到塑造形象和揭示意义的作用。王蒙有一篇名为《如歌的行板》的中篇小说,小说的主人公喜欢听柴可夫斯基的《如歌的行板》(《杂色》中的主人公曹千里回忆的也是这部作品)。短篇小说《春之声》的篇名与约翰·施特劳斯的华尔兹舞曲相关,音乐在艺术语境中响起,表达的是作品的主导思想——春天的旋律,那是20世纪80年代中国革新的旋律。王蒙的作品中就有身为音乐家的人物(《杂色》中的曹千里)。

在中国的传统世界观中,音乐有着重要的作用:音乐是一种构建和谐的方式,而和谐是个体内心能达到的最好状态,同时也是群体最理想的存在状态。音乐的和谐是衡量一个国家整体道德风貌的尺度。随着圣贤的出现,一个国家的道德呈现出和谐的状态,就像孔子返回鲁国之后所带来的改变一样——“乐正”[1]。音乐被看成礼仪在精神层面的传达,而礼仪是人道主义体系

① Классический философский памятник«Луньюй»цитируется в переводе Лукьянова А.Е.(см.: Лао-цзы и Конфуций:философия Дао).М.,2000. Луюй, Ⅸ.

的基础，如果不严格遵从礼仪，人与人之间就会失去应有的联系，国家也将不复存在。

相对于欧洲古典音乐，王蒙小说中民族音乐被提及的要少一些，这一事实引起关注。也许，这与作家更喜欢具有“文化气息”的人物有关。王蒙之所以需要音乐，不仅出于对人物进行道德评判的需要，而且出于展现他们精神状态的需要。民族音乐本身既不能表明人物的社会地位，也体现不出他们受教育的程度，更无法体现他们喜欢内省的特点。然而，作品中的人物对欧洲古典音乐的熟知会立刻使读者联想到他具有相应的精神生活水准，作者所需要的正是这一点。因此，这种精细的取舍在王蒙的作品中所起的是审美作用，而不是展示世界观的作用。

王蒙作品中破坏和谐的“劣质音乐”几乎无立足之地。中篇小说《湖光》中与当代青年相关的一幕里出现的音乐就是那种劣质音乐。李振中思想保守，他对问题的思考总是带有政治的色彩。他看不惯当代青年的着装、举止、习气，在他看来，这都是“西方的腐朽影响”：“在浙江杭州的钱塘江边，六和塔下，也正像在别的地方一样，这儿也有一些令人提防又令人退避三舍的小子。他们穿着用各种马马虎虎的料子做成的并不合身、咣里咣荡、毫无线条轮廓和式样可言的西服，打着色彩全不调和、皱皱巴巴的领带，腿没有那么长却偏偏要穿一条裤腿长长的，其实并不合格的喇叭裤。……有人提着四个喇叭的立体声收录两用机游山，机子是好的，放出来的是那种香港三等歌星演唱的，矫揉造作的，千篇一律的，连伴奏也是轻佻而且油腔滑调的歌曲。再听听他们那些不堪入耳的粗话吧，横冲直撞的举止，骂骂咧咧的言语，流里流气的神情，蛮横、火气十足、一触即发的‘临战姿态’，这是一种什么样的惩罚，什么样的羞耻啊？难道他们对真正的人类的文化瑰宝、真正的音乐、真正的文明竟然全然不知，甚至连一点点的渴望和追求都没有吗？”[①]

中篇小说《杂色》中有一个片段借助音乐因素对党的领导中所谓的“左倾路线”冷嘲热讽，指出它的刻板教条和容易破坏和谐的特点：青年时代曹千里“迷上了音乐，曾尝试作曲给同学演唱，曲词均不健康，有‘青春一去不复返’之句，违背了永葆革命青春之指示”[②]。这样的例外并不多。并且在中篇小说《湖光》接近尾声的地方，尽管有些勉为其难，但是主人公已经开始改变对当代时尚青年的态度。而在《杂色》的尾声中，曹千里继续弹奏他的那些“不

① 王蒙：《王蒙文集》(第9卷)，人民文学出版社2003年版，第244～245页。

② 王蒙：《王蒙文集》(第9卷)，人民文学出版社2003年版，第136页。

健康”的旋律,但那些旋律已经是回旋在一种与先前完全不同的、“神圣”的语境中了。

王蒙的创作中,音乐起着鼓舞精神的作用,这是与中国古典文化的传统完全一致的(“子曰:圣人……鼓之舞之以尽神。”——《系辞传》)。在这种情况下,王蒙作品中的音乐常常不是来自外部,不是那种靠耳朵能够捕捉的音乐;音乐是源于人物的内心,是凭内在的听觉才能领悟到的音乐。这种音乐进入艺术语境,形成对外部世界的补充性界定,它借助的是人物对周围客观现实的个体的、主观的体悟。

中篇小说《杂色》的主人公的道德构建是在音乐的影响下形成的:“他十三岁的时候,突然被音乐征服了。新来的一位脸上有几粒小麻子、穿一身咖啡色旧西服的音乐教员,在周末组织了一次唱片欣赏会。孩子们听到了《桑塔露琪亚》、《我的太阳》,德沃夏克的《新世纪交响乐》第二乐章和柴可夫斯基的《第一弦乐四重奏》的第二乐章,还有李斯特和肖邦的作品。那天晚上,他失眠了,他醉迷了,他发狂了。他从来没有听到过,没有想到过,在人们的沉重的灰色的生活里,还能出现一个如此不同的光明而又奇妙的世界。”[①]

音乐使得曹千里有了足够稳固的精神支柱,无论怎样残酷的迫害都不能将其撼动,要知道,“文化大革命”期间他和他的音乐都饱受摧残:“然而,工宣队的一位可爱的师傅指着他说:‘像你这样,还不如吃饱了睡大觉,对人民的危害还少一点!谁让你领了国家发的工资去放毒的?你吃着人民的,喝着人民的,却是一脑子的斯基还有什么芬,弄出来的音乐谁都不懂,吵得人脑子疼,害了青年一代,使国家变了颜色,破坏了……’”[②]

作者的艺术构思同样重要。在小说的艺术语境中,那位“可爱的师傅”代表那一时期中国社会和政权中的破坏性力量,他坚决否定作者极力肯定的音乐,以此表明自己坚定的立场。小说中表现出来十分明显的思想对立,那位师傅说的“什么斯基什么芬”和他们所代表的音乐成为对抗当时中国社会混乱、政治混乱的力量。

在作者看来,音乐就是生活,是人类的救助者,它与造成“文化大革命”那样的悲剧的、邪恶的、破坏性的倾向相抗衡。

构建神话的隐喻

正如王蒙对自己创作风格的界定,他不擅长宏大叙事和概括,他擅长的是

① 王蒙:《王蒙文集》(第9卷),人民文学出版社2003年版,第144页。

② 王蒙:《王蒙文集》(第9卷),人民文学出版社2003年版,第145页。

对局部情况、具体场景的描述，对一些具体的“点”的描述。但他所关注的那些“点”不只是表示空间位置，而且集中反映了整个中国社会长期存在、迫切需要解决的问题。王蒙的优秀作品正是呈现出这样的特点。

中篇小说《杂色》中的全部情节就是主人公曹千里骑马登山。故事的发展和支撑情节发展的场景体现了情节安排的力量，给人留下了深刻的印象。然而情节设置本身已经不仅仅是一个事件、一个什么样的故事，情节的设置中存在着同时也相当显明地勾勒出一个潜在的文本，因此这部作品的情节发展脱离了日常生活的狭窄范畴。

我们来关注一下两个构建意义的因素——马和山。当然，曹千里骑的是匹勤快的老马，而不是仙人的白驹，然而它载着主人公上山。在中国人世界观的语境里，这一行动不是身体的行动，而是一种近乎圣礼的行动。因为王蒙自己在作品里引用了唐代诗人李白的诗句，使人自然而然地想到组诗《古风》中的诗行：“去去乘白驹，空山咏场藿。”诗人惊恐于大地之上以及他自己身上发生的一切，他呼唤被赋予宗教色彩的白驹带他离开偏离正“道”的世界，抵达山的圣境。

在中国传统的宇宙进化观里，山作为一个积极的、动态的因素，与原初的水相互作用，形成天道。山是朝向天空的，它占据着最重要的坐标位置。源于世界观结构的“山水”观念以及反映这种观念的艺术形象，不仅是对广阔的大地空间的表述，而且是对生命本原的昭示，这些广阔的空间就源于那个本原。那些长生不老的道士居住的仙洞就坐落在最令人景仰的圣山上，仙洞被认为是遁入另一种永恒存在的路径。

曹千里所登的那座山的山脚下，“文化大革命”搞得如火如荼。小说的作者没有花费很多的笔墨去描绘这场革命的可怕之处，但是前面所列出的联想足以让我们明白它是多么残酷，多么惨无人道。

登山的过程中，主人公的内心发生一些改变，心灵得到净化。山脚荒芜的景色被山坡上的绿色代替：“草的海。绿色和芳香的海。人们告诉过他，融化就是幸福，那就融化在草的海里，为草的海再增添一点绿色的芬芳吧！草海就像母亲的胸膛……”[①] 要知道，超越俗世的仙人的头发就是绿色的。不过，不能不发现，即便是山脚的荒芜，也比国家中心地区的革命风暴更贴近主人公平静的内心。我们会想到，老子骑青牛也是隐遁到西部的荒漠，孔子也渴望“乘桴浮于海”，就是说，他们也是隐遁到或者渴望隐遁到西部边区的荒芜之地，小说的主人公（正如小说的作者）就是在那里进行“改造”。

---

① 王蒙：《王蒙文集》（第9卷），人民文学出版社2003年版，第155页。

曹千里行走路线的目的地是一个叫“独一松”的地方(以一棵高踞山岩之上的松树为标志物),其下是牧草丰美的丘陵草地。我不清楚,作者为何偏偏把这颗松树安排在此,但我清楚我自己以及读者由此产生了怎样的联想:这里再一次不由自主地回想起李白的诗句——“讵知南山松,独立自萧瑟”。

小说结尾的场景发生在“独一松”下的哈萨克毡房里。曹千里走进毡房就仿佛到了仙人的洞府,他似乎来到了另一个世界:完整的、没有因为矛盾而分裂的、和谐的、友好的世界。这不是瞬间的世界,而是永恒的世界。曹千里把冬不拉拿到手上,他要彻底完成自己的改变。

这里有两个层面的表达。一个层面是外在的、俗世的层面:他回归自己(最初他就是一位音乐家),回归音乐,在音乐这个领域中他能够最充分地展现自己,显露本真,然而这之前他却被迫与音乐分离。另一个层面是内在的、“天国”的层面:当然,冬不拉不是琴,但它也是一种弦乐器,借助于这种乐器,“红霞之客”(仙人的传统称谓,仙人弹奏的是奇妙的素琴)的肖像被勾勒得更加完整。作品中十分详细地描写了主人公饮用马奶的场景以及马奶使他疲惫不堪、虚脱无力的感觉顿失的神奇作用,如此的情节安排顺理成章地使读者产生上述的联想。不应该把这一切理解成作者在生理学层面另辟蹊径的创作尝试,实质上这是对服用“长生不老水”场景的直接描绘。

主人公的改变是通过描绘一匹老马的面貌间接地呈现出来的。顺便提一下,有必要提出这样一个问题:这篇小说的主人公到底是人还是马?要知道,作品不是偶然被冠以《杂色》这一篇名的,篇名中聚焦的正是马的形象;我们以为,马与曹千里是同一事物的两个方面,作者自己也做出这方面的暗示:作品结尾处面貌一新的“杂色”已经不再是那匹羸弱的老马,而是一匹“千里马”,定语“千里”就是对主人公名字的直接重复。

作品的开头,写主人公曹千里在山脚下开始自己的行程,写他走进马厩的场景,其中对马进行了如此描写:“这大概是这个公社的革命委员会的马厩里最寒碜的一匹马了。瞧它这个样儿吧:灰中夹杂着白、甚至还有一点褐黑的杂色,无人修剪、因而过长而且蓬草般的杂乱的鬃毛。磨烂了的、显出污黑的、令人厌恶的血迹和伤斑的脊梁。肚皮上一道道丑陋的血管,臀部上的深重、粗笨因而显得格外残酷的烙印……”①

然而,在作品结尾处,无论是主人公还是读者都没有注意到老马身上的这个“烙印”,那时它已经是“一匹神骏,一匹龙种”,“它是那么俊美、强健、威风!它的腿是长长的,踝骨是粗大的,它的后蹄总是踩在前蹄留下的蹄印的前

① 王蒙:《王蒙文集》(第9卷),人民文学出版社2003年版,第129页。

面，它高扬着那骄傲的头颅，抖动着那优美的鬃毛，它迈步又从容、又威武、又大方，它终于来了，来了，身上分明发着光……好像一头鲸鱼在发光的海浪里游泳”[①]。

在小说的下一语句中，这头“鲸鱼”像火箭一样升到空中——这恐怕就是神话传说中有强大威力的动物“鲧”吧？这样一来，坐在“鲧”上的曹千里几乎就成了被赋予神话色彩的李白，传说中李白被想象成驾驭着“鲧”驰向仙境。

曹千里从毡房里出来后去哪里？继续上山还是返回山下？作者没有告诉我们。作者的思维跳跃到20世纪80年代，审视人物的“新生”。不过，小说的艺术逻辑早就暗示我们：小说主人公的“新生”在登山的过程中就已开始，在毡房即“仙洞”中彻底获得新生。不言而喻，主人公的身体到了山脚下，但是他获得了新生的精神将徜徉在山间。

登山这一行为带来的是人物面貌的改变、心灵的解放和精神自由，最终是神驰到另外的世界。要知道，只是表面看起来作者中断了叙述，以教谕性的圆满结局结束了作品。实际上叙述没有中断，就像小说主人公改变的过程一以贯之：他在自己内心成长的过程中来到了一个分界点，过了这个分界点，他的存在就转到了另一个世界的层面。他进入了仙洞，服用了长生不老药，高升抵临“红霞”，永远脱离了那些邪恶势力肆虐的空间。

或许有人持不同看法，不相信我的分析，向我提出这样的问题：“这一切在小说中存在吗？”王蒙自己在作品里以揶揄的口吻提到类似的问题：“让聪明的读者和绝不会比读者更不聪明的批评家去分析这匹马的形象是不是不如人的形象鲜明而人的形象是不是不如马的形象典型……”[②]

我能作出回答吗？不能。与此同时，作品给出了这个问题的答案。因为大作家不是用词句写作，而是用形象写作，因而，纸上的文字符号后面完全是另外一些层面的东西，构成的是潜在的文本。因此，在这种情况下，作品中写的就不仅仅是曹千里骑马缓缓登山，他做的是具有宗教仪式色彩的提升，抵达圣境的主人公成为一个非凡的艺术形象，那么研究者的任务就是洞察到这个隐匿在语词之后的形象。

从这个角度讲，我们有理由把中篇小说《杂色》的情节看作神话，看作遭受现实残酷奴役的人内心得到解放，看作一个人获得精神自由，这个文本应该

① 王蒙：《王蒙文集》（第9卷），人民文学出版社2003年版，第172页。

② 王蒙：《王蒙文集》（第9卷），人民文学出版社2003年版，第135页。

被看作一个讲述“登山和修炼成仙”的具有象征色彩的文本。

超越现实主义的樊篱

王蒙是怎样写作的，他的主要创作方法也可能是唯一的创作方法是什么——如果要界定和关注这个问题，那么，毫无疑问应该说，现实主义是他的主要创作方法。尽管王蒙的小说中存在着多种艺术形式的探索：意识流、浪漫色彩、无声的对话、与马或风的交谈以及其他对中国“主流”文化的暂时偏离，但他的作品中呈现的主要还是人们司空见惯的生活。

更令人感到惊奇的是在王蒙的创作中能见到超现实主义的成分。设想在他的成为官方出版物的作品(仅仅是读者和操控读者的“上级”所了解的篇目)中完全不存在超现实主义的艺术风格是更合乎逻辑的。追求外在的整体的真实，以便体现隐匿在具有象征色彩的细节之中的理性思维过程，这样的处理方式是超现实主义所反对的。

不管怎样，我们感觉，王蒙不仅仅是透过精心打磨的镜子观照这个世界。一些可能十分缺乏审美特质的想象才会认为必须把这面镜子牢牢握在手里。但是偶尔镜子被潜意识的迷雾遮蔽，会变得模糊不清，握镜子的手常常会发抖，那时模仿生活真实的线条就会变得歪曲。

作家在创作微型小说《他来》时，手中的“镜子”晃动了，作品的表达相当富于表现力，给人留下了十分深刻的印象。如果是另外一个作者，比如说残雪创作这部作品(或者是萨尔瓦多·达利[①]逼真地体现作品的主题)，它或许就自然而然地进入符合王蒙整体创作倾向的作品之列了，也就不需要我们单独探讨了，但是这一短篇小说属于另类作品，其风格与这位作家创作的整体风格相悖，在他的众多作品中，显得有些不合时宜，这促使我们在以后的研究中做进一步的思考和阐发。

这篇小说中，两个人物长期“不谋面”的故事体现的不是普通人的七情六欲，作品中集结了人物的某些无以名状的情感，文中人物的名字和外表、故事发生的时间和地点都是缺失的，并且没有条理井然的过去，也没有本可借以构建故事情节的支撑点，——然而这个故事作为艺术情节却是存在的，需要我们花费一定的心思体味和转述。

这部作品的篇名表意就是模糊不清的，但俄文翻译中篇名表意明确，这是由俄语的特点决定的，因为较之于汉语，俄语表意更具体。此外，俄译本的篇

① 20世纪西班牙伟大的彩色写生画家、雕塑家、线条画家，超现实主义艺术流派最著名的代表之一。

名表意明确不是“客观”翻译的结果，而是对小说整个文本进行“主观”分析的结果。原著中没有表明男主人公出现的时间，而且完全可能是现在时，是正在进行的过程：此时此刻，“他”前往那里，而“她”正在那里等候。然而，作为一个研究者和译者，我形成的印象是：在这篇小说所呈现出来的时间范畴内男女主人公是不会相遇的，可能这次会面根本就不存在，相遇将永远是女主人公的一种不真实的幻梦，是她情感想象的产物。似乎，这其中我们可以体味到作者因意识到一生中许许多多梦想、幻想无法得以实现而表现出来的淡淡的苦楚。

内心的伤痛使“她”备受折磨，在某种程度上那也是“他”的伤痛，这是小说的情感语境。“她”就是等待、寻觅、呼唤“他”的“索尔薇格”[①]，而他总是姗姗来迟，他们在山坡上留下的脚印是分离的。曾几何时他们携手同行……他们一道吟唱，唱同样的歌……他们如影相随，并肩前行……也可能这一切不曾有过？“也许她和他的相遇本来只是幻梦。只是年轻人的幼稚的模仿。只是少年的傻气。只是旧书的被翻破的纸页的霉潮。只是自我安慰的本能的创造物。只是一个过了时的其实是人人都有的温暖而又残酷的故事。”[②]

这篇小说中一切都不确定，表意极不明确，也丝毫没有王蒙在另外一部作品中重复重要的政治口号时所提及的“安定团结”的色彩。

客观现实有很强的稳定性和确定性：“只有生活。只有旋转。只有必须有的油盐酱醋的瓶罐。阿司匹林。出路、进站、检票。一米七全民所有。叫通主机没有叫通分机，也得付四分钱。”[③] 短篇小说《他来》关注的不是装有乏味的必需品的“搁板上的瓶罐”，而是这之外的东西。这篇小说探讨的是“第二必要性”，没有“第二必要性”，“第一必要性”就失去了灵魂。

但是这“第二必要性”隐匿在什么地方？这一作品中空间带有非常阴郁的、悲惨的启示录色彩：“哪怕是一跛一拐，他终于来了。是这里么？是这里么？这里雾气弥漫，古树参天，鹰翅投下了巨大的阴影，枯草落叶堆积如山。每一块石头都像是他的归宿。他走不动了。”[④]

---

① 19世纪挪威作家亨·易卜生的诗剧《培尔·金特》中的女主人公，为自己所爱的人离家，一生都在等候爱人归来，这一形象与中国诗歌里长年累月等待远征的丈夫归来，最后变成石像的忠实妻子的形象相类似。

② 王蒙：《他来》，《中外名家微型小说大展》，上海文艺出版社1989年版。

③ 王蒙：《他来》，《中外名家微型小说大展》，上海文艺出版社1989年版。

④ 王蒙：《他来》，《中外名家微型小说大展》，上海文艺出版社1989年版。

最富有悲剧色彩的是时间的不连贯性。小说中没有统一的时间之流，时间不是线性和连续的，并且也没有形成像王蒙的很多作品那样连接过去、现在、未来的范畴，他的很多作品都是利用现在的时间空隙，通过梦和回忆达到把过去引入现在并遥望未来的目的。这样的东西在短篇小说《他来》中是没有的。时间零零散散，像缀满了破布片儿，希望之风将吹动，但是无力将其编织成某种完整的东西。

在连续的时空中我们见到的是现实了无生机的模型。这是人的内心感受，确切地说是寸草不生的瓦砾场。山坡上没有生命，只有用雪堆出来的花朵；被称为春天的季节却满是开裂的"黑洞"，而冰雪的消融、鸟的歌唱、花朵的绽放仅仅是存在希望中。

然而就在故事接近尾声时，冲突好像即将得到解决，希望神奇地改变了现实。尽管一跛一拐，他还是要来的。将要出现的是寒冰消融，花儿吐蕊，生机再现。尽管生命中的大部分时光已经逝去，但是生命没有结束。希望拂动，带走沉沉死气，带来勃勃生机，呼唤得到应和，他一定会来的……

或许这希望也是幻梦？在意味深长的空白后，小说以一个语句收尾，其格调与整个文本的语境大相径庭："窗外是平静的海面，蓝天如许……[①]"

作者这是在说什么？用意何在？

或者最好不提这些问题？小说已经相当清楚地回答了这些问题，尽管所使用的语言意义不确定，也不是谁都能理解的……

谢·托罗普采夫：俄罗斯科学院远东研究所，姜敏：南开大学外国语学院

（原载于《俄罗斯文艺》2013年第5期。）

① 王蒙：《他来》，《中外名家微型小说大展》，上海文艺出版社1989年版。

探讨王蒙研究的学术理路

朱寿桐

王蒙是中国当代最具时代功绩和历史代表性的作家，也是整个汉语新文学发展史上处于重要时空链接点的文学家。这样的作家理应成为学术的重要话题和重要研究对象，甚至是对于恰当的学者来说，意味着学术建树和学术突破的契机。综观汉语新文学研究界特别是内地文学研究界的现有情形与成果，讨论类似的议题仍然非常必要，而且大有余地。

王蒙作为学术研究对象的基本理据

半个世纪以来，新中国的几乎每一番步履，无论是前行还是踯躅，无论是快捷还是蹒跚，都在王蒙的笔下得到或浓或淡的显现，而且在不少历史的关节点上，王蒙的创作也作为重要成分加入了这样的步履，他的《组织部新来的青年人》、《春之声》、《蝴蝶》、《活动变人形》乃至《坚硬的稀粥》等均超越了文学领域乃至文化领域，成为公众话语的魅力话题。这是一个以自己的创造性劳动和不俗的收获参与了共和国文化史甚至社会思想史的文学家。如果说，未曾直接参与俄国革命具体进程的列夫·托尔斯泰因其卓越的文学反映被称为“俄国革命的一面镜子”，在这样的意义上，将王蒙称为共和国社会主义事业的一面镜子，也许并无不当。通过他的作品，人们可以较为全面地了解中国，了解中国当代社会与历史，了解中国不同阶层的当代文化与心态，因此他占有任何一个汉语新文学家所无法比拟、更无法取代的历史地位。

然而，王蒙绝不是一个政治作家。他对于文学的执着和对于艺术的真诚显然远远超过了他的政治兴趣。他之所以能够在千万个新中国文学家中保持首屈一指的地位，乃在于他有着如此超常的自觉与驾驭力：使文学表现的路径既不与时代和社会现实脱节，同时又不至于淹没在政治话语之中成为日趋暧昧的幽径。王蒙的作品中充满着共和国各个时期的政治印记与痕迹，但他的作品从来不为政治而政治，而是从文学和文学家的透视出发，从艺术的辩证法出发，对政治问题和政治话语进行柔性的剖解和反映，而将刚性的质量全部留给了文学和艺术。在新中国政治话语普遍泛滥并对文学艺术长期进行全方位漫漶与占领的情形下，王蒙文学卓尔不群同时又充满睿智的存在无疑树立起了某种卓越的典范。王蒙始终对共和国的事业充盈着丰沛而炽盛的热情，这热情有时候会达到时代的燃点因而在许多敏感的神经中成为一团燃烧的火焰，人们很容易感受到这团火焰的温热，也不难从其燃烧之势中感受到被燎伤得危险与被吞噬的恐惧，于是，王蒙的创作曾经激起体制内部敏感深处的强烈嫉恨并让王蒙本人每每偿付出一些政治上的代价，但蕴含其中的政治柔性及其所包含的批判智慧，又使得这样的嫉恨终究无法酝酿成话语的暴力对之实施，诸如20世纪50年代后期的摧毁与打击。

王蒙作为一个始终有追求、有创新姿态与成果的文学家，带着对于一个作家来说十分可贵的敏感与坚毅，不断地探索文学表现的新路径，并坚持在健康、优美和庄严的文学之路上正道直行。他是一位严肃的现实主义作家，大量的作品特别是那些足以当着新中国社会主义事业的镜子的部分，展现的正是一个现实主义文学家的精神素质。在标志着作家艺术高度的文学流派与风格问题上，他不仅毫无偏颇，而且非常主动地敞开自己的审美胸怀，将各种主义的千姿百态纳入自己创作的色彩斑斓之中。他精通浪漫主义创作方法，新疆题材的作品呈现出他的浪漫主义潜质，带着艾特玛托夫[①]式的情热与感伤；同时他又将意识流、荒诞艺术等现代主义文学手法不着痕迹地、并在一定程度上作了民族化的处理之后，带进了中国当代文学的视界，非常勇毅而成功地完成了中国文学与现代主义文学的再次链接[②]，与台湾、香港一度相当繁盛的现代主义文学既迥然不同而又彼此呼应，从而以他个人的卓越支撑起汉语新文学的多元发展局面。

王蒙的艺术创新和美学追求从来不建立在过于特立独行甚至哗众取宠、危言耸听的偏锋之上，而是始终坚守主体文学风范的雍容与丰赡，以一种历史的和美学的厚重度作为自己的价值参照和创新目标，而不是像有些同样卓有影响的文学家那样，以偏利的刀锋甚至是尖厉的针锥刺激着阅读界和社会的

---

① 苏联社会主义时期杰出的小说家，以充满热忱并略带感伤的笔调书写共产主义话语下的人物与故事，并以人性之美打动读者。

② 在这一相对陈旧的话题上，鲁迅作品对弗洛伊德心理分析学和俄国象征主义文学的借鉴，20世纪30年代围绕着《现代》杂志的“现代派”文人的多方面建树，以及王蒙对现代艺术手法的尝试都是重要的历史文化事件。

良知，使得后者在一种被割裂或被刺疼的痛楚与尴尬中被动地接受他们的作品。在这样的意义上，人们能够轻易地发现，王蒙与王朔、王小波之间的原则性区别，虽然这三者往往被更多的评论家视为当代中国文学话语突破的三个代表性人物。王蒙的厚重使得他无法获致其他二王文学的瞬间热效应，即既无法像王朔作品那样形成某种阅读欲改变的风潮，也无法造成诸如有人愿当"门下狗"[①]式的"粉丝"现象；但正如瞬间热效应终究会减退为瞬间效应一样，厚重的丰富所获得的历史认可也终会以一种持续和恒久的社会文化效应作用于社会文化自身，王蒙在未来相当一段时间内将无疑具有这种持续的社会文化效应，因而更值得研究，也更富有学术内蕴。

王蒙是一个富有思想力的文学家，几乎堪称亢奋的思想创新兴趣和社会文化敏觉使得他从来不安于做一个小说家。他的文学学术思考乃至哲学思维都达到了相当的深度和高度，人们很容易联想到30年前他对鲁迅《野草》的创造性解读，以及近年来对《老子》哲学的深入浅出的阐释，他对于时代精神气质的把握能力不仅通过文学创作得以卓越地表现出来，而且通过富有判断力的批评以一种理论绝响的方式萦绕于历史楼厦之巨梁。当中国文学在经济形式的挤逼之下无可奈何地向社会生活的边缘地带退却之初，王蒙敏锐地警醒着：文学正失去轰动效应；当王朔作品以一种令人魅惑的形态和风格崛现于文坛乍令人们不知所措之际，王蒙准确地指出其"躲避崇高"的思想特征和话语冲击力，这无异于为懵懵懂懂地走向后现代思潮的当代文学在不经意间完成了点睛之举。王蒙诸如此类的批评和理论创见营构了属于历史的层层话语，不断丰富着中国文学乃至整个汉语新文学的批评资源。

作为长期领导中国文学和文化界的文学领袖人物，王蒙作出的贡献远远超出了人们对于一个杰出作家的期盼，他的历史性和时代性影响也早已溢出了文学领域和学术领域。但王蒙研究的现状远未完成这些方面的充分揭示，至少有关王蒙的学术研究及其水平远未能抵达与这种贡献和影响相匹配的程度。

王蒙研究所处的基本位势

王蒙的文学研究为数不可谓不丰，但以文学批评、文学传记、人物访谈等准学术类成果居多，经常地，有关王蒙创作和思想的新闻报道式的文字也充斥于王蒙研究之中，客观上对王蒙研究学术性的积累起着某种稀释性的作用。

文学研究自然包括文学批评，但文学批评与文学的学术研究并不处在同

---

① 王小波的"粉丝"就有"王小波门下狗"之称者。

一层次。从文学事业的整体上考虑,文学批评和文学的学术研究显然都属于合理的价值构成。如果循着法国艺术哲学家和文学理论家德里达的思路把文学的社会运作称为"文学行动",则这个"文学行动"中所包含的文学写作,至少包括文学创作、文学批评和文学的学术研究,分别构成文学行动的创作本体、批评本体和学术本体。文学批评与文学的学术研究分属于两个不同的批评本体和学术本体。文学的学术研究以揭示对象的本真,解释对象所显示的内在运行规律和现象本质为价值指归,而文学批评是批评家就文学文本或一定的文学现象提出自己的判断、评论意见,其以表述批评家自己的聪明才智和灵性感悟为价值指归;简明一点说,文学的学术研究是以客观的学术阐述,尽可能接近对象的本真与本质,其可能的学术结论往往通向事实的唯一性(尽管我们也许永远抵达不了这种唯一性),文学批评和文学评论则是以批评家的自我感悟及其表述,通向新异和别出心裁的理念丰富性:与文学的学术研究相异其趣,文学批评所通向的结论,包括所运用的理论,都无需而且也不应迫近学术研究所要求的唯一性或真理性,相反,它鼓励多样化和新异感。

所有的文学现象,当然包括所有的文学创作现象,具体地说就是作者和作品,都可以成为文学批评的对象,但并不是所有的作者和作品都可以成为学术研究的当然对象,至少绝大多数作者及他们的作品不能成为学术研究的独立对象。当代中国作家才士辈出,作品众多,但一般都不能成为学术研究的当然对象,而只是学术研究的基本材料。文学批评或文学评论是批评家从自己的理论悟性和人生态度、审美认知出发,对各种文学现象作出自我评价的文学行为,那么,文学批评或文学评论的对象要求则可能非常简单,而文学的学术研究不一样,它是文学学科的学者从文学史的基本史实,文学发展的基本规律和文学理论的基本范畴出发,对文学现象的本真状态、学理价值和时代镜像作学术认定的文学行为,因此成为学术研究当然对象的文学现象,则必须在文学史的某一环节中具有举足轻重的意义或难以替代的历史价值,能够在一定意义上体现文学发展的某种必然规律,并对经典文学理论乃至文化学理论构成印证或挑战关系。显然,当代中国文学史上符合这种必然的学术对象要求的作家并不多见,而王蒙在其中首屈一指,且是学术研究的当然对象。

可惜学界对王蒙作为学术研究对象的当然性认知并不十分明确,一个最醒目的现象便是,将王蒙作为研究生学位论文选题的学术选择并不踊跃。自新世纪以来,根据大陆地区学位论文的成果统计,王蒙研究作为直接选题的文学硕士论文 51 篇,作为直接选题的文学博士论文 4 篇。这是一个令人困惑的数据。可以将鲁迅研究视为学位论文的某种标杆。同期鲁迅研究的硕士论文高达 440 篇,博士论文在 40 篇,博士论文与硕士论文之比为 1∶11,那么,王蒙研究的博士论文与硕士论文之比大体相当，总数为鲁迅研究的 1/10 也算差强人意。问题是，同期学位论文数量中，张爱玲研究的硕士论文为 145 篇，博士论文为 6 篇，在绝对数量上远远超过王蒙研究，其中硕士论文的超出几乎令人咋舌，是王蒙研究的近 3 倍。博士论文也超出王蒙研究的 1/2。这样的数据还仅仅局限于大陆学位论文的比较，如果考虑到台湾以及其他国家和地区，这样的落差比例将会成倍增长。

当然，张爱玲文学有其独特的审美价值和文化底蕴，作为学术研究的必然对象原也属正常。但就整个汉语新文学发展的历史环节及其所体现的文学发展规律而言，王蒙文学的底蕴与时代穿透力应得到同样的重视，因为它更能反映人们所面对或难以绕开的历史和时代的学术本质，更适合于学术话语的解读和阐释。即便是余光中，这个以卓越的诗才获得汉语新文学界普遍承认的特色诗人，其在大陆的博士学位论文选题数也与王蒙研究选题持平，虽然硕士论文数远少于王蒙研究，只有 19 篇。

这样的数量比较如果在文学评论文章中或许并不能说明什么，但在研究生学位论文尤其是博士论文中却直观地体现出学术认知的某种偏差。因为学位论文的选题与文学批评文章的批评家个人化的选择并不一样，它往往与学位授予单位专家们的集体认定紧密相连，集结着学院人士的学术经验和学术倾向。如果这样的判断大致成立，则王蒙研究的学术认知显然存在着较多问题。王蒙研究的博士学位论文看起来与余光中的选题数持平，但学术力度远不及后者：在王蒙研究的 4 篇博士论文中，全面论述王蒙的只一篇，即《王蒙文化人格论》，其他或是从叙事策略，或是从比较文学的研究展开，甚至有一篇只研究王蒙与新疆少数民族文学和文化的关系。相比之下，余光中研究的选题则全面而深入，其中还有《壮丽的歌者：余光中诗论》这样有分量也有才气的力作。

综上所述，王蒙研究一般还停留在文学批评层次，在批评本体论的意义上，而学术研究层面和学术本体意义上的王蒙研究在汉语新文学研究乃至在中国当代文学研究中处于较为薄弱的环节，特别是与王蒙的文学贡献、文化贡献乃至社会贡献相比，严格的学术研究尚处在起步阶段。这固然与一定的意识形态因素的疑虑及其制约相关，但毕竟是汉语新文学学术界的重要疏失，尤其是至今人们未从学术研究层次和学术本体意义重视王蒙文学的价值。不过这同时也是汉语新文学研究有待进一步发展的重大余地。

王蒙研究可能的学术路径

王蒙作为汉语新文学学术研究的对象不仅是必然的，而且也是必需的，因为王蒙所代表的文学现象,是整个新中国知识分子半个多世纪心灵史的诗性承载,是从文学的视角迫近这段历史的艺术成像,是屡屡牵动国人的神经,并在一种不十分轻松地伸屈之间发出歌吟或呻吟的时代音响。

王蒙的作品没有获得鲁迅的现代民族精神资源的意义,也就是说,他借以表现的特定时空和社会场景,他所创造的人物,描写的人物语言,他通过各种写作所提出的价值命题和意念理性,并没能成功地普遍外化为汉语现代语汇中的有机成分,更没有能对当代人的人生思考和社会批判提供取之不竭的思想源泉甚至话语支持。于是,王蒙的文学创作终究还只是一种影响较大的社会文化现象而已。然而属于汉语民族的鲁迅也只有一个,鲁迅的精神资源意义决定了,任何同时代人和迄今已知的任何后来者都难以和他构成逻辑上真正成立的比较关系。正是在这样的意义上,有关王蒙的学术研究亦难以与关于鲁迅的学术研究构成比对关系。但王蒙毕竟是当代中国文化建设和文学事业中最为突出的一个代表,王蒙对于当代中国文学的贡献以及对于文化话语的把握,已经成为汉语新文学可贵的收获以及值得珍藏的精神财富,虽然由于历史的原因尚未能积淀成一种精神资源,但毫无疑问,以学术的力量把握新中国文学的脉搏,王蒙的研究在其中的建构至关重要。这是历史的规定,这也是学术的本义。

也许,研究王蒙何以未能在当代文化酵素的作用下外化为精神资源,是有关王蒙的学术研究的一个虽然艰深但又深有魅力的题目。学术研究之所以与文学批评有着本质的不同,就在于批评可以根据研究者的好恶随意为之,批评文本往往深陷于捧杀抑或是骂杀的尴尬与无奈之中。学术研究超越并远离了廉价的吹捧或是肆虐的谩骂,要求学者本着某种学理和一定的历史逻辑对研究对象进行学术判断和学术分析,其结论可能是一定历史成功的审美经验的总结,也可能是深刻的时代衍化教训的展开,并且这一切往往与个人的选择和作用联系不会很大。有关王蒙的学术研究就是应该透过王蒙的文学创作以及其他方面的文化建树,既还原一个体现历史本真的作家个体,更勾勒出这样的创作个体在特定时代条件下产生或被重铸的必然性。也就是说,一种深刻的研究在于,通过学理的辨析揭示出:处在过去了的和正要过去的时代条件下,民族的精神资源可否拥有形成和发育的土壤,可否获得这样的精神文化资源发酵、积淀和醇化的空气与温度。这不仅仅是王蒙文学个案的学术分析,更是一个民族精神文化资源形成、发展和积淀、外化规律的揭示,它甚至通向一个民族的精神文明史。

深入到王蒙文学创作内部,面对的学术问题同样深邃。王蒙是一个富有批判精神和思想穿透力的作家,但他仍然与建立了汉民族现代历史条件下伟大的批判功绩的鲁迅创作相异其趣。几乎所有杰出的作家对于他所处的时代、民族和历史语境而言都建立巨大的批判功绩，王蒙也是如此。他的文字肇起于批判[①]，以后一直没有中断批判的锋芒，批判是他的风格，是他的生命，是他的灵感和价值之所在。在汉语新文学史上，鲁迅首先是一个建立伟大的批判功绩的文学巨人，他留给后人的精神遗产便主要是这样的批判精神以及由此结出的思想成果。王蒙的批判与鲁迅的批判有很大差异，这位主要处身于体制之内并对处身其中的体制深深认同的作家，不可能像鲁迅那样自由自在、畅快淋漓地施展他的批判武器，无论是匕首还是投枪，他没有条件锻造也不可能奋臂投掷。他只能采取一种反思性批判的态度与视角，以一种充满善意的忧郁和让人能够明显觉察的小心翼翼建构自己文学批判的模型。普遍而富有一定力度，有时更需带有相当智慧的反思性批判，是王蒙创作的根本特征，也是他价值实现的基本方式。这同样建立了较为伟大的批判功绩，一种不得不然的批判模态所能建立的令人痛楚的功绩。

王蒙的许多创作现象，包括叙事方式和反讽艺术，包括他的先锋性姿态与稳健的创作实践，包括人性深度的解剖等等，都在诸多批评文章和学术研究论文中得到论述。但这些方面的论述由于很难触及王蒙之于他所属的时代的最深致的关系，以及王蒙之于他所由来的历史最富特性的表现，因而难以抵达王蒙文学应有的深度，也难以抵达有关王蒙学术论证的真晰与别致。上述两方面是从王蒙与他所属的时代以及与他所处其中的历史最深刻最富特征的作出的学术阐析，有可能成为有关王蒙学术研究的可能路径和突破契机。

朱寿桐：澳门大学中文系

（原载于《理论要刊》2010 年第 1 期。）

① 这当然是指他那备受关注的小说《组织部新来的青年人》，为此这位当年的青年人遭受到长期的厄运。

王蒙的意义与文学史的立场

冷　川

王蒙是共和国文学史上极为重要的一位作家。如果我们按照一般给共和国文学划分时段的习惯，将“文革”算作一段空白，将剩余的时间分成十七年、20世纪80年代和90年代至今三个时期的话，王蒙至少在两个时期被公认为是关键角色：1956年，作家22岁的时候发表《组织部新来的青年人》，不但在社会上引起广泛的讨论，甚至也引起了毛泽东本人的注意。在毛泽东所提到的“反对官僚主义”这一界定下，人们对于《青年人》的正面理解基本不脱“问题小说”的范围。[①] 在新时期“再解读”的思路下，如严家炎、洪子诚等研究者则认为林震和丁玲小说《在医院中》的陆萍是同一类形象，是一个“新来者”对于“旧有体制”的不适；而在象征意义上，这篇小说的出现也意味着作家所代表的那个群体对于五六十年代高度体制化的文学规范的不适。[②]

1979～1980年的时候，王蒙写了如《布礼》、《蝴蝶》等一系列有意识运用意识流手法的小说，以其形式实验引起了广泛讨论。1981年，被高行健称之为“可作为当代小说的杰作”[③]的《杂色》发表，作家在俄罗斯—苏联文学传统方面的底蕴和他消化西方文学技巧的能力，再次展现出王蒙在当时那一写作群体中的独特性。1985年的《活动变人形》广受赞誉，被研究者认定为承继“五四”批判传统的创作。而在我们的文学史叙述习惯中，1990年之后是社会意识趋向多元化、市场因素大行其道的阶段。王蒙的小说创作实则已经不是社会的热点话题，虽然“季节”系列的小说同样是在写“投身革命事业的青年

① 温奉桥：《〈组织部来了个青年人〉研究50年评述》，《中国海洋大学学报》2006年第5期。

② 温奉桥：《〈组织部来了个青年人〉研究50年评述》，《中国海洋大学学报》2006年第5期。

③ 高行健：《读王蒙的〈杂色〉》，《读书》1982年第10期。

知识分子在当代的生活、情感际遇”[①]，与50年代的林震、70年代末80年代初的钟亦成(《布礼》)、张思远(《蝴蝶》)、曹千里(《杂色》)、翁式含(《相见时难》)等属于同一类人物系列。在一波波人文精神的讨论中，王蒙“躲避崇高”的言论和对王朔的支持倒令人记忆犹新。至于2000年后的王蒙，他的回忆录写作显然更易引起人们的关注。

对于这样一位在不同历史时期都曾引起广泛关注的作家，他究竟是以一种什么样的方式进入当代文学史、或者说共和国文学史叙述的，我们不妨做一个简单的梳理。在较早出现的两部文学史著作——1984年吉林五院校编写的《中国当代文学史》(吉林人民出版社)和1985年汪华藻、陈远征、曹毓生合著的《中国当代文学简史》(湖南人民出版社)中，王蒙在20世纪50年代和80年代的创作是被放到一起论述的。前者为“伟大历史转折时期的文学(1976～1979)”的第四节(王蒙的小说)，后者则隶属于“新中国成立后的小说”第二部分(主要谈的是短篇)，与高晓声、刘绍棠等作为归来作家的代表加以介绍。这两部著作在体例上较为粗糙，因为时间离得太近，更像是“概观”而非“文学史”，但对于王蒙的评析与我们现在所熟悉的并不太远。前者在揭露问题、干预生活的层面，指出了50年代、80年代小说人物的内在一致性；后者用“革命加青春”和“信念加沉思”来概括作家两个时期的写作特色。将两个写作时段统而论之的方式在此后的文学史编撰中仍有延续，如李赣等人编写的《中国当代文学史》(科学出版社2004年版)、刘景荣《中国当代文学》(河南大学出版社2007年版)等。这些著作对于王蒙塑造的人物形象都表示赞赏，认为此类创作反映了历史的真实。如果说不同，80年代的两部对于作者的技巧实验尚持肯定但有所保留的态度；2000年之后的则是毫无疑问的称赞口吻。

但是，这类处理方式不是当前的主流。1986年张钟等人所编写的《当代中国文学概观》虽仍按文体分章，但已经将王蒙50年代和80年代的创作分开讨论。前者在“反官僚主义”外，强调了作者对生活复杂性的认知和对现实主义创作方针的坚持，并有意识地比较了王蒙和刘宾雁的差别——王蒙是小说家，更敏感，更长于形象思维；刘宾雁更热衷分析和表达见解，较适合报告文学这类体裁。对于后一创作时段，《概观》充分肯定了王蒙在开掘人物心理领域所作的探索，并特意指出此阶段王蒙在小说中塑造的“饱经忧患的知识分子”这组形象的相似性——“他们既能从下层感到真正的痛楚，又能从哲学上审视和思考现实，既有思辨的明察，又不足以成为斗士，既能看到时事的底里，又

① 洪子诚:《中国当代文学史》(修订版)，北京大学出版社2007年版，第263页。

不得不委曲求全,既有精神负担,又有自省、自责和自励。"[①] 张钟等人的论述基本为此后的各本文学史所继承,只是对此形象的评价却发生了变化。

目前影响最大的三部当代史著作——北大洪子诚《中国当代文学史》、南大董健、丁帆、王彬彬《中国当代文学史新稿》和孟繁华、程光炜合编的《中国当代文学发展史》均是将王蒙的创作分成两个时期加以论述。50年代的创作隶属于"百花文学"(或"双百方针下的创作"),涉及具体标题,也会采用作家认可的"青春写作"这类表述;后者则隶属于"归来作家"(或"复出作家")的名目下。

这些文学史的初稿往往是在90年代后期才写的。进入2000年后又有新的修订,较为充分地借鉴了已有的研究成果。在谈到50年代时,撰述者集中讨论的是"双百方针"的贯彻和文学"干预生活"要求的落实,王蒙、刘宾雁、宗璞,也许还有李国文等人,他们的作品被选作分析的实例。在细说王蒙的时候,他早期的长篇小说《青春万岁》不再被重视——这部作品其实更典型地代表了青春型写作的方式;对《青年人》的讨论也不再局限于作者写了什么,而是力图深入发掘作者文字背后的深层意蕴。如前所述,洪子诚认为林震是一个体制的"疏离者",他和陆萍是同一类角色在历史上的呼应,他们作为年轻而孤独的知识青年,和无所不在的、日趋僵化的政治体制相对峙。董健等人的分析则集中在林震(青年)和刘世吾(中年)可能存在的延续性上,后者在年轻时和林震一样充满热情,但组织部工作的磨砺,却让他成为觉得什么都"不过那么回事"的人。政治体制对知识者生命的摧残,实际是"南大本"文学史关注的重点。孟繁华和程光炜的《中国当代文学发展史》是作为高校指定教材发行的,在论述上较为和缓,基本延续了洪子诚的说法(外来者发现问题),并列举了当年讨论时正反两面的观点来展现这篇小说的影响力。在当年批判的声音中,除了我们熟悉的"夸大"、"歪曲"之外,更重要的一条是——

在它的客观的艺术效果上,向人们提出了一个值得认真思考的问题:是用小资产阶级的狂热的偏激和梦想,来建设社会主义和反对官僚主义,还是用无产阶级的大公无私的忘我的激情和科学的"现实主义"的态度,来建设社会主义和反对官僚主义?在这样一个根本性质的问题上,我认为作者王蒙同志和他的人物林震是一致的。[②]

---

① 张钟、洪子诚、佘树森、赵祖谟、汪景寿:《当代中国文学概观》,北京大学出版社1986年版,第498页。

② 孟繁华、程光炜:《中国当代文学发展史》,人民文学出版社2004年版,第82页。

众所周知，从20世纪20年代普罗文学的论争开始，“小资产阶级”和“知识分子”实则是一个硬币的两面。无论是当年的批评者，还是引用这段话的文学史的撰述者，都意在展现知识分子和革命事业（这里特指“体制”）的不相容。在当前的现代文学研究中，“知识分子改造”这一分析思路仍然贯穿着左翼、解放区和20世纪四五十年代文学转折等关键领域，只是叙述立场相反。研究者从某种历史悲剧体验出发，去考察知识者所受到的外在压力和或被动或主动进行的角色转变。当这一讨论方式被用来分析王蒙新时期的文艺创作时，也就是说，在分析中年“林震”们的言行经历和价值选择时，几部文学史无一例外地呈现出批评的论调——

他不把责任归于某一或某几个人，也不想以某种僵硬的伦理观来裁决人、事。他竭力要从混乱中寻找“秩序”重建的可能，从负有责任者那里发现可以谅解之处，也会在被冤屈、受损害者中看到弱点，和需要反省的“劣根性”。在一些作品那里，历史和个人曲折命运会被归结为某一肤浅的政治命题（如革命者与“人民”的“鱼水关系”），但在同一作品或另外的篇章中，又有深沉的人生感悟浮现，并接触到现代中国历史的一些基本主题（“启蒙者”的悲剧命运等）。他既警惕地提防对纯粹的思想理念的沉迷，并质疑知识者的“精英”意识，而又流露出对成为“精神旗帜”的留恋。对于历史和自身的反省态度，使他的小说避免了普遍性的感伤，不过，思想信仰有时也会被抽离了具体的历史形态和实践内容，在他的小说中成为不可分析、怀疑的教条，转化为对人的压迫的力量：这一思想框架的封闭性，限制了思想境域的拓展。①

通读王蒙的小说，人们又会发现，它们始终被框定在两个视野当中：一是青春的视野，二是老干部的视野……这两重视野经常是交错杂陈在一起的……这种重叠的视野，很容易让人将其与“政治”、“幻想”、20世纪50年代的苏联小说等广泛联系起来。所以，尽管王蒙的政治性写作无疑是丰富了，也许还深化了这一阶段文学对精神理念的思考，如《活动变人形》等力作，然而，它们却会将历史和个人命运最终囿于某些浅显的政治命题上（诸如纠正冤假错案后的“皆大欢喜”、青春无悔的信念等等）；在这个意义上，“青春”和“老干部”的叙述方式，既是王蒙的贡献，也可以视为影响他小说继续向深广拓展的两个“陷阱”。

在孟繁华个人主持编写的《中国当代文学通论》中，批评的力度更有加强，他认为王蒙等人的创作是“将劫难化为传奇，创造了一个50年代知识分子受难圣徒的神话”：

---

① 洪子诚：《中国当代文学史》，北京大学出版社1999年版，第262页。

钟亦成的虔诚不能不令人感动,也不能说王蒙创作小说时不真诚。但这里总会让人感到一种变形、扭曲的人格。钟亦成谦卑的、原罪式的、丧失了尊严与思考能力的形象值得这样赞美吗! ……以钟亦成为代表的知识分子英雄,是作家在叙事中的一次虚假的允诺,有了这些信仰坚定的英雄,历史就变得“不那么不可忍受,不那么令人恐怖,特别是不那么令人自我恐怖,不那么令人因善恶并泯、功罪交融而陷入空虚的绝望”……这一切概出于作家的“我不悲观、也不埋怨。比起我们的党、国家和人民这些年付出的巨大代价,个人的一点坎坷遭遇又算得了什么”的观念是强加于读者的。对于这代作家而言……他们既没有前几代作家如鲁迅、瞿秋白、朱自清、叶圣陶、茅盾、何其芳等敢于言说危机和自剖、真实坦言内心困惑和矛盾的勇气,也没有下一代作家如靳凡、赵振开、礼平等敢于怀疑、质询、反抗的自觉。他们的创作在这一时代之所以成为主流,恰恰是因为他们适应了意识形态重建希望的要求……①

“南大本”的文学史则用了另一种处理方式,对于王蒙80年代创作的专章分析,集中于艺术手法这一领域,对所写内容的评价则放到“归来作家”的整体性点评中加以讨论。随着时间推移,当代文学史对“归来作家”的整体评价日益走低,甚至认为他们的思维模式是:

阻碍文学走向更深层反思的障碍——个人的苦难本身是不值得关注的,它所以被叙述是因为它与民族国家苦难的关联,个人的生存被遮蔽在集体生存的宏大框架中,甚至心甘情愿成为伟大历史叙事祭坛上的牺牲品……在1949年后的历次政治运动中,最苦难深重的是知识分子。而知识分子作为现代社会结构中极为特殊的群体,其精神是最为敏感的,对其苦难历程的反思往往可以抵达劫难与人性的幽深,但这群归来者对自身苦难历程的反思已然与这样的抵达擦肩而过。于是,至今都还没有出现类似帕斯捷尔纳克的《日瓦戈医生》和索尔仁尼琴《古拉格群岛》这样的反思之作。②

总结一下这几部文学史的处理方式:在论述80年代之前的文学状况时,它们着眼的是文学规范的建立。50年代的《青年人》被描述为共和国文学体制的“异端”。80年代的王蒙在文学技巧的运用上有首创之功,对他的写作内容则要有所保留。归来的“林震”们没有如董健等人所预计的那样变成“刘世吾”,他们仍然是“林震”,对那种近乎虚妄的理想也没有断然摒弃。在著史者看来,这个角色原有的知识分子的怀疑精神在消退,他试图为那个将其规

① 孟繁华:《中国当代文学通论》,辽宁人民出版社2009年版,第231～233页。

② 董健、丁帆、王彬彬:《中国当代文学史新稿》,人民文学出版社2005年版,第409页。

范化的体制辩护；而这种辩护令人生厌。无疑，这一叙事结构强调的是知识分子对政治的抵抗，以及用理性精神对政治话语充分加以考辨的要求。归来者以及他们笔下的主人公们似乎已经成为历史的“中间物”，身负过多的旧时代残余，在我们断然要和那个荒诞年代划清界限的时刻，如有必要，可以将他们一并清除掉。毫无疑问，这种言说方式对王蒙不利。在以往王蒙研究成果中，李子云的观点非常值得重视。她以“少年布尔什维克精神”作为讨论王蒙笔下人物形象和作家立场的落脚点，得到作家本人的热切回应。诚如李子云所说，王蒙写得最好的角色是“那些从少年时代开始投身革命队伍中来的知识分子”，尤其是“回溯到他们的青少年时代”时，作家的文字顿有神采飞扬之感。[①] 这一思路亦为诸多当代文学史所认同，并成为著史者解释中年“林震”们饱经磨难、却又坚持“青春无悔”的根源。除上述四部外，同样作为高校教材出现的《中国现代文学史（1917～1997）》（朱栋霖、丁帆、朱晓进主编，高等教育出版社2000年版）、《中国现代文学史（1917～2000）》（朱栋霖、朱晓进、龙泉明主编，北京大学出版社2007年版）均在行文中提到王蒙的“少共情结”，黄修己主编的《20世纪中国文学史》（中山大学出版社2004年版）、陈思和主编的《中国当代文学史教材》（复旦大学出版社2000年版）和新近出版的何绍俊、巫晓燕的《中国当代文学图志》（春风文艺出版社2011年版）亦讨论了作家的身份特征和创作取向问题。在有关50年代的论述中，“少共”的意味往往从三方面加以突出：第一，王蒙的个人身份——写作《青年人》时作者已是一个有着8年党龄的年轻的“老党员”；第二，新中国成立之初普遍洋溢着的理想主义、乐观主义氛围；第三，苏联文学的影响。林震推崇的《拖拉机站站长与总农艺师》中的娜思嘉，她的胜利标志着革命谱系中根红苗正的一代所具有的优越性。

但以“少共情结”定义王蒙80年代的创作立场，同样难逃缺乏知识分子批判精神的质疑。“少共情结”仍然偏于意识形态方面，和前面提到的知识分子的无产阶级化所距不远。它的引入，也让著史者在选择分析文本时分外小心。陈思和主编的《中国当代文学史教程》中所选的是《海的梦》这篇小说。在这部以“潜在写作”和知识者的“民间立场”为立足点的著作中，编撰者选择缪可言式的纯粹知识分子为分析对象。这类人物很容易被读者纳入到知识者的爱国模式中——忠心报国，虽九死而不悔——他们纯然是历史的受害者，经历磨难，对生活宽容且自勉，“尽管对青春和生命在劫难中的白白耗去表示

① 李子云：《关于创作的通信：致王蒙》，宋炳辉、张毅：《王蒙研究资料》，天津人民出版社2009年版，第326页。

了刻骨铭心的悲叹,但在理智上他仍要用理性主义的历史观说明青春和生命在群体中的延续,从而为一生所信奉的理想主义寻找一个依托”[①]——这样的分析自然难逃洪子诚等人所说的将理想主义归结为“抽象的、不可分析教条”的指责,或董健等人为与“抵达劫难和人性的幽深”的反思擦肩而过所感到的怅然。如果著史者选择的分析对象是张思远这类官员角色,身份决定了他们对于历史发展负有连带责任,青春无悔是不再提及的话题,文学史往往将这类作品置于一个更为尴尬的境地——在特定历史阶段对于干群关系的反思。老实说,后者已经将王蒙的努力降到主旋律文学的层面。

简言之,在80年代的文学史写作中,王蒙越来越成为一个难以安置的人物。他一般被放置到“反思文学”中加以讨论,但反思文学显然缺少学术界所希望的知识分子的批判精神,评价在持续走低。他在技巧运用方面的不懈努力倒是被文学史充分加以肯定,但从80年代中后期开始,对叙述技巧的自觉已成为中国当代作家的共识,更年轻的一代,马原、余华、高行健、莫言……他们的文学资源与西方当代文学思潮近乎同步,在技巧的运用上比王蒙更为开放和便利。况且,仅从技巧层面肯定王蒙之于新时期文学的价值,近乎玩笑。对这个背负共和国文化资源、并有着旺盛创作生命力的作家,我们的文学史有点儿束手无策。从目前的趋势看,王蒙远不如那些比他背景单纯的文学后辈们更易引起文学史家的言说兴趣,更容易纳入当代文学重新融入世界文学大潮的迫切步伐,或者更坦白地说,这个50年代的文学“异端”,在新时期复出后没有成为昆德拉式的人物,拒绝提供一种知识分子对集权政治的抵抗话语,他所坚持的带有希望和温情的历史反思方式,与学术界力图重建“五四”批判精神的努力格格不入。

如果想追溯文学史家对于“五四”批判精神推重的根源,我们需要回到“五四”以及80年代的历史场域,并且去检讨现代文学史编撰的发轫期所具有的某些局限。

80年代对“五四”批判精神的推重和知识界的心理预期有关。五四运动作为现代文学的开端,具有某些无可复制的特性。“中华民国”是较为典型的“大国家、弱政府”的代表。“五四”时期,各政治派别的纷争在文化场域形成真空,将该领域的领导权交给了有着留学背景的知识分子。这批人在那个时代成为国家的文化英雄,他们思考的问题具有最高级别——“吾人最后觉悟之觉悟”,知识者要去救治国家政体变革依然无法解决的社会弊病。在这一时期,大学校园成为与国家权力相抗衡的思想权威的产地;学生走向社会前台;

① 陈思和:《中国当代文学史教程》,复旦大学出版社2000年版,第213页。

在西方属于历时性的文化资源一并涌入，影响着人们的言行。大多数话语较当时政权的观念更为“先进”，这加强了知识者的优越意识。这种情况直到20世纪20年代中期才开始面临挑战。崛起于南方的国民政府和中国共产党都是有着强大意识形态塑造能力的苏式政党。为证明革命的合法性并最大限度地调动一切力量，它们有必要在知识分子手中接管过思想文化的领导权；知识者对政党的皈依也在这一时期开始。一种我们关注甚少的“革命文学”实则已经出现——在顾毓琇、王文显、李健吾乃至铁捷克等作家笔下活跃着无数“来自南方”的革命者形象。中国共产党以暴力革命的形式与国民党争夺全国政权，它对知识分子的思想进行了无产阶级的改造。以后期创造社的那批年轻人——如李初梨、冯乃超等——为例，他们首先作为熟悉马克思主义理论的小资产阶级知识分子出现，经过艰难的思想转变和身份认同，最终成为革命阵营中的一员。同样的情节在日后不断重演。现代时期小资产阶级知识分子获得无产阶级意识的过程，和备受关注的延安时期及新中国成立后的知识分子改造问题具有高度的相似性。在70年代末，知识分子从一场政治噩梦中惊醒后，他们对政党政治采取全面抵抗立场，试图重新获得五四时期的地位。自然，这一尝试受到一个统一和有力的国家政权的反击，并在90年代全面退回到校园之中。

上述回顾不难发现在文学研究界这种抵抗意识产生的根源。对知识分子的思想改造模式的批评，也让人们形成一种思维定式：真正的知识者和政党政治不相容。这种看法延续到文学史的写作观念中——非常年代的文学史是政治史的附庸；而正常年代的则要保持知识者的理性纯度，以抵制一切现代神话——如政治、经济、现代性、民族国家等的侵袭。从民国到现在，政党在国家事务中居于绝对核心地位，知识者对国家的认同往往首先要通过对政党的认可来实现。爱党才能爱国的模式，正是奉“五四”时期为圭臬的知识分子的心结。1927年国民党从一个革命党变成了执政党，面对内忧外患的形势，它的执政措施渐趋稳健和保守，若干妥协甚至让知识分子对这个政权的合法性产生了深刻的怀疑。从1927年定都之初袁昌英等人所写的热情洋溢的“新都游记”到数年后胡适等人明确提出要做“政府”的“诤友”角色，其间已有较大变化。但知识分子对政党的抵制对国家事务未必有利。胡适此后的选择便是一个非常典型的例子。抗战期间他接受政府的任命去做驻美大使，而国民政府退守台湾四年后，“政务委员”吴国桢逃亡美国，痛斥台湾岛内国民党的独裁政策，胡适却指责对方缺少“政治感”和“道德感”。[①] 这个中国自由主义

① 胡适:《致吴国桢》,《胡适全集》(第25卷)，安徽教育出版社2003年版，第559～563页。

知识分子的代表人物,对政党政治的容忍度或者说认同感在不断增强。知识者理想中的政治模式和现实中的政党运作必然有巨大差距,后者往往在现实情境的挤压下被迫作出妥协,或者因为决策失误而饱受批评。关键问题是,知识分子如何看待这一现象。

胡适的选择绝非个案。曾朴的长子曾虚白30年代主持《大晚报》,在1935年"华北事变"前后,国民政府派黄郛在上海和日本政要斡旋。在没有开战实力的前提下,国民政府的回旋空间极小,这种非正式的外交解决途径毫无疑问会有一系列令人倍感屈辱的妥协、让步出现。此时的曾虚白和一般高呼抗日的知识分子并无不同,他的《大晚报》去给黄郛做"起居注",将他每天所见日本官员一一开列出来,让国民政府分外被动。但在一次极为秘密的约见后,曾虚白说,他受到黄郛"跳火坑"精神的感召,认为个人立场较国家兴衰完全没有意义,转而对政府全力支持,并在抗战全面爆发后,进入政府的国际宣传处工作。[①] 黄郛本人,同样是中国近现代史上的关键人物。他从来都不是国民党党员,但他为这个政权的存在和发展承担了巨大责任,也背负了历史骂名。在被迫一步步地退让后,黄郛将华北的形势稳定下来,将战争的爆发后延;而他死后仅几个月的时间,中日战争全面爆发。事实上,知识分子表现国家意识,从来都不是一件个人的事情。他必须对政权或者执政党具有基本的容忍或认同的态度,在这个政权的领导下工作,并作出必要的妥协,否则个体的活动只可能增加这个国家的无序状态。

中国现代国家意识产生得很晚,在晚清帝国王纲解钮的过程中,现代民族国家理念才逐步建立起来。但某些传统的"负遗产"仍在影响着人们的选择。"人又谁能以身之察察,受物之汶汶者乎!"正如陆建德指出的,知识者的精神洁癖和自大意识,阻碍了他们以正常方式认同并参与现代社会的公共事务和政治生活,易于趋向极端。孙中山青年时期上书李鸿章被拒,转而发动资产阶级革命。这种做法具有战国游士之风——不为此家所用,便转而与之为难。如果用当时人的眼光来看,孙中山随即在南方举行的起义,只会使政府在甲午战争中顾此失彼。[②] 如果以后人们都采用类似做法,那么中国社会只可能进入鲁迅所说的"革命,革革命,革革革命……"的死循环。

从这个角度来看王蒙,他对共和国的信念并不仅仅出于"少共情结",而更多源自一种在实际工作中获得的理性精神和对知识分子优越感的扬弃。王

---

① 曾虚白:《曾虚白自传》(上册),联经出版事业公司1988年版,第131～142页。

② 陆建德:《我是人类的一员:文学中的个人与社会》,《当代作家评论》2012年第4期。

蒙很早就参加党团工作，年龄很小就成为中国共产党党员，他是作为一个年轻的党的基层工作者进入这个政权，并认可它所维系的政治理念，认为自己和它的发展休戚与共。正如王蒙谈到过的，他的工作经验使他本人不可能犯林震那样的错误，但心灵深处却有和林震相通的一面。[①]那么，他对这个政权的反思，不会如某些研究者讨论他笔下人物时所说的那样是"外来者"的质疑，而纯然是"自己人"的检讨——既检讨自己和中国共产党政治理念的差距，也检讨周围和自己相似个体的种种不周全之处。这种检讨中肯定会带有相当程度的暧昧性：它的理性指向具体工作，也指向历史评价这一环节。作者以某种温和而充满实用主义的态度去承认现行政权所存在的问题，或者承认党的政治理念中具有的偏差，但即使经过"文革"这样的浩劫，他也只是希图有所改进。或者，更功利一点说，作者的本义不是在历史责任环节上去弄清孰是孰非，而是让自己所认同的事业进行下去。作为官员的张思远会去思考新中国成立之后干群关系的变化，作为专业知识分子的翁式含会安静地回到自己的岗位……两个人物的选择实则是80年代王蒙的两面。在中国近现代史上，从黄郛、胡适、曾虚白到与王蒙相似的共和国知识分子，都有这样两种不同的身份：随着时代和政局的变化，他可以进入政府，也可以回到专业岗位，但始终保持对政权的支持。正是这样一种对自我身份的确认，使王蒙这代知识者同学术界所赞赏的"五四"知识分子拉开了距离。从历史发展角度看，这类共和国知识分子的出现，未尝不是社会的进步。

学术界对于知识分子批判精神的偏执，不仅仅源于五四运动及近代以来国家力量的薄弱，它和我们的历史写作传统也有密切关联。古代史官有秉笔直书的权力，作为信史典范的司马迁的《史记》亦是私家著作，在一个缺少宗教信仰的国家中，帝王拥有世俗权威，而读书人掌控着历史评价。后者在很长时间内都成为制约君权过度膨胀的有效手段。但现代国家和封建帝国不同，它的合法性不再来自君权神授，国家要掌控自身的历史叙述，以确认自己是一种合理的存在。但在中国现代文学史的最初书写中，情况却不尽如此，因为某种历史的偶然，国民政府放弃了自己的影响，使现代知识分子在文学史的写作领域获得了与国家意识形态分庭抗礼的话语权——这个关节点便是"新文学大系"的编撰。

这套确立新文学合法地位，并展示其创作实绩的文库受国家政权的干涉实则微乎其微。在最初报送的名单中，只有因骂蒋介石而亡命日本的郭沫若

① 王蒙：《关于〈组织部新来的青年人〉》，《人民日报》1957年5月8日。

被拿掉,左翼文人如鲁迅、阿英等悉数获得通过。[①] 正如刘禾研究所指出的,“大系”的实现,很大程度上源于赵家璧在左翼文人中获得的帮助——无论是阿英的资料收藏,还是郑伯奇的人事关系;作为副产品,赵家璧也接受了左翼的政治抵抗意识,并将其作为大系编纂的理由:召唤“五四”,以抵制新生活运动所带来的复古潮流。[②] 各分册的编者按照自己的立场和喜好选择作品,并提供导言。他们不仅向后人展现了“五四”的创作实绩,同时也在序言中将文学史的分期方式、文体划分原则确立下来;他们之间的差异,如胡适对个人尝试的强调,茅盾对时代演进的关注等,更像是给后来者重温这一领域时有意留下的蛛丝马迹,让我们对“五四”的成就和影响的深远啧啧称奇。不仅人选如此,就起始时间看,新文学大系从1917年编起,而民国建立的时间为1911年,大系并不负担总结民国文学成就的职责;相反,国民革命的参与者所尝试的创作恰是“五四新文学”直接的批判对象。1975年在台湾出版的《中华民国文艺史》(正中书局1967年版),对民初文坛进行了极为简化的处理,延续了大系观念在文学史编撰中无可置疑的地位。《中国新文学大系》的续编在1982年重启,当时主管意识形态领域的领导人胡乔木亲自过问,已然将这项工程纳入国家力量的监管之下。此后,就选文问题触发的争议,往往集中于学院立场和国家意志的分歧上。曾作为第五辑主编的王蒙自然深知其中三昧。

国民政府在文学(文化)领域的粗疏,使得无论当时还是日后,在文学史上留下印记的都是一个扩大的左翼和一个醒目的自由主义作家群体,与政府持相同立场的作家则近乎空白。捎带出现的问题是,知识分子不太习惯于从正面意义上去理解作家的政治背景和所拥有的文化资源。从这个角度来看,在现代文学运动以及文学史论述的发轫期,国家权力参与的缺失造成的问题良多。在80年代的学科建构中,现代文学和当代文学两个学科具有高度同构性。用程光炜的看法来说,我们先行选择了“五四新文学”作为文学发展的一种正常形态,然后将1949年之后和政治体制相关的当代文学视为非常规的文学。[③]

当我们著史时,用“五四”批判立场来要求对政党和国家有着深切认同

① 赵家璧:《话说〈中国新文学大系〉》,《编辑忆旧》,三联书店2008年版,第121～123页。

② 刘禾:《跨语际实践——文学、民族文化与被译介的现代性(中国,1900—1937)》,三联书店2002年版,第312页。

③ 程光炜:《我们如何整理历史——十年来“十七年文学”研究潜含的问题》,《文艺研究》2010年第10期。

的共和国知识分子，未免针锋“不”对。事实上，有些研究者已经敏锐地注意到王蒙的独特性。陈晓明在《中国当代文学主潮》中提到，王蒙“笔下的人物很少有急于从历史中脱身出来，轻易站在意识形态给定的批判‘文革’的高度，自觉面向未来的”。他的长篇小说《活动变人形》中对“五四”以来的启蒙是否真能拯救中国之未来表示怀疑，仍然相信“中国知识分子只有接受了共产革命的思想才能真正扎根中国大地”。对于孟繁华和程光炜在《中国当代文学发展史》中所说的“青春”与“老干部”两个视野，陈晓明提出了不同看法——

> 我以为不限于此，王蒙通过这两个视野，还在思考更深刻的问题，那就是中国知识分子的精神依据是什么。他还是相信信仰是一个人存在的根本，也是一个民族国家的主体（老干部、知识分子）存在的根本……他坚持认为，少共的信仰和青春激情，乃是中国走向未来的根本动力……在完全不同的历史情景中，信仰和激情亦不再可能有原初的本质，而会成为当下实践的产品。①

陈晓明的论述虽然再提王蒙的“少共情结”，但他对于“少共情结”的解读，已经是信仰和现行政权绑定的产物。也许，我们可以说得更明确一点，在中国近代以来的历史语境中，王蒙这类知识分子用一种理性、务实的方式，妥帖地处理了自己的精神信仰和国家意识之间的关系。对于这个国度中发生的一切，他们都认为与己有关，但会在现行政治框架中参与社会公共事务，并表达个人观念。信仰对他们而言是自我反思的标准，以便保持对革命事业的热忱，并随时打磨掉身上的知识分子精英意识。

也许，我们的文学史应该给这类知识分子留下足够的空间，用他们的方式（自然，不仅限于这类方式）去理解某些选择，讲述他们思想和创作精进的历程。知识分子的独立意识和批判立场，在我们解读历史时，可以帮我们理解很多，但任何一种立场，都会有相应的遮蔽。意识到自身立场的局限，同样是文学史家应有的品质。

冷川：中国社会科学院文学研究所

（原载于《山东师范大学学报》2013年第5期。）

① 陈晓明：《中国当代文学主潮》，北京大学出版社2009年版，第255～256页。

试论王蒙小说中的音乐

陈南先

在中国当代作家中，王蒙也许是最擅长在作品中表现音乐的。他的作品仅是标题与音乐有关的就很多，散文如《音乐与我》、《在声音的世界里》、《新疆的歌》、《行板如歌》、《我收听了〈梦幻曲〉》等；小说如《歌神》、《如歌的行板》、《春之声》、《致爱丽丝》、《歌声好像明媚的春光》等；诗歌如《听歌》、《在吕贝克教堂听音乐》、《琴弦与手指的对话》、《夏歌三首》、《音乐组合》等。王蒙在“季节”系列四部曲中，更是铺天盖地般地描写和表现了音乐。正如王蒙自己所说的那样：“我喜欢音乐，离不开音乐。音乐是我的生活的一部分，我的生命的一部分，我的作品的一部分。有时候是我的作品的一个非常重要的、头等重要的部分。”①

王蒙是真正爱好音乐。他在音乐里不断汲取艺术营养。他说：“进入了声音的世界，我的身心如鱼得水。莫扎特使我觉得左右逢源，俯拾即是，行云流水。柴可夫斯基给我以深沉、忧郁而又翩翩潇洒的美。贝多芬则以他的严谨、雍容、博大、丰赡使我五体投地得喘不过气来。肖邦的钢琴协奏曲如春潮，如月华，如鲜花灿烂，如水银泻地。听了他的作品我会觉得自己更年轻，更聪明，更自信。”② 在王蒙的作品中音乐与文学的关系可谓水乳交融。音乐有时是作品的表现对象，有时成为作品凸显的主题，有时音乐的结构成为作品的内在结构，有时音乐成为作者写作的灵感激活器。

本文主要探讨音乐在王蒙的文学作品（这里主要是以小说为例）里发挥的作用。

---

① 王蒙：《音乐与我》，《世界华文散文精品（王蒙卷）》，广州出版社 1997 年版，第 175 页。

② 王蒙：《在声音的世界里》，《世界华文散文精品（王蒙卷）》，广州出版社 1997 年版，第 168 页。

音乐与生活

生活中离不开歌声和音乐，王蒙善于用歌声和音乐来表现生活。在《组织部来了个年轻人》里，他动情地描写林震和赵慧文一起听《意大利随想曲》的情形。两个年轻人，一起吃荸荠，一起听音乐，然后将荸荠皮抛洒在院子里的空中。柴可夫斯基的这首《意大利随想曲》的曲调对作者、对林震、对赵慧文们来说是透明纯洁的，遥远但不朦胧，清亮而又有反复吟咏的诗情。

在他的中篇小说《布礼》(《当代》，1979 年第 3 期，后收入《王蒙文集》第 3 卷)里，主人公在新婚之夜是用唱歌来回忆他们的生活、道路与过往的年代的。从 1946 年传唱的《喀秋莎》，一直到 1951 年的"雄赳赳，气昂昂，跨过了鸭绿江"等。小说的描写和王蒙本身的生活场景非常相似，据王蒙的夫人崔瑞芳(笔名方蕤)回忆，1957 年 1 月 28 日，他们结婚，男女双方的朋友都来贺喜。王蒙提议听唱片，首先放的是苏联歌曲《列宁山》，崔瑞芳又要求放了周璇的《四季歌》和《天涯歌女》，接着又放了柴可夫斯基的第四交响曲第二乐章《如歌的行板》和《意大利随想曲》。王蒙还唱了意大利歌曲《我的太阳》。最后，大家还一起唱了南斯拉夫歌曲《深深的海洋》。[①] 生活是艺术的源泉，看来王蒙自己的生活中就充满音乐和歌声。

短篇小说《歌神》(《人民文学》，1979 年第 8 期，后收入《王蒙文集》第 4 卷)以维吾尔歌曲来贯穿全篇。维吾尔族青年歌手艾克兰穆爱上了哈萨克姑娘阿依达娜柯，当他体会到爱情甜蜜时，作者写道，他的歌声"好像青草在欣悦地生长，好像蓓蕾在无言地开放"。当艾克兰穆失去恋人的踪影时，"抖颤和缠绵的歌声里包含着一种剑一样撕裂人胸膛的痛苦，一种蓄积深重的、压得人透不过气的忧患"。通过歌手歌声的变化，人们能够感受到他内在情感的变化。在那非正常的年代，艾克兰穆因为唱歌而成了罪人。小说主人公激愤地说："我的罪就是——唱歌！啊，一切使人有别于驴子的东西，使人变得善良、文明、温柔和美丽的东西全不要了，剩下的是什么呢？凶暴、仇恨、残忍、贫困……"小说结尾时，作者直抒胸臆："我想，我们的歌儿，我们的人民和民族的灵魂终归是不可战胜的。历尽磨难，艾克兰穆和他们的歌声仍然与我们同在，山高水长，地久天长。"

中篇小说《杂色》(《收获》，1981 年第 3 期，后收入《王蒙文集》第 3 卷)中的主人公曹千里生于 1931 年，解放前参加过进步学生运动，他上过音乐附

---

① 王蒙：《音乐与我》，《世界华文散文精品(王蒙卷)》，广州出版社 1997 年版，第 175 页。

中,解放后毕业于中央音乐学院,他有很深的音乐造诣。早在少年时代,曹千里就沉迷于《桑塔露琪亚》、《我的太阳》、德沃夏克的《新世纪交响乐》、柴可夫斯基的《第一弦乐四重奏》,还有李斯特和肖邦的作品。小说中对曹千里和音乐的描写成为作品不可或缺的组成部分。曹千里对西方音乐的爱好到了痴迷的地步。工宣队的人批评他“一脑子的斯基还有什么芬”,“远不如吃饱了睡大觉,对人民的危害性还少一些”。经过帮助和改造,他自己也似乎成了“新人”,心想:“滚它的蛋吧,贝多芬和柴可夫斯基”,应该“用钢铁铸造自己”。有时,曹千里会产生对自己青年时代的音乐生涯的“隔世之感”,产生“没有交响乐,他不是过得更好,人民不是过得更好吗”的自嘲。小说结尾,也是小说的高潮,是曹千里破戒引吭高歌和老马四蹄腾空如风如电地奔跑起来的场面。有学者指出,这是曹千里对自以为接受了的“与世无争、心平气和、谦逊克制的生活哲学”的否定。①

王蒙的中篇小说《歌声好像明媚的春光》(《收获》,2000 年第 4 期),题目就来自苏联歌曲《喀秋莎》的歌词。《喀秋莎》是王蒙学会的第一首苏联歌曲,是从一位地下党那里学会的,那年他 11 岁,是一位思想左倾的少年。崔建飞先生说,除了专业人士,中国大概没有几个人在掌握苏联歌曲方面,能和王蒙相比。王蒙对苏联歌曲熟悉到了这种程度:随便你点,开口就唱。②《喀秋莎》是“我”少年时代的序曲,主题曲《纺织姑娘》是“我”的青年。小说中写道,“我”是在《纺织姑娘》和《喀秋莎》的歌声中,感知苏联的,又是在苏联的美丽的歌声中,于 1955 年当上了“此地最大的一家纺织厂”共青团书记的,因为工作的关系,“我”结识了到中国来支援兄弟民族的厂副总工艺师级别的苏联女专家卡杰琳娜•斯密尔诺娃(人们都叫她卡佳)。由于政治风云变幻,“我”和卡佳几十年中断了联系。1983 年,“我”率代表团终于踏上了苏联的土地,在再次感知红场上的《纺织姑娘》、《喀秋莎》时,遇上了卡佳,作客她家,爱依然情依旧,虽感叹人之苍老与世之沧桑时,却也感觉歌声好像还是如明媚的春光。1991 年,72 岁的卡佳“随苏中友好协会的代表团来华访问”,虽然卡佳由于旅途劳顿而“显得特别衰老憔悴”,但她还是“吐气如兰”,脸上始终绽放着春天般的灿烂笑容。小说中写道:“我们的青春是高声歌唱的青春,我们的革命是高声歌唱的革命,再没有什么革命像我们的革命一样焕发了这么多好听

---

① 曾镇南:《王蒙论》,中国社会科学出版社 1987 年版,第 56 页。

② 崔建飞:《王蒙喜欢的一国歌曲》,《我知道王蒙喜欢你》,当代世界出版社 2003 年版,第 84 页。

的歌曲。”最后,“我”得出结论:“青春会逝去,友谊会碰上难测的政治风云,口号会生锈,连爱情也会衰老,更不要说千篇一律的性啦。只有歌声,永远与太阳同在,即将沉寂,立即重现光辉。明媚如春光的歌声就是牢不可破。”歌曲,尤其是苏联歌曲成为这部中篇小说内容的重要组成部分,犹如“季节”系列四部曲一样。

音乐与创作灵感

音乐还经常能成为王蒙创作的灵感触发点,中篇小说《如歌的行板》(《东方》1981年第2期,《中篇小说选刊》1981年第2期,后收入《王蒙文集》第3卷)就是这样。柴可夫斯基的第一弦乐四重奏第二章《如歌的行板》在20世纪50年代是王蒙最爱的曲子。几十年后的1981年,王蒙重新欣赏这首曲子。听完这首曲子后,王蒙的创作灵感被激发出来,他决定写一篇8万字的中篇小说,题目就叫《如歌的行板》。后来只写了5万字,因为他把小说的腰腹部“砍”去了。1981年他听这个曲子用了5分钟。而小说的人物、情节、感触他已经积累了40年。[①] 这就是所谓的“长期积累,偶然得之”,灵感这东西确实是存在的。只是有人善于抓住它,有人却可惜地让它从身边悄悄溜走了。

中篇小说《相见时难》(《十月》,1982年第2期,后收入《王蒙文集》第3卷)也是如此。1980年秋王蒙在美国衣阿华大学参加“中国周末”时偶然听到了根据徐志摩的诗谱写的歌曲《偶然》(只是片断地听了一两句),这样就触发了他写作《相见时难》的灵感。

王蒙说:“当我写《相见时难》的时候,我不停地与蓝佩玉和翁式含一起重温四十年代、五十年代的那些歌儿。我是哼着那些歌写作的。”[②] 在小说中,刚从美国回到北京的蓝佩玉盖上了宽宽大大、暖暖和和、厚厚软软的中国棉被时,她激动得差点掉了泪。那熟悉又久违的广东音乐《雨打芭蕉》响起来的时候,她激动不已。

“请听听广东音乐《雨打芭蕉》。”只是一声她就震颤了,不是提琴,不是吉他,不是定音鼓。她已经说不出这些乐器的名称了,然而,她没有忘,她知道它们,她似乎能演奏它们。朴素,清凉,鲜明,秀丽。不是闹翻天的迪斯科,不是

① 王蒙:《谈触发》,王蒙:《从实招来》(名人谈艺丛书),北京图书馆出版社1999年版,第296～299页。

② 王蒙:《音乐与我》,《世界华文散文精品(王蒙卷)》,广州出版社1997年版,第178～179页。

热乎乎的摇滚乐,也不说娇声嗲气的除了爱情还是爱情的呻吟挑逗。她已经很久没有接触过这样的曲调了,但那曲调仍然和她连着心,连着每一个细胞。她每一个细胞都和这曲调一起共振,每个细胞里都升起最隐秘的忧烦和最微小的舒适。雨打芭蕉,四个字的结构是多么简洁,整齐,优雅,像一幅画,像一首诗,又分明是充满风骨和神韵的音响……中国呀,你怎么这么深邃,这么神秘?我的,我的,这芭蕉上的雨滴,每一滴都是我的呀!

这段文字,将长期身居海外,却时时思念祖国,现在刚刚回到故土的侨胞的感情表达得淋漓尽致。

看来喜欢音乐,欣赏音乐不仅丰富了王蒙的业余生活,而且有些音乐还成了他文学创作的灵感激活器。

音乐与小说结构

王蒙通过欣赏音乐、体会其内涵和旋律的内在规律,用来借鉴、帮助其营造小说的结构。1953年他开始写处女作《青春万岁》的时候,他最感到困难的是结构。就在为《青春万岁》的结构而苦恼的时候,他去当时的中苏友协文化馆听了一次唱片音乐会。交响乐的结构大大启发和帮助了王蒙,他所向往的长篇小说的结构正应是这样的:引子、主题、和声,第二主题、冲突、呈示和再现。一把小提琴如诉如慕,好像是某个人物的心理抒情。小提琴齐奏开始了,好像是一个欢乐的群众场面。鼓点和打击乐,低沉的巴松,这是另一条干扰和破坏书中的年轻人物的生活的线索,一条反抒情线索的出现。竖琴过门,这是风景描写。突然的休止符,这是情节的急转直下。大提琴,这是一个老人的出场……王蒙悟到了,小说的结构也应该是这样的,既分散又统一,既多样又和谐。有时候有主有次,有时候互相冲击、互相纠缠,难解难分。有时候突然变了调、换了乐器,好像是天外飞来的另一个声音。小说里也是这样,写上4万字以后,你可以突然摆脱这4万字的情节和人物,似乎另起炉灶一样,写起一个一眼看去似乎与前4万字毫不相干的人和事来。但慢慢地,又和主题、主旋、主线扭起来了,这样就产生了开阔感和洒脱感。① 音乐的结构启发了王蒙,于是他的《青春万岁》采用了类似音乐交响乐的结构。

其实《青春万岁》本身也描写了大量的音乐生活和场景。小说第十一节中,作者写道:

"……杨蔷云做功课的时候,忽而像唱歌一样自然,忽而像唱歌一样自在,

---

① 王蒙:《音乐与我》,《世界华文散文精品(王蒙卷)》,广州出版社1997年版,第177~178页。

忽而像打架一样凶猛。

……

这是音乐！杨蔷云在各种课程中发现了音乐。譬如俄文，多么悦耳的语言呀，许多人讨厌俄文中性、数、格的变化，但杨蔷云觉得，这样一变，念起来特别舒服。……就说数学吧，数学也是音乐，也是歌。已知的条件，好比是确定了的调子、拍子、速度，并且开始了第一小节，下边的你自己唱去吧。题解开了，就好比歌儿唱到最后一段最后一个音符，提高八度，延长共鸣，然后在听众的掌声中结束了。”①

王蒙有时还直接借用音乐的旋律来构思作品，《春之声》中，作者把刚出国回来的工程物理学家岳之峰的纷繁思绪和火车行进中车轮和铁轨之间撞击的声音融汇在约翰•斯特劳斯的《春之声圆舞曲》的旋律里。在《如歌的行板》中，柴可夫斯基的第一弦乐四重奏第二乐章贯穿作品始终，在乐曲旋律的起伏中，展示柳克、金克、周克三个青年知识分子所走的不同道路，以及周克和萧铃之间的感情波澜。小说中这首乐曲四次出现，与主人公命运和思想感情的四次大起伏相对应。小说的结构也受这段弦乐四重奏的影响，从容地发展进行，呈示和变奏，爬坡式的结尾。

周克、柳克和萧铃第一次听这首乐曲时，他们是怀着青春的活力和天真的梦幻来欣赏的。他们尤其是“我”（周克，原名周耀祖）的反应是：

“从第一声起，我的灵魂就沐浴在、融合在那从容宁静的弦乐里了。甚至那也不是音乐，不是声音，不是小提琴和中提琴，更不是留声机和唱片，那是另一个弥漫在宇宙中的灵魂，她欲说还休，轻柔克制，不慌不忙，杳无形迹地向你问候，与你低语，她在抚慰着匆忙的、辛劳的、严峻的、也许可以说是粗暴的你的额头。”

周克由于听音乐被指责为小资产阶级情调，在党小组会上受到批评。

第二次是三年多以后，在北戴河的大学生夏令营上，周克和萧铃竟又在听柴可夫斯基的弦乐四重奏乐曲声中意外地相逢了！第三次听到那乐曲，是在1963年，已担任学院党委副书记的周克，在安定医院又意外地碰到因挨丈夫的打而癔症发作的萧铃，周克从她“喃喃发着的声音”中又听到了那久违的弦乐四重奏，以及萧铃内心对他爱的呼唤。第四次，萧铃与出国谋生的金克分道扬镳之后，她又与周克相逢于北京，为了唤起以往甜蜜的回忆和感情，周克再次播放了这首《如歌的行板》。但是萧铃出奇的宁静，她平静得像风暴中的一块石头。周克不解。萧铃解释说：“现在仅仅听这种透明而又单纯的音乐，是

① 王蒙：《王蒙文存》，人民文学出版社2003年版，第91页。

太不够了啊。我们需要新的乐章,比起贝多芬的第九交响乐,它应该更加雄浑、有力、丰富、深沉。”

小说结语是:“但是,我仍然要告诉年轻的朋友们说,这如歌的行板,毕竟是一首非常好的、非常奇妙的乐曲。”

王蒙说过《如歌的行板》这首乐曲是小说的主人公命运的一部分,也是他生命的一部分。“不知道有没有读者从这篇小说中听出柴可夫斯基的音乐来。还有一些其他的青年时代的作品,我把柴可夫斯基看作自己的偶像与寄托。”[①] 可以说离开了《如歌的行板》这首乐曲,就没有这部中篇小说。

短篇小说《听海》(《北京文学》,1982 年第 11 期,后收入《王蒙文集》第 4 卷)也采用了音乐性的构思,小说由“前奏”、“听虫”、“听波”、“听涛”、“尾声”五个部分组成。全篇写的是一个盲老人的“听海”,这样,作者只能将对海的视觉形象化成对海的听觉形象。王蒙的构思重点落在“听”字上,这就更能着力于自然之声的描绘上,虫声、潮声和海的波涛声的协奏和鸣,回旋着动人的音乐旋律。

看来王蒙对音乐的结构和旋律是谙熟于心的,更难能可贵的是,他成功地借鉴音乐的结构和旋律,并将它们移植到文学作品之中。

结束语

王蒙的文学创作成就毋庸置疑,王蒙对音乐的爱好广为人知,王蒙对音乐的理解深刻到位。他甚至将自己的文学作品与音乐一一对应起来:20 世纪 60 年代的短篇小说《夜雨》是一个钢琴小品。全篇是“窸窸窣窣”、“滴滴嗒嗒”、“嗒嗒滴滴”、“哗哗啦啦”、“噼噼啪啪”这样五次互相颠倒与重复的象声词来作每一段的起始,这是风声、树声和雨声,这也是钢琴声。新时期的短篇《夜的眼》,他自以为是大提琴曲,而《风筝飘带》里,佳原和素素在饭馆里对话的时候他总觉得在他们的身后是有伴奏的,他们说的是“老豆腐”、“四两粮票两毛钱”、“端盘子”,然而他们的真情流露在伴奏里。《春之声》里也写了歌和乐,写的是德文歌和约翰•施特劳斯的《春之声》。但这篇小说本身,作者自以为是中国的民乐小合奏,二胡、扬琴、笙、唢呐、木鱼、锣、鼓一齐上。《春之声》里用了大量的象声词,“咣”、“叮咚叮咚”、“哞哞哞”、“叮铃叮铃”、“咚咚咚”、“噔噔噔、嘭嘭嘭”、“轰轰轰、嗡嗡嗡、隆隆隆”、“咣嘁咣嘁”、“喀楞喀楞”、“咣哧”、“叭”等。《海的梦》是一首电子琴曲、《蝴蝶》大概是协奏曲、《布礼》呢?像钢

① 王蒙:《行板如歌》,《世界华文散文精品(王蒙卷)》,广州出版社 1997 年版,第 207 页。

琴独奏。[1]至于其处女作长篇小说《青春万岁》,笔者前面说过,它是宏章巨制的交响曲。

苏珊·朗格在《情感与形式》中指出:"我们叫作'音乐'的音调结构,与人类的情感形态——增强与减弱,流动与休止,冲突与解决,以及加速、抑制、极度兴奋、平缓和微妙的激发,梦的消失等等形式——在逻辑上有着惊人的一致。"[2]这个结论,笔者深有同感。文学艺术的许多原理是相通的。王蒙在文学作品中大量地表现音乐,音乐也反过来丰富和完善了他的文学创作。他说:"从整体来说,我在写作中追求音乐,追求音乐的节奏性与旋律性、音乐的诚挚的美、音乐的结构手法。"[3]读王蒙的文学作品,除了感悟其文学作品本身的艺术魅力以外,我们还可以得到许多关于音乐知识方面的艺术熏陶。这就是王蒙的高明之处。"我只是想对读者和同行说,更多地去爱音乐、接触音乐、欣赏音乐吧!没有音乐的生活是不完全的生活,不爱音乐的人也算不上完全的爱着生活的人。"[4]读者朋友,让我们热爱文学的同时也热爱音乐吧。

陈南先:广东技术师范学院文学院

---

① 王蒙:《音乐与我》,《世界华文散文精品(王蒙卷)》,广州出版社1997年版,第176~177页。

② 转引自罗小平编著:《音乐与文学》,人民音乐出版社1995年版,第89页。

③ 王蒙:《音乐与我》,《世界华文散文精品(王蒙卷)》,广州出版社1997年版,第176页。

④ 王蒙:《音乐与我》,《世界华文散文精品(王蒙卷)》,广州出版社1997年版,第180页。

《这边风景》评论专辑

王蒙的“中段”

赵一凡

2013年5月21日，王蒙飞抵乌鲁木齐，签售新书《这边风景》。次日，伊犁州又在伊宁市巴彦岱镇，举行“王蒙书屋”揭牌式，老王亲临致谢，维吾尔族乡亲也纷纷赶来道喜。我读这段新闻，正在考察途中。那天我驾车横穿巴丹吉林沙漠，当晚下榻额济纳宾馆。搜看新闻时，得知老王又回伊犁了。

查看新疆网，发现一则笑话。原来新书出版后，媒体揣测它尘封40年的隐情。王蒙笑称：他在小说中找到了自己，就好比一条清蒸鱼找到了中段！回京后，老王寄来《这边风景》，令我恍然：原来老王的中段落在这里！

国家日记缺一段

2010年我发表《从鲁迅到王蒙》，试图说明：鲁王二人首尾相连，构成一个“及远而反”的思想循环。此一循环，早在鲁迅《文化偏至论》（1909）中，已被描述为一个“中西化合”之梦。鲁迅预测说：未来明哲之士，“必洞达世界大势，权衡较量，去其偏颇，得其神明，施之国中，翕合无间”。而中国现代化功成之际，自当“外不后世界之思潮，内弗失固有之血脉”。

我的评论有缺憾。首先我从青年王蒙说起，中间跳过24年，径直讨论他的《蝴蝶》。此处麻烦是：缺了24年，王蒙还是王蒙么？此人偏又一生多事，其狡黠思想轨迹，忽隐忽现。在我看来，老王特殊性有三：一、他在巴金去世后，已成为中国文学的最大存在：即声望最高，作品最多，经历最曲折。老王多次被提名诺贝尔文学奖，眼下虽未获奖，却是中国作家的唯一殊荣。二、老王与诺奖无缘，窃以为与其红色履历有关：生为少共作家、文化部长，他与中国共产党血肉相连，关系密切到登堂入室、名列中枢。到了老外评委的案头，他岂止是一良善小说家？而我预测老王领奖之日，不但打破陈规，也是现代中国终被西方承认的标记。届时，鲁迅的中西化合梦，就算大功告成了。三、澳门大学汪应果教授称：王蒙创作主题，即“反思20世纪中国革命”。其反思强势来自其“革命主体身份,所以他最有资格,也最具深度”。此说中肯。2007年老王又在上海介绍《王蒙自传》,说他力争完成“一个人的国家日记!”老王卖瓜,自卖自夸。不过此人上千万字的作品,近80年的复杂经历,岂不构成一套20世纪中国革命史?其间老王左摇右摆,东倒西歪,可他一直痴心不改,苦中作乐,丝丝入扣地记录下他的生命历程。所以缺了王蒙的新疆记录,我将无法交代中国文学的现代转折。老王的中段,因而很重要,也很棘手。

从北京到新疆

《这边风景》开篇,就讲1962年“伊塔事件”。事件爆发的背景,即中苏论战,两国交恶。那年中国遭遇天灾,苏联领事馆乘乱造谣。4月底,塔城霍城居民5万多人,蜂拥逃去苏联。1962年在北京,亦是多事之秋。年初召开七千人大会,承认国民经济困难重重,诸如粮食紧张,供应短缺,财政亏空。中央被迫调整如下:精简城市人口3 000万,压缩基建80亿元,工业总产值减半。调整至6月,彭德怀递交八万言书,庐山上的政治钟摆,骤然从反左变成了反右。

王蒙的中段,竟有这般山呼海啸的时代背景!若要追根溯源,只怕要从《史记》、《汉书》说起。而我搜罗的史料,不仅残破,而且断裂。西域文献自古稀缺,原因在于中原人去西域,素以军士、刑徒、垦丁为主,伴随少许商贾、犯官、随军幕僚,其文化水平有限。当然也有例外,如唐高僧玄奘,隋尚书裴矩,清大学士纪昀。其中深入西域,又写出长篇巨制者,王蒙堪为古今第一。

老王成为第一,实属造化弄人。身为右派,他自请下放新疆。《这边风景》随后记录下一幅“刻骨铭心的地图”:下放干部尹中信,乘火车走京汉线,从华北平原,到黄土高原。汽笛长鸣,烟尘滚滚,伴他走过西安古塔、兰州铁桥。其后改走兰新线,穿越乌鞘岭的盘山路,嘉峪关的古长城。戈壁黑风,祁连白雪,护送他来到乌鲁木齐。偏偏小尹不愿留省城,于是又搭长途汽车,逶迤走过昌吉、石河子,乌苏、奎屯。3天后抵达终点,即王蒙下放的伊宁县。

小说乎,史诗乎?

2010年我驾车走遍新疆。当时最大遗憾,即国人对于西域,多仍一知半解。途中我携带两本王蒙文集,其中有散文、诗歌、短篇。应当说,老王写起新疆来,情感充沛,题材丰富,无人能比。可在我看来,新疆地域辽阔,历史悠久,一向缺少与之匹配的宏大文体。而这种文体,只能是史诗。

所谓史诗,是指荷马《奥德赛》、弥尔顿《失乐园》。依照亚里士多德定义,史诗是一个民族的“创世纪”故事:它源自神话,又突破神话;它以英雄为中心，描述艰苦旅程，异国风情；它又以大段吟唱，面向民众，口口相传。“五四”前后，中国学者一片惊呼：吾国无史诗！梁启超指“泰西诗动辄数万言，中国最长者如《孔雀东南飞》，不过二三千言”。王国维悲叹中国没有荷马那种“代表国民精神”的大作家。胡适沉吟道：“史诗在中国来得迟，世界文学史上少见。它的产生不在文人阶级，而在爱听故事、爱讲故事的民间。”

怅然若失中，王蒙寄来《这边风景》，让我大喜过望：原来老王还有 70 万字的新疆长篇！书中说古道今，排山倒海，无奇不有。请看老王自诩：“小说中有生活、有真情、有细节，有各种人性的集合。柴米油盐酱醋茶，我写到了；国际国内斗争，我写到了；吃喝拉撒睡我写到了，就连洞房，我也钻进去了。”

我在书中看见了啥？一幅《清明上河图》式的民俗画卷，一卷王洛宾的《西部情歌集》，一部穿越时空国界的边疆史话。其中最大难点，是作者“以右派身份，写左派小说”。据王蒙自述，1974 年他从新疆文联去了五七干校，在炊事班荣任副班长。突然间蠢蠢欲动，要写长篇了！此际王蒙人到中年，灰头土脸。他在妻子鼓励下，发誓要写长篇，惹祸也要写！岂知 1979 年脱稿后，世风大变，他被迫藏匿书稿，直到 2012 年，才被家人发现。

看来“吾国无史诗”说，命题沉重。王蒙执意写史诗，险险乎成了废纸。为何死而复生了？玄机一转，指向儒家文明的森严等级、内部制约。1947 年，任乃强发现藏传史诗《格萨尔王》，这说明中国无奇不有！不过它远离中原，耐人寻味。1956 年陈寅恪作《论再生缘》，自称少时喜读小说，厌恶弹词。后来精习西语梵文，遍读其史诗名著，始知“所言宗教哲理，远胜吾国弹词也”。

风景这边独好

陈文留下模糊提示：其一，江南弹词繁复冗长，其文体几与西方史诗无异。其二，吾国弹词内涵不足，缺少宗教哲理。中国到底有无史诗？看来关键首在文体，次在哲理。所以我由文体入手，步步设问如下。

问题一：老王落难新疆，何以如此多产？他坦言：“新疆是我的乐园，即使在苦难岁月里也罢。新疆是我的亲人，即使人际关系受到扭曲也罢。新疆是一幅最绚烂最悠长的画卷，新疆是一个充满幻想和野性的地方。”依照汉人俗见，老王这是天目开张了。所以他写了短篇，又写长篇，死活要完成一幅“最绚烂最悠长的画卷”！王蒙的新疆朋友，却另有一番说道。

维吾尔族作家阿拉提表示：“老王在困难日子里也没放弃自己，他学习维吾尔人的语言文化。新疆人民选择了他，让他变成一个普通活命人。”老天有眼，安拉圣明，王蒙在伊犁乡下，变回普通人啦！他若不开心，朋友就劝他喝酒：“老王你是作家，真主会支持你。一个国家没有皇帝不行，没有诗人作家更不行。”王蒙因此明白:“聚餐是一所学校,说笑是教养男人的方式。”

问题二:史诗展示辽阔地域,炫耀异国风情。老王走运,一头扎进了新疆后花园:那里雪山森林环绕,激流奔腾而下。边疆气候变幻无常:一时大雪纷飞,一时风和日丽,让人领悟唐诗里的惊喜:忽如一夜春风来,千树万树梨花开!伊犁的大小绿洲上,居住着十几个民族。对于王蒙,这又是天赐良机!他庆幸道:新疆的民族分布丰富多彩、闹热红火!据我统计,《这边风景》写了10个民族,即汉,回、维、蒙古、锡伯、塔塔尔、哈萨克、俄罗斯、乌兹别克。这些人物个个有名有姓,还有一个五代词人李珣,老王说他祖上来自波斯。

西域歌舞,妙曼轻柔。唐代诗人岑参,当年初识胡旋女,不由得神魂颠倒:“凉州七里十万家,胡儿半解弹琵琶。美人舞如莲花旋,世人有眼未之见”。可在王蒙小说中,漂亮女孩随处可见,她们巧笑如魇,美目顾盼。塔塔尔族美妇人莱依拉,更是国色天香!老王加注曰:莱依拉与英语同,是百合花之意。

纪晓岚在迪化时,一度垂青西域移民妇女:“蓝帐青裙乌角簪,半操北语半南音,秋来多少流人妇,侨住城南小巷深。”楚楚动人开了头,却没有下文。又写乌鲁木齐某同知查案,“破门而入,见俩情侣,裸体拥抱而死”,接着是一段酸词:鸳鸯毕竟不双飞,天上人间旧愿违。

王蒙不然:他写边疆人的恋爱婚姻,有头有尾,充满理解与同情。小说第11章描述维吾尔族美女乌尔汗,在俱乐部里翩翩起舞,如痴如醉:“这个15岁的姑娘,出挑得明光耀眼。她在跳《迎春舞》,舞曲出自《十二木卡姆》:它让乌尔汗轻盈起舞,越来越激扬,流露新中国成立后的春色满怀,又在欢乐中表现感恩和祈求。”再往下看,这妮子会让你牵肠挂肚!

问题三:史诗作者擅长吟唱。王蒙呢?不但维语说得好,羊肉吃得香,还喜欢赶着马车,领略伊犁人的夜半歌声。朋友们确认:老王酷爱维吾尔族情歌《黑眼睛》:“麦西莱甫晚会热闹非凡。乐手沙依提江大叔为他演唱时,王蒙静静地听着,双眼噙满泪水”。中国西域史上,何曾有过善解风情至此的中原文人?李白出生碎叶,可他不会像王蒙那样,“一讲维语就春风得意”。王蒙写《这边风景》,是先用维语构思,再译成汉语。可见他的情感思维,与百姓水乳交融。老王踏歌而行,如诉如泣,讲述各民族悲喜故事,这难道不是史诗么?

工作队下乡了

史诗旧案,经陈寅恪先生一招点破,学生我这里斗胆议论了。以我拙见,《这边风景》虽有西洋史诗皮相,也混杂苏联小说血脉。其中《静静的顿河》、《远离莫斯科的地方》,作为20世纪革命史诗,无疑让王蒙刻骨铭心:对于这位少共作家，“青春就是革命，就是爱情，就是文学，也就是苏联”。

请看《远离莫斯科》：它大开大合，上下两卷，《这边风景》与之旗鼓相当。阿扎耶夫描述一群首都青年高唱战歌，前去远东。王蒙豪情满怀，奔赴新疆，几乎如出一辙。再看肖洛霍夫少年得志，20岁写完《顿河》第一部。面对奔腾的伊犁河（比顿河不差），剽悍的哈萨克（哥萨克又如何），王蒙岂肯低人一头？

自鲁迅起，中国作家对于舶来洋货，顺手拿来，见怪不怪。所以王蒙尝试写一部原汁原味的革命史诗，这是好事。困难在于革命冲波逆折，几度跌入深渊，令人不堪回首。小说中一系列事件，前有解放战争，抗美援朝、土地改革，后有“大跃进”、“人民公社”、“社教运动”。这些陈芝麻烂谷子，值得大动干戈么？可在美国汉学家费正清眼中，它们谱写了“人类史上最伟大的革命”！

《这边风景》第1章，豁然拉开新疆的红色大幕。1962年“伊塔事件”爆发，谣言四起，边民外逃，裹胁一批不知情的老百姓。乌尔汗的儿子被人骗走，看仓库的廖尼卡被人打晕，大批粮食不知去向。“这些杂乱无章的动乱苗头，迅速笼罩边境的乡村，就连一向乐观的老伊犁人，也开始惴惴不安了”。

维吾尔族中农阿西穆，本是真主的恭顺子民。他听长老说过：每隔若干年，世上就会出现一批灾星，也叫哎鸠鸡牟鸠鸡。当年西征的蒙古人、鞑靼人中，就有哎鸠鸡牟鸠鸡。后来又有日本鬼子，马仲英，还有国民党，乡约，乌斯满匪帮。新中国成立后过了十几年安定生活，为什么又乱了？生产队长告诉他：“哎鸠鸡牟鸠鸡就是阶级敌人。所以才有共产党，领导百姓开展斗争！”

第39章红旗招展，工作队进村了！整个公社一派欢乐。“行人止下脚步，赶车人收紧缰绳，抱孩子的妇女走到门口，向社教干部招手。工作队长尹中信，吃下一大碗胡尔炖，开始宣布群众纪律。晚会在操场举行。门口停满了四轮车、胶轮车、带斗的拖拉机。牧业队竟从几十公里外骑着伊犁马赶来了。电影银幕拉起来，放映机响起来。下雪了，雪花飞舞，越下越大，但没有人离开。”

费正清看中国革命

王蒙追忆工作队文化，悚然动容：自鸦片战争以来，能将偌大国家和人民团结起来，改变一盘散沙状况的，正是毛主席和共产党！（《这边风景》454页），他添加按语说：“工作队下乡，这是一个本事，一个成功经验。美国学者费正清指出，国民政府一旦离开城市，就失去影响力、控制力。历朝历代，能像共产党这样把自己的政治意图贯彻到村村户户的，再无先例。”

王蒙好学，无书不读。他曾邀我去开会，商讨中国作家学者化，又请我修改英文稿,以便他赶去欧洲发言。这让我刮目相看,开始视他为一架精密观测仪:从中我可以把握中国改革的温度、速度,及其中西化合的程度、限度。近来老王学问大进,开始涉猎美国汉学,这让我有些手忙脚乱。

费正清与中国有缘。他是我的研究重点,也与《这边风景》密切相关。早在抗战中,费氏已结识中国共产党领袖周恩来,参观过八路军根据地。其时他在重庆分析战况,一再向华盛顿发报,称“中共不是苏联傀儡,中国革命极富本土性,具备强大内生动力”。抗战胜利,国共相争,他又在《纽约时报》撰文道:“中共终将胜出。原因在于中共一大法宝:群众路线。这个党深入乡村,发动群众。”

费正清历时半个世纪,写成《伟大的中国革命》、《中国:传统与变迁》。至晚年,他又调集欧美大腕,编撰《新中国史》、《剑桥中华人民共和国史》。针对中国文化特性,及其纷杂思潮,费氏有一评语,恰好注释王蒙小说的复杂性:“中国人依据他们承袭的境况、制度和价值观,以自己的方式来对待现代化。在此基础上,中国革命造就一种新的中国文化综合体,其中中外因素彼此交织,达成共识。但是千万别得出结论说:他们变得像我们了!”

至于《这边风景》中的极左政治,费氏也有冷静分析:“中国现代化不得不比多数国家走得更远,改变更多,这是因为它停滞得太久了。结果便有一股惰性遏制力,让中国革命带有痉挛性,时而从内部抑制,时而迸发出破坏性。”

费教授1991年去世,未能读到《这边风景》。王蒙满头华发,仍在《苏联祭》中痛说家史:“世界上第一个社会主义大国的立破兴衰,人类在这块广袤土地上进行的实验,个中的经验教训,爱恨情仇,都会长久地留在史册上。”

至于新中国文学,王蒙赞扬周立波的《暴风骤雨》,称许孙犁的《白洋淀》,说它们充满乡土气息,反映深刻变革。但它们能否经受历史考验?老王分析来分析去,认准毛病出自文化传统:中国自古推崇文以载道,视文章为经国大业,又把小说当成政治工具,结果养成一种“泛政治化、泛道德化倾向”。

陈寅恪:史诗合一

“五四”学者痛批传统文学,指其迂腐陈旧,缺少反思启迪。荷马史诗里,能有多少哲理思辨?请看德国哲学家阿多诺的《启蒙辩证法》。

《奥德赛》讲述希腊英雄俄底修斯,在打赢特洛伊战争后,率部返乡的经历。阿多诺说:俄氏为了返乡,不断与命运搏斗,最终否定了自我。途经塞壬岛时,他命水手用蜜蜡封耳。女妖歌声传来,令人欲仙欲死,可惜众水手听不见,齐心划船远去。塞壬的神秘世界就此崩溃,西方英雄昂首步入文明!这说明俄氏通过自控，获得主体意识。身为启蒙英雄，他又彰显了工具理性。

难道中国文学，一无反思批判？以纪昀《阅微草堂笔记》为例。纪昀皮里阳秋，装神弄鬼，鲁迅却袒护道：他是不信狐鬼的，不过对愚民，不得不以神道设教。又说纪昀生在乾隆法纪最严时，竟敢借文章攻击礼法，以当时眼光看，算得很有魄力。再看陈寅恪。先生中年饱学，“于弹词复有所心会。衰年病目，唯听读小说消日，偶至再生缘一书，深有感，遂草成此文”。

我辈愚钝，一直不明白先生偌大学问，为什么看重陈端生、柳如是？后读冯友兰、周一良纪念文，始有觉悟。中国封建史学，多为断朝烂报，大人传记。复经历代毁禁，不仅残缺，更多扭曲。陈寅恪革新近代中国史，掌握百科全书式的丰富资料，远超古人。先生又长于贯通，巧于补缀，因能化腐朽为神奇。

此乃何等妙法，竟能掀翻旧案？1957年先生在中大讲课时，偶尔透露心迹道：“我之所以用唐诗证唐史，实因唐自武宗后，历史记录多有错误，复杂难辨，另有许多史料遗留国外。但唐诗中保留了大量实录，反映当时社会现实。”

此一将诗补史、史诗合一的新方法，让先生在麻乱一团的明清诗词笔记堆里，赫然发现地火穿行的近代史诗！其文言格式，掩不住风流放诞的靓丽人生，其冗长叙事，饱含着毫无拘牵的自由梦想。

王蒙：小说人语

中国文化的“优越性”，在于造就一个傲慢保守的自闭系统：它内有严厉缜密的抑制手段（查禁图书，修编国典），外有狂躁偏激的冲击破坏（农民起义、政治运动）。费正清为此扼腕道：中国革命自有一种痉挛性，它反复发作，伤及国体。

老王捂盘惜售40年，直到改革大波又起，方才激活旧稿，推出“考古文本”。这说明什么？上一轮痉挛总算过去了。王蒙的侥幸，让我如释重负：中国文化系统，终于变得宽容大度了！再看纪昀与王蒙，他俩同为当朝一品，也都以犯官身份流放新疆。老纪忧谗畏讥一生，硬是没有老王的运气！

如何让荒诞年月再现，于后世有所交代？老王胆大妄为：他在《这边风景》每章之后，补写小说人语，自称是模仿司马迁的“太史公曰”，蒲松龄的“异史氏曰”。窃以为，老王用他79岁的老辣眼光，反思他39岁时的创作，实为寻求一种史诗对话！而他没完没了的倾诉，既像白头宫女的唠叨，也暗含“作家变学者”的欲望。其吊诡之处，在于他能否借力司马迁，将《这边风景》变回一部史诗？对此我不敢妄断，随手摘录一些段子如下，敬请行家过目。

关于群众路线：《这边风景》第22章写县委书记赛里木下乡，与社员一起收割扬场。收工后,他就便住进大队部。老屋失修漏雨,几张桌子当床。可他觉得接地气,心里很充实。夜深了,书记的鼾声愈发均匀。小说人语:当年与老百姓打成一片,这种干部形象令人难忘。历史的魅力在于它的纵深、丰富与距离感。(第 278 页)

关于革命浪漫:第 35 章写三个女人一台戏。雪林古丽是村里的美人儿,可她婚姻不幸,郁郁寡欢。队长妻子米琪尔婉,时常宽慰这个苦命姑娘。她俩共有一个闺蜜,那是来自湖南的女农技员杨辉。听说工作队要进村,三人一边做晚饭,一边商议如何迎接工作队,又憧憬今后的好日子。小说人语:那时共和国多么年轻,那时年轻人更浪漫,更会发烧,更容易上当。(第 454 页)

关于阶级斗争:小说中除了地主恶霸,还有苏侨协会的木拉托夫,叛逃未遂的科长麦素木。小说人语:阶级斗争是事实。如能贴近生活,而不执着于基本教义,人们就会舒服一些。要求干净彻底地消灭对手,这样的思路略显修辞化了。共产党重视文学,可我们缺乏科学精神,习惯于以诗治国。(第 443 页)

关于"极左思潮":第 41 章写工作队员章洋,与七队队长发生冲突。小说人语:章洋的执拗,是重要小说元素,奥赛罗、项羽、李自成都有这种性格,传统文化包含一种自毁程序。章洋具备阶级斗争的理论与激情,追求斗争的修辞化、表演化,结果是没事找事,恶性循环,越来越左。(第 521 页)

关于"文化大革命":第 57 章写工作队长尹中信的日记:7 月 10 日我要赶到伊犁区党委报到,开始筹备下一期社教运动。小说人语:作者写来写去,批判的是极左。他还找到一个说辞:毛主席批判桃园经验,说那是形左实右。但社教还没来得及收尾,干脆进入了更强劲的"文化大革命"。

关于生活与政治:第 16～18 章写伊犁人通过考验,变得正常如初。一眼望去,主宰生活的仍是春耕夏耘。人们在茶棚里遥望星空,大饱口福,彻夜畅谈。小说人语:奎克其(哈密瓜名)流淌的是幸福,卡哇普(烤肉串)发散的是满足。不妥的政策会扭曲生活,劳动人民的生活,却能消解左的荒唐。(第 228 页)

王顾左右而执中

《伟大的中国革命》结尾,费正清出示历史 X 光片:其一,西方人梦想改变中国,给它套上洋马鞍。他们两次对中国文化发起冲击,自由主义一次,马克思主义一次,但中国迄今保持大一统文化连续性!其二,新中国成立后出现两轮剧烈循环:"大跃进"与"文革",费氏戏称是"民粹派痉挛"。每次痉挛后,都会重提经济发展。这便造成中国革命的两极化:左右摇摆,新旧激荡,城市与农村轮番突出,复古与西化争执不下。费氏诘问:不知何时消停,不再循环了？

呼应老费，老王在《这边风景》后记中表示："许多事情都改变了，但生活依旧，人性依旧，火焰仍然温热，拉面条和奶茶仍然甘美，亭亭玉立的后人仍然亭亭玉立。万岁的不是政治标签，权力符号，而是生活，是鲜活的生命。"

2008 年老王蒙做客凤凰卫视。面对尖锐提问，他理直气壮道：北岛有句名言，"我告诉你我不相信"！我若写诗，就是"我告诉你，我们相信"！面对新一轮左右相争，老王主张渐进变革。其理由是："中国走了很多弯路，吃了太多激进主义的亏。现在又有急切情绪，这与以往的激进一脉相承，很危险！"

王蒙早年是右派，中段形左实右，如今孰左孰右？铁凝说她认识两个王蒙，一个是退休高官，一个是讲维语的新疆人老王。毕淑敏读王蒙小说，发现他一直厕身于政治与生活之间，搅和稀泥，化解矛盾。查建英进而推断：王蒙是主流温和派，他体现中庸之道。我的说法更传统一些：王顾左右而执中。

当年陈寅恪写完《钱柳姻缘诗释证稿》，留下一首《稿竟说偈》：刺刺不休，沾沾自喜，忽庄忽谐，亦文亦史。述事言情，悯生悲死，繁琐冗长，见笑君子。得成此书，乃天所赐……时逢老王八十大寿，谨以此诗庆贺之。

赵一凡：中国社会科学院外国文学研究所

历史的前进性与多元文化的交融

陈晓明

今天我们面对王蒙先生这部尘封已久的作品，我个人的阅读感受十分强烈，我以为面对这部作品我们怎么高度重视都不为过。这倒不是因为王蒙先生德高望重，是我们的师辈，我们要用尊敬的语言去肯定他；而是多年之后重现的这本书，确实是一部奇书，饱含着独有的历史丰富性。特别是在30年后的今天，可以重新理解文学史上的很多问题。

我试图从三个方面去理解这部作品。其一这部作品是为历史作传；其二是它如同一部多文化协奏曲；其三是在表现手法方面，它具有多声部的杂语叙事特点。

先说其一。何以见得是为历史作传？尽管说王蒙先生自己对这部作品可能都带着矛盾的态度，1978年他修改过一阵子，却又以为不合当时到来的新时期时宜，他封尘了30多年。还是由王山和刘颋再三坚持下，他才同意让它重见天日。文学史上有不少大作家对他自己作品的态度和后来产生的影响大相径庭。卡夫卡最为典型，还有托尔斯泰对待他的《哈吉·穆拉特》，后者一直修改，到死也不愿意发表，但却是作为自己写作的最重要的纪念，放进棺材里。我们今天把《这边风景》发掘出来，大家都有阅读上蒙受的冲击，在那个时期王蒙先生写下如此精细的作品，令人惊异。虽然它打上时代烙印，政治明显介入到这部作品中，我们会因此在评价上却步或犹豫不决。我们虽然敬重王蒙先生，似乎也很容易尊重这部作品，我们还是怀着一种犹豫，还会有一些东西没有释怀。因为我们在理论上没有解决这个问题：即怎么看待在社会主义革命时期王蒙先生写下的这部作品，我们如何面对“社会主义文学”这个概念去正面阐释它。似乎我们现在是把“社会主义时期”、“社会主义文学”、“革命政治理念”这些概念遗忘后才能解释这部作品。我以为这不是历史的态度。“社会主义文学”到现在并没有解决创作实践的问题。其实现代文艺理论在很大程度上都偏向“左倾”，从“西马”、女权主义、解构主义、后殖民理论、身份政治等等。“文革”后我们的文学理论与批评的发展，因为学习西方却显得是右倾，被指认为“资产阶级自由化”（这可能是因为我们的“左倾”实在太左的缘故）。以至于当代与“西马”、解构主义、身份政治相关的理论批评都具有右派的特征。这是奇怪的现象，也是中国语境使然。王蒙先生曾经就是右派——这个有着真诚“少共情结”的人是右派。20世纪中国文学理论与批评与创作实践的差异，甚至背离，是因为我们的理论批评没有真正有效解释社会主义革命时期的文学作品。我们只是在政治上翻烙饼，相互简单颠倒。马克思主义左派理论出了那么多大理论家，但我们没有有效地解释社会主义革命文学的创作实际，“西马”没有，前苏联没有，我们也没有。而在今天，我们也只是把它们称之为政治化的、概念化的文学就想终结它们曾经开创的历史。王蒙先生这部创作于30多年前的中国社会主义如火如荼时期的作品，其实为世界文学及其理论批评在这一个维度的拓展，提供了一个极其有效的范本。

我觉得王蒙先生这部作品应该放在前苏联高尔基《母亲》、《在人间》，以及后来的肖洛霍夫的《静静的顿河》这个谱系中来理解，不再是“现实主义”这个纲领底下来阐释，而是要直面“社会主义革命文学”这个大概念来阐释。从我个人来说，我对于理论和创作是采取多元的态度的，我觉得只有采取多元论的视角，我们才能够更加去接近我们称之为的世界文学。世界文学到今天面临一个巨大难题，西方现代主义是消极颓败的文学，这是因为反现代性的历史观是一个颓败的历史观，审美的现代性的核心美学就是颓废美学。艾略特、波德莱尔、普鲁斯特等等，都无不是如此。以时间的消逝、暂时性、颓废、失败对抗现代性的进步性、整合性，以及巨大的历史理性抱负。但社会主义革命文学要与其现代性理念，巨大的历史理性抱负同步前进，试图创建一个关于历史进步（历史的前进性）的文学概念，社会主义革命文学的主人公是以历史新人的姿态出现的，要以积极的现实态度，从事面向未来前进的创造事业。这样一种面向“前进的”文学你不能说它没有存在的道理，它与资产阶级文学（历史颓败的、批判式的）相去甚远。尽管我个人对反现代性的审美现代性以及后现代主义的审美观是持同情和理解态度的，但我也同时知道，追寻历史前进性的、创建正面积极“新人”形象的文学并非没有其历史合理性。中国的20世纪文学一直在创建一种前进的、正面积极的叙事，在这一意义上，王蒙先生的《这边风景》这部作品在这方面确实提供了一个饱满的，充分的范例，它在独特的历史时期，为历史作传，写出历史上的一种渴望，一群人在历史中的活动，它们也想创建一种历史，我觉得王蒙先生这部为那个时期留下了一种证词。尽管他其实对那个时期的表现也包含着矛盾和犹疑，但相当真实地还原了那个时期的历史实践。例如，他创建了一个正面的、积极的、承担起责任的主人公,维吾尔族的生产队长伊力哈穆。它首先确实是一个少数民族的人物,但他又能理解历史先进性,能承担起如何引领村民走在生产劳动创建自己生活的正确道路上。在当时政治语境当中必须要写出历史的前进性,王蒙当然不能回避当时的所谓阶级斗争,但是可以看到他把阶级斗争降到最弱化的状态,故事的主线是一个叛逃的故事,伊萨木冬却并不是主要人物,他最终还是回来了,而且得到了谅解,这个处理是非常有意思的。实际上消解了其中所谓阶级斗争的主线,更看不到两条路线斗争的实际线索。但是,通篇可以看到伊力哈穆带领村民劳动生产、在困难时期创建自己生活的这种故事。通篇洋溢着对生活的热情,写出维吾尔族人民克服困苦、拥抱生活,永远不丧失生活信念的激情。

其二,这部作品可以称得上是一部文化协奏曲,是多民族文化交融的真实记录。刚才大家都谈到这部作品写到民族和解的东西非常有价值,在那样阶级斗争盛行的年代,在这个多民族交往的村落,却处处体现出和解的伦理。不同的文化可以相安无事,不同的信仰也可以共存。里面显示出来的多种文化的交融很多细节,如生产劳动、生活习俗、婚姻等等。其中尤其写到汉民族和伊斯兰文化的关系,还有哈萨克、回族也融入在其中,我觉得这种文化交融在当时是非常了不起的,王蒙先生对各民族生活都表现得非常到位细致,甚至都经过了维吾尔族专家的审读。刚才那位维吾尔族专家对这部作品评价,对所有生活细节没有提出疑义,这非常不容易。另外,我还注意书中的一些细节描写表明,当时伊斯兰教还相当活跃,有几个老人总是把伊斯兰真主挂在嘴上。这些描写让我这个外行挺意外的,在无产阶级的继续革命的强大专政力量下,"文革"时期伊斯兰教居然还能够存在,这倒是有意思的现象。应该感到惊叹的也许在于,在多元文化交融中能体现出历史的前进性,或许王蒙先生对历史的前进性只是依赖二个支撑点,一个是伊力哈穆这个主要人物,另一个是多民族共同生活共同劳动的现实。也就说,这里的前进性没有多么强大的历史理性,甚至没有任何概念化的阶级斗争,路线斗争的表现。它只是主要人物的正面品质,只是生产实践的积极性。

这部作品中的细节描写让人感受到当时正值壮年的王蒙先生笔力强健。小说处处透出生动的生活质感,刚才有顺兄谈到了一个穿针引线的细节。我也读到一些细节,例如,麦素木差他老婆去买牛肉,结果弄来一个牛脖子上的肉,被他扔了,黑狗抢去吃,他又不甘心,与黑狗大战,抢下来一半炒着吃,结果肚子就不舒服。另一个村民去找他的时候,麦素木正蹲在厕所里。在那个年代能够写下这样一种细节,写下这样一种过程,充满反讽和幽默。还有两个人在吵架,这个过程持续了一阵子,吵完架,王蒙先生没有忘记交代烤炉上的馕烤糊了。

《这边风景》值得称许的是写了一大群少数民族女性的形象，整部作品有80多个人物，其中有20多个女性形象，都写得相当细致生动。其中写到雪林姑丽和吐尔逊贝薇、狄丽娜尔的深厚情谊，她们三人相依为命，王蒙先生的笔触对少数民族女性充满了同情关心，把她们写得那么优美，将她们之间的姐妹情谊写得楚楚动人。要是西方女权主义批评家发现这部作品，也能够读出崭新的女权主义内容。

其三，这部作品显示出多声部杂语相交的叙述。一个层面是叙述、细节描写和抒情性相交合，这是叙事的杂语多声部。另一个层面是作者让不同的人物都有充分表现，甚至表演。并不完全把他们用好与坏、善与恶的压制成扁平的人物，而是他们都有戏，他们都有自己的个性和丰富性，这是人物的多声部。再一个层面是因为融合不同民族的生活，这部作品的叙述呈现出不同的对生活的态度、价值评判、信仰与生活习得的尊重，它必然让生活本身显现为多声部（这一阐释需要具体的文本分析来展开论证，限于篇幅，只是提纲挈领谈及）。

当然，小说叙事自始至终贯穿着王蒙先生对历史前进性的信念，对历史之正义的向往，这样的向往是包含着“少共情结”的，这点我们不应该回避，他很可能是极少数的始终保持着“少共情结”的作家。当然，因为他的胸怀的宽广和思想的敏锐复杂，他对中国传统文化的兼收并蓄，“少共情结”不是直接和硬性的理念，而是生活世界中的永不消逝的光明和对美好的永不放弃的肯定。

陈晓明：北京大学中文系

“旧作”复活的理由
——《这边风景》五题议

郜元宝

版本学难题？

2013年4月，花城出版社隆重推出王蒙据说动笔于1974年的上、下两卷，60多万字长篇小说《这边风景》，引起文坛震动，有说是新疆历史、社会和文化习俗的百科全书（姑丽娜尔）；有说是汉语世界有关西域的最重要文献，“深入西域，又写出巨幅长篇者，王蒙堪为古今第一”（赵一凡）；有说是“文革”与“十七年文学”真正“落幕之作”（雷达）；还有批评家认为此书一出，不仅如王蒙本人所说，找到了他的“清蒸鱼的中段”，其60多年创作历程因此变得完整，而且“十七年”、“文革”乃至整个“中国当代文学”也因此由残缺走向完整，此为三个完整说（王干）。许多人还认为，这部在王蒙迄今为止的文学生涯中耗时最久、篇幅最长、人物最多的奇书，撇开当下读者不难理解和剥离的过去时代政治文化印记，单就叙事内容而言，也是这位传奇式作者所有作品（包括长篇）当中生活积累最厚实、多民族文化生活细节最丰富（有人说是“排山倒海”）、感情投入最丰沛、艺术（语言）表达最酣畅的一部，其重要性无论如何估计都不为过（陈晓明）。

也有人提出质疑，说这部主要写于“文革”后期、取材20世纪60年代初至“文革”前夕新疆生活的长篇，果真能出污泥而不染，冲破“文革文学”的沉重帷幕，成为那个年代在文学上的一个成功例外吗？尘封40年之久的“旧作”重见天日的理由究竟是什么（陈冲）？

而就在批评家和学者们各抒己见之时，一个版本学上的难题也困扰着大家。

请看书后勒口“关于本书”的一段介绍性文字：

“本书写于1974至1978年，后因各种原因未曾出版，一直放在库橱里。

2012年作者重新发现并审读了书稿，做了必要的修改，添加了目录、人物表和每个章节后面的‘小说人语’，在基本保持原貌的情况下，郑重交由花城出版社出版。”

“目录”、“人物表”、“小说人语”很清楚，都是2012年添加的，但小说正文何处做了“必要的修改”？怎样是“基本保持原貌”？仅仅根据这段文字，难知其详。“下卷”交代那位“左”得可爱的“四清”工作队长“章洋”后来经历了“拨乱反正、平反冤假错案、改革开放、动乱、市场经济、唱红歌和薄谷开来杀人案审判”，一望可知是作者撰写的“情况介绍”所谓“适度地拉到新世纪来”，但除此之外，正文部分哪些是2012年4月至8月两次“校订”对“1978年8月7日”作者在北戴河完成修改的那个“初稿”再一次“必要的修改”？

笔者2013年5月开始阅读《这边风景》，将近一年之后才动笔写这篇评论模样的文字，主要就因为始终无法驱除这个疑问。许多次读到某些看上去似乎不太像“文革”时期王蒙能说的话时，总疑心那就是2012年的添改。可继而又想，为什么一定是2012年的添改，而不是1978年北戴河的修改，或“情况简介”所谓1979—1980—1981年间多次“试图动一动，作一番起死回生的拯救”时可能的局部调整呢？王蒙思想和用语往往超前，1984年《在伊犁》系列之一《边城华彩》就写到“被拜年”，而“被什么什么”的结构最近两年才一度成为网络流行语！根据个别文字判断小说正文具体写（或改）于何时，十分危险。

可一旦放弃这种努力，经过1978年北戴河修改、1979—1980—1981可能的多次改动，尤其2012年两次校订之后，大约1976年底完成的真正的初稿在最后出版的校订本上还会留下多少“原貌”，就不得而知了。

理论上可以说，正式出版的《这边风景》很可能叠合了上述四个不同时期创作和修改的文本，所以研究者和批评家遭遇的困窘就不难想象：他们是要将前三个创作和修改阶段理论上存在的三个本子和最后出版的第四个本子分而治之，还是综合起来？分而治之的线索是什么，综合起来的根据又在哪里？

《这边风景》似乎带来了版本学上无法破解的难题。

巨大的历史连续性

如果说1978年如何对待1976年底初稿，1979—1980—1981如何对待1978年修改稿，王蒙可能多少有点身不由己，不得不根据当时政治气氛和文学风尚而反复修改旧作，那么到了2012年，如何处置“重新发现”的旧稿，应该完全是他本人的事，谁也不能干涉了。他可以一字不改就出版，那么读者看到的便是一个时间概念清晰的历史文本。但这不是《这边风景》的命运。无论自觉还是不自觉,王蒙自始就没有遵循保存手稿原始样态的原则。

当王蒙1978年6月应中国青年出版社邀请在北戴河动手修改《这边风景》时,我们有理由认为世上还存在着《这边风景》在此之前的某种原始样态,但这个原始样态何时完稿的呢?现有材料(王蒙自传、自述、答记者问、出版说明以及曹玉茹《王蒙年谱》)都没有明确交代。据方蕤(崔瑞芳)《王蒙——"放逐"新疆十六年》记叙,我们知道1974年10月15日王蒙40岁生日那天决心恢复写作,很快进入状态,并请到创作假,不坐班而在乌鲁木齐家里安心写作。1974年底和整个1975年都在写《这边风景》,1975年暑假还回了一趟北京。写作时而顺畅,时而陷入困难,直到1976年10月6日"四人帮"垮台,"这下他可以放开手脚,大刀阔斧地写作了。经过许多个不眠不休的日日夜夜,他终于写成了初稿《这边风景》——"推算起来,初稿完成总要到1976年底至1978年6月之间的某个时日吧?为方便叙述,姑且名之曰1976年底初稿本。

至于最初动笔,目前一般认为是1974年,这是王蒙本人的一个说法,也和方蕤的回忆吻合。但王蒙在《这边风景》第38章结尾"小说人语"中又提供了另一个说法:该章阿卜都热合曼、伊塔汗老夫妇粉刷房屋一节"试写"于1972年。与此同时,"后记"还说"三十八岁时凡心忽动,在芳的一再鼓励下动笔开始了书稿"。也是王蒙自己撰写的"情况简介"则进一步交代,"1972年,我三十八岁时在干校开始考虑书写在伊犁农村的珍稀生活经验,并试写了伊犁百姓粉刷房屋等章节"。看来可以肯定,1972年在乌鲁木齐南郊"五七干校"学习的王蒙就已经偷偷"试写"《这边风景》的部分内容了。80年代初《逍遥游》(《在伊犁》系列中最"纪实"的一篇)也说,"七十年代初期,我和我的少数民族干校学友,常常用谈论伊犁来抵挡生活的寂寞和沉重,来激发我们对于生活的爱恋和信心。我们还常常用将来干校'毕业'以后'回伊犁去'来自我安慰和互相安慰",那正是"文化工作多多少少有了一点恢复的可能的时候",在相对宽松的政治环境和思念伊犁的心情下"试写"一点关于伊犁的文字,是顺理成章的事。但某些回忆确定1974年生日为执笔之始也不错,因为"试写"粉刷房屋时或许还不曾想到真的会由此写出一整部长篇小说来吧。

最初动笔时间提前至1972年,对我们理解此书的年代背景并非毫无用处。从1972年"试写"部分内容,1976年底完成初稿,到1978年6月去北戴河,这中间如果因为忙碌不再有任何改动,则1976年底初稿可算是《这边风景》真正的原始样态,它的创作始于"文革"后期的1972年,大约完稿于"文革"结束的1976年底,跨越"文革"和"文革后"两个时代,已经不是严格意义上的"文革文学"了。

但文学史上结束“文革文学”、开启“新时期文学”的公认标志，是1977年12月《人民文学》发表刘心武《班主任》以及1978年8月11日《文汇报》全文发表卢新华《伤痕》这半年左右所谓“解冻时期”，《这边风景》1976年底初稿早于“新时期文学”发端整整一年多，在通行的文学史叙述习惯上，称它是互相关联的“十七年文学”和“文革文学”的“落幕之作”是不错的。问题在于，今天的读者尚不能看到“落幕之作”的原始稿本。《新疆文艺》1978年7～8月连载过《这边风景》第1～5章，不管这是1976年底初稿，还是1978年陆续完成的修改稿，经过1978年6月至8月集中精力的修改，1976年底初稿作为整体，除非另有抄存留底，否则就不复存在了。

再看1978年8月7日完成的“初稿”（其实是第二稿），倘若及时出版，就该属于“新时期文学”，但这样的事并未发生。考虑到1979—1980—1981年间曾试图“作一番起死回生的拯救”，并在1981年2月浙江《东方》杂志上以《伊犁风情》为题发表过片段，加上1978年7～8月间《新疆文艺》连载的第1～5章可能包含的北戴河修改内容，《这边风景》的部分章节还是有理由进入“新时期文学”的范畴。

设想将来倘若正式出版2013年3月21日由王山、刘珽发现的旧稿，我们得到的也只能是1978年8月7日北戴河改定的第二稿，或截止1981年某一时日的修改稿。若是前者，则1978年如何修改1976年底初稿，尚需查考；若是后者，则1979—1980—1981年间如何修改1978年第二稿，也有待研究。

这是王蒙第二部长篇，和第一部长篇《青春万岁》一样，都经历了漫长的历史风雨的冲刷。所不同者，《青春万岁》1953年开笔，1956年定稿，到1979年出版时，未听说有任何改动。《这边风景》则一改再改，最后出版的并非曾经有过的三种稿本的任何一种，而是经过2013年4月至8月两次集中校订的重校定本。

文学史家和批评家总想面对一个时间概念上铁板钉钉的“定本”展开研究和批评，据说这样才能建立文本和历史的确切联系。如果作家的经历富有戏剧性阶段性变化，文学史家和批评家就更希望其具体作品的写作时间能够明确在某个特定的历史时期。中国文学研究和批评史上的版本目录、作家年谱和作品系年，就是上述文学理念所鼓励的两件极其重要的工作。退一步，如果作家大肆修改他们的著作，那也希望是修改公开发表的版本，而非理论上存在但事实上不可得见的手稿，否则任何修改都将无迹可寻。王蒙竟然把《这边风景》的创作和修改（修改也是一种创作）从20世纪70年代初一直拉到21世纪第12个年头，一本书写了40年，是可忍，孰不可忍！而且都不是修改公开发表的版本，乃是在手稿上断断续续加以调整。可以想象在多次修改过程中，王蒙摄取了这40年来以新疆为中心的中国社会巨量信息，也把他40年来所思所想揉进了最后定本，甚至把《青春万岁》“序诗”呼唤的“所有的日子”都编织进去了，这就令“有历史癖和考据癖”的学者头痛，也给中国当代文学批评家们出了一道新的课题。

如果将来有人找到并公开出版1976年底初稿、1978年第二稿、1981年第三稿，加上2013年版本，《这边风景》就拥有四种版本，不管它们之间的差异是十分巨大还是非常细微，学者们也都可以根据蛛丝马迹，具体分析王蒙在四个不同历史时期怎样创作和修改，这样作家(文学)和时代的关系也就变得非常清楚了。

但至少在目前，我们所能据以讨论的只有2013年这个版本，其时间面目相当模糊。这不是王蒙的错，不是他的恶意的玩笑。王蒙没有在1972—1974—1976年间立志将一部长篇小说初稿藏之名山，然后陆续修改，并算好要赶在2013年予以出版。这一切都不以人的主观意志为转移。不是王蒙作弄了历史，而是历史作弄了王蒙，作弄了文学。但被作弄的王蒙和他的文学反过来又以这种奇特方式记录了历史。2013年版既然由历史造成，也就具有历史研究的价值——其价值就在于超越一段一段分割开来的文学史观，既囊括了1972～2012年中国当代文学各个阶段的丰富差异，更体现了中国当代文学这40年来实际上不容割断的巨大的历史连续性。

历史有许多跳跃和断裂，但历史也有超越跳跃和断裂的内在连续性。讨论中国当代文学的断裂与连续，再没有比写作和修改时间持续40年之久的《这边风景》更加适合的文本了。但由于目前我们暂时看不到作者历次修改的痕迹，看不到与这40年许多关键历史阶段相对应的稿本，据此研究历史的断裂(或并未断裂)尚非其时。我们只能把2013年版本看作王蒙花了40年时间，从1972年一口气写到2012年的一部完整的作品，一部作者在“后记”中所说的“老友的新著”，由此研究这部“新著”与其年龄相等的40年历史的对应关系，也就是研究这部“新著”所关联的当代中国40年的历史究竟在哪些方面显示了连续性，而小说反映的历史连续性，实际上也是作者对中国社会关注与思考的连续性。

笔者煞有介事地在“版本学”上绕了一大弯子，只是想肯定2013年版本的价值亦即它的独特的历史真实性，并不取决于它是否忠实地保留了第一(悬想为1976年底)、第二(1978)或第三(1979—1980—1981)稿本的“原貌”，而在于即使加入了少量的“后见之明”的修改(下文将从作品的结构与叙述逻辑推测这种修改很可能极小)，也是合理的，因为一写40年，恰恰更加有效地记录了中国社会的变化，恰恰更充分地体现了作者本人思考的历史连续性。

作者态度之转变与批评应取之策略

这就说到另一个问题，就是王蒙对《这边风景》前后态度的转变。

1972—1974—1976年，《这边风景》初稿完成，作者在新疆朋友圈里朗诵过部分章节，但并没有发表的野心，练笔而已。但1978年6月接受中青社邀请去北戴河改稿时，显然已准备将1976年底初稿修改之后予以出版。1978年《新疆文艺》连载第1～5章就透露了这点。后来不见继续，整部书也未出版，“情况简介”的解释是：

“同年（按指1978年），由于此稿大情节是以批判‘桃园经验’与制定‘二十三条’为背景的，最初以此来做‘政治正确’的保证，在形势大变以后，原来的政治正确的保证反而难以保证正确，恰恰显出了政治不正确的征兆。出版社觉得难以使用。”

可见1978年的修改并未调整“大情节”。换言之，作者本人并不太在乎由1976年底之前的政治正确到1978年的政治不正确的戏剧性转变，只不过因为出版社方面的考虑，而不得不暂时搁置起来，没想到由于作者当时正开始了“新时期创作喷涌状态”，这样一搁置就到了2012年。

现在可以查到王蒙公开提及《这边风景》的时间是1979年4月前后，当时已获平反但工作单位和组织关系暂时还在新疆的王蒙正进入第二个创作井喷期，《北京文艺》开始连载雪藏24年的《青春万岁》，《文艺报》记者、后来的著名评论家雷达不失时机采访了王蒙，恰逢他改好《这边风景》从北戴河回来，借住姐姐王洒在北京的家里。雷达题为《春光唱彻方无憾》的采访稿发表于《文艺报》1979年4期，其中说到“最近完成初稿的长篇《这边风景》，反映的就是新疆农村的生活，渗透了作者多年的体验”，不啻给王蒙第二部长篇做了广告。但雷达既未交代初稿写作时间是1972—1974—1976，也没有透露创作过程中遇到的困难。直到2000年方蕤发表《王蒙——“放逐”新疆十六年》，才有所交代：

“整个1975年，他几乎一直在我们家的斗室里伏案疾书，第一部作品便是以新疆维吾尔农村为背景的长篇小说《这边风景》。谁也不曾料到，他在写作中遇到了巨大的难以克服的困难。当时‘四人帮’正在肆虐，‘三突出’原则统治整个文艺界。王蒙身受二十年‘改造’加上‘文革’十年‘教育’，提起笔来也是战战兢兢，不敢越雷池一步。作品中的人物又必须‘高大完美’，‘以阶级斗争为纲’——他自己说，凡写到‘英雄人物’，他就必须提神运气，握拳瞠目，装傻充愣——因此，尽管王蒙有深厚的生活功底，也写得很苦，狠下功夫，作品却仍然不能令人满意。”

雷达也没有提到王蒙在北戴河修改初稿时仍然未能克服困难，对此王蒙本人三缄其口，直到2007年发表《王蒙自传》第二部《大块文章》，才做了详细回顾：

“一九七八年六月十六号一早，我们在北京站与中青社的同志会合，登上了经天津到北戴河的列车——我在这里改写新疆后期我所写的《这边风景》——写作当然是去北戴河的主要目的，但是写得糊里糊涂，放不开手脚，还是尽量往‘三突出’、高大完美的英雄人物上靠。我想写的是农村一件粮食盗窃案，从中写到农村的阶级斗争，写到伊犁的风景，写到维吾尔的风情文化。但毕竟是先有死框框后努力定做打造，吃力不讨好，搞出来的是一大堆废品。”

他对初稿以及修改稿的不满，主要是“先有死框框后努力定做打造”，“死框框”即“以阶级斗争为纲”的“主题先行”和“三突出”的“创作方法”。在观念日新月异、个人又进入新的井喷期的“新时期”修改“文革”后期的旧作，自然困难重重。

但王蒙并没有完全否定这“一大堆废品”，就在他向文坛抛出《夜的眼》、《风筝飘带》、《春之声》、《海的梦》、《布礼》、《蝴蝶》这6部被称为“集束手榴弹”的中短篇、更多后续之作正源源不断的1979—1980—1981年间，业已成为“新时期文学”领跑者的王蒙没有忘记写于“文革”后期、整体上不属于“新时期文学”的《这边风景》，试图对它“作一回起死回生的拯救”，甚至在1981年2月浙江《东方》杂志上以《伊犁风情》为题发表过片段，可见《这边风景》有他难以割舍的内容，只是时机未到，不愿或不便和盘托出。

20世纪80年代初修改《这边风景》以使它适应“新时期文学”整体氛围的努力，王蒙显然自认为失败了。但他在私人感情上对新疆的牵挂很快就成为一种不可遏制的创作冲动，催促他重写新疆经历。《这边风景》的修改既然如此不顺利，就不得不另辟新路。发表在1981年4月《民族文学》的重要文章《热爱与了解——我和少数民族》，透露了个中消息：

“我觉得很抱愧。这几年虽然我也写了点，写了四个反映少数民族生活的短篇，还有一个长篇，由于各种原因还始终没有定稿。它比起我喝的维吾尔族老大妈亲自给我烧的奶茶，比起我和维吾尔族朋友喝的酒来，我拿出来的作品还是太少了，我是欠着债的。这个债今后我慢慢要还。”

实际上王蒙并不是“慢慢”还债，他很快就放弃《这边风景》的修改，重起炉灶，这就是《在伊犁》系列。从1983年6月《哦，穆罕默德•阿麦德——〈在伊犁〉之一》问世，到1984年5月《边城华彩——〈在伊犁〉之八》发表，1984年8月《淡灰色的眼珠——系列小说〈在伊犁〉》由作家出版社出版，他的还债只用了不到一年时间。

"《在伊犁》,收篇幅长短不一的小说八篇,都是记载我在伊犁的所见所闻所经历的人和事。八篇可以各自独立成篇——但人物与故事却又互相参照,互相补充,互为佐证,可以说是从不同的侧面反映了那一段生活。"(《在伊犁·后记》)

就是说,《在伊犁》是独立自足的,当时很少有人会想到它的前身乃是一部未发表的长篇。王蒙本人当然不可能忘记《这边风景》。四五年后,有人问"是不是还写过新疆生活的长篇?"他就明确回答:"对,但实际没有写成,好多内容我把它放到《在伊犁》里去了。"(《王蒙、王干对话录》)。仔细分析《在伊犁》与《这边风景》的关系十分必要,也非常有趣,但先请允许笔者暂借《王蒙自传》第一部《半生多事》(2006年)的回忆,预测一下《这边风景》哪些内容写到《在伊犁》中去了,哪些内容没写进去:

"(1974年——笔者注)我也真的考虑起写一部反映伊犁农村生活的长篇小说来。我必须找到一个契合点,能够描绘伊犁农村的风土人情,阴晴寒暑,日常生活,爱恨情仇,美丽山川,丰富多彩,特别是维吾尔人的文化性格。同时,又能符合政策,"政治正确"。我想来想去可以考虑写农村的"四清","四清"云云关键是与农村干部的贪污腐化、多吃多占、阶级阵线作斗争,至少前二者还是有生活依据的,什么时候都有腐化干部,什么时候也都有奉公守法艰苦奋斗的好干部。不管形势怎么发展,也不管各种说法怎么样复杂悖谬,共产党提倡清廉、道德纯净是好事情。阶级斗争嘛总可以编故事,投毒放火盗窃做假账——有坏人就有阶级,有坏事就有阶级斗争,也不难办。就这样,以不必坐班考勤始,我果真在"文革"的最后几年悄悄地写作起来了。

我写了伊犁的肥沃土地,我写到我在伊犁看到过的的电线杆子发芽的奇景。我写到威武而女人的嗜茶。我写到伊犁地区其实是受俄罗斯人的影响勤于为房屋粉刷。我写到秋收,麦场,牛车,水磨,夜半歌声,婚礼,乃孜尔(祈祷)。我虽然举步维艰,我虽然知道即使写好了也无处可以发表,但一经写到了生活,写到了人,写到了苜蓿地,写到了伊犁河,仍然是如醉如痴,津津有味。"

2006年至2007年写《自传》时,王蒙对《这边风景》的评价是一分为二,既承认因为主题先行、奉行"以阶级斗争为纲"而造成"一大堆废品",又肯定"写到了生活,写到了人,写到了苜蓿地,写到了伊犁河",并强调写作状态"是如醉如痴,津津有味"。"好多内容我把它放到《在伊犁》里去了",当然指《在伊犁》对《这边风景》内容上的汲取,主要就是《自传》肯定的《这边风景》在阶级斗争之外所描写的人、物、风光、习俗,包括1981年《我与少数民族》提倡的"更深地反映少数民族的灵魂"。尽管一分为二,却并没有想到整个予以出版。他写《在伊犁》,虽然将《这边风景》作为材料、记忆和思考的渊薮,目的却是要用《在伊犁》来取代《这边风景》,来保存《这边风景》有益的内容。写完《在伊犁》,对《这边风景》“来一番起死回生的拯救”计划也算告一段落了吧?

其实没有。《在伊犁》并没有让王蒙彻底告别《这边风景》。五年之后(2012年),他对《这边风景》的评价陡然提高。尽管还大致保留了一分为二的说法,但进而认为那值得肯定的内容价值上超过了应予否定的,而应予否定的内容在新世纪已无伤大雅,可以“基本保持原貌”,予以出版了。

王蒙之于《这边风景》,始尔“试写”片段,不久兴奋地挥笔直书,继而在长期困窘和挣扎中时断时续进行修改,一度“死了心”,“承认无计可施”,不得已同意出版社的意见,搁置,冷藏,最后似乎意外地重逢、重读、重审、重新兴奋、重新予以肯定,直至赞同整个出版。40年漫长曲折的过程,前30多年波澜不惊,戏剧性的变化乃在2012年。

三种解读

所以要问:2012年王蒙从主要写于40年前的旧作中看到了什么令自己“拍案叫绝”、“热泪横流”的东西,以至于一改长久的犹豫,毅然决定整理出版?这一戏剧性转变提醒我们,理解《这边风景》,重要的或许并非追究历次修改的具体细节,而是作者何以要在2012年突然高调认可旧作——确切地说,认可他本人以读者目前看到的面貌所完成而过去几次三番皆未能完成的对于旧作“起死回生的拯救”?王蒙要从旧作中“拯救”什么?他希望读者看出什么?

主题先行的“阶级斗争模式”、“三突出”创作方式和“个人崇拜的迷信狂热”吗?王蒙确实没有完全抹去这些未能免俗、岂敢免俗的时代印记。不仅没有抹去,实际上还容忍它们大量存在,整部长篇仍然是以1962年边民外逃过程中一桩粮食盗窃案和揪出“四不清”干部背后境内外阶级敌人为外在的框架,但这些显然不是王蒙所要“拯救”的内容。他只是借重时代的进步和读者的明智,大度保留旧作的历史风貌——“原貌”罢了。我甚至猜测,这部分内容,王蒙不仅没有大幅度修改,甚至还用历史的宽容态度欣赏着、追怀着、敬悼着往昔那些夸张的描写,比如伊力哈穆深夜读毛选、爱党爱社会主义的维吾尔族瞎眼老奶奶挨个摸“四清”工作队员的脸,雪林姑娘新婚之夜和新郎艾拜杜拉同做“大寨梦”,伊力哈穆的睡在摇床上的婴儿一听《大海航行靠舵手》“脸上就出现了明快的笑容”——你因此把《这边风景》当“十七年文学”或“文革文学”的“落幕之作”来发思古之幽情当然可以。考虑到1981年之前的历次修改，你若把《这边风景》当作从"文革文学"到"新时期文学"过渡时期的作品来解读，探索王蒙在过渡时期的前瞻与反顾，也未尝不可。但这样一来，2012年的语境就被完全遗忘了，而这才更值得关注，因为王蒙2012年决定推出40年前旧作，不可能只为了展览他在"文革"后期描写阶级斗争的艺术，或者给学者研究70年代末和80年代初那个过渡时期提供一份历史文献。借这部旧作的复活，王蒙所要说的应该是2012年想说的话，这些话就包含在旧作的基本不变的"大情节"之中。

这个"大情节"，就是《这边风景》所依托的主要政治背景，即1962年酝酿、1963年干部蹲点摸情况、1964年全国响应、1964年底戛然而止的"四清"运动，其中关键是运动后期毛泽东批判他本人一度表示欣赏并亲自批转全国的王光美"桃园经验"，否定也是由他亲自过问和认可、名义上由刘少奇主持的"前十条"与"后十条"，制定和颁布《二十三条》。这就是书中反派人物亚力买买提所说的"文件打架"。"四清"运动固然因此突然降温，但这并非整个事情的结束。"四清"过程中激化的诸多矛盾要到两年之后"文革"发动才正式予以解决，但"四清"一度坚持的主攻方向，即在"反修防修"和"阶级斗争"背景下力求"不上缴"而"就地解决"社会矛盾——对新疆来说，就是1962年边民外逃的"伊塔事件"以来的民族矛盾，同时清理干部队伍，提高干部素质，改善干群关系，发展生产，改善群众生活——这些内容，一到"文革"就完全取消了。《这边风景》将故事发生的时间限制在1964年底之前，始终围绕新疆地区"四清"运动的上述主攻方向，并且始终强调运动的"基层"特征，对毛泽东谆谆告诫的"根子在上头"置若罔闻或毫无所知，不管"政治正确"与否，都始终凸显着作者本人关注的问题——他在那个年代作为放逐到边疆"基层"的普通干部能够理解的问题。基本不变的"大情节"所包含的思想信息在2013年版本中被充分释放了。

如果注目与此，版本学上的困扰和焦虑就会大大缓解。

《这边风景》"大情节"凸显的问题（民族矛盾、干部队伍、群众生活）以及各民族文化习俗，可以穿越历史，走进今天和明天。我想这些才是2012年王蒙除了感念个人逝去的生命之外，在旧作中所看到的最令他激动的内容。站在2012年前后语境中理解王蒙为什么要借这部旧作来回应当下，就很容易了。至于这些内容究竟诞生于具体哪个创作（修改）年代，并不重要，毕竟这些被一段一段分割开来的不同历史时期仍然归属于完整的当代中国社会史和文学史，王蒙"重读"旧作时所要"拯救"的内容，在当代中国社会史和文学史上也是一以贯之，并没有发生根本的断裂。

在这意义上，《这边风景》既是一部旧作，也是借旧作——不管何时被修改或是否经过大幅修改——指涉当下的一部“新著”。中国当下问题本身和《这边风景》一样,都具有不可否认的巨大的历史延续性,用这样一个亦旧亦新的文本来回应既是历史又是当下的那些问题,不就顺理成章了吗?

“民族融合”·“干群关系”·“祖国颂”

1981 年至 1984 年的《在伊犁》吸收了《这边风景》的部分内容,取得了巨大成功。既然有了《在伊犁》,为什么还要推出《这边风景》?针对新世纪语境,《这边风景》可以帮助王蒙说一说《在伊犁》没有说尽的什么话吗?

这只要比较一下《在伊犁》和《这边风景》,看看哪些内容《这边风景》有而《在伊犁》缺失或弱化处理了,又有哪些内容一以贯之,答案便不难找到。

《这边风景》内容很庞杂,既有日常生活与风俗画卷的生动展现,更有高度的政治意识,这主要是指在“反修防修”和“四清”大背景中,强调如何依靠中央正确文件(1964 年底《二十三条》)来妥善解决因阶级矛盾、敌我矛盾、干部素质恶化导致的基层单位(县、公社、大队和生产小队)的党内和人民内部矛盾,达到张扬爱国主义、民族融合、改善基层干群关系和干部素质、清除隐藏的阶级敌人、推动生产、改善生活的目的。小说主体故事发生时间(也是全知视角叙述时间),从 1962 年 5 月初伊力哈穆回乡,到 1964 年底颁布《二十三条》后“四清”运动降温,有时也用倒叙法回溯 1962 年以前的往事,但原则上不写 1964 年底以后发生的事。

《在伊犁》的故事发生时间没有清楚上限,大致以 1963 年作者到新疆为起点,一直写到 1981 年 9 月作者在“新时期”开始之后第一次回访新疆和伊犁,主要内容是作者对新疆生活和维吾尔族乡亲的深切思念,日常生活和风俗画的展现鲜活而丰满,至于政治意识,则主要是“新时期”拨乱反正与改革开放,很大程度上正好是对《这边风景》的政治意识的否定。比如,《哦,穆罕默德·阿麦德》在生产队用小砍土镘,干私活换上大砍土镘,按照 20 世纪 80 年代初的政治意识就被赞许为新疆的“李顺大”(同时被肯定被同情的还有《淡灰色的眼珠》中不爱集体劳动的木匠马克),而阿麦德“特务”一案、“前科长”的“反革命集团”案,也都获得平反昭雪。《好汉子依斯麻尔》写一个无伤大雅的运动“根子”喜欢出头露面,一旦掌权就颐指气使,贪图享受,但他又颇能组织大规模群众劳动,熟悉农活,更可贵的是上台认真演戏,下台毫不恋栈,甘心做普通人。《哦,穆罕默德·阿麦德》里有《这边风景》尼亚孜、麦素木的影子,依斯麻尔则可视为穆萨和库图库扎尔的合成。80 年代初的王蒙依托“新时期”的政治文化气候,善意而大度地嘲讽和原谅了主要人物身上的缺点,高度肯定了他们的优点，而无论优缺点的政治色彩都被极大地淡化。这里面当然也有干群关系和干部素质问题，但并没有因为阶级斗争的政治主题变得剑拔弩张，更多则归之于文化和人性。当然也有爱国主义和民族融合的问题，但在80年代良好政治气候中，这个问题似乎也不在话下。汉族代表"老王"和少数民族几乎天然地水乳交融，不像《这边风景》，良好的民族关系必须通过紧张激烈的国际国内阶级斗争和干部群众共同努力，才能切实地争取得到。

展示维吾尔族和其他各少数民族日常生活和语言、宗教、习俗、文化心理，感念维吾尔族和其他各少数民族的善良、智慧、勤劳、勇敢，以及作为人类共有的可以包容的缺点，两书一以贯之，但这些内容《这边风景》写得更饱满（也许略带夸张）！而在展示民族团结，渲染维吾尔组和其他各少数民族对汉族同胞、对社会主义祖国、对共产党的无限热爱，以及新疆和伊犁地区良好的干群关系方面，《在伊犁》虽也不遗余力，却没有像《这边风景》那样全力以赴，并且十分突出地强调：这一切都是经过1962年边民外逃的"伊塔事件"和1962年至1964年"四清运动"的国际国内严峻政治斗争的考验，而得到巩固和升华。

就这一点而言，在"新时期"政治氛围中不免显得云淡风轻的《在伊犁》并没有"用罄"当年鏖战急的如火如荼的《这边风景》所蕴含的生活和思想资源。因此，尽管有了《在伊犁》，《这边风景》仍有值得出版的价值。

《这边风景》有两个"文眼"，第11章"老王也会受到挑拨吗？"（民族融合）、第22章"县委书记赛里木深入群众"（干群关系），今天看来，仍然历久弥新：

"老王是汉族，但是他祖祖辈辈和维吾尔劳动人民生活在一起——他从小就感到不同民族的相同命运的人要比相同民族而不同命运的人亲近得多。"

"民族，什么是民族呢？为什么同样的人要分成一个又一个的民族呢？过去，里希提想到各个民族的各自的特点和共同的经历的时候，想到我们的祖国是一个多民族的国家的时候，总是更加感到祖国的伟大，生活的丰富多彩，各民族劳动人民的互相团结、互相补充和互相促进是一件大好事情。但是今天，他又一次清楚地看到有那么些心怀叵测的人正在企图利用民族的区分来分裂人民，企图把统一的中国人民的整体隔成一块又一块的血肉！再往这裂缝上洒下盐。"

接下来一段关于"老王"既欣赏维吾尔文化的长处又恪守汉族文化的优秀传统，关于"民族感情"既要尊重又须警惕发展为狭隘民族主义和地方主义的议论，和1981年那篇宣言式的《热爱与了解——我和少数民族》如出一辙。这些内容，《在伊犁》并非没有，但或许写得过于蕴藉含蓄，远没有《这边风景》

来得严肃峻切!

“新时期”或“五四”以来,写到少数民族的汉语(未必是汉族)作家夥矣,但真能深入少数民族日常生活,掌握少数民族语言文字,在保持本民族优良文化传统的前提下高度赞赏和充分吸收其他民族的优秀文化(甚至西北少数民族优于汉族的体魄),在心理上精神上灵魂上彼此沟通,真诚昂扬地提倡各民族互相学习互相补充,以至于具体落实到语言文体的气韵魂魄与神经末梢,竭力促进民族融合,以至于成功地消除陌生感、异己感、恐怖感,真诚昂扬地歌颂爱国主义,一如真诚昂扬地歌颂其他少数民族和民族团结者,王蒙一人而已。

再看他如何描写县委书记赛里木下乡走群众路线的经验:

“像鱼儿来到水里,一下来,他觉得自己的生活方式,思想方法以至精神面貌都发生了可喜的变化。它和人民更近了。他头脑里的实际情况和实际问题更多了。他的心情更充实也更自如了。虽然担任县委领导职务也已经五六年了,但是办公室一坐他总觉得六神无主。脸上没有土,身上不出汗,鼻子里闻不见牛粪、青草和柴油的气味,手里握不到厚实的硬茧——这可叫人怎么过下去!”

《这边风景》描写了以赛里木、里希提、赵志恒、伊力哈穆、热依穆、达吾提、吐尔逊贝薇为代表的一大批新疆县级以下直到生产小队的优秀干部形象,他们是群众路线的表率,也是维护民族团结的先锋,而群众路线与民族团结在《这边风景》中完全是一种直接因果关系。干部身先士卒,与群众水乳交融,及时化解矛盾,消除误会,就不会酿成和放纵令人痛心疾首的民族团结的问题。反之干部高高在上,脱离群众,蜕化变质,必然受敌人蒙蔽和利用,甚至本身就变成敌人,最后受损失的当然是民族感情和党的民族政策。相比之下,《在伊犁》的重心是塑造一系列善良、勇敢、勤劳、豁达、爱美、富有理想与诗情、小有缺陷而瑕不掩瑜的普普通通可爱的维吾尔群众形象,偶尔也提到“社教”和“多普卡”(“斗批改”)干部,但大多通情达理,绝无“章洋”那样自以为是、拿着鸡毛当令箭、“左”得可爱、愚蠢之极乃至被阶级敌人挖苦为“什么都没有弄清先上来冲锋陷阵的好汉子”。《在伊犁》也写到像依斯麻尔那样从运动“根子”起来的咋咋呼呼的基层“铁腕”,但情况并不严重,不像库图库扎尔那样好逸恶劳、贪图享受、多吃多占、利欲熏心,最后脚踩两只船,一面对党和群众虚与委蛇,一面里通外国,跟破坏民族团结的“高鞠儿皮鞋”乃至境内外敌人沆瀣一气,亲手制造“死猪事件”,并散布流言,诬陷清正廉洁的维吾尔族干部,从根本上伤害民族团结。

着眼于群众路线和民族团结,在基层干部形象塑造上激浊扬清,驱邪扶正,乃是《这边风景》较之《在伊犁》更加凸显的亮点。

当然，也间接地借了受尽凌辱的可怜的乌尔汗之口，强调了“文件”的重要性：

“我的老天爷呀，我的看不清也听不明白的文件啊！让真主保佑：多发一些有利于老实巴交的好人、不利于兴风作浪的奸贼的文件吧，多发一些让人好好地过日子而不是平白无故地折腾人的文件吧。”

看不到这一点，《这边风景》的出版就无非是替《在伊犁》找到前身，等于出了《在伊犁》的加强版。实际上《这边风景》的推出，不是从1981～1984年创作《在伊犁》的精神氛围后撤到1972—1976—1978写（改）《这边风景》的思想境界，而是以退为进，“拯救”出《在伊犁》所回避、所淡化的内容。我以为，这些内容正是2012年王蒙希望发表却未必能像过去那样顺畅表达的心声。“偏巧”这时“发现”了旧作，于是就借昨日心血凝成的作品，浇今日难平之块垒了。

《这边风景》虽然主要写新疆生活，但也并非王蒙60年创作历程的一个例外，其主要内容不仅远承20世纪50年代，也呼应着80年代以后直至新世纪王蒙的思考和探索。

何以见得？因为从《组织部新来的年轻人》开始，王蒙就显示了作为当代中国作家两个基本特征，一是强烈的现实政治关怀，二是自觉融于新国家，坚信这新国家前途远大，个人命运不可能自外于国家命运。简言之就是现实批判精神和虽九死其犹未悔的爱国主义。前者说得较多，后者则较少论及，其实是一个硬币的两面。这两点不仅从《组织部》延续到《这边风景》，而且透过作者当时信而见疑、忠而被谤的贬谪心态，获得了前所未有的强化。

首先，从现实批判精神就推出《这边风景》“四不清”干部和干群关系恶化问题。选择“四清”作为自己和时代的“契合点”，固然是“带着镣铐跳舞”，也是远未驯服的《组织部》之创作惯性使然，并迎头赶上了新世纪干部队伍整顿、群众路线运动。

其次，从爱国主义推出《这边风景》强烈的民族—国家意识，推出王蒙特有的对少数民族的感情与认识，对民族融合和大国主权的体认，对泱泱大国的由衷自豪，并且绝非歪打正着地指涉了新世纪新疆地区的民族团结问题。

论到这部书在西域和新疆文献史上的地位，与其说是上继《大唐西域记》、《大唐西域取经诗话》和《西游记》等典籍的宗教遥慕与神话演义，不如说是远追《史记》的囊括西域和周边其他民族之家国天下混一思想（尹中信下乡路上想到的正是汉代凿空西域的伟业），而近承碧野《天山景物记》等当代经典作品的颂歌情结与大赋情怀。赞美少数民族，赞美全然委身的新国家，赞美在祖国怀抱里个人命运的奇妙，赞美其中每个凡人，真诚地不分民族，从克服狭隘的民族主义和地方主义上升到爱国主义和国际主义境界(学汉语、爱汉族、爱国家、关心国际乃至宇宙大事的阿卜都热哈曼老爹形象的塑造属于王蒙的一绝),这是只有在新国初创、百废待兴、前途远大的时代才会有的心胸气度,也是今天在谈论民族团结和国家安全时弥足珍贵的一笔精神遗产。

20世纪80年代以后王蒙坚持这方面的思考,《布礼》、《风筝飘带》和《相见时难》、《新大陆人》两组小说,一则竭力化解内部的愤懑、动摇和幻灭,一则坦然迎受外部(比如"美籍华人")怀疑与质询的目光,其努力与国际主义和人道主义并行不悖的爱国主义的主题,经历了80年代至新世纪文坛风雨的反复冲刷,愈加显得清晰而坚定。

现在我们又听到了来自《这边风景》的悠远回响:

"上面千条线,基层一根针。到基层几个小时,他们便开始看到、体会到,我们伟大的社会主义祖国的各个系统,各个部门的各式各样的方针、计划、设想、胆略、任务,是怎样地在基层汇合成了沸腾的、五花八门的、日新月异的生活。古今中外,还有比我们的基层单位更充实,更有吸引力的生活吗?"

这是"四清"工作队刚下乡时活跃着的上下一体的国家意识。

再看《这边风景》的总结陈词:

"这所有的一切,所有的地上的、人间的快乐和光明,都来自我们亲爱的祖国。我们唯一的愿望,唯一的要求和最大的幸福就是要把自己献给祖国,把自己的劳动和爱情献给祖国,让祖国变得更加美丽。哪怕是100年以后,我们也要变成祖国大地里的泥土的一粒小小分子,也要歌唱伊犁,歌唱天山,歌唱黄河与长江,歌唱我们经过了不少的试练,才有了些许的安慰。我们与祖国同在。"

不管这两段话写于何时,都是王蒙从20世纪50年代直到新世纪初60多年文学生涯的主旋律。祖国意味着一切。这并非外在的空洞的叫喊,乃是一个作家,无论居庙堂之高,还是处江湖之远,无论攀上汉民族文化高峰,还是深入少数民族生活的堂奥,都有深切体会而恒常持守的基本生存感悟。他所要抵抗、所要警醒的反面,则不妨用《新大陆人》首篇《轮下》结尾一句来概括:

"中国!中国!中国!你这个中国的不肖子!"

作家王蒙的特点之一,是强烈(有时露骨?)的政治关怀,时代不同,境遇有别,另一些作家这方面有些淡化,也很正常。但如果站在远离政治的"纯文学"立场认为过于关心政治的创作不是文学,这在中国文学传统中,就有点像站在汉大赋、六朝宫体诗、李贺、李商隐等人(也是被误解了)的角度,说屈原、杜甫、白居易以至鲁迅的杂文不是文学一样。

重要的或许不在于是否关心政治,而在于能否将政治关怀转化为艺术的表达。《这边风景》再次让我们看清王蒙在中国文学史上的定位：他是无限深情地歌颂社会主义大中国的大作家。有的中国作家虽然伟大，但不一定描写社会主义大中国；有的作家能够描写社会主义大中国，但并不一定因此将自己造就成了大作家。

场面·人物·笔势·维汉混合语体

当然不只是政治关怀，可说的还有很多。

《这边风景》出版以来，肯定性评价集中于一点，就是王蒙对20世纪六七十年代汉族、维吾尔族和哈萨克、塔塔尔、鞑靼、俄罗斯、回、乌兹别克、锡伯等其他少数民族杂处共存的我国新疆伊犁地区日常生活无出其右的丰富而出色的描写。所谓日常生活，除了40多个活生生的人物及其性格和命运，还包括和这些人物有关的不同民族的语言、习俗、服饰、歌舞、文学、心理、历史传说、宗教乃至饮食、家居、器物之类。这当然不错。实际上这方面的研究还远远不够充分，光王蒙这本书究竟使用了多少维吾尔等少数民族的民间谚语，就颇值得词典学、民俗学和小说修辞学的统计和研究。在可预见的将来，大量学术论著还会在这方面继续展开。

这里仅就和王蒙小说艺术有关的几点，做些补充性探索。

先说场面描写。小说，尤其是长篇小说的场面或曰场景描写，是人物塑造和情节推进的必要环节，也是作家展示其生活积累、观察力、想象力、结构组织力、语言表现力和基本价值关切的一门相对独立的综合艺术。对于偏向写实的长篇小说来说，没有成功的场面描写，就像一个将军只能组织小战役而不敢指挥千军万马的大决战，又如一座高楼没有几根必要的柱石，或者一场交响乐，只有几把提琴的嘶鸣，至多加上木管组的几根短笛，而缺乏铜管组的圆号、长号、大号以及全套打击乐器的配合！经典现实主义长篇小说都有精彩的场面描写作为支柱，后来这门文字描写的艺术似乎日渐式微。深受19世纪经典现实主义小说(尤其俄苏文学)影响的王蒙创作《这边风景》时，迎难而上，非但不畏惧场面描写，反而似乎酷爱大场面，追求大场景，一写到大场面大场景就格外来劲，比如穆萨的翻江倒海吸瓜而非吃瓜法(《在伊犁》"好汉子依斯麻尔"之"自动排籽吃瓜法"的前身？)、麦素木和古海丽巴侬夫妇为拉拢大队长库图库扎尔而设计的成龙配套的宴席与"恶之花"的弹唱、穆萨和库图库扎尔深夜举行啤酒烤肉宴、阿卜都热合曼老爹与妖龙毡子搏斗、米琪儿婉与雪林姑娘合作打馕、"社会主义教育'四清'工作队"从乌鲁木齐一路到伊犁的旅行、工作队进驻时全村的兴奋与骚动、亚森宣礼员应库图库扎尔之请主持人神对接的乃孜尔仪式——无不写得众声喧哗、有条不紊、波澜壮阔、纤毫毕露。有时同一章节接连就有两次盛大的场面描写,比如第10章刚写了牛皮穆萨刚刚与“翻翻子”乌甫尔的大战,马上又是乌甫尔和里希提两人默不作声挥动“钐镰”的强劳动场面(“好汉子依斯麻尔”用“芟镰”割苜蓿的前身?)。《这边风景》许多场面描写有的经过修改而移入了《在伊犁》,但生活和艺术的巨大体量明显远未用罄!这是一个作家创作实力的突出表现。

当然还有人物塑造。《这边风景》提到人物82个,至少正面描写了40位左右,大多饱满鲜明,栩栩如生。细分起来,或者可以说,以伊力哈穆等为核心的正面人物,包括县委书记赛里木、跃进公社党委书记赵志恒、爱国大队长(后改任书记)里希提、“四清”工作队长尹中信,包括作者寄予深情的大队团支部书记吐尔逊贝薇和汉族农技员杨辉,体现主题思想和政策理念的地方还是超过了真实的个性的开掘,而大量中间人物(姑且借用这个概念)如阿卜都热合曼夫妇、爱弥拉克孜的迷信恭顺一生害怕“哎鸠鸡哞鸠鸡”的父亲阿西穆、牛脾气车夫泰外库、拘谨刻板的亚森宣礼员等,着墨不多,却令人过目难忘。写得更好更出彩的还是那些落后以及反面人物,如工作上习惯蜻蜓点水自以为是的和田某副县长及其培养的四个宝贝积极分子、“四清”工作队“左”得可爱的章洋、身份可疑而经常挑起维汉矛盾的汉族流民“高勒儿皮鞋”包廷贵、同样身份可疑来历不明的维吾尔族流民著名的“搅屎棍”尼亚孜泡克、自诩神通广大据说有40只脚而到处推销“塔玛霞儿”哲学的牛皮穆萨,包括在回忆里一笔带过的马木提乡约,麦素木的富商父亲、从公牛而巴依而病人而圣徒的阿巴斯。所有这些之外,写得最成功的坏人,则是1962年出逃未遂的“前科长”麦素木,以及跟麦素木狼狈为奸而又钩心斗角的“四不清”干部典型、泥足深陷却自以为“羽毛比鸭子还要光润”的库图库扎尔大队长。伊力哈穆虽说是长篇的男一号,真正有戏的灵魂人物还是麦素木和库图库扎尔这两位。

这里尤其特别一提的是王蒙在那个政治压倒一切的特殊年代,用罕见的爱心与柔情塑造了被诬陷为叛国未遂的乌尔汉以及米琪儿婉、雪林姑娘、独手爱弥拉克孜、伊塔汗、再娜甫、狄丽娜尔、莱依拉等美丽、善良、智慧、温婉、柔弱而坚强的女性形象,极大地彰显了人的尊严。当然他也浓墨重彩地描写了马木提乡约遗孀玛丽汗、库图库扎尔之妻帕夏汗、尼亚孜泡克之妻库瓦汗、麦素木之妻古海丽巴侬的阴沉、狠毒、愚蠢、颟顸、邪恶、狂野、恣肆,他甚至也写了这些女人对各自丈夫超出平常女人的忠诚顺服与琴瑟和谐,正如他也写了雪林姑娘、爱弥拉克孜和粗暴倔强的车夫库外泰令人唏嘘的爱恨情仇。在那个普遍粗粝无情的年代,作者的女性描写抵达了足以令人惊叹的复杂与深邃。

王蒙写这些人物,或正面强攻,直接描摹,或“背面傅粉”,间接刻画。有些通过人物的语言表演来传神写照，有些则通过事件的前后勾连来反复皴染，有些随时穿插的次要人物如马木提乡约、麦素木之父的小传，也写得行云流水，有声有色，足以和表现库图库扎尔精神成长史的“四只飞鸟的故事”相媲美！最拿手的是心理描写，如第28章中央“文件”下来之前麦素木踌躇满志的穿梭外交，第53章“文件”下来之后麦素木失魂落魄去伊宁市看望“老爷子”亚力买买提，两大段夹叙夹议的心理描写入木三分，而多处对库图库扎尔心理成长和心理矛盾的分析，则大有老托尔斯泰“心灵辩证法”的气象。如果说同样是写好人，或者写中间人物进步为好人，《这边风景》因“阶级斗争”、“阶级感情”、“阶级意识”无处不在而不免夸张和脸谱化，《在伊犁》则因为80年代“人道主义”凯旋也难免有所拔高与美化，那么写坏人则是《这边风景》的特长——《在伊犁》只有那个枯干佝偻却专娶年轻妻子的老裁缝算是彻底的反面人物。这当然要拜“阶级斗争”之赐，正因为绷着“阶级斗争”这根弦，作者才特别善于发现人性的污秽，歪打正着地切合了生活的实际。生活中本来就有许多坏人，许多人性的残缺，借用麦素木名言，“地球也有缺点，两级寒冷而赤道炎热——何况是可怜的人类！惟其有缺点，才成其为世界——”尤其坏人实在写得太绝了，几乎令笔者提前满足，看不到背后的优美风景！这或许也是评论者的令人恐怖的泰外库式的粗糙吧。王蒙写汉族和写少数民族，都不惮于揭发不同民族共通的人性缺点，正如他也不懈地追寻不同民族共通的人性优点。唯其如此，才真正达到了各民族文化心理深层的沟通和理解。

值得一提的还有那如火如荼的笔势。70年代末，从新疆归来的王蒙一亮相就格外引人瞩目，这不仅因为他在“重放的鲜花”丛中怒放得最鲜艳，也因为他从新疆带来了不同于以往的另一副笔墨，就是把一切都“说个六够”、“蛮不吝”、无所顾忌、四面出击、泥沙俱下的笔势。这不仅与50年代的王蒙判若两人，也和大多数汉语作家有别。王蒙从哪里获得这种他自己所谓“博士买驴式文体”？许多人疑惑不解。我曾称之为“说话的精神”，大意是说王蒙写人物，写生活，经常的办法就是直接用语言来写语言，写出生活中的人们的“说话的精神”，同时也毫不隐瞒自己作为作家的“说话的精神”。他捕捉语言的精髓，用语言来抓住生活的秘密，也用语言来吐露心声，更用语言之流来拥抱读者。但我和大家一样也不知道这种“说话的精神”从何而来。隐约猜测与新疆有关，但细读王蒙70年代末回京之前在新疆发表的几则短篇故事，又不敢确认就是80年代以后王式语言瀑布的源头。及至《这边风景》发表，不仅王蒙找到了自己“清蒸鱼的中段”，对他的如火如荼的笔势疑惑不解的人到此也就可以释然。《这边风景》充分描写了维吾尔族人民普遍的能言善辩、口若悬河的天赋，也令人信服地解释了善于学习和模仿这种语言天赋的王蒙的强劲笔势的来源。

但这也并非维吾尔族语言和文学的专利，就像令“老王”佩服得五体投地的名言“忧伤是歌曲的灵魂”并非维吾尔诗人纳瓦依的发明。汉语的力量何时弱过？早在先秦时代，三闾大夫的作品便有九畹多姿、百亩弥望的美称，伟大的庄周更是天马行空、汪洋恣肆、卮言日出。到了汉代，司马迁的历史散文瑰丽雄奇，司马相如、枚乘等人的大赋铺张扬厉，六朝贵族文人又有“绮縠纷披”、“情灵摇荡”、“为人先须谨重，为文且须放荡”的说法，他们的诗歌骈文所印证的无所拘牵的自由美学，唐宋以降，追随者代不乏人。“五四”以后出现了鲁迅、郭沫若等振笔直遂、恢弘扩大的巨匠，但白话文学普遍的笔力孱弱毕竟无法掩盖，加以政治钳制，人心猥琐，满目所见，更多还是规行矩步、形格势禁、中气不足、荣华凋敝，以至于连先前曾有的辉煌也不复记忆了。所以在王蒙这里，文体思想的彻底解放乃是维汉文学传统的英雄所见略同，王蒙只是有所汇聚，有所升华而已。他也确有基础和条件来完成这种汇聚和升华。基础是《青春万岁》的一往情深，用墨如泼，和《组织部新来的年轻人》的慎思明辨，一丝不苟。条件是他对维吾尔语言文化传统的快速领悟，同时不放弃对本民族以及世界优秀文学作品的倾心热爱与不倦钻研。

如火如荼的笔势，落实在语言细节上，就是王蒙独家发明的“维汉混合语体”。《这边风景》面对的生活世界本身就充满了“维汉混合”的语言现象，许多汉人学说维语，也有许多维吾尔人像阿卜都热合曼老爹那样痴情地学说汉语，这就自然产生了维汉两种语言、两种文化、两种智慧、两颗伟大心灵你中有我、我中有你的交错混杂关系。第 39 章一个地方，王蒙特别提醒读者，“在这一段和本书其他地方，有许多取自维吾尔语的直译，以便读者更多地了解维吾尔人的语言逻辑、感情和心理。”岂止短兵相接的“对话”，人物的自言自语、长篇大论、内心独白乃至作者的叙述、分析、抒情和评论，都体现了这种类似“直译”的“维汉混合”。比如第 28 章麦素木穿梭外交，到处煽风点火，布置众人在即将到来的工作队面前掀翻对手伊力哈穆，他对尼亚孜夫妇、亚森宣礼员、车夫泰外库一路游说过去，或者“暗引”革命导师“语录”，或者炫耀他所掌握（包括生造）的维吾尔族格言警句谚语套话和《古兰经》经文，滔滔不绝，舌灿莲花，就都是这种“维汉混合语体”。此外，尼亚孜习惯的胡搅蛮缠，库图库扎尔在会议上反守为攻、颠倒黑白的慷慨陈词，被库图库扎尔挤兑而沉默退让但又不甘消沉的热依穆副大队长在县委书记赛里木面前的长篇大论，四大队队长乌甫尔一通论据充足滴水不漏的算账——都是气势若虹的维汉语言混杂交错的极致！

这里不妨欣赏一下那位在伊宁市深居简出、通过麦素木操控库图库扎尔、公开身份竟然是州商业部门某公司的领导干部、堪称幕后黑手的“老爷子”亚力买买提对麦素木的三次醍醐灌顶的开导。一次是1962年“伊塔事件”中，已经获得“苏侨协会”侨民证而一跃变成塔塔尔－鞑靼人麦斯莫夫的麦素木最终不仅没能走成，反而成了政府审查的对象，这时亚力买买提的说法是：

“您是维吾尔人的精华和希望。我们不能离开新疆，新疆也不能没有我们，狗离了自家叫也叫不响，可您到底是怎么回事？——吞咽使人丢脸，多嘴使人掉头，而盲目的奔跑呢——可能带来更大的灾难！”

第二次是社教工作队进村，麦素木心里没底，亚力买买提对他说：

“您，我，我们都是政治家。可政治家能像您那样目光短浅、灰心失望吗？能够像您那样不订报纸，不用最新式的提法和口号来武装自己的舌头和牙齿吗？哎咦，科长兄弟，哎咦，麦斯莫夫老爷，难道在乡巴佬中间，您也逐渐变成鼠目寸光的乡巴佬了吗？——不错，现在讲阶级斗争，好啊，千万不要忘记，这是说给他们的，也是说给我们的。咱们谁也不能忘记喽。我们生活在一个大话连篇，一个话比一个话更猛更牛的时代，而我们：俄罗斯人、乌兹别克人、鞑靼人、哈萨克人与维吾尔人，我们才是大话的能手。哈萨克的谚语：大话可以通天！大话可以移山！大话可以改变世界，改变我们，改变伊犁河的流向！

比如说，千万不要忘记阶级斗争，好啊，多么好！但是，谁跟谁斗呢？这可不像打仗的时候两军对垒那么清楚。什么党内党外矛盾的交叉啦，什么四清四不清的矛盾啦，谁知道会熬成一锅什么样的乌麻什？我最近读了一些文件，有些话说得吓人呢！把农村干部说得坏成什么样子！好哇，让他们用自己的油煎自己的肉去吧。”

第三次是中央“文件”（《二十三条》）下达，“四清”运动急转直下，麦素木的精心布置眼看溃不成军，亚力买买提又安慰他说：

“虽然他们调整了政策，大张旗鼓地宣传他们的‘文件’，他们的文件也会与文件打架，这里头也有权利斗争——未来呢，难免还有新的纠纷、分裂以至于混乱。这样斗下去，他们早晚要不就四面树敌，顾头不顾尾，要不把自己斗乱乎了完事。我们活动的时机仍会到来。像你们的章组长那样的什么都没有弄清先上来冲锋陷阵的好汉子，还会有很多的！”

真是汉族大话遇到了维吾尔族大话，北京侃爷拥抱了新疆侃爷。另外，麦素木用维文写给不能读汉语的库图库扎尔的匿名信（作者译成了汉语）更是维汉语文完美糅合的一绝！

当然绝不只是反派人物能言善辩，出口成章，正面人物如赛里木书记、伊力哈穆、里希提、尹中信、乌甫尔、亚森宣礼员、显然具有民间哲人风度的阿卜都热合曼老爹、巧帕汗外祖母，还有阿卜都热合曼老妻、一句“我也是公家人”令赛里木书记感动得险些失眠的伊塔汗，一旦说起来，个个都是好手，一点不输给亚力买买提、库图库扎尔和麦素木之流!

王蒙的"维汉混合语体"是站在汉语本位来充分吸收和模仿("直译")维吾尔以及其他少数民族语言,这既带来多量的少数民族的语言和智慧,极大地丰富了汉语的表达,也坚守了汉语本位的立场,甚至经过维语的补充和激荡,愈加彰显了汉语的独特魅力。

其实具备以上几点,就足够有理由"天生丽质难自弃"了。精力弥满的盛年饱含生命汁液的鲜活之作,岂能甘心仅仅因为政治不正确而打入冷宫,而它的复活,又岂是仅仅因为政治重新正确了而匆忙施行的"起死回生的拯救"!

2014年1月22日

郜元宝:复旦大学中文系

(原载于《花城》2014年第2期。)

意识形态“套娃”与现实主义的胜利

——论王蒙《这边风景》的矛盾叙事

郭宝亮

《这边风景》是王蒙写作于“文革”后期的一部70余万字的长篇小说。据王蒙自己所言，这部小说最早写作于1972年，但只是“试写了伊犁百姓粉刷房屋等章节”。1974年作者40岁时，开始全力写作这部作品，1978年8月7日完成初稿，然而，终因“政治正确”的问题，未能出版。如今，《这边风景》在尘封了近40年之后的出版，不仅填补了王蒙在新疆16年写作的空白，也填补了中国当代文学在“文革”后期写作的空白。这部小说对我们进一步研究王蒙和中国当代文学都具有重要的意义。在我对《这边风景》的阅读中，我感到了王蒙那无处不在的矛盾叙事现象，这种现象恰恰构成这部作品的价值。

一

如果把《这边风景》放置在“文革”结束前的27年的文学史链条上来考察，这部小说究竟与当时的作品具有怎样的关系，也许是一个很有意思的话题。“文革”结束前27年的小说创作主要集中在革命历史题材和现实题材两类上，而现实题材作品尤以农业合作化为最。20世纪50年代赵树理的《三里湾》、柳青的《创业史》（第一部）、周立波的《山乡巨变》，虽然已经形成比较雷同化的人物模式和情节模式，但还是较为真实地表现了农民在走向集体化过程中的心理风貌。到了60、70年代的浩然的《艳阳天》、《金光大道》，则明显地增加了路线斗争和阶级斗争的概念化的内容，显得不够真实了。但在“文革”年代，浩然的小说却是“最像小说”的小说了。王蒙在《王蒙自传·半生多事》一书中说：“比较起来，我宁愿读浩然兄的《艳阳天》、《金光大道》，浩然毕竟是作家，而作家与非作家并非全无区别，虽然作家都是从非作家变化而来。经过这个过程与从未有这个过程，并不相同。我喜欢他写的中农，小算盘，来个客人也要丢给你一把韭菜，让你帮他择菜。我喜欢他写的京郊农民的俗话：‘傻子过年看隔(应读介)壁(应读儿化与上声)’。……当然，‘金光大道’就更有‘帮文学’的气味了，有横下一条心，六亲(指文学艺术之‘亲’)不认地豁出去了去迎合的烙印。另一方面，我看他写的英雄人物萧长春，高大泉，也为他的惨淡经营，调动出自己的全部神经与记忆，力图按要求写出有血有肉的英雄人物，力图使自己的文学才能文学经验为上所用而摇头点头，这样的苦心使我感动，使我叹息不已。”[①] 由此可见，王蒙的《这边风景》也属于这一写作序列中的一环，而且也步着浩然等“文革”流行写作的后尘的。作品从1962年“伊塔边民事件”开始写起，一直写到“四清”运动，其人物设置、结构布局，情节模式均与以上作品类似就不难理解了。这说明王蒙并没有也不可能超越时代的局限。小说的人物设置明显分为对立的两派，以伊力哈穆为代表的正的一派和以库图库扎尔为代表的邪的一派的斗争，成为贯穿全书的主要情节线索。

主要人物伊力哈穆一出场就面临着严峻的自然灾害和伊塔边民外逃事件，阶级斗争的弦绷得紧紧，伊力哈穆首先拿出的是毛主席与库尔班叶鲁木的合影照片。这里有一个细节很有意思，巧帕汗老太太误把库尔班叶鲁木认错为熟人，王蒙写道：“这是不需要纠正的，人们谁不以为，那双紧紧握住主席的巨手的双手正是自己所熟悉的、或者干脆就是自己的手呢？”然后作者又让伊力哈穆肯定地说：“这就是我们大家”，“毛主席的手和我们维吾尔农民的手紧紧地握在一起。毛主席关心着我们，照料着我们。看，主席是多么高兴，笑得是多么慈祥。在极端复杂的情况下，我们的毛主席挑起了马克思、列宁曾经担过的世界无产阶级革命事业的担子。所以，国际国内的阶级敌人，对毛主席又怕又恨。领导说，目前在伊犁发生的事情，说明那些披着马列主义外衣自称是我们的朋友的人，正在撕下自己的假面具，利用我们内部的一些败类，向毛主席的革命路线疯狂挑战，向我们伟大的社会主义祖国猖狂进攻。但是，乌鸦的翅膀总不会遮住太阳的光辉，毛主席的手握着我们的手，我们一定能胜利，胜利一定属于我们！”这样的情景、这样的语言凡是经历过那个时代的人大概都不陌生。在第21章，伊力哈穆在大湟渠龙口的深思，我们似乎也曾见过，它与“文革”期间的样板戏中主人公在遭遇困难时的独白式的咏叹调多么的相似啊，当伊力哈穆面对严峻的阶级斗争形势一筹莫展的时候，“伊力哈穆拿出了随身携带的毛主席接见库尔班吐鲁木的照片。毛主席！是您在解放初期指引我们推翻地主阶级，争取自由解放。是您在50年代中期给我们又指出了社

---

① 王蒙：《王蒙自传·半生多事》，花城出版社2006年版，第353页。

会主义大道。去年,又是您向全党全国人民发出了‘千万不要忘记阶级斗争’的伟大号召。现在,您在操劳些什么?您在筹划些什么?您将带领我们进行什么样的新的战斗?您在八届十中全会上完整地提出的党在社会主义时期基本路线,将武装我们迈出怎样的第一步?”如此这般我们在全书中还会找到很多,这充分说明王蒙的写作模式正是当年流行的模式,这种模式是当时意识形态的产物。王蒙夫人崔瑞芳女士谈到《这边风景》时说:“这本书写成于‘四人帮’统治时期,整个架子是按‘样板戏’的路子来的,所以怀胎时就畸形,先天不足。尽管有些段落很感人,有些章节也被刊物选载过,但总的来说不是‘优生’,很难挽救,只好报废。”[①]

然而,王蒙的写作却没有滑向极“左”的泥潭,而是在作品中处处反左。第3章当库图库扎尔建议把萨木冬的老婆乌尔汗逮捕审讯批斗的时候,伊力哈穆却旗帜鲜明地为乌尔汗夫妇说好话,强调要重证据而不是动辄上纲上线的极左做法。第17章上级要求麦收要突出政治,要求10天割完麦子,这种明显脱离实际的口号,也是那个年代极左思维的突出特征。

以左的写作模式来写反左,使我们看到了王蒙在“文革”后期的矛盾处境。小说的重点在写“四清”运动,“四清”作为“文革”的前奏,已经显现出政治生活中的强劲的“左倾”风暴,但王蒙却巧妙地抓住了反对“桃园经验”极左做法的“二十三条”作为挡箭牌,以获取政治正确的筹码。“桃园经验”被指陈为形左实右,而工作队的章洋又是极“左”路线的代表,如果说库图库扎尔的“左”是为了掩盖他的右的真面目而披上的皮,那么章洋的“左”则是骨子里的“真左”,在王蒙看来,这种真左恰恰是最为可怕的。因为这种左是毫无顾忌的,气势汹汹的,因而其破坏力也是无与伦比的。章洋实际上就是王蒙新时期小说中的宋明、曲凤鸣的前身。

我发现小说的上册与下册对极左批判的比例并不协调,下册对章洋的极“左”的批判明显坚决和彻底。这应该与世事的大变有直接关系。《这边风景》开始写作于1974年,1978年8月7日完稿,如果以1976年10月为界,这部作品恰好处于这两个时期的交界处。王蒙夫人崔瑞芳言,1974年10月15日是王蒙40岁的生日,这一天王蒙真正受到触动,决心写一部长篇小说,于是“整个1975年,他几乎一直在我们的斗室里伏案疾书”,1976年“四人帮”垮台,历史发生了巨变,反左成为新的意识形态。这一新的意识形态不可能不对王蒙产生巨大影响。从1976年10月到1978年8月这一年半多的时间里,王蒙

① 方蕤:《我的先生王蒙》,长江文艺出版社2004年版,第110页。

的写作心态正在发生变化，这在王蒙的《王蒙自传》里已有交代，1978年6月16日，王蒙应中青社邀请到北戴河修改《这边风景》的细节我们不得而知，但从他此前写作发表的小说《队长、野猫和半截筷子的故事》① 中对"四人帮"极"左"路线的狠揭猛批来看，王蒙对极"左"的批判由隐蔽谨慎到公开坚定当是毫无疑问的。因此我们可以说，《这边风景》正是两种意识形态作用的产物，极"左"与反极"左"的内在抵牾龃龉，体现出王蒙内心的极大矛盾。正如崔瑞芳女士所言："他在写作中遇到了巨大的难于克服的困难。当时，正值'四人帮'肆虐，'三突出'原则统治着整个文艺界。王蒙身受20年'改造'加上'文革'10年'教育'，提起笔来也是战战兢兢，不敢越雷池一步。作品中的人物又必须'高大完美'，'以阶级斗争为纲'，于是写起来矛盾。在生活中他必须'夹起尾巴'诚惶诚恐，而在创作时又必须张牙舞爪，英雄豪迈。他自己说，凡写到'英雄人物'，他就必得提神运气，握拳瞪目，装傻充愣。这种滋味，不是'个中人'是很难体会到的。"②

二

王蒙在酝酿写作《这边风景》时，就曾说过："我也真的考虑起写一部反映伊犁农村生活的长篇小说来。我必须找到一个契合点，能够描绘伊犁农村的风土人情，阴晴寒暑，日常生活，爱恨情仇，美丽山川，丰富多彩，特别是维吾尔人的文化性格。同时，又要能符合政策，'政治正确'。我想来去可以考虑写农村的'四清'，"四清"云云关键是与农村干部的贪污腐化、多吃多占、阶级阵线不清做斗争，至少前二者还是有生活依据的，什么时候都有腐化干部，什么时候也都有奉公守法艰苦奋斗的好干部。不管形势怎样发展，也不管各种说法怎么样复杂悖谬，共产党提倡清廉、道德纯洁是好事情。阶级斗争嘛总可以编故事，投毒放火盗窃做假账……有坏人就有阶级，有坏事就有斗争，也不难办。就这样，以不必坐班考勤始，我果真在'文革'的最后几年悄悄地写作

① 据崔瑞芳回忆："1977年岁末他写完了短篇小说《队长、野猫和半截筷子的故事》，第二年1月21日定稿，24日寄往《人民文学》。五个月后，1978年6月5日，我在办公室随手翻开第五期《人民文学》，上面竟赫然印着王蒙的名字，《队长、野猫和半截筷子的故事》发表了！"见方蕤：《我的先生王蒙》，长江文艺出版社2004年版，第108页。

② 方蕤：《我的先生王蒙》，长江文艺出版社2004年版，第107页。

起来了。"[①] 在这里，王蒙最关注的还是"政治正确"的问题。为了"政治正确"不得不"主题先行"、图解概念。然而，王蒙毕竟是一个在50年代就文名大振的作家，他的成名作《组织部新来的年轻人》，曾引得议论哗然，连毛泽东主席都在不同场合五次谈到王蒙。因此，王蒙不能不追求小说的艺术真实性。长期的新疆生活积累，使他十分明白原生态的生活究竟是什么样子的。于是，我们在《这边风景》里，看到了流行的先验的政治概念与原生态的生活真实纠结缠绕在一起的矛盾现象。

浓郁的伊犁边地风味，维吾尔人民的民族风情，文化习俗等在这部小说中都浓墨重彩地加以描述，成为这部小说的最为亮丽的风景。伊犁的电线杆子都能发芽成树，乌甫尔打钐镰，以及烤肉打馕酿啤渥等的维吾尔人民的日常生活描写，既显示了王蒙作为外来者的新奇眼光，又证明了王蒙新疆16年与维吾尔人民同甘共苦、打成一片的对生活的熟稔而信手拈来的自信和自由。由此带来的是鲜明生动的现场感，现场感是指小说场面描写和细节描摹的功力。曾几何时，我们的小说写作现场感减弱，代之以叙述人的讲述和议论，特别自先锋小说以来，纠正了"文革"前小说过分写实的问题，想象力得以张扬，但在一定程度是削弱了小说的现场感。现场感需要深厚的生活积累，想象力如果离开了坚实的生活积累的基础，有时候会变得模糊缥缈，也就失去了小说的厚重笃实。记得作家格非在某个地方说过："小说描写的是这个时代，所有的东西都需要你进行仔细的考察，而一个好的小说家必须呈现出器物以及周围的环境。……你要表现这个时代，不涉及到这个时代的器物怎么得了？包括商标，当然要求写作者准确，比如你戴的是什么围巾、穿的什么衣服。书中出现的有些商标比如一些奢侈品牌我不一定用，但在日常生活中很多人会向我提及，我便会专门去了解：'这有这么重要的区别吗？'他们就会跟我介绍。器物能够反映一个时代的真实性。"[②]"也可能有人觉得这是在炫耀，我毫无这种想法，而且我已经很节制了。《红楼梦》里的器物都非常清晰，一个不漏——送了多少袍子、多少人参，都会列出来。但《红楼梦》的眼光不仅仅停留在家长里短和琐碎，它有大的关怀。"[③] 格非在这里所说的表现"器物"的能力实际上就是作家处理生活经验的功力。新时期以来，我们的很多作品，特别是历史题材的小说，作者不熟悉特定历史时期的生活，也不做案头和田野工作，只是

---

① 王蒙：《王蒙自传·半生多事》，花城出版社2006年，第358页。

② 邵聪：《格非：这个社会不能承受漂亮文字》，《南方都市报》2011年12月18日。

③ 邵聪：《格非：这个社会不能承受漂亮文字》，《南方都市报》2011年12月18日。

靠想象和猜测来臆想当时的生活场景,古人的生活起居、服饰器物谁人敢于细致的描摹?结果只有靠议论和讲说来搪塞敷衍,历史的生活场景成为今人假扮的木偶,作品的现场感严重失实。《这边风景》现场感之所以鲜明丰厚,正是王蒙对新疆生活经验刻骨铭心的体验之深。王蒙把这种对生活经验的深厚称之为"迷失",比如在谈到曹雪芹写《红楼梦》时说:"我认为这是一个伟大的小说家在他的人生经验里在他的艺术世界里的迷失。因为他的经验太丰富了,他的体会太丰富,他写了那么多人,那么多事,他走失在自己的人生经验里,走失在自己的艺术世界里。他的艺术世界就像一个海一样,就像一个森林一样,谁走进去都要迷失。"[①] 王蒙也迷失在他的伊犁生活中,他写维吾尔人民粉刷房屋打扫卫生,写打馕,写喝茶吃空气,写维吾尔人见面痛哭等如没有切身体验都将不可思议。

《这边风景》的现场感还体现在丰厚与鲜明生动的人物形象塑造上。小说有名有姓的人物一共82个,其中大部分人物都血肉丰满,栩栩如生。主人公伊力哈穆虽然略显概念化,但他与人为善,木讷厚道,从不张牙舞爪,咋咋呼呼,是一个梁生宝、萧长春式的人物;反派人物库图库扎尔精明强悍、锋芒毕露、爱出风头,口若悬河,但却言行不一,虚伪而自私,是一个郭振山马之悦式的人物;另外里希提的质朴严厉,阿西穆的胆小怕事、谨慎保守,"翻翻子"乌甫尔的快人快语、不讲情面,穆萨的风流油滑,艾拜杜拉的正直实在,尼亚孜泡克的无赖、自私,还有雪林古丽的美丽温柔单纯善良,狄丽娜尔的泼辣,章洋的教条古板偏执等都跃然纸上。这都充分说明王蒙生活在他的人物之间,他无需刻意编造,只是顺手拈来就已经够丰厚的啦。

可以说《这边风景》重点写的就是边地人民的原生态的日常生活,但王蒙处在那个特殊年代的政治情势,使他又不可能挣脱政治概念的藩篱,我们也没有理由说王蒙不是真诚地相信这些政治概念的正确性的,但原生态的日常生活又的确消解了先验的政治概念的正确性。

三

《这边风景》的这种矛盾叙事,实际上也不是王蒙特有的现象,而是"文革"结束前27年的许多作品共有的现象。"十七年"时期的几部有影响的作

① 王蒙:《王蒙活说〈红楼梦〉》,作家出版社2005年版,第183页。

品"三红一创青山保林"[①] 都是如此。比如杨沫的《青春之歌》,小说虽然书写的是知识分子林道静如何克服自身的小资产阶级世界观而成长为无产阶级革命分子的故事,但在小说叙事中我们处处感受到了启蒙话语与革命话语的缠绕纠结,是这两种话语压制与反压制的矛盾。林道静离家出走、从反抗包办婚姻到爱上余永泽,这与"五四时期"知识女青年所走的道路是完全一样,而后离弃余永泽爱上卢嘉川,并不意味着她走向革命,而是生性浪漫渴望冒险的林道静对卢嘉川的英俊外表与其背后神秘的革命的向往,经历了狱中锻炼最后与江华的结合,表面上是林道静皈依了革命集体,而林道静的内心仍旧并不甘心。也就是说,林道静并没有被彻底改造,她的内心始终处在启蒙与革命的两种话语的矛盾撕扯之中。同样,柳青的《创业史》也存在着一种难于克服的矛盾:即为政治服务的狭隘性与浓郁生活气息的宏阔性的矛盾,由先验的政治取舍的概念化与生活原生态的真实性的矛盾。作为党员作家,柳青为政治服务的态度是自觉地。在"第一部结局"部分柳青引用毛泽东的批示:"从中华人民共和国成立,到社会主义改造基本完成,这是一个过渡时期。党在这个过渡时期的总路线和总任务,是要在一个相当长的时期内,逐步实现国家的社会主义工业化,并逐步实现国家对农业、对手工业和对资本主义工商业的社会主义改造。这条总路线是照耀我们各项工作的灯塔,各项工作离开它,就要犯右倾或'左'倾的错误。"但是,柳青长期生活在农村,对原生态生活非常熟悉,于是在对梁生宝等人物塑造上,虽然也不可避免地拔高(党的忠实儿子),但作者采取了让梁生宝围绕发展生产、靠多打粮食的优越性的方式与其他势力进行和平竞赛。小说虽然写了各种各样的错综复杂的矛盾斗争,但正面的、激烈的公开交锋几乎没有,而是一种思想意识上的交锋,是通过发展生产的和平竞赛来体现社会主义集体化优越性的较量。书中用县委杨副书记的话"靠枪炮的革命已经成功了,靠优越性、靠多打粮食的革命才开头哩"来作为点睛之笔,深刻概括了当时我国农村的实际情况和历史特点。这是柳青《创业史》的独特之处,也是柳青坚持现实主义创作态度的结果,以自己熟悉的农村生活原生态消解先验政治概念的一种并非自觉的表现。还有宗璞的《红豆》,革命与爱情的矛盾纠结,使人性具有了深厚的复杂性。

实际上,王蒙在50年代的写作,也是具有这种矛盾性的。他的《青春万岁》充满激情和理想主义,但即便这样的小说,其中也隐隐约约地透出一种不自觉

① 指《红旗谱》、《红岩》、《红日》、《创业史》、《青春之歌》、《山乡巨变》、《保卫延安》、《林海雪原》。

的矛盾心态。比如,苏宁的哥哥苏君批评杨蔷云时有这样的对话:

苏君掏出一条女人用的丝质手绢,用女性的动作擦擦自己的前额。收起来,慢慢地说:"……我不反对学生可以集会结社。但也不赞成那么小就那么严肃。在你们的生活里,口号和号召非常之多,固然生活可以热烈一点,但是任意激发青年人的廉价的热情却是一种罪过……"

"那么,你以为生活应该怎么样呢?"

"这样问便错了。生活是怎么样就是怎么样,而不是'应该'怎么样。人生为万物之灵,生活于天地之间,栖息于日月之下,固然免不了外部与内部的种种困扰。但是必须有闲暇恬淡,自在逍遥的快乐……"

这里的批评,王蒙显然站在理想主义立场加以否定,但不是简单的否定,而是让杨蔷云不能不"低下头,沉思","然后严肃而自信地向着苏君摇头",发表了一篇宏大的庄严的议论,这时作品写道:"于是蔷云轻蔑地、胜利地大笑,公然地嘲笑苏君的议论。"显然,杨蔷云"低下头,沉思"的描写,实际上体现了王蒙对苏君意见的矛盾态度。

而后的《组织部新来的青年人》中这种矛盾已经到了不能克服的地步。比如"第六节写林震在党小组会上受到严厉批评,林震的辩解是:'党章上规定着,我们党员应该向一切违反党的利益的现象作斗争……'刘世吾的批评是:'年轻人容易把生活理想化,他以为生活应该怎样,便要求生活怎样,做一个党的工作者,要多考虑的却是客观现实,是生活可能怎样。年轻人也容易过高估计自己,抱负甚多,一到新的工作岗位就想对缺点斗争一番,充当个娜斯嘉式的英雄。这是一种可贵的、可爱的想法,也是一种虚妄……'听到这种批评,林震的反应是:'像被击中了似的颤了一下,他紧咬住了下嘴唇。'这里攻击'应该'的刘世吾的声音显然比苏君的声音要强大得多,而林震的声音比起杨蔷云来也弱小得多,不自信得多,他的反应也比杨蔷云要强烈得多。而在作者的自我意识中,林震的来自书本的理想主义规范化语言是一条正途,刘世吾的基于现实的'实际主义'显然是一种对乌托邦话语的偏离,但它也是具有一定的合理性的,作者找不到驳斥的理由,他只有惶惑和矛盾,然而作者又渴望把刘世吾的'实际主义'统一到林震的理想主义上来,唯一的解决方法就是寻求最高意识形态话语——权力的支持。"①

王蒙在1957年反右运动中的落马,被迫搁笔,自我放逐新疆,直到"文革"后期的重新提笔写作,王蒙思想中的这种矛盾非但没有削弱,反而愈发地强化

① 郭宝亮:《王蒙小说文体研究》,北京大学出版社2006年版。

起来。这正是极左政治与日常生活的严重不搭调的结果。

我们不应该过分抬高《这边风景》的艺术价值，它只是王蒙写作链条上的一环。严格地说，它其实还是一部颇有瑕疵的作品。但是，它对我们研究王蒙，理解王蒙乃至研究"文革"创作具有重要的意义。这部作品之所以有认识的价值，正是它的这种现实主义的矛盾叙事，真实地表现出了王蒙乃至那个时代人们对待政治与生活的态度。在那个时代，王蒙通过矛盾叙事写出了生活的复杂性，这也为新时期的王蒙写作开了先河。

郭宝亮：河北师范大学文学院

噤声时代的文学记忆
——《这边风景》略论

温奉桥　李萌羽

王蒙与新疆是一个永远无法绕开的话题。自70年代末从新疆“归来”后的王蒙创作了《歌神》、《买买提处长轶事》、《杂色》等一系列描写新疆伊犁的作品，特别是长篇小说《这边风景》与《在伊犁》系列小说，更是构成了王蒙新疆小说特别是“伊犁叙事”的“双璧”。

一

王蒙的《这边风景》是一部命运多舛、具有传奇色彩的小说，抛开小说的具体内容不谈，单就这部小说的“身世”而言，也颇具文学史的价值和意义。

为了改变自“文革”以来文艺界的全面凋敝状态，1971年12月16日，《人民日报》发表了《发展社会主义的文艺创作》的短评，从1972年开始，文学创作的氛围开始了稍稍松动。此时，身在新疆正接受“劳动改造”的王蒙也感受到了这种变化，特别是在他受到安徒生描写一个人一事无成的童话“刺激”后，产生了写一部反映伊犁农村生活的“大长篇”的愿望并“悄悄地”开始写作，王蒙所说的“大长篇”就是《这边风景》。

《这边风景》酝酿、写作于“文革”时期，这在很大程度上决定了这部小说的艺术风貌和审美取向。崔瑞芳曾谈到王蒙创作这部小说时的情景：“当时，‘四人帮’正在肆虐，‘三突出’原则统治着整个文艺界。王蒙身受20年‘改造’加上‘文革’10年教育，提起笔来也是战战兢兢，不敢越雷池一步。作品中的人物又必须‘高大完美’，‘以阶级斗争为纲’，于是写起来矛盾。在生活中，他必须‘夹起尾巴’诚惶诚恐，而在创作时又必须张牙舞爪，英勇豪迈。他自己说，凡写到‘英雄人物’，就必得提神运气，握拳瞪目，装傻充愣。这种滋味，不是‘个中人’是很难体会得到的。”[①] 虽然王蒙具有杰出的文学才华和深厚的生活经验，但《这边风景》“仍然不能令人满意”，不得不暂时搁置。1977年寒假，崔瑞芳从新疆回京探亲，趁此机会把书稿交给了中国青年出版社的黄伊，1978年，王蒙应中国青年出版社之邀，到北戴河对这部小说进行了修改，“虽花了很大力气”，但终因“整个架子是按‘样板戏’的路子来的，所以怀胎时就畸形，先天不足”，不得不“报废”。[②] 1979～1981年间，王蒙再一次试图对这部小说进行“起死回生的拯救”，小说的第1～2、3～5章曾分别在1978年7、8月号的《新疆文艺》上发表，《东方》1981年第2期也曾以《伊犁风情》为名发表过小说的部分片断。虽然发表了部分章节、片段，但终因《这边风景》的整体内容和思想意识无法适应新时期以来变化了的新形势，最终还是难脱“因政治可疑而被打入另册”[③] 的命运，不得不再次搁置起来。2012年，搁置多年的《这边风景》偶然的机会重被发现，从“坟墓中翻了一个身”，走了出来，作者在“基本维持原貌，在阶级斗争、反修斗争与崇拜个人的气氛方面，做了些简易的弱化”[④] 的同时，进行了两次校订、修改，并增加了每章后面的“小说人语”，终于在时隔近40年后以新的面目“重见天日”，最终完成了“从遗体到新生”的过程。在当代文学史上似乎还没有哪一部小说像《这边风景》这样，从写作到问世经历过如此曲折、反复的过程。从《这边风景》身上，可以看到中国当代文学更多的前世今生。

新疆是王蒙的受难地，也是王蒙的“福地”。1963年，因《组织部来了个年轻人》被错划成“右派”的王蒙，怀着重新燃起的对生活的渴望和对文学的热爱，“自我放逐”到了新疆，由此，王蒙从一个少年得志、才华横溢的青年作家，一个猛子扎到了边疆农村生活的最底层，直到1979年离开，王蒙在新疆生活、劳动了16年，特别是1965～1971年，王蒙更是以一个普通农民的身份在伊犁巴彦岱公社毛拉圩孜大队“劳动锻炼”了整整六年，并一度担任该队的副大队长，这期间，王蒙寄居在维吾尔农民家里，与当地各族农民同吃、同住、同劳动，学会了从赶车到扬场的全套农活，王蒙后来回忆道：“与伊犁的邂逅是小说人生命中最重要的事件”[⑤]。王蒙多次称新疆是他的“第二故乡”，称自己是

① 崔瑞芳：《我的先生王蒙》，长江文艺出版社2004年版，第107页。

② 崔瑞芳：《我的先生王蒙》，长江文艺出版社2004年版，第110页。

③ 王蒙：《这边风景·后记·情况简介》（下卷），花城出版社2013年版，第704页。

④ 王蒙：《这边风景·后记·情况简介》（下卷），花城出版社2013年版，第704页。

⑤ 王蒙：《这边风景》（下卷），花城出版社2013年版，第701页。

一个“巴彦岱人”。

在一定意义上，没有新疆16年的生活就不会有今天的王蒙，当然，更不会有王蒙描写新疆生活的200多万字的作品。维吾尔族诗人乌斯满江曾说：“王蒙被错划成右派，这是他的不幸，但对维吾尔人，维吾尔文学来说，又是莫大的幸运。如果他不被打成右派，他到不了新疆，他也不会掌握维吾尔语，我们也读不到那么多写维吾尔人的动人的亲切的作品了。”[①] 王蒙这些描写新疆的作品，不但是王蒙创作的重要组成部分，也是中国当代文学独特而瑰丽的存在，特别是他的《在伊犁》和《这边风景》，不仅是汉族作家描写新疆农村少数民族生活的最杰出的小说，也是当代文学跨文化写作的杰出范例。王蒙没有辜负伊犁河畔“行吟诗人”的桂冠，他把最深情最执着的诗篇献给了伊犁这块“在我孤独的时候给我以温暖，迷茫的时候给我以依靠，苦恼的时候给我以希望，急躁的时候给我慰安，并且给我以新的经验、新的乐趣、新的知识，新的更加朴素的与更加健康的态度与观念的土地。”[②]《在伊犁》和《这边风景》构建了王蒙小说的“伊犁叙事”。当然，由于书写年代不同，在这两部小说中表现出来的文化心态也迥然相异，《在伊犁》用的是回望的视角，而在《这边风景》这部70万字的小说中，王蒙则从当下性视角更为切实完整地书写了特殊年代的个体经验。《这边风景》不仅是王蒙对于伊犁的爱恋和歌哭，也是当代文学噤声时代的独特记忆。

无论是遗忘还是“捂盘惜售”(徐坤语)，在尘封了近40年后《这边风景》的出版都是一件具有文学史意义的事件，甚至，其意义可能超越了这部小说的自身价值。就王蒙个人创作谱系而言，《这边风景》无疑填补了他创作的一个空白，使王蒙横跨60年的文学创作链条得以完整，在王蒙整个创作链条上，《这边风景》占有一个特殊的承上启下的位置：一方面它内在地承续了50年代《青春万岁》的理想主义的余绪，使王蒙50年代和新时期前后两个不同历史时期的写作得以连接和延续，从而使王蒙不同历史阶段的创作风貌得以清晰完整地呈现；更为重要的是，《这边风景》暗含了王蒙新时期小说变革的“基因”和可能，在《这边风景》中可以隐约发现王蒙后来“季节系列”小说的某种因缘和内在根据。其二，就中国当代文学特别是新时期以前的文学而言，《这

① 楼友勤：《维吾尔友人谈王蒙》，温奉桥编：《多维视野中的王蒙——第一届王蒙文学创作国际学术研讨会论文集》，中国海洋大学出版社2004年版，第339页。

② 王蒙：《故乡行——重访巴彦岱》，《王蒙文存》(第14卷)，人民文学出版社2003年版，第139页。

边风景》的出版，则具有某种“考古学”的意味。在以往的当代文学史中，“文革”时期的文学基本是空白，即使偶尔提及，也大多是作为某种概念化的反面典型，很少正面论述其美学价值和文学史意义。《这边风景》让我们有可能重新反思既往文学史的某些“定论”，重新审视、评价包括“文革”文学在内的整个新时期之前的文学创作。如果将《这边风景》置于社会主义文学运动的整个生态系统和价值坐标值中来考察，无疑会对整个当代文学整体艺术风貌和美学价值特别是“文革”文学的整体认知和评价产生影响。从这个意义上讲，《这边风景》对于中国当代文学史而言，同样具有重要的价值和意义。

独特的历史境遇造就了《这边风景》，并赋予了这部小说独特的艺术和审美品格。王蒙从一开始就对这部小说有清醒的认识，他在解释为何是“大长篇”时坦言：“因为当时政治上的陷阱太多，越写的短越会顾此失彼。只有写大了，才好设防。”[①] 王蒙“大长篇”的策略无疑是正确的。按照王蒙当时的设想，《这边风景》所要描绘的是“伊犁农村的风土人情，阴晴寒暑，日常生活，美丽山川，特别是维吾尔人的文化性格。”[②] 应该说，作者的“初衷”在这部小说中得到了出色达成。客观而言，这部创作于“文革”期间的小说，由于当时作者基本处于“半地下写作”状态，只能“悄悄地”写作，文学创作上的各种框框严重束缚着作者的想象力和创造力，因而，《这边风景》难免带有那个时代激进政治特别是创作上“三突出”的影子，无论是小说的故事构架还是人物设置，没有完全摆脱当时此类小说的规格化、模式化以及“观念论证式的结构”的流行模式，对此，王蒙并不讳言：“这篇小说很注意它的时间与空间坐标下的‘政治正确性’，它注意歌颂毛主席与宣扬千万不要忘记阶级斗争，它注意符合在‘文革’中吹上天的‘文艺新纪元’种种律条。……小说人没有可能另行编码，只能全面适应与接受当时的符码与驱动系统，寻找这种系统中的靠拢真实的生活与人、当然也必会有的靠拢小说学的可能性。”[③] 从中可以看出作者在当时特殊政治语境下不得不如此的无奈、游移而又心有不甘。但如果轻率地把《这边风景》仅仅看作是“过时”的“文物”，就会失去对这部小说的美学及文学史价值的正确认知和判断，当然，如果将它与王蒙或其他作家的当下写作置于同一评判尺度下，也不是一种历史主义的态度。就整体而言，《这边风景》在可能的程度上最大限度地保持和体现了某种“文学性”，保留了更多的生活

---

① 王蒙：《这边风景·后记·情况简介》（下卷），花城出版社 2013 年版，第 704 页。

② 王蒙：《王蒙自传·半生多事》，花城出版社 2006 年版，第 358 页。

③ 王蒙：《这边风景》（下卷），花城出版社 2013 年版，第 543～544 页。

质感以及作家的个体经验和文学想象，特别是对伊犁少数民族日常生活的诗意描写和对生活细节的精微刻画，展示了作者超强的写实功力，增强了作品的真实感和历史感，在最大程度上保留了历史的生动性和丰富性，并赋予了这部创作于“文革”期间的小说某种超越性审美品格，这正是这部小说在今天得以出版并被广泛接受的前提。

二

在《这边风景》这部小说中，王蒙从伊犁农村生活的切身经验出发，通过对跃进公社爱国大队两条路线斗争以及生产生活的描写，立体地全景式地向人们展示了20世纪60年代初新疆伊犁农村的历史文化和日常生活，是一部描写新疆伊犁农村生活的百科全书式的小说。从故事层面而言，《这边风景》虽然写了1962年震惊中外的“伊塔事件”、1964年的“四清”运动等政治事件以及两条路线的斗争，但与小说所表现出来的宏大叙事相比，《这边风景》更是一次充满了生活质感的诗意叙事。

《这边风景》的美学价值首先表现在作者对边地伊犁自然景物、民风民俗、宗教信仰以及民族性格的生动描绘。在这部小说中，王蒙以丰实饱满细腻缜密的笔触，出色地原汁原味描写了新疆伊犁各族人民特别是维吾尔族农民真实鲜活的生活以及独特的文化个性，这构成了这部小说持久的艺术魅力。虽然从一开始王蒙首先考虑特别注意这部小说“符合政策”，但毋庸讳言，这部小说的艺术成就和魅力当然不是来自“政治正确”，甚至相反，在审美效果上小说对生活的描写反而把两条路线斗争压倒或者说消解了，正如作者所言：“万岁的不是政治标签、权力符号、历史高潮、不得不的结构格局；是生活，是人，是爱与信任，是细节，是倾吐，是世界，是鲜活的生命。”[①] 更确切地说，政治性书写仅仅构成了这部多声部小说的一个声部、一个维面，而维吾尔人的日常生活才是作者真正描写的所在，正如作者在谈到另一描写伊犁生活的小说《在伊犁》所言：“虽然这一系列小说的时代背景是那动乱的十年，但当我一一回忆起来以后，给我强烈地冲击的并不是动乱本身，而是即使在那不幸的年代，我们的边陲、我们的农村、我们的各族人民竟蕴含着那么多的善良、正义感、智慧、才干和勇气，每个人心里竟燃着那样炽热的火焰，那些普通人竟是那样可爱、可亲、可敬，有时候亦复可惊、可笑、可叹！即使在我们的生活变得沉

① 王蒙：《这边风景·后记》(下卷)，花城出版社2013年版，第703页。

重的岁月，生活仍然是那样强大、丰富、充满希望和勃勃生气。”[①] 无论什么时候，生活才是文学表现的中心，对生活自身而不是对阶级斗争的痴迷和眷恋，正是《这边风景》与同类小说相比“胜出”的根本原因。

王蒙曾多次谈到对生活的“入迷的‘不可救药’的兴趣和爱”[②]，这是王蒙的“主义”和宗教，也是他文学创作的深层根据和动因，这在客观上帮助作者完成了对“政治”最大限度的突围，从而在可能的程度上赋予了这部小说浓郁的生活气息和坚硬的生命质感。相对而言，《这边风景》与创作于“文革”期间的同类作品相比，概念化、模式化的东西相对较少，这一方面源于王蒙杰出的艺术才华，另一方面更重要的原因则是源于作者对生活和文学的爱和信念，与某些政治“信条”相比，王蒙更感兴趣更痴迷的是生活本身，是伊犁农村那些日常的琐碎的切肤的日子即“亲切的令人落泪的生活”[③]，还没有哪一部小说像《这边风景》这样如此丰富真切而又细致深入地描绘了伊犁农村维吾尔人日常生活的方方面面：从雪峰、草原、牧场、河谷、果园、高大的白杨树、潺潺流淌的渠水、大片的条田等具有独特地域特色的自然景观，打馕、刷墙、赶车、看磨坊、修水渠、扬场、打钐镰，抓饭、奶茶、酥油馕、酸马奶、土造啤酒、大半斤、米肠子、拉面条，坎土曼、抬把子、生皮窝子、热瓦甫、都塔尔等具有充满了民族特色的衣食住行，以及喜庆、祝祷、丧葬，甚至颇具宗教色彩的乃孜尔、托依等都进行了细致精微的描写，例如小说对麦收开镰之前动员大会节日般的热闹场景的描写：“一到庄子，就可以感到这种节日气氛。空气里弥漫着青草、牛粪和柴烟的气味。以乌尔汗为首的几个妇女正在洗牛杂碎，一道小渠里的流水都变成了绿色的了。米琪儿婉在另一侧的大木桶里洗面团，洗出淀粉水来灌到牛肺里：本来拳头那么大小的牛肺灌得五倍地、十倍地、滚瓜溜圆地膨胀起来……泰外库在厨房房檐下拿着把快刀在卸牛皮，他穿着干净，腰里系着崭新的褡包，略略歪戴着帽子，很有些神气。今天，他是以屠夫的身份来客串食堂的工作的。牛就是他宰的，这使他似乎显得体面了些。人们喜气洋洋地，带着几分敬意向他问好。”[④] 如果说《在伊犁》是从一个个侧面来描写维吾尔人的生活的话，《这边风景》则是一次正面全方位的书写，王蒙对伊犁维吾尔人日常生活的描绘，不仅具有很高的文学价值，而且具有重要的民俗学价值。

---

① 王蒙：《王蒙文存》（第 8 卷），人民文学出版社 2003 年版，第 236～237 页。

②《王蒙致何士光》，《当代作家评论》1984 年第 4 期。

③ 王蒙：《这边风景·前言》（上卷），花城出版社 2013 年版。

④ 王蒙：《这边风景》（上卷），花城出版社 2013 年版，第 188～189 页。

同时,《这边风景》塑造了一大批既具有鲜明的时代感又充满了生活气息的个性丰满的少数民族人物形象。早在《在伊犁》中,王蒙就塑造了如穆敏老爹、“傻郎”马尔克等许多具有独特个性的维吾尔族农民的形象,给读者留下了深刻印象,《这边风景》则更为深入地塑造了一系列别具个性气质的艺术形象,不仅使“文革”期间的文学增添了一些清新的更富有生活气息和质感的文学形象,提升了彼时中国文学的艺术境界,而且极大地丰富了中国当代文学的人物画廊。例如,一生敬畏、顺从、谨慎又胆小怕事的中农阿西穆,这是一个具有很高的审美价值的独特形象,因长期饱受巴依、伯克等人的压迫,心灵上担负着沉重的负担,由于愚昧,致使女儿爱弥拉克孜失去了一只手,由于胆小,坚决反对儿子伊明江担任生产队的查账员,他一生的信条就是“服从”和“要懂得害怕”:“哪怕上级任命这根不会说话的柱子当队长,我们见了它也要低头行礼!”但是就是这样一个充满了敬畏、害怕和谨小慎微的穆斯林,在时代的剧烈变局中,他生活得像风中的树叶,哆哆嗦嗦,战战兢兢,他不明白为什么孩子们都不再听话,为什么世界变成了这个样子?面对生活的一系列“变故”,他反复问自己是不是“胡大已经准备拿走他的灵魂”,“是不是因为去年斋月他白天无意识地咽下一次口水?”(穆斯林在斋月中不得进食、饮水,也不准咽口水)。另一形象穆萨是王蒙的一个独特创造,他绝不是一般意义上的正面或反面人物,他要复杂得多,他一当队长就神气、一神气就发脾气,表面大大咧咧、吊儿郎当,动辄吹牛冒泡,实则十分精明,有自己的分寸和底线:“有人骂我是流氓,有人骂我是坏蛋,但是,从五岁到今天,没有一个人不佩服我的聪明!谁不知道我穆萨四十只脚……让有些人把我看成个牛皮大王、半疯半傻的苕料子吧!我的算计,都在肚里呢!真正的厉害人,犄角不长在额头,而是长在肚囊里!”[①] 此外,清真、虔敬、自律的宣礼员亚森木匠,花儿一样美丽、纯洁、善良的雪林姑丽、米琪儿婉,自尊、好强、柔情的爱弥拉克孜,粗犷、豪爽、内心又极其脆弱的马车夫泰外库,热情、质朴、一心为公的艾拜杜拉,诡诈、阴险而又善于交际的库图库扎尔,以及绝望、屈辱、被生活压扁的未老先衰的乌尔汗。这些个性鲜明、美丽多情的少数民族文学形象,相反,作为《这边风景》着力塑造的社会主义“新人”形象伊力哈穆,则带有更多的理想主义色彩,未免有些概念化。

更重要的是,《这边风景》写出了维吾尔人的精神和心灵生活。在这部小说中,王蒙不仅以地道的伊犁农民的语言来描写当地少数民族的生活,而且通过一个个精确传神的细节描写,描摹出了维吾尔人特有的个性、气质以及热情

---

① 王蒙:《这边风景》(上卷),花城出版社2013年版,第226页。

而质朴的灵魂，深刻地写出了维吾尔族特有的民族文化性格以及那种“天真的生趣”。维吾尔是一个乐观、热情、幽默的民族，就像他们的歌中所唱的：如果您还有酒，就不要放下酒杯；如果你还有肉，就赶快烧火营炊；如果您还有腿，就赶快去找情人，要及时行乐哟，以免老来失悔！同时又是一个智慧、达观的民族，他们对生活、生命有自己独特的理解，例如年长的护林员老汉斯拉木劝慰阿卜都热合曼：“不要生气，热合曼那洪，这个世界上，一切都是可能的，天上有多少星星，地上就有多少种人。有白天就有黑夜，有鲜花就有刺草，有百灵就有乌鸦，有骏马就有秃驴……随他去吧……”“就是这样，”斯拉木补充说，“要忍耐，不要恼怒。忍耐的底下是黄金，而恼怒的底下是灾难。”[①] 维吾尔又是一个多礼、颇擅言辞的民族，小说有一细节描写库瓦汗拿着两包方糖到帕夏汗家串门，临走的时候帕夏汗送给她一碗牛奶、两个烤包子和一串葡萄，两个女人“话别”的场景：一个女人说：“就这样空着手来您这儿，我真害羞。”另一个女人说：“让您这样空着手走了，我真抱歉。”然后两个人共同叹息：“有什么办法呢？我们的境况就是这样。”……“您经常到房子里来嘛！我们壶里煮着的茶水，总是为了您这样的客人而沸腾！”“您也多多到我那儿去呀，我们家的饭单，总是为了您这样的贵人而铺展。”两个女人都十分感动，满眼含着泪，依依不舍地分手了。[②] 这些描写都精准地刻画出了维吾尔人独特的民族个性。维吾尔诗人乌斯满江·达吾提曾说，读王蒙的作品“就像老朋友面对面地谈心交心，自然、亲切，丝毫没有民族的隔阂。”[③] 应该说，当代作家中还没有另一个人能像王蒙这样如此深刻地理解并真切、细致地表现出了维吾尔人的内心世界和灵魂。难怪有的新疆读者把王蒙描写维吾尔人生活的小说称为“维吾尔塔兰奇文学”（“塔兰奇”意为拓荒者）。

三

不止一个人谈到王蒙的“诗人气质”，陆文夫很早就说过“王蒙首先是个诗人”，“诗人”的确构成了王蒙创作的某种挥之不去的底色。《这边风景》同样打下了“诗人”王蒙的鲜明徽记，回荡着诗人的激情，《这边风景》是噤声年代罕有的激情写作。

---

① 王蒙：《这边风景》（下卷），花城出版社 2013 年版，第 537～538 页。

② 王蒙：《这边风景》（下卷），花城出版社 2013 年版，第 362 页。

③ 楼友勤：《维吾尔友人谈王蒙》，温奉桥编：《多维视野中的王蒙——第一届王蒙文学创作国际学术研讨会论文集》，中国海洋大学出版社 2004 年版，第 339 页。

在《这边风景》这部以朴实健朗风格见长的现实主义小说中，依然可以看到王蒙20世纪50年代特别是《青春万岁》的影子，理想主义在这部小说中并未完全退隐，王蒙的“挚诚”——“少共”之心依然存在，这在很大程度上塑就了这部小说独特的审美气质和美学风度。从审美风格和内部构成而言，《这边风景》具有两个显著特点：传奇性和抒情性。小说的传奇性从一开始就显现出来了：反颠覆斗争，粮食被盗，死猪事件，“四清”斗争，都颇具传奇性，库图库扎尔、里希提、伊力哈穆等人的成长故事，也同样充满了传奇色彩，特别是小说的下卷基本围绕泰外库的“情书事件”展开故事，则不仅具有传奇性，更有结构上的考量。但真正构成这部小说灵魂和魅力的还不是这些颇具传奇色彩的故事，而是小说的抒情性，这决定了《这边风景》的浓郁的诗意和深情的笔致。

《这边风景》的诗意首先源于对爱情的书写。在那个特殊的政治压倒一切、政治消解了一切的年代，爱情已成为某种文学禁忌。《这边风景》中对爱弥拉克孜与泰外库、雪林姑丽与艾拜杜拉、米琪儿婉与伊力哈穆的爱情，以及吐尔逊贝薇与雪林姑丽、狄丽娜尔之间胜似姐妹般的友谊的描写，曲折委婉，幽雅深致，表现了特殊年代爱情的美好，生活的美好，人性的美好，为小说平添了许多浪漫气息。小说第18章“麦收时节的谐谑曲与小夜曲”一节，描写雪林姑丽面对艾拜杜拉引发的无限柔情：

她轻轻地踏着月光走到了庄院口，坐在一条泛着明月青光的渠水旁。一渠青光，闪烁着，一会儿伸延，一会儿收缩，一会儿散乱，一会儿粘连。周围的一切也都笼罩在这神秘而柔和的光辉里，好像大地也蒙上了一层薄薄的面纱，显得文静而美丽。在夏夜的无边的静谧中，可以更加清晰地听到多种多样的声响：马、牛在咯吱咯吱地嚼草，从遥远的地方传来了两只狗的起劲的叫声，夜间驾驶的汽车隆隆地过去了。轻风吹动玉米叶子，刷拉刷拉地响。如果静心谛听，还可以听见一种轻微的“咔咔”声。雪林姑丽想起父亲曾经对她讲过，在七月，正是玉米拔节的时节，浇过水以后，玉米猛长，夜静的时候可以听到玉米拔节的声音。莫非这正是那生命的成长壮大的声响吗？……在夏日的夜晚，田野上还弥漫着一种香气，有青草的嫩香，有苜蓿的甜香，有树叶的酒香，有玉米的生香，有小麦的热香，还有小雨以后的土香，凉风把阵阵变化不定的香气吹到雪林姑丽的鼻孔里，简直使人如醉如痴。①

这是全书写得最柔软、浪漫、多情的部分，充满了浓浓的诗意，写出了日常生活中人性的柔软和美丽，多情和浪漫，善良和美好。在这里作者把丁香花

① 王蒙：《这边风景》（上卷），花城出版社2013年版，第205页。

(“雪林姑丽”即是“丁香花”的意思)一样美丽的女子的柔情与大自然的声息融为一体,这既是一出爱情的赞歌,又是一首劳动的圣歌,也是人性的颂歌。爱情、女性、劳动、文学完全融为了一体。如此柔软多情的文字,在整个70年代文学中并不多见。

除了爱情,小说的诗意更表现为对劳动的激情书写。就小说情节而言有坏人、有斗争、有阴谋,但小说充满了热爱劳动、热爱自然、热爱生活的开阔刚健、明朗乐观的格调,洋溢着一种理想主义的诗性光辉。王蒙曾说,整部小说虽然写得处心积虑、小心翼翼,但仍不失为一次“生气贯注”[①]的书写,最“生气贯注”的是小说对对劳动场面的充溢着圣洁和诗意光辉的礼赞和书写。第21章,对伊力哈穆“夏夜扬场”的描写:

忽然,一阵小风,伊力哈穆一跃而起,天已经大黑了,满天的繁星眨着眼。伊力哈穆拿起了五股木叉,扔了两下,试了试风向和风力,然后旋即拉开架子,一下接一下地扬了起来。风很好,扬场像一种享受。本来混杂了那么多尘土、秸秆、毛刺、碎叶的,扎扎蓬蓬、不像样子的一大堆乱七八糟的脏东西,轻轻一抛,经过风的略一梳理,就变得条理分明、秩序井然、各归其位。星光下,一团有一团的尘土像烟雾一样地伸展着身躯飞向了远方。秸秆飘飘摇摇、纷纷洒洒、温柔地、悄无声息地落在场边。麦粒呢,在夜空中像训练有素的列兵一样,霎时间按大小个排好了队,很守规矩地落在了你给他们指定的地点。[②]

再如,“打馕”是维吾尔人最日常最司空见惯的家务劳动,但就是这样再普通不过的劳动,在作者笔下,却同样充满了蓬勃的诗意和激情,充满了创造乃至自由的快感:土炉烧好了,院落里弥漫着树叶、树枝和荆蒿的烟香。面也揉好了,米琪儿婉和雪林姑丽都跪在那块做饭用的大布跟前,做馕剂儿。做馕,是从来不用擀面杖的,全靠两只手,捏圆,拉开,然后用十个指尖迅速地在馕面上戳动,把需要弄薄的地方压薄,把应该厚一点的地方留下,最后再用手拉一拉,扶一扶,保持形状的浑圆,然后,略为旋转着轻轻一抛,馕饼便整整齐齐地排好队,码在了大布上。最后,她们用一束鸡的羽毛制成的“馕花印章”,在馕面上很有规划地、又是令人眼花缭乱地噗噗噗噗地一阵戳动,馕面上立刻出现了各式各样的花纹图案,有的如九曲连环,有的如梅花初绽,有的如雪莲盛开……新打好的馕上面,充满了维吾尔农妇的手掌的勤劳、灵巧与温暖的性感。[③]

---

① 王蒙:《这边风景·后记》(下卷),花城出版社2013年版,第702页。

② 王蒙:《这边风景》(上卷),花城出版社2013年版,第255页。

③ 王蒙:《这边风景》(下卷),花城出版社2013年版,第609页。

这是诗！是美！是闪光的文字！在那个特殊的年代，很多东西值得反思，但是这样一种对于劳动的圣洁无比的情感，无论何时都不会过时，都值得尊重和怀恋。巴赫金曾说:“乡土小说里的日常生活得到了改造:日常生活诸因素变成为举足轻重的事件，并且获得了情节的意义。”[①] 这里对于劳动的描写，没有后来小说的惩戒性、自虐性内涵，劳动不再是苦难叙事的必然所指，而是充满了真诚、快乐和激情，洋溢着人与自然、人与人之间和谐与美好，且具有了某种精神性即马克思所说的“把劳动当做他自己体力和智力的活动来享受”，这既是劳动的过程，更是美的享受，充满了创造和自由的愉悦，在这里，劳动、美、自由与创造完全融为一体。《这边风景》中对于劳动场景的描写，并不是一种特殊语境下的政治性想象，而是赋予了前所未有的自由、创造、激情与诗意的内涵，王蒙在这里所描写的已经不单纯是劳动场景，而是通过劳动场景的书写，努力发掘社会主义新生活带给农民的精神世界之美。如果《这边风景》的写作看作是“幽暗的时光隧道中的雷鸣闪电”[②]，那么小说中关于劳动场景的动情书写则是整个“文革”文学中最酣畅的“雷鸣闪电”。

美、健康与劳动结合在一切，这是对劳动的礼赞，也是那个单纯年代的最圣洁的情感。具有浓郁的抒情色彩，这是一种单一的情感方式，也是一种纯洁无瑕的情感方式，多么可爱的夏夜，多么可爱的劳动场景，多么可爱的王蒙！王蒙小说的这种如此简单而又圣洁的描写，在其以后的小说中似乎并不多见了。

四

《这边风景》是当代文学一次跨文化写作的成功试验，是一部跨文化写作的经典范本。

王蒙是当代汉族作家中仅有的精通维吾尔语的作家，新疆 16 年生活，给予王蒙最大财富是他熟练掌握了维吾尔语，使他有了“另一个舌头”，不仅能够与当地维吾尔族农民毫无障碍交流，更重要的是他掌握了一把走进维吾尔族历史和文化的钥匙，能够透过维吾尔人的日常生活更深入更全面地了解他们的思维方式、情感特征、价值观念，进而走进了维吾尔人的生活和心灵世界，正如维吾尔诗人热黑木·哈斯木所认为的:“汉族作家反映维吾尔生活，能让维吾尔读者称赏叫绝，说到底，就因为王蒙通晓我们的语言文化，懂我们的

① [俄] 巴赫金:《巴赫金全集》(第 3 卷)，河北教育出版社 1998 年版，第 429 页。

② 王蒙:《这边风景·后记》(下卷)，花城出版社 2013 年版，第 702 页。

心。"[①] 美国作家阿瑞尔•道夫曼曾说,"作家"的题中之意就包涵了"不适",如果对现实安之若素,他的笔将就此枯竭。也许王蒙是个"例外",王蒙多次强调他在新疆的生活是"如鱼得水",正是这种"如鱼得水",才有了《这边风景》以及后来"复出"后的《在伊犁》,因为,它们都充满了王蒙对这块土地的深沉的理解、爱和感激。德国哲学家乔治•齐美尔提出了文化上"异乡人"的概念,就文化身份而言,王蒙之于维吾尔族文化无疑是个"异乡人",这种"异乡人"的身份使王蒙对两种文化的差异格外敏感:新疆"使我有可能从内地——边疆、城市——乡村、汉民族——兄弟民族的一系列比较中,学到、悟到一些东西"[②],在更深刻的意义上,王蒙的"比较"视野源于对维吾尔族生活和文化的热情,源于作家对维吾尔人的爱,是爱使王蒙从一个文化的"异乡人"变成了真正的"巴彦岱人"。

王蒙对新疆各族人民特别是维吾尔人的生活和文化具有深刻的了解,他曾广泛阅读维吾尔族的文学作品和文化典籍,并翻译过维吾尔族作家马合木提•买合买提的小说《奔腾在伊犁河上》以及诗人铁依甫江等人的作品,所有这些都养成了王蒙的跨文化视野,王蒙说:"绝大多数情况下,题材、思想、想象、灵感、激情和对于世界的艺术发现来自比较——对比。了解了维吾尔族以后,才有助于了解汉族,学会了维吾尔文以后才既发现了维吾尔文的也发现了汉文的特点和妙处。了解了雪山、绿洲、戈壁以后,才有助于了解长安街。"[③]这种自觉的跨文化意识无疑给王蒙提供了更广阔的文化视野和更开放的文化心态,可以说,没有对维吾尔语的学习和掌握,就不会有《在伊犁》、《这边风景》等深得维吾尔人生活真味的作品。

维吾尔族一个是具有鲜明气质和文化个性的民族,《这边风景》没有猎奇,没有热衷于奇闻轶事的描写,而是怀着尊敬、喜爱、欣赏的心态,以跨文化的视野透过维吾尔人日常生活的描写,表现他们独特的生活情趣和文化心态:如当地居民习惯于把窗子开到临街的一面,以便透过精美的挑花窗帘可以欣赏繁华的街道和过往的行人,维吾尔人的日常生活充满了"美"和情趣,家家

---

① 楼友勤:《维吾尔友人谈王蒙》,温奉桥编:《多维视野中的王蒙——第一届王蒙文学创作国际学术研讨会论文集》,中国海洋大学出版社 2004 年版,第 338 页。

② 王蒙:《文学与我——答〈花城〉编辑部 ×× 同志问》,《王蒙文存》(第 21 卷),人民文学出版社 2003 年版,第 79～80 页。

③ 王蒙:《萨拉姆,新疆!》,《王蒙文存》(第 14 卷),人民文学出版社 2003 年版,第 33 页。

院子里都有葡萄架、苹果园、玫瑰花,不但窗帘、床围子、餐单、箱子、毡毯上绣有精美的挑花,甚至打馕包包子上也有花纹图案;穆斯林文化特别讲究生活的清洁和卫生,维吾尔人每年粉刷两次至少一次房屋,家家院门外都有供夏季乘凉用的土台子;维吾尔少女喜欢用奥斯玛草涂染墨绿色的长眉毛,用凤仙花涂染红指甲、红掌心和红脚心。在长期的历史文化中,维吾尔人养成了独特的生活观念:维吾尔人认为新鲜空气对人的健康十分重要,只要天气允许要尽量在室外"吃空气";维吾尔人十分"崇拜"夏天,认为夏天越热,出汗越多,身体就越健康,心情就越舒畅,没有夏天的汗流浃背,疾病就不能排除。同时,穆斯林在日常生活中也形成了一些独特文化观念或文化禁忌:维吾尔人普遍对粮食充满了敬畏,认为粮食是真主赐予的,一定要保持"清真",牛奶不小心洒在地上,一定要用土掩埋起来,饭前一定要洗手,严禁随地吐痰、擤鼻涕、放屁;即使在日常饮食方面,维吾尔人也有自己独特的规矩:许多食物的吃法、摆法、切法,都有固定的规矩,在吃馕和馒头的时候,决不允许拿起一个整得张口就啃;马是干净的合格的,而驴是不洁的违规的,因而穆斯林对马驴交配十分反感,与驴交配后的马是不能食用的,维吾尔人甚至认为羊肉的味道与屠宰的手艺有关,一个手艺高超的屠宰者通过他的妙手能使羸弱的瘦羊的肉变得鲜嫩肥美。王蒙对维吾尔文化的精透了解还表现为通过一些日常俗语、谚语乃至话语方式中,感悟并表现了维吾尔人独特的生存智慧、价值观念和生命意识。如在维吾尔人的日常生活中,把那些办事油滑、不留痕迹的人称为水不沾毛、了无形迹的"鸭子",把那些咋咋呼呼、外强中干者称为"装腔作势的雄鸡",把不靠谱的二百五称为"苕料子",用"比教驴子跳舞还难"来形容一个人的蠢笨,"命运向他背过脸去"形容一个人背时、不走运,"心里没病不怕吃西瓜"表示一个人坦荡磊落,"舌头上长出玫瑰花来"来形容一个人能言会道、巧舌如簧,再如,"结果多的枝子总是低着头""善言可以劈山,恶言可以劈头""胆小的长存,不怕的完蛋""金钱是手指甲缝里的泥垢,喉咙(指贪婪)是罪恶的根源""财富就像小鸟,不可能永远捏在手心""只要坚持,用柳条筐也可以打上水来""心术不正的人种出来的哈密瓜都会发苦"等,则充满了维吾尔人独特的幽默和智慧。至于具体的汉、维生活习性的细节描写在《这边风景》中更是随处可见:"维吾尔人形容大小长短与汉族最大的不同在于,汉族人形容大小长短,是用虚的那一部分,如用拇指与食指的距离,或左右两手的距离表示大小长短,而维吾尔人是用实体,如形容大与长,他可以以左手掌切向右肘窝,表示像整个小胳膊一样大,而用拇指捏住小指肚,则表示像半个小指肚一样小。"④

---

④ 王蒙:《这边风景》(下卷),花城出版社 2013 年版,第 594～595 页。

没有对维吾尔族生活和文化的深刻了解，就不可能有《这边风景》自觉的跨文化写作意识。

《这边风景》的跨文化视野，更深层的表现为维吾尔人独特的语言方式：如维族人常常用“白”来形容女人的漂亮：“白媳妇”“洁白的女儿”，“甜甜的好女儿”，这里的“白”“甜”并不是指颜色、味道，而是“漂亮”的意思。爱弥拉克孜与伊力哈穆的对话：“爱弥拉克孜姑娘，这是您吗？您在吗？”“伊力哈穆哥，您好，还能不在吗？”小说描写迪丽娜尔的歌声：她唱起来的时候，燕子都不在高飞，羊儿都停止了吃草；描写乌甫尔的妻子莱依拉能干：“她的家总是拾掇得如细瓷碗一样的干净”，形容乌尔汗的头疼“好像有一条蝎子钻到脑袋里”，形容一个人红光满面像一个“刚出炉的窝窝馕”，这些具有鲜明地域和民族特色的语言及话语方式，是维吾尔族生活方式、历史文化以及心灵世界的独特表达。如果把王蒙比喻成一棵大树，那么它的根深深扎在了伊犁维吾尔人生活和文化的最深处，王蒙走进了维吾尔人心灵世界的最深处。

新疆是王蒙“独一无二的创作本钱”[①]。新疆在诸多方面对王蒙产生了深刻影响，“在王蒙之为王蒙诸多的规定性之中，伊犁永远占据着一个重要的位置。”[②]王蒙让“巴彦岱”从一个地理名词变成了一个世界性的文学存在，“巴彦岱”就是鲁迅小说中的“鲁镇”，沈从文笔下的“湘西”，福克纳笔下的“约克纳帕塔法县”，伊犁是王蒙心中永恒的“桃源”。《这边风景》是王蒙这位赤子唱给伊犁母亲的最深情的赞歌，王蒙说《这边风景》“是戴着镣铐跳舞”，在那个独特的历史语境中，镣铐是难免的，但是，王蒙“舞”出了他的精彩，“舞”出了他的非同凡响。

温奉桥、李萌羽：中国海洋大学文学与新闻传播学院

---

① 王蒙：《王蒙自传》第二部《大块文章》，花城出版社 2007 年版，第 50 页。

② 温奉桥、温凤霞：《从伊犁走向世界——试论新疆对王蒙的影响》，《中国海洋大学学报》（社会科学版）2010 年第 1 期。

左右看王蒙

王蒙印象

童庆炳

王蒙作品描写生活情景的辽阔性

在当代的中国文坛，感受生活的宽度和广度，王蒙都是首列前茅的。他曾经是新中国成立前后的布尔什维克，曾经是工作在第一线的青年团干部，曾经是喊出“青春万岁”的年轻作家，曾经是“右派”，曾经是远方新疆生产大队长，曾经是20世纪80年代小说艺术的探索者，曾经是中华人民共和国政府的文化部部长。请问，中国近现代以来，有哪一位作家当过政府部长呢？没有。随后，他突然静静地回归于书桌、电脑和键盘之间，作为一个文学院院长奔走于北京与青岛之间……八千里路云和月，八十春秋苦与乐。他就这样经历过各种风风雨雨，起起伏伏，眼见时代的多变的潮汐，闯过时代的多变的雷区。与他的多变生活相对应的，是他作品生活情景的辽阔性，从城市到农村，从内地到边疆，从干部到百姓，从青年到老年，从热烈的红，到黯然的黑，从平和的黄，到清新的绿，从绵邈深情的抒发，到趣味盎然的调侃……在他的笔下腾挪跌宕，一唱三叹，达到了如此沁人心脾、豁人耳目的地步。中国没有第二位作家像他这样，把当代生活情景，把当代变奏的时代，展开如此辽阔的艺术描写。

王蒙作品中感性与理性所构成的智慧

王蒙在20世纪80年代就提出“作家学者化”的问题。王蒙的意思当然不是让作家都“化”成学者。他只是认为一个作家完全可以用自己独特的方法研究学术问题。人具有感性的和理性的潜能，因此他能感受、想象和描写，也能思考、研究和论证。这两者不是矛盾的。一个作家越是能运用自己的思考力，也就越能激发想象力。在创作中感性与理性是互动的。王蒙不但这样提倡，也这样实践。他以一个作家的眼光研究《红楼梦》，研究李商隐和研究更抽象的《庄子》和《老子》，推进了学术的研究，获得学界的激赏。在创作和研究互动中，研究推动了创作，创作也促进了研究。尤其值得指出的是：他的学术研究不但作为学术成果在学界发生了影响，更重要的是“润物细无声”，知识和学问作为一种人文素养和文学修养深入他的作品中，从而形成了他的作品感性与理性相融相洽的独特智慧。大家都认为王蒙有一种他人所无的睿智，这睿智来自天性，来自生活，其中有一部分来自学术的研究。

王蒙是中国当代小说艺术的坚持不懈的探险家

1956 年，年轻的王蒙，初登文坛的作家，突破了狭窄政治模式的束缚，实现了艺术视线的转移；1970 年晚期和 1980 年初期，王蒙以他的《夜的眼》、《春之声》、《海的梦》、《风筝飘带》、《蝴蝶》、《相见时难》、《布礼》、《如歌的行板》等一系列中短篇小说，通过实践的文本化、故事的心理化、心理的意识流化、视点的人物化、言语的跳跃化等手段，推进了中国当代小说的现代性进程；1980 年初到年末通过《杂色》和《坚硬的稀粥》等让隐喻、象征成为结构的元素，表层意义暗示深层意义，通过对小说艺术哲学意味的进一步追求，中国当代小说获得了思想的深刻性和对现实的批判力量。1980 年后期到 90 年代后期长篇小说“季节系列”——王蒙在长篇小说“叙”什么和怎么“叙”上的大胆的实验，获得了成功。王蒙所完整见证的中国 20 世纪后半个世纪的社会生活，对于王蒙来说是一个“富矿”，他当然不会把它轻轻放过。在 20 世纪的 80 年代末到 90 年代，王蒙用他生命的最佳时段，开始了他的小说艺术的新的探索，这结果就是系列长篇《恋爱的季节》、《失态的季节》、《狂欢的季节》和《踌躇的季节》的诞生。事实已经证明还将要证明，这四部长篇是王蒙最重要的文学收获。王蒙文学探索着四个阶段，给中国当代文学带来新的启示和新的局面，其意义是不可估量的。

王蒙小说语言所具有众声繁会的奏鸣曲之美

语言对小说的重要性是不言而喻的。王蒙小说在众多作家中独具一体。有的说他的小说文体是“杂色体”，有的说是“狂欢体”，有的说是“骚体”。小说的语言上升到了“体”，就不是单纯的语言本身，它一定是多种元素的、艺术的、稳定的综合。我经过研究认为，王蒙的小说语言具有众声繁会的奏鸣曲之美，所以“狂欢体”等命名都有道理，但我还是认为王蒙小说的文体是奏鸣曲体。考虑到他的小说语言的诗性、抒情性、流畅性、跳跃性、节奏感、共鸣感等，再考虑到他本人对音乐的热爱，用奏鸣曲体来称呼他的文体也许更为合适。

王蒙年届八十。他经历了坎坷起伏，尝过甜酸苦辣，他的人生是完整的。他作为一位优秀杰出的作家、学术家也是完整的。我祝他青春永在，永久能喊出那令人羡慕的“青春万岁”！

童庆炳：北京师范大学文学院

有幸有不幸

——美国华人作家看王蒙

唐德刚

有些平民作风

1981年在北京友谊宾馆中朋友的公寓里第一次认识王蒙，聊天聊到半夜。后来，他们一伙人夜游去了，我因为太太在，没有奉陪。

王蒙来美国几次，每次来都是被人重重包围。第四次见面时，王蒙同我拥抱，我告诉他，前几次你被人重重包围，要我突破重围去和你拥抱，实在没有这个勇气。

我见过的中共部长级的高干很多，而王蒙是高干气味比较淡的，究竟是写文章的人，有些平民作风。

王蒙的东西写得不错，他的成名之作《组织部新来的青年人》，我很欣赏。王蒙生在这个大时代，若能让他尽量发挥才能，不受限制，其前途是无限的。当然先决条件是要有完全的写作自由，根据他经历的解放、“反右”、“文化大革命”一路下来，用他的笔反映伟大的时代和人生，必将产生极有价值的作品。

王蒙现在干这个事情，当文化部长，对他个人讲，有幸有不幸。我记得中央大学的老校长罗家伦先生，他就认为自己是一位很可以造就的史学家或者是文学家。一旦做了官，当了中央委员，他的时间就被官占去了，而其成就受到了限制。王蒙现在当文化部长，如果真能推动中国文艺界的春天，在他主持文化工作期间，大陆上能产生一两部伟大的作品，那就是最大的乐事。因为以历史的眼光看，部长实在不算什么，我们看京戏，穿一身红袍、一身蓝袍的，并没有什么了不起。部长在过去叫尚书。中国的尚书，不知道有多少，可以说是成千成万；而中国伟大的作家却是屈指可数的。像司马迁、曹雪芹有几个呢？我看，作为文化部长的王蒙，对于作家王蒙说来，也许是个 Setback（挫退），是个损失。

文化部长这官不大好当

其次，文化部长这个官也不大好当。不管怎么样，他是共产党，共产党的框框不大容易丢掉。他要替党执行政策，再自由、再民主，都摆不脱框框的束缚。从海外的角度看，共产党能找到像王蒙这样的人主持国家的文化工作，值得庆幸。因为王蒙被划过右派，具有比较自由的观点，会做得灵活一些。但共产党“意的牢结”在那里，他还是要维护的。文化政策如果交由王蒙去制定，他必须各方兼顾，一定很辛苦。如果由党制定好交他执行，那就更难。毛泽东延安文艺座谈会那一套东西，到底继续不继续呢？如果不继续，又怎么坚持毛泽东思想呢？如果继续，创作自由也就谈不到了。党制定一个原则，你写东西要按原则办事，要达到一个目的，要为政治服务，要考虑社会效果，即使给你自由，也是可伸可缩的。这个框框要由王蒙来把它放大缩小，都是艰巨的任务。一句话，他的工作不大好做。

最后，按照我们学历史的观点看，我作为王蒙遥远的朋友，认为眼光要看远一点。毛泽东讲：“俱往矣！”秦皇、汉武、唐宗、宋祖，不能算不伟大，而今安在？但王蒙有他实际的困难，如果他看得太远，过分理想化，就不适合他的职位，如果过分为职位着想忘记了历史上的前途，也是一个 Setback。二者取舍之间，就要看王蒙如何权衡轻重，发挥他的智慧了。

唐德刚：美籍华人学者

（原载于纽约市立大学《百姓》半月刊，1985 年 5 月 1 日号第 119 期。）

王蒙:眼里容下的不只是沙子

王　干

第一次读王蒙,我看三遍没看懂

第一次读王蒙的小说,其实是没有读懂。上初中那会儿,亲戚家的竹床上有几本装订在一起的20世纪50年代的《人民文学》杂志,其中一本就有王蒙的《组织部新来的年轻人》,后来知道王蒙自己喜欢称之为《组织部来了个年轻人》,题目被编辑部改了,是王蒙的成名作,也是让王蒙上天入地刻骨铭心的"处女作"。这样一篇惊动毛主席老人家出来为王蒙说话的"伟大"作品,我第一次读的时候,没读下去,第二次读的时候仍没有读下去,第三次读的时候仍然没有读下去。那样一个暑假,我躺在亲戚家的竹床上,经常翻阅那几本杂志,看懂的不多,王蒙的小说更没有看懂,但小说的名字和作者的名字倒是记住了。

我第一次被王蒙的作品所感动恰恰不是他的小说,而是他的为数不多的报告文学。报告文学在今天会被一些激进的青年称为"伪文学",但在20世纪70年代末80年代初,却引领了一代文学的风骚。王蒙的报告文学叫《火之歌》,写的是南京"四五运动"中的英雄李西宁,王蒙写作的时候还去南京采访了李西宁。因为李西宁在我的老家插过队,王蒙写到这段乡村生活的时候,虽然出于想象,但十分的诗意,我读起来感到很亲切,我平生第一次读到一个大作家在他的作品中写到我的家乡。《火之歌》交织着激情和哲理,全篇仿佛都是警句,我用笔在上面圈了好多的圈圈,拍案叫绝。我的同学纷纷向我借阅这本刊物,把我圈的内容摘抄下来。我圈了圈还不过瘾,虽然这刊物是我订的,还把这些警句抄到笔记本上。

我当时很得意自己能够订阅到这本《人民文学》。说来今天的年轻人会觉得奇怪,当时的文学杂志由于发行量太大,而纸张又紧缺,居然要凭计划供应,当时我们班上只分配到三份《人民文学》。七七届、七八届中文系的学生几乎全是文学青年,而《人民文学》在当时又是绝对权威的头号刊物,几乎每一个人都想订《人民文学》。我已经忘了我如何争到这份刊物的,总之我是用了当时我能够使用的手段,结果如愿以偿。读到《火之歌》之后,我为我拥有《人民文学》而感到自豪。那是一个文学与青春、文学与变革、文学与人生互相缠绕、互相燃烧的年代。

《活动变人形》让我感到一种疼痛

之后又读到了王蒙的《最宝贵的》、《说客盈门》、《歌神》、《夜的眼》、《春之声》、《布礼》、《蝴蝶》、《悠悠寸草心》等等一系列的中短篇小说,几乎每篇都会被感动,都能震撼一下,当时文坛曾为《夜的眼》、《春之声》等小说发生过激烈争论,而我觉得很好懂,也没有觉得是什么意识流在流动,觉得写得真好,看了真解渴。读到《夜的眼》的时候,我为他奇异的想象力感动,读到《春之声》的时候,我惊讶地发现王蒙已经把小说把玩于股掌之间,小说正在发挥他的最大可能性,有研究者认为王蒙是网络文学的首创者,因为在他的小说中,那种随机性、及时书写性已经有了很大的空间。当时中国的小说还普遍停留在写实的层次,而王蒙已经飞跃起来,进入到一个新的文学空间。特别是我读到他的中篇小说《杂色》的时候,我被小说中曹千里的命运深深地吸引,为小说中那些奇妙的人生阅历和语言珠玑所叹服。

后来我读到他的长篇小说《活动变人形》,这是我看到的王蒙小说中最让我感到一种疼痛的作品,王蒙的小说一般以智慧和潇洒见长,很少耗费了王蒙自己的血肉,即使那些以自己为模特的小说,王蒙也大都以过来人的通达自嘲了之。自嘲是王蒙的解剖刀,自嘲又同时是王蒙的盔甲。王蒙常常用自嘲来消解好多难以解决的问题,已经成了王蒙式的招牌菜了。但《活动变人形》可称为呕心沥血,这是王蒙第一次以家庭作为背景来写作小说,而且又是与自己的身世相关的背景,这部曾被誉为审父之作的小说其实具有经典作品的多种要素,比如小说中那种东西方文化的冲突和对峙,不仅父辈没有能够解决好,在我们今天更为明显和突出。《活动变人形》所对应的那种文化困境,在我们今天有增无减。虽然王蒙有好多优秀的小说,后来的"季节"系列在写作的时间和情感上更为投入,但我个人认为《活动变人形》是其代表作。

崇拜王蒙,我梦想成为小说家

有一段时间我是见王蒙的书便买,见到有王蒙作品的刊物也买,和那个时代的所有文学青年一样,我对王蒙的崇拜和追星,也梦想成为他这样的小说家,遗憾的是我虽然对他的小说如数家珍,但我自己并没有能够写出像他那样的作品来,连模仿秀式的小说也没有。王蒙对我个人的影响是多方面的,这种影响让我更多地去关注文学思想和观念的表达,而忽视形象的塑造,成为一个指手画脚没有创作实绩的空头批评家。

我曾把作家分为三种类型,一是大于文学的作家,一是小于文学的作家,还有就是等于文学的作家。鲁迅、郭沫若、王蒙都是大于文学的人,而老舍、梁实秋、林语堂、汪曾祺等则是等于文学的人,大于文学的人往往有理念过强的特点,这一点王蒙也不例外。王蒙对中国文学的影响一方面是他的文体实验和语言的尝试,另一方面则是他的文化观念和思想。

王蒙对我震动最大、影响最大的文章是那篇《"费厄泼赖"应该实行》,这篇文章是对鲁迅先生《"费厄泼赖"应该缓行》的一种"反动"。我记得好像发在《读书》的创刊号上,我看到标题的第一感是怀疑校对错误了,因为我从"认识"鲁迅起,甚至还没有"认识"鲁迅就知道那句著名的"痛打落水狗","痛打落水狗"本身是和鲁迅精神联系在一起的。而王蒙居然敢和鲁迅"唱反调",真是吃了豹子胆了。但读了王蒙的文章之后,又觉得他很有道理,或许一个真理永远有它的悖反效应。

王蒙的文章在当时给我三个启发,一是伟人的伟言也是可以议论的,二是逆向思维的方式,三是宽容的思想价值观念。前二者可能在其他地方也能学到,但宽容的思想价值观念却非来自王蒙不可。因为我从小接受的教育,无论是学校的教育还是家庭教育,以及社会实践,都是鼓励我们去斗,去进行到底,去追求最纯最清洁的境界。我们小时候的名言,就是眼睛里容不下一粒沙子。而宽容的哲学则让我们明白绝对真理的相对性,所谓"有容乃大"不仅是君子的境界,也是现代社会的文明的标志。眼睛里容不下一粒沙子,可是空气里却随时随地漂浮着尘埃一般的沙子。宽容的哲学,让我坦然地面对各种荣辱是非,遇事心胸往开阔处想,不去纠缠一二是非喋喋不休。在生活中,在文学观念上,会碰到很多的异己,但不妥协不等于不宽容,不妥协是要求自己坚持原则,而宽容才能实现自己的原则。

或许有这种宽容观作为前提,我和王蒙见过一面以后,他便要求与我进行文学对话。后来我们进行了十次对话,结集为《王蒙王干对话录》出版。这是1988年的冬天,他当时忙于政务但对文学有许多的话要说,对话是最合适的方式。与王蒙先生坐而论道,是我一个巨大的梦想,但我没想到来得那么快,来得那么容易,我骑着自行车出现在朝内北小街46号(王蒙以前的住处,现已拆除),还没想好怎么称呼我的精神导师,他已经打开了门。

王干:人民文学出版社

(原载于李冰编著《感动中国的作家》,中国文联出版社2005年版。)

通人王蒙

李宗陶

穿着黑面布鞋的脚跺了一下地面:“你看,这一脚下去,没什么动静。但这个力和能量不会消失,它一定在哪里,转移,储存,积聚。也许过了10年、50年、上百年,它跟无数这样的力合在一起,酿成一次地震或者海啸。”

这是7月的北戴河,中国作协创作之家的一个独门小院。海风好像从隔壁吹过来,天是高亮之蓝,丁香树的枝桠倒伏在院里,匍匐着向前生长,憨憨地伸出一蓬蓬绿来。79岁的王蒙在说“无端”。

在汶川大地震现场,在中国历史上一次又一次的大革命里,在命运一次次丢给他的拐点里,甚至在人生低谷(1991年)一头溺进的义山诗里,他读出两个字:无端。

“大问题都是无端。就是千头万绪,说不清。李商隐的抒情里,有悼亡,有怀旧,有感遇、思乡、冤屈、牢骚、自恋、空虚……他什么情绪都有,什么原因都有,不是一时一事一史而起,有一种深刻的弥漫性。汶川地震,专家告诉我,那是上万年地壳的各种运动,各种力量积存、作用的结果,是物质不灭和能量守恒的结果。”在无端面前,王蒙说,他感受到庄严、恐怖和内心的震动。

这样的话题多少让他显得有点疲累。他已经到了,他的老友张贤亮告诉我的,垂垂老矣的年纪。他的写作、游泳依然有条不紊地进行,只是速度放缓、距离缩短。在这个安泰的、甚至有些甜蜜的夏日里回顾人生,寻找意义或别的什么,显得有些不合时宜。

“现在一条绯闻比一篇正经作品影响大。面向历史发什么深邃思考,领导不愉快,群众也不买账,两面不讨好,我们这些老家伙没必要惹这个不愉快。”张贤亮说。他比王蒙小两岁,现在是西北一座大型影视城的董事长。他的企业每年向国家缴税1 000多万元。

赴北戴河前一天,王蒙在《锵锵三人行》中和查建英、窦文涛闲聊郭敬明的电影《小时代》。“我瞅着电影里头那些小小子小姑娘都挺俊的。”他慈祥地说,“《小时代》是郭敬明的《青春万岁》。”

及至见面，请教宽容爱护的出处。王蒙缓缓道:“浅是浅，可我们当年的青春也浅啊，只不过赶上大时代、大事件。当年我们精神上的困惑可能比现在的年轻人少些，对自己选择的道路完全没什么困惑。而正是这种不困惑，制造了后来许多许多的悲剧。青春都不是吃素的。”

一种语法和活法

“所谓成长，就是一些不切实际的幻想破灭了，而另一些合理的科学的理念一步一步变为现实。”王蒙在他的自传里说。

他是 14 岁入党的少年布尔什维克，10 年的基层团干部，22 年的“右派”(其中 16 年在新疆)，3 年零 5 个月的共和国文化部部长，10 年的中央委员，15 年的政协委员，享受部级待遇的离休干部，以及，写作长达 60 年的作家。

他有一些尊号或者注脚:大师(语出莫言)、贯通先生(语出贾平凹。行前得贾先生指点:他是贯通人，以此出发，大有写头。)、人精(语出许多人)……关于他对某些事情的处理，有过一些争议;关于他的绝顶聪明，毫无争议。

张贤亮讲起一件旧事。某年出访美国，一位希腊裔美国人教他英语，几天后，老师坦率地对他说:你比王蒙笨多了。此前，这位老师也教过王蒙。

20 世纪 50 年代王蒙在区团委工作时，就有人说，这孩子太聪明了。妻子崔瑞芳所在学校的校长，在终于放行崔瑞芳、允许分居两地者团聚时，说了一句:王蒙，厉害!

崔瑞芳是王蒙的初恋。一见钟情。执子之手，与子偕老。王蒙说，这 8 个字会让他落泪，“它是一种生命历程啊”。

因为父亲缺乏家庭责任感，王蒙从小对女性有深切的同情。在自传中，王蒙描写了自己的父亲，一个曾留学日本的喜欢哲学与咖啡、艺术与科学的晚年绰号王尔巴哈的书生。在全家断粮的情况下，他得了点钱，先买温湿度计(代表科学)，或先给孩子们买巧克力和外国童话书(代表理想状态)。二姨兜头泼向父亲的那锅热绿豆汤以及父亲的应对，长久地刺痛着他。那些又怨又怜又痛的文字出版后，王蒙告诉我，同父异母的弟弟读出了他对父亲的感情。而据崔瑞芳回忆，年轻时的王蒙很少谈论他的家庭——2005～2006 年书写自传的王蒙，将自己的心灵最大程度地打开了;但同时，他仍然必须“向还压在井底的部分真相默哀”。

“我不能对不起她(指妻子)，我要让她快乐并因我自豪而不是相反。”而崔瑞芳，“至少有 5 件事可与俄罗斯十二月党人的妻子相提并论”。她穿着半高跟鞋去京郊看望在那里劳动的丈夫;跟所有劝她与右派丈夫划清界限的亲人划清界限;当丈夫在电话里告诉她决定去新疆，她立刻就同意了，而且，一直去到巴彦岱生产大队……那些年里，他们之间唯一的障碍似乎是“江青”——只要提起这个名字，会影响夫妻生活，用王蒙在自传中的表述：一夜无话。

张贤亮曾对王蒙的不沾绯闻愤愤不平：一个作家，怎么可以没有绯闻！转念一想：最好的女人被他娶到了，你有什么办法？

1990年1月，王蒙发表了辞去部长之职后的第一篇小说《我又梦见了你》。写梦境、青春和爱情，写一个青年坐火车、坐汽车、放弃等车走着去看未婚妻的旅程，那是1954～1958年王蒙往返于北京—太原之间的再现。

“你可以有大快乐，事业、社会、人民……这些你都没有了，你仍然可以有小的快乐，跟爱人一起吃西瓜，买到便宜的处理货……如果你想活下去的话。”

2012年3月23日，崔瑞芳去世，享年80岁。告别遗体时，王蒙忽然大吼一声：瑞芳！

王蒙唯一的文凭是初中毕业时拿到的。因为跳级，他没有小学文凭。他的聪明从人堆地气里来，首先表现为他的说话——

陆文夫曾对一众作家说：人家王蒙一个意思能用18个词儿，你行吗？河南作家乔典运有言：瞧人家王蒙说话，领导听着像是在为领导讲话，群众听着像替群众说话。

老作家们戏言：国民党的税多，共产党的会多。50年代中期以后又有说法：文人口才好，因为开会多。

周扬、胡乔木、丁玲、老舍、冯雪峰、贺敬之、冯牧、林默涵、艾青、吴组缃、臧克家、严文井、康濯……再后来，从维熙、邓友梅、刘绍棠、张贤亮、冯骥才……新中国的第一代和第二代作家从会场上、从王蒙身边，一一走过。

受丁玲批判的萧也牧，受周扬批判的丁玲，受毛泽东批判的周扬，受老舍批判的刘绍棠，由红卫兵抄家搜出美元始、以投湖自尽终的老舍，在图书馆上吊的徐宝伦……都是在他眼前留下过音容笑貌、命运残篇的人。他们曾对着他说话。

在历时54天、批判“丁（玲）陈（企霞）”的作协党组扩大会议上，23岁的王蒙听着老作家们激动的发言，“只觉一阵冰凉，又一阵遍体发麻发酥的温暖，如得了疟疾。”他还记得老舍的语言风格，那是老北京旗人的礼数：“丁玲同志，您的态度是错误的……还有您，陈明同志，您的思想是反动的……”批判、检举、检讨，已经成了一种语法，和活法。

“文革”结束，四次文代会上，难兄难弟们纷纷亮相。王蒙环顾四周，都是久经锤炼的文艺战士啊。

后来，则是党内的意识形态之争。“先说是为了布防，后说的才是本意。比方说，一个讲，有很大成绩，但更要看到缺点和问题；另一个讲，有很大问题，但更要看到伟大的成绩。我相信一个生人或懂汉语的外国人在这种场合,一定会觉得两边说的没有差别啊,可暗含着剑拔弩张。为了这点逻辑顺序,我们消耗了多少时间,伤了多少和气,绞了多少脑汁!”

再后来,是文坛的明暗纷争。“我说话利落,口齿清晰,喜欢辩论、婉转解释、稍作说明、淡淡一拂或以退为进或及时打住——休兵一笑。我用词力求准确,有分寸,有棱角,自自然然,随机应变而又有所控制。我说过,在政治上我有童子功,我太熟悉咱们的政治语码。同样一句话,我会从25种说法中找到一种比较恰当的。我不怕反驳不怕攻击,我反应迅速。而更多的时候我明白不反应更好,我早就明白老子的道理:善者不辩,辩者不善。”

他渐渐形成了另一套语法:幽默的、调侃的、戏弄的、高天阔地形式豁达暗含机锋的,间或一露尖刻的、骂人不带脏字的。他说,我原是多情的、敏锐的、梦幻的,时有偏激的;荒诞油滑实不得已,须让深文周纳者无迹可寻。这里头,既有命运的馈赠,也不无人的变化。

90年代初特殊时期重新登记党员,安徽某诗人曾有暂缓登记的考虑,经过当地领导细致深入的思想工作,王蒙描述为:“没有出现其他情况。”

至于文人笔战中的身段风度,一方面各显天性,一方面也是鸡同鸭讲的有中国特色的现代辩论环境的写照:总体质量下降、PM2.5上升。

韩寒发表了《王蒙的敏感和虚伪》,王蒙回以:“我是新概念大赛的评委会主任,韩寒的出现我有责任。”

王彬彬发表了《过于聪明的中国作家》,王蒙回以《黑马与黑驹》。因“彼时彼刻扯出黑马有失品格”,一时遭遇众多拍案而起。有批评者看出,这不仅仅是厚不厚道的问题,也是一个老共产党员党性和立场的一闪而过——其时,当事人未必自觉。

他还有一篇经典之作《训贤侄》,是对官场斗争、政治暗算的回击。在自卫反击方面,王蒙是“人若犯我,我必犯人”的信奉者。他有自察,晚年亦有反省:还是火气大了些,意气用事了些,相逢一笑该多好。他仍然心向他推崇的老庄境界:大道无术、道法自然。

毛主席说:王蒙反官僚主义我就支持

1957年1月,《中国青年报》编辑部举办了一次座谈会,讨论王蒙的小说《组织部新来的年轻人》,会前每人发到一份参考资料:刚从印刷厂取来的王实味的散文《野百合花》。此文1942年被判定为反革命毒草,作者因而丧命。

1月28日,王蒙与崔瑞芳结婚。1月29日,中国作协党组召开会议专门讨论《组织部新来的年轻人》。郭小川保留了这次会议的不完整的记录稿,开头有几句话："最初，歌颂占80%。现在，中间大，两头小。"

这是王蒙的第二部小说，写于1956年4月，经副主编秦兆阳修改，发表在9月的《人民文学》上。如果说，王蒙的第一部长篇小说《青春万岁》是他对经年阅读的苏联文学的一种致敬，这一部短篇，则是响应团中央号召，向娜斯佳学习。娜斯佳是苏联小说《拖拉机站长和总农艺师》里的主人公，一个经验不足、却勇于同落后现象作斗争的青年。50多年后，王蒙说，他曾试着翻过几本张爱玲的小说，怎么也读不下去。

王蒙刻画了两个仍然保有学生气的人物林震和赵慧文，面对区党委里革命意志衰退的官僚刘世吾，陷入一种困惑：现实中的党委工作和他们小学时听的党课内容不是一个味儿。小说后半部，弥漫着一种孤寂之情。

崔瑞芳曾说：王蒙有一颗孤独、寂寞的心，在他还是个孩童时就形成了。7岁，放了学，怕父母吵架，不想马上回家，于是闲逛。闻到肉香，馋，没钱，也没有向父母要钱的经验。再往前走，是一家棺材铺，他问：掌柜的，您这棺材多少钱？他幼年曾跟姐姐谈论过死亡，很小就失眠。

43年后，陈思和主编的《中国当代文学史教程》中，对这篇小说有了新的发现："《组织部新来的年轻人》虽然具有揭示官僚主义现象、积极干预现实的外部写真倾向，但它更是一篇以个人体验和感受为出发点，通过理想激情与现实环境的冲突，表现叙述人心路历程的成长小说。……甚至可以说，对心理冲突事件的精彩呈现，才是这篇作品的艺术独特性所在。"

而当年的需求不同。全国展开的热烈争论引起了毛泽东的注意，他在多次会议上谈了自己的看法。据黎之回忆，"这是我知道的毛泽东唯一一次对当代短篇小说的分析。"

这一年，王蒙亲耳听到了毛泽东几次讲话的录音，"反对王蒙的人提出北京没有这样的官僚主义，中央还出过王明、出过陈独秀，北京怎么就不能出官僚主义。王蒙反官僚主义我就支持……王蒙有文才，有希望……"

"主席说着说着找不着烟了，便说'粮草没有了'。据说是陆定一连忙给主席送去了烟。"王蒙在自传里写道："如此这般，化险为夷，遇难呈祥，我的感觉是如坐春风，如沐春雨。我同时告诫自己，不可轻浮，注意表现，在自天而降的幸运面前更要谦虚谨慎，戒骄戒躁，如临深渊，如履薄冰。"

周扬说：你现在成了老作家

1957年5月，"鸣放"到了关键时刻，王蒙命运的一大拐点出现了。5月15日，毛泽东写成《事情正在起变化》，提出"反右"。据说，对那些要重点保护的党内外人士，可以提前打招呼，给他们先看这篇文章。有一天，王蒙接到通知,说是市委将派车接他去机关看一个文件。等了几个小时,通知又来:不去了。

在王蒙要不要划“右派”的问题上,领导们也拿捏不准。在团组织相对文明的启发帮助下,王蒙交代了思想深处的一些问题,比如海德公园式的民主也不赖。最后周扬拍板:划。

批判会后第三天,王蒙拍下他整个青年时代最帅的照片:将小棉袄甩在肩上,一脸阳光潇洒,有点普希金风范。他也提道:“只有一个晚上,我很慌乱,一夜无眠,不断地起夜小便。”

1958年夏,王蒙“戴帽”。10月,他的第一个孩子出生。其时王蒙正在山沟里劳动,妻子在山西上大学,故起名“王山”。两个多月后,王蒙第一次看到王山,对着儿子一首接一首唱歌。婴儿回之以啊啊啊。

王蒙有3个孩子,每个孩子的名,都印刻了他与妻子的一段经历,有山有石,有伊犁。

劳动使人强健、接地气、开眼界、长知识。比如北京东城的大粪比西城的有劲、价格高,因为东城富人多。

斗争中也有发现:基层右派(来自各行各业)有一种受虐虐人的积极性,他们愿意互相批斗,尤其把自身所受的一切强暴转施于人时,表现得习以为常、驾轻就熟。王蒙悟出:常常挨打的人容易凶狠;被冷淡的人容易冷淡旁人;无欲者授受最亲。这本是一个人性彰显、适于反躬自问、问一问“个人在运动中该负什么责任”的题目,却被平反后的大部分人略过了。

“文革”的爆发是必然的,王蒙说。他的老友冯骥才说,推动“文革”的,不仅是遥远的历史文化和近前社会政治的原因,人性的弱点,妒忌、怯弱、自我、虚荣,乃至人性的优点,勇敢、忠实、迂诚,全部被调动起来,成为可怕的力量。

“文革”中,王蒙烧掉了家中所有带字迹的纸,包括日记。他丢失了钢笔,也不心疼,安慰自己免得“祸从笔出”。1969年,他重新拿起笔,为刚出生的女儿记婴儿日记。他读大量相关书籍,研究记录婴儿便秘、腹泻、消化的经验,直到孙辈们出生仍能发挥作用。他被子女们授予“屎学家”称号。

1979年,周扬见到王蒙:“你现在成了老作家。”王蒙心里一酸:一巴掌就拍成了老作家——写成《组织部新来的年轻人》,21岁半,再回文坛,23年过去了。

冯骥才告诉我,他的生命里有两次归零:一次是从“文革”抄家的废墟中爬出来,一次是从唐山大地震的废墟中爬出来。有那么几分钟,他有神经错乱的表现。

张贤亮告诉我，22 岁进监狱，蹲了 22 年，出来时还没碰过女人。他与从维熙被称为“大墙文学之父 / 之叔”。

艾青错划右派 21 年，平反时给他 3 个字：搞错了。诗人算了算，每个字要了他 7 年的光阴。

……

晚年嗓音退化、风度依旧的周扬，对从各个角落里踉跄着复出的作家们说：“你们说要干预生活，其实是干预政治，结果是政治也要来干预你。你干预一下政治，也许没什么大不了的。政治干预一下你，你会受不了。”

1979 年 5 月，上海文艺出版社推出合集《重放的鲜花》。人们争相传阅，细嗅政治风向的变化。每一篇小说诗歌后面，都活生生站着一个摘帽右派。这批包括王蒙、刘宾雁、陆文夫、刘绍棠、邓友梅、公刘、流沙河在内的“前青年作家”重返文坛，成了新时期文学的领军人物。

朱学勤就是在那段时间里接触到《组织部新来的年轻人》、《在桥梁工地上》等作品的。此前下乡插队时，他已读到一些右派的故事，“深深地同情”；“整个 80 年代，我对王蒙印象很好。”

近代文人多半是弑父弑兄长大的

15 年后的 1994 年，点燃于《过于聪明的中国作家》、哗然于《黑马与黑驹》的“二王之争”爆发，许多作家学者卷入舌战。两代文化人之间的龃龉、互不理解、互不宽谅，大体上以一种感性大于理性、指责多于分析、戾气盛过和气的方式展现。这背后一层的原因，又被轻轻略过。

顺着“中国当代那些极聪明的作家、文人，虽是书生，却没有一点书生气”，生于 1962 年的王彬彬紧接着提出书生应有之气：

我所谓的书生气，是指一种知识分子精神，一种知识分子的价值观念，一种知识分子的文化人格。我所谓的书生气，首先表现为一种独立思考的品质，一种抗拒流俗、不为喧嚣的时潮所左右的风范，一种依据某种神圣的尺度评判世界评判社会的立场。

人类历史上，屡屡有某些时期，社会以某种名义剥夺某些类别、某些职业的人特有的“气”，让他们丧失自身特有的内在规定性。……而在政治全能时代里被剥夺被割除的书生气，在商业大盛的今天，也同样遭鄙视，遭讥嘲。

这篇写于 90 年代初期的文章表达了对当时现状的不满：知识分子从鸦雀无声到纷纷转身告别 80 年代；商品经济大潮令全社会出现一些新的怪的不那么妙的苗头。其时沪上 4 位学者：王晓明、陈思和、张汝伦、朱学勤发起“人文精神大讨论”，王彬彬的声音是其中一支，颇获赞同。

王蒙此时发言:我们有过人文精神吗?哪来的失落?谢泳立刻指出:王蒙的参照系停留在50、60年代。我在此次采访中分别请教了张汝伦和朱学勤,想弄清当年人文精神的参照系到底是西方的、中国传统的、“五四”之后民国前后的,还是“文革”之前抑或80年代的,没有找到清晰的答案。

朱学勤说,当时可能每个人心中都有一个自己指向的“人文精神”,将大家聚在一起的,是对当时现状不满的共识,是某种压抑中的自然爆发。当他发觉批评正慢慢走向声讨市场经济的路子上去时,便退出了讨论。

在回忆这场大讨论时,王蒙有一个比较完整的叙述,从考证定义开始。他最后认为,这场讨论存在“惹不起锅惹笊篱”的问题,“他们看不清或惹不起(拜金、物质主义)这些问题产生的体制性前现代性权力掌控性的原因,却去大骂市场、拜金和通俗文艺去了。”

王蒙在自传中描摹了他所熟悉的文化人:“力不缚鸡,心多波澜,眼高手低,巧言令色,神思天宇,气接大荒,可爱,可笑,可悲,可叹,而且每个人都自我感觉良好,每个人都看着别人不甚习惯。”

“文人多半是蛙种,我也具有强烈的蛙性,思叫,思呐喊,要鼓与呼,还要惊天动地,尽兴。不同之处只在于我意识到自身有蛙性、蛙运、蛙势,我很少将自己与同行们无条件地误认作腾云降雨、掌管天时、左右乾坤的蛟龙。甚至也不想,绝对不愿,死活不干,以精神领袖的面貌出现,并对所谓精神领袖的概念抱半信半疑基本全疑的态度……谨防大言欺世,这是我一辈子的经验……”他提到鲁迅,也提到托尔斯泰:在中国有人视其为道德与人格楷模,在俄国未必。

然而,王蒙的智慧中也有对某些波段不起作用或曰回避、矛盾的部分。比如说,他认为现实中不存在的弥赛亚(先知、救世主)是一种语言现象、精神现象,是文人的凌空蹈虚、大言欺世,那么,他少年时代就信仰了的、除了马克思在理论上论证过、“并不等同于现实”的共产主义呢?这样的普世价值,是不是也应归于精神的力量与火焰,人之区别于动物的伟大与悲哀呢?

当我请教“如果跳出党内的左右之争、意识形态之争,真理/普世价值这东西您觉得到底有没有?值不值得追求并为之付出一定的代价”时,暂未得到回应。

冯骥才向我描述70年代末第一次见到王蒙的情形。

那是在人民文学编辑部韦君宜的办公室里。我当时在那儿搞创作,王蒙还在新疆,关系还没调回来,他是作为新疆代表回北京参加团中央恢复之后的第一个会。我印象中他头发特别黑,坐在一个破沙发里,怯生生的,很拘谨。我后来跟他开玩笑,说他就像一个刚来报到的新生,两手中指紧贴着裤缝那种。

当时三中全会还没开，还在讲“两个凡是”。北京文坛左和右的思想碰撞特别厉害，刘心武的《班主任》已经出了，伤痕文学也冒头了，大部分人还是“一看二慢三通过”。王蒙就在这种形势下调回了北京，住前三门，有了两间小屋，在9楼。

王蒙在回忆中写道：“回城的时候，有了一个23平方米的栖身之所，劫后余生。”“已经大龄了，犹有一搏，犹有少女的梦与青年的豪情，眼泪咽到肚子里，笑容出现在脸上。”

“我无法淡化自己的社会政治身份和义务，还有一个原因，我需要争取更好的境遇，我意欲全面表现自己的特质、优势、资历与通达能干，有利于把两个儿子弄回来，去新疆时他们太小，我没有征求过他们的意愿，我对他们负有一个老爹的责任。”

1980年，王蒙坐6角钱的闷罐子车从西安去三原看得了抑郁症的二儿子，“这是我平民生活的最后一点痕迹。”

此后，他创作欲喷涌，著书立说，被委以重任，出国访问，搬进高知楼，安上电话……成为中华人民共和国文化部部长，成了张贤亮所坦白的：（我们都是）三中全会之后的既得利益者。

韦君宜在小说《露沙的路》中借露沙的头脑明白了一个事实：我们全身上下都是公家的，我们不能在公家之外，再打任何主意。

王蒙说：“年轻人尽情嘲笑他们的前辈内心恐惧，他们不知道，是前辈用十多年、二十多年的青春，用两地分居、用生活艰窘为他们铺了路、垫了底，充当了盾牌。他们竟然这样小瞧极“左”的曾经肆虐，这样小瞧为反极左所付出的鲜血和生命的代价，不能不令我伤感。”

我在同一天晚上看了《青春万岁》和《小时代》两部电影，看到历史跳跃的大抛物线。然而历史又是无法割裂的，没有当年的青春万岁、蹉跎岁月和伤痕们，哪来今天理直气壮的“小时代”？我们每一个人，何尝感同身受去理解上一代人？王蒙未必理解丁玲，王彬彬、韩寒不理解王蒙，那么，10年后又万岁了的青春呢？

冯骥才有点激动地说，未来必有一种文明会反省今天的无知、粗鄙、时尚化和商业化。他更担心的是，那种文明 / 文化反省的方式是否会比这100年来业已展现的有些长进。

朱学勤说，代与代之间的这种沟壑，是一个悲剧现象。“五四”以来，每一代文化人对上一辈都是不认、嘲笑、划清界限的姿态，否定传统，否认积累，好像历史都是“从我开始”，结果历史仍在原地踏步，甚至倒退。中国文人这一路多半都是弑父弑兄过来的。这也跟时代变动过于剧烈有关，戏还没唱完，布景已经全然换了一套。聪慧如王蒙,也看清了历史上的这种虎头蛇尾,原因在于,“着急啊”。

根子出在哪里?朱学勤说,还是没有学会尊重历史。尊重历史的前提是正视历史、同情之理解。

王蒙说,什么叫忘却?就是把回忆权记录权诠释权概括权评价权感叹权……拱手让给他人。中国的戏台上有大锣大鼓、大喊大叫的文化,中国的人群里缺少认错、忏悔的文化,从上到下。

张汝伦例举了雅斯贝尔斯的《德国的罪责》,朱学勤例举了赫尔岑的《往事与随想》,都涉及反省的深度,涉及“不是一个人的罪责,但个人是否有责任”。

书生们指望王蒙这辈人做些什么呢?在体制内抗争?试图抗争的品种都被消灭了,剩下的都是适者生存。牺牲?他们已经付出了青春。书生们自己又在做什么?

王蒙不解释,但他也在坦诚面对内心的那一刻给出了解释——

自幼受到党的训练和培育,我懂党的原则,党的规矩。

有一种东西叫作国家利益,有一种东西叫作生活,有一种东西叫作大势。

除了相信和乐观,坚持与稳住,没有别的选择。别的选择是死路一条。

他甚至有更大的野心。他希望他提倡并示范的宽容、和煦、建设性的政治文化能在党内独树一帜、渐渐成为主流;希望这个党能兼容并包,清污除垢,温和渐进地改良;而他,愿意充当党民之间的桥梁,减少摩擦的缓冲垫。他四处传播“建设性”。

新中国成立以来,我们进行了多少砸烂旧世界、颠覆反动政权的斗争教育:罢工罢课、绝食静坐、游行示威、建立根据地、监狱里的绝唱,刑场上的婚礼、偌大华北容不下一张平静的书桌……所有这些都是我们的长项,我们自己教出来的。年轻人学了这些会到台湾、日本、美国去斗争吗?他们就地消化实验,同衮衮诸公干上了。

我们又有几部电影、几部小说鼓励青年人钻研学问、发明创造,要一点一滴搞建设、发展经济、追求和谐?我们有没有一部影片可以跟美国人拍的《居里夫人》相比?

缓缓游回瓶里

1988年,还在部长任上的王蒙写了一首诗《旅店》,其中写道:电梯总是板着面孔 / 接受你与你的行李 / 吐出你与你的行李 / 无需告别门已关闭 / 对旁

人如法炮制 / 一个潦草的故事 / 一个陌生亲切的世界 / 在时限内 / 结账前 / 属于你。

1989年夏，王蒙在烟台养病，同时陪伴正在烟台动阑尾手术的崔瑞芳。"那是夏季最炎热的一个晚上，我在医院陪床，同时接到北京的电话。"其间，他写了一些诗，有一首叫《雨天》——

……游远了海就大了无边 / 大雨落在大海海面满满 / 然后缓缓游回瓶里。

朱学勤说，"我毫不怀疑王蒙在他那一辈里是智商最高的几人之一。这些年来，每隔10年我就能碰到一个这样的绝顶聪明之人，令人惊叹。但是，他们往往被冻结在某一个格局里，受到境界的限制。而境界，跟对价值的认领有关。我为他们惋惜。"

冯骥才对我说——

王蒙有非常好的艺术感觉，他受苏俄文学影响很大。从他的散文里，从他小说的某些段落里，我常常能读到那种温柔、伤感、深沉的东西，这是真正属于作家的气质。但它们常常被更多的政治、思辨、说理给掩盖了，没有得到充分展现，这是很可惜的事。他的经历、位置，他脑子里太多的斗争、太多的文坛——这也是我们国家的特色，国外的作家都是散养型的，想让他们搅在一起都很难——决定了他躲不开这些东西。他离政治太近了。比方说，有些非文学的语汇，像"资产阶级自由化"，我们一般不会在小说里用，但他就直接用；而他本身具备的那些艺术想象力、悲天悯人的情怀、灵魂中的浪漫，都受到限制或退后一步了。但也正是因为他有一个作家的灵魂，他骨子里是正义的、人性的，所以他作品里的政治，当年我就说过，"很性感"。他是文坛的奇特之人。他有那么好的素材和细节，如果能保持一点距离，一种哲学的、思想的、艺术的距离，是有可能写出伟大作品的，也只有他能做到。但保持这个距离，很难。

生活中，他是个特别可爱的人。从朋友的角度，我觉得他也挺苦的，我特别理解他。我曾写过一首诗给他——

满纸游戏语，彻底明白人。
偶露部长相，仍是作家魂。

李宗陶：《南方人物周刊》杂志社

（原载于《南方人物周刊》2013年第27期。）

与人为善的王蒙

方　杰

我在文化部四年，犹如一瞬，转眼而逝。这里留下了我的纪念，人生体味，朋友的情谊。我很幸运，在任期间，得到诸位领导支持，至今感念。我不妨在此大胆评说一下当时文化部几位与我相关的领导人物。

1956年，我读《人民文学》，有一篇小说写得特好，我一口气看完，连读两遍，罕见那样的风格。这就是王蒙的《组织部来了个年轻人》，听说作者才刚20岁出头，比我还年轻，令人羡慕。但同时在文艺界这个作品也引起激烈的争论。他也成了人们关注的对象。不久听传达，毛主席说，这个作品没问题，有缺点，王蒙有文才。毛主席的眼光谁个能比？有几个作品、作家被他老人家如此肯定过？

又过了不久，听说王蒙也被“右派”了，发落新疆。在新疆一待就是十几年。一般来说，对“流放地”大都会有抱怨，但据我和王蒙20多年的接触中，感到他对新疆有很深的感情。他不但学会了一口流利的维吾尔语，还交了许多少数民族朋友，几十年后，他家里还有维吾尔族朋友造访。一位知名维吾尔族女歌唱家竟请他做证婚人。王蒙就是不一般，岂止是热心而已。

“文化大革命”以后百废待兴。1978年在北京召开了“文革”以后的第一次也就是全国第四次文代会，我作为“剧协”的代表也参加了。会上，我最有兴趣的是看大会发下来的各小组讨论发言简报。有的很激烈，看得我都捏一把汗，真敢说。而印象最深的是王蒙的发言，不焦不躁，心平气和。他提出“补船论”。大意是我们在这个困难时期，要同舟共济，这个船假如漏了，我们要去补，不要把它弄沉了，如果沉了，我们也都不保了。

大约20世纪80年代初，在人大会堂开座谈会，参加会的大都是当时位居要津的文艺界人士，记得有刘白羽、陈荒煤、张光年、冯牧，还有著名电影导演张水华、剧作家胡可等。我等少数人只能算旁听而已。我坐在水华、胡可两位熟人旁，人未到齐，会未开始，正闲谈间，忽然进来一个小伙子样的人（并非不敬，这是当时的感觉），皮肤黝黑，身体健康，颇似游泳健将。会议开始后，就听主持人宣布请王蒙同志发言，我这才第一次见到王蒙本人——正是那位“游泳健将”。他在会上的讲话还依稀记得一点，意思是我们现在面临很多新问题，困难不少，国家大，人口多，起步治理很不容易，这需要大智慧，更需要大家理解。王蒙讲话轻松自如，很自信，谈笑风生，不时引发那些老头一阵阵哈哈大笑，给我留下深刻印象。几年后，我已在文化部主管的《中国文化报》工作。有一天副总编辑焦勇夫告诉我，王蒙要来当部长。我听了并不感到惊奇，我说“这可不是个一般人物，思想特深刻”。焦勇夫是一个有点倨傲而又嘴下不留情的人，从他口中较少听到赞美某个人的话，居然也说，“这人行，有两下子！”有两下子是俗语，换言之是很棒。想不到他上任半年后，即决定让我去当艺术局长。从《中国文化报》总编辑到艺术局长虽然不过是平调，然而艺术局却统领“千军万马”，直属十几个中央艺术团体，说明他对我的信任。就在我上任不久，王蒙应日本外务省和日中文化交流协会邀请访问日本，我和外联局两位同志随行同往。出访前外联局请外交部唐家璇同志介绍日本情况，遇到特殊问题如何即时应对，准备细致。但此次出访，由于王蒙同志的影响，日方特别重视，礼遇周到，预计中的问题一个也没出现。日本外相热情款待，晚宴还邀请了几位日本著名艺术家如东山魁夷、田伊玖磨先生前来作陪，礼遇规格甚高。宴请结束后，外相又请大家院中小坐，他即兴表演了一个小魔术，变出一束鲜花，算对我们送上的欢迎，气氛显得格外亲切。翌日，中曾根康弘首相亲切会见，他和王蒙进行了愉快的对话。首相先生还拜托王部长一件“要事”，请他对即将访华的四季剧团给予关照。在和日方高层官员接触中，我觉得王蒙表现自信自如，有身段而不矜持，谈笑风生不娇饰，有大国风度。日方为王部长来访特举行了有数百人参加的欢迎酒会，许多知名人士如井上靖、千田是也、田伊玖磨和电影明星吉永小百合等盛装出席。王蒙显出了他的一贯本领，幽默洒脱，如鱼得水，应对自如，赢得了日本朋友的称赞。这次访日与上次不同，日方特地安排我们在京都观赏里千家的茶道表演。京都是日本古都，建筑仿唐，古色古香，充满了传统文化气息，仿佛到了西安。里千家是日本名门望族，世代传播茶道。茶道在日本历史悠久，具有浓厚的日本文化风情。从此我才明白，茶的享受不仅在饮，而且在看。茶道是一种艺术表演，妇女跪地，把碗旋转，轻饮细品，层次有致，好像一种宗教仪式。看完茶道表演，在我们离开时，主人全家送出家门，鞠躬道别。又是一道景象，礼貌大观。辞别回到饭店，我们便收到里千家托日中文协的朋友送来的20万日元礼金。收到这笔钱，王蒙不假思索，当即表示：盛情感谢，原款奉还。他要外联局一位处长写了一封措词礼恭的感谢信,以不使主人难堪。这件事做的得体而有风度,使日中文协诸位先生都另眼看待,这是能感觉到的。日本人含蓄,总带笑容,但心里有数,对人的看法与态度是绝对不同的。就在临别前夜,我们果然受到一种特殊方式的欢迎。日中文协几位热情接待人员,以佐藤纯子女士为首,特备"小酒一壶",请王部长和我们随行三人到她们的接待室边喝边聊。大家都说心里话,少有外交辞令,说到高兴处则不禁执手起舞。出访半月以来的紧张行程,一旦放松,心情舒畅,双方欢笑不止,夜半方休。

在长期相处中,我觉得王蒙对人很有善意。记得有一次开部务会,讨论艺术局戏剧处起草的一个文件,高占祥副部长看不上眼,话说得重了些,我心中为之不快。散会后我问王蒙,占祥什么意思。王蒙说,你不要多心,占祥对你印象不错,说你这个人不生事,从而冰释了我的误解。此后我和占祥关系一直不错。我对他尊重,他对我支持。他分管财务,凡我打报告为院团申请要钱,可以说无障碍,一概照准。最近在一次餐会上,乔羽老兄说起当年他抓歌剧《原野》,我支持他,每次要钱我都给。他哪里知道,这钱我也是从占祥那里要来的。王蒙的两句话,成全了我和占祥的友好关系。古人云:莫以善小而不为,莫以恶小而为之。善小不小,成人之美。王蒙至今在文化部享有威信,不仅因为他是部长和作家,更是因为他与人为善。

此前我同王蒙同志除了工作关系个人接触不多。他家我没去过一次,他住在哪里我也不知。直到他辞职以后,我才第一次登门拜访,而那时我还在任上。他住南小街,离我家不过走十分钟。我去看他,还认识了他的夫人崔老师。崔老师在学校任教,故以此称之。这位崔老师,一看便知是一个善良本分人,往日绝不会干预王部长的政务的。

后来我从文化部的岗位上退下来,就应日本邀请,参加环日本海国家文化论坛。为此我请教老部长王蒙。所谓老的意思,就是前任,并非年龄也。他说应该着重谈一下民族文化。记得他说过这样的意思,如果一个国家的民族文化遭失落,这个民族就散了架子了。我于是在会上就讲到民族文化对民族精神的支撑,文化开放,文化交流与维护民族文化等。不久我们在北京故宫举办日本画展,突然有一位日本人过来很有礼貌地和我打招呼,他问我是不是最近去过日本,我说去过。他说他刚在日本看到 NHK 电视台播放的我的讲话。我感到莫大荣幸,居然在日本碰巧出了一次风头。不过我讲的一点思想却是从王蒙同志那里借来的。

在文化部的四年,我曾得到过许多同志的积极支持与合作,友谊不忘,地久天长。前文化部长王蒙同志在他的自传第三卷《九命七羊》中有一段话曾提到我，不揣冒昧，抄在这里。他说："原艺术局局长方杰同志，他是老革命，他纯洁无私，他宁愿先期被炒了鱿魚，也绝对不说违心的话，不做违心的事。他是诗人张志民的老战友，是抗日战争参加革命的八路军。他是真正的老八路。"承蒙过奖，感谢王部长的美意。

方杰：中华人民共和国文化部

（本文节选自《从王蒙到英若诚：我在文化部的老领导们》，原载《档案春秋》2012年第9期。题目为编者所加。）

铁笔写文史

——王蒙先生笔耕六十年

彭世团

1953年，时年19岁的王蒙先生，因为对于创造性的追求，因为对于“应该有更大的学问，更高的能力，更精彩的成果，更宏伟的成就”的追求，也因为对于“‘红学’领域的两个小人物李希凡、蓝翎一举成名”的羡慕，更因为他对于文学的创造性、永恒性及文学的创造者作家的向往，因为他少年革命生涯给予他的生命的激动，开始了他第一部长篇小说《青春万岁》的创作。今年，2013年，王蒙先生在文学创作、在追求有更大学问、更高能力、更宏伟成就的道路上，已经走了整整60年。当年19岁的、血气方刚的王蒙，也已经成为一个八十老翁。

曾经于1979年为王蒙先生出版过他的首部长篇小说《青春万岁》，后来又陆续出版了他的长篇《活动变人形》、《恋爱的季节》、《失态的季节》、《踌躇的季节》、《狂欢的季节》、《青狐》，短篇小说集《冬雨》、中短篇小说集《球星奇遇记》，理论文集《创作是一种燃烧》、《风格散记》等等作品的人民文学出版社，2003年出版了《王蒙文存》23卷(700万字)，2013年将出版《王蒙文集》45卷(约1 700万字)，收录了王蒙先生所创作的小说、诗歌、散文、评论、理论文章、古典文学评点、绎读，他的演讲、对话、答问等等。这就是他作品的全部了吗？不是。2013年，花城出版社将首次出版王蒙先生于1972～1978年间写就的一部关于新疆人民生活的长篇小说《这边风景》(上、下两卷，70万字)和短篇小说集《悬疑的荒芜》，人民出版社将出版《王蒙的文化思考》理论文集。

王蒙先生的小说是与时代紧密相连的。20世纪50年代他把新中国成立初期中国青年人的积极向上、充满希望的面貌凝结成一部《青春万岁》，又把机关里的不良习气写进了《组织部来了个年轻人》。70～80年代初，他深情叙写新疆人民六七十年代的生活，大家不会忘记他那一组堪称经典的在伊犁系列作品，窖藏近40年，不久前面世的《这边风景》，再次描写那一时代新疆人民生活的巨变。80年代，他的《活动变人形》补写了他儿时、少年时代的中国。90年代写的季节四部曲，则写了从1951年到“文革”结束中国人的生活与思考，比《青春万岁》有更为广阔的生活背景，有更为深刻的社会思考。21世纪之初，他写的《青狐》，可以看作是对四部曲的补充，近10年，他写的一系列短篇小说《秋之雾》、《悬疑的荒芜》、《山中有历日》、《小胡子的爱情变奏曲》等，则是当代生活的写照。

《青春万岁》是王蒙先生的第一部长篇小说，“歌唱新中国的诞生，新中国的朝气，新中国的第一代青年人”。在谈到《青春万岁》的创作时，他在自传《半生多事》里这样说道，“写作就是编织这些精彩绝伦的日子。尤其是1949年以后的日子，像画片照片，像花瓣，像音符，像一张张的笑脸和闪烁的彩虹，这就是新中国第一代青年的日子。”对于这部小说的成就，我比较赞成郜元宝的评价“倘若要为新中国文学（当代文学）在创作上确立一个开端，《青春万岁》是最合适的。”郜先生给出的理由是：“一个以无玷青春生命欢迎新中国并立即以‘少共’和青年团干部的政治身份投入国家建设的青年作家的作品所洋溢的思想感情，所建立的抒写风格，是无可替代的。它和1949年以前中国文学并无多少血缘关系，也不同于从‘解放区’、‘国统区’过来的任何一个‘现代作家’任何一部写于1949年以后的作品。我们甚至无法在世界文学史范围替《青春万岁》找到直接文学师承。”青春的激情、灿烂的日子是永恒的，但书的出版是充满磨难的。这部书从写就到正式出版用了23年。从书正式出版至今又走过了30多年，还在不断再版，从最早的被删改版到恢复原貌版，人民文学出版社出版过、中国作家出版社出版过，还被收到若干文集里出版过。总的印数早就已经超过50万。50万对于畅销书来说不是大的数字，考虑到这是30多年不断印制销售的结果，可以得出的合理结论是，这部书一直为1970年代到2010年代的青年人所阅读，还会继续为下若干个年代的人所阅读。如果郜元宝先生的论断没什么不妥的话，其实还可以加上一个结论，就是这是新中国成立初期创作的反映那个时代精神的作品里不多的几部，或者是唯一一部还在不断被人购买阅读的作品。很多人见到王蒙先生，为证明自己认真读过王先生的书，往往当场朗诵这部作品的序诗“所有的日子，所有的日子都来吧，让我编织你们……”

对，这是一首充满青春激情、青春憧憬的诗作，你可以听到少年、青年、老年人在诗歌朗诵会上朗诵，在大型晚会上朗诵。王先生记忆很深的是2004年5月4日，首都青年纪念“五四运动八十周年”大型文艺晚会就命名为“青春万岁”，并朗诵了这首序诗。其实，以“青春万岁”命名的大型文艺晚会还有很多，中宣部、教育部等部门组织的系列大型晚会，都冠以“青春万岁”，如《青春万岁——纪念中国共产党建党85周年大型主题晚会》、《青春万岁——纪念五四运动八十七周年》等。中国教育电视台干脆设立了一个栏目就叫“青春万岁”。中国文联2012年“百花迎春”大型文艺晚会上，著名电影演员张铁林就现场朗诵了这首诗，尽管他在朗诵中把“用青春的金线，编织你们”念成了“用青春的金钱，编织你们”，对作品的内容有所解构，或许更符合当前人们的思想吧！不过最让人想不到的是，福州还有一个小区就命名为“青春万岁”，会不会是这个小区的开发商对这部作品情有独钟的结果呢？我不知道“青春万岁”这个口号是谁最先提出来的，但很显然，“青春万岁”这个词现在已经打上了浓重的王蒙色彩。说到“青春万岁”，人们就会想起王蒙，想起他这部作品的序诗。

1983年，著名导演黄蜀芹把王蒙先生的这部作品搬上了银幕，电影以明快的基调，反映了那个时代青年人阳光向上的精神风貌，用电影的艺术手段较好地再现了王蒙先生这部作品的艺术形象。这也是王蒙的小说被改编并拍成电影的唯一。

2006年，《亚洲周刊》组织评选20世纪中文小说100强，王蒙先生发表于1956年的《组织部来了个年轻人》（《组织部新来的青年人》的另一个名称）是其中之一。王蒙在他的自传《半生多事》里，是把《组织部来了个年轻人》放在《青春万岁》前面写的。他用了两章的篇幅来谈这样一篇中篇小说，可见其重要。说其重要，一是它对王蒙人生起到了决定性的作用，包括好的与坏的作用；二是在当代文学中，是被毛泽东主席谈论得最多的一篇小说。对此崔建飞先生写过一篇长文《毛泽东五谈王蒙〈组织部新来的青年人〉》，详细论述了毛泽东五次谈到王蒙及他的小说的情形。对于王先生的生活来说，这篇小说的发表之际，正好他与崔瑞芳的爱情关系也最终确定下来。这篇小说的稿费，刚好支付了他们结婚的费用。对于王先生的命运来说，一方面，这篇小说又让他成为了“右派”，被下放劳动，以至于最后远赴新疆，开始他长达16年的新疆生活。另一方面，这篇小说让他声名鹊起。毛主席说他有文才，很多人评论说王蒙写这篇小说是在写诗。海外的一些人说他有一种不同的风格。所有这些，都从正面对他起到肯定、鼓励和激励的作用。我相信，这也是他在逆境中坚持的原动力之一。这个“不同的风格”的认定，也决定了这篇小说在那个充满革命意识年代的中国文学中的突出地位。

王蒙先生的作品在海外被大量翻译介绍。2006年，王蒙先生在任全国政协文史与学习委员会主任委员期间曾经做过一个调研，国内比较有名的当代作家中，他的作品被翻译介绍到国外去的数量排在第二位，第一位是莫言先生。最近王蒙先生在关于莫言获诺贝尔文学奖的演讲中多次说到，传播的力量是不可忽视的。他甚至开玩笑，说那次统计让他知道莫言被翻译介绍到海外的作品是最多的，他必须承认自己是“老子天下第二”。王蒙先生被翻译介绍到海外的作品有近300个条目，翻译成20余个语种。其中，《组织部来了个年轻人》可能是最早介绍到海外的作品。2007年我们到布拉格访问，我们在捷克社会科学院的图书馆里看到了他1957年发表的作品《冬雨》的捷文版，那是1959年翻译过去的。

1979年王蒙先生发表了他的小说《夜的眼》，王蒙先生自己十分重视这篇作品，他说到这篇作品时总会说，这篇作品出来之后不久很快被翻译介绍到前苏联去，成为中苏停止文学交流多年之后，苏联《外国文学》杂志翻译介绍的第一篇中国文学作品。后来一个俄罗斯翻译家见到王蒙先生时说，读到他的《夜的眼》，感觉文学又回到了中国。这与天津作家赵玫的感受一样，她说她读到这篇小说时正在上大学，读完之后突然觉得生活和文学都不一样了，原来是可以这个样子的。1980年我国出版的英文版《中国文学》翻译介绍了这篇作品。不久，被美国出版的当代中国文学作品选集《玫瑰与刺》收录。但这篇作品并没有像《组织部来了个年轻人》一样为大众所谈论与接受。该作品描写的是从农村来到城市的陈杲的感受，内容不同于当时大行其道的伤痕文学，不同于“小说有事、细节、语言、人物与描写都是手段，主题思想才是目的，政治思想的正确、及时、尖锐或者深刻、稳妥或者勇敢才是目的”的写作方法。正因此，当时有人婉转地批评王蒙写得不好。我认为这就像他1956年发表的《组织部来了个年轻人》一样，是一篇超越时代的先行作品。海外有很多人对此作品表示了赞许与重视，国内似乎并没有太多的认识与研究，连对他研究颇深的郜元宝先生在他编选的王蒙作品选集《蝴蝶为什么美丽》的导读里，也仅将该文与《最宝贵的》、《说客盈门》等并列，放到揭露与讽刺小说之列。倒是2001年时代文艺出版社出版“中国小说50强”系列作品集时，选录了王蒙先生的这篇小说，我认为他们的做法是正确的。此前，负责编选“建国三十周年短篇小说选”的《人民文学》杂志编辑部的崔道怡也曾经表示过对该文的喜爱。

从《组织部来了个年轻人》到《夜的眼》，王蒙是文学手法、选题创新变化的先行者，体现了他勇于探索新的艺术形式的可贵精神。王蒙是不愿意在单打一的思想、方法里去混的，他注重的是生活的复杂性、角度的多向性、手法的多元化。在谈到《夜的眼》的创作手法时，王蒙先生说：“也许这是一种艺术方式，同时感受两种以上的生活、言说和角度，叫作百感交集，叫作纷至沓来，还沾点意识流的边。”对，与意识流沾点边。现在在各种场合介绍王蒙先生时，人们往往把“开创意识流小说创作的先河”作为他的成绩来介绍。意识流是美国机能主义心理学先驱詹姆斯创造出来的一个指意识的流动特性的词。最早用于文学批评是1918年,当时英国评论家梅·辛克莱评论陶罗赛·瑞恰生的小说《旅程》时将这一概念引入文学界。意识流小说重在表现人的下意识、潜意识乃至无意识的内心世界。意识活动成为作品的主体,而情节则极度淡化,手法上强调诗化与音乐化、发挥人的自由联想,采用时间与空间上的蒙太奇手法等。常被提到的意识流代表作家有法国马塞尔·普鲁斯特、英国弗吉尼亚·伍尔芙、爱尔兰的乔伊斯,美国的福克纳,英国的女作家陶乐赛·理查逊等。现代意识流的观念与书写方法传入中国,或者影响到中国的写作者的是在20世纪20年代,有人认为第一批接受这一观念的实践者的代表应该是鲁迅,因为他曾经将厨川白村涉及意识流问题的著名文艺理论著作《苦闷的象征》译成中文,并在自己的写作实践中有所采用,写出了《听说梦》、《狂人日记》等。但这些作品作为中国的意识流小说已经不大被人提到了。常被人提的是王蒙先生的《蝴蝶》。王蒙先生有没有受鲁迅的影响?有没有受福克纳的影响?受乔伊斯的影响?当然有。他在很多场合提到过福克纳,也曾经有过像《想起了詹姆斯·乔伊斯》这样的演讲。但真的是他们的学说、手法影响到了王蒙吗?我有点怀疑。王蒙先生认为自己的这批小说是自己的“一系列实验小说”,“包括我自己的关于‘意识流’的谈论是绝对皮相的与廉价的。我至今没有认真读过例如乔依斯,例如福克纳,例如伍尔芙,例如意识流的理论与果实,对于意识流的理解不过是我对于这三个汉字的望文生义。”

《蝴蝶》作为被认定的王蒙意识流小说的代表作,被翻译成日语、英语、德语、法语、泰语、越南语等多个语种介绍到海外,可能是王蒙先生语种最多的一篇小说,其中泰语版的译者是泰国公主诗琳通。王蒙先生这类作品的写法,真的是他望文生义的结果?我觉得这篇作品从写法到内容,与其说是借鉴了西方意识流小说的手法,不如说是直接照搬了《庄子·齐物论》里《庄周梦蝶》的写法。近年来,王蒙先生在做有关老庄的演讲时曾经多次说到,毛泽东与鲁迅都是深受庄子的影响,鲁迅的很多手法、很多用词,都是直接从庄子那里来的。其实王蒙本人也不例外。与庄子相比,意识流这个词的出现太晚了,最多不过是可以用来解释庄子写作手法或文本的一个学术用语罢了。王蒙的《布礼》、《夜的眼》、《风筝飘带》、《春之声》、《海的梦》,当然还有《蝴蝶》,还有我认为更应该算是意识流小说的《杂色》,这样一批小说,被命名为意识流小说,被认为是中国意识流小说的经典之作,是与80年代初西方的思潮、观念与理论大量进入中国,影响中国的理论界有关的。还有10年的“文革”,大家有意识地忘记、远离传统,或不愿意提及传统文化,不愿意提及老庄有关。而王蒙不是,他在2007年以后，用了三年多的时间，深入研究了老子与庄子的作品，写成了六本专著。他用很多的生活实例，用自己的生活经验来给老庄做注。或许这个过程中，王蒙先生也已经认识到，他其实更多的是受了中国传统文化，尤其是老庄的影响。

《杂色》是他在美国访问时写的，写的是他在新疆时候的经验。在80年代初这一时期，王蒙先生新疆系列作品如《哦，穆罕默德•阿麦德》、《淡灰色的眼珠》、《鹰谷》、《歌神》、《好汉子伊斯麻尔》、《虚掩的土屋小院》、《向春晖》、《买买提处长轶事》等等，富有新疆地域文化特色、极富个性的人物与写作手法，对那个一片哀怨之声的文坛的冲击是巨大的。这些作品问世已经30多年了，王蒙先生在那之后又创作了大量的作品，但很多读者仍然认为，王蒙的新疆系列作品是他所有作品中精品里的精品。2009年王蒙先生回到新疆参加"王蒙写新疆作品研讨会"，与会学者高度评价了他写新疆的系列作品。艾克拜尔•米吉提是伊犁人，他在论文《文学描述与文化记忆》中说，王蒙写新疆的系列作品除了文学方面的成就，还有着城市场景文化记忆、乡村历史文化记忆、民族民俗文化记忆等记忆功能。因为时代变迁，环境变迁，他在另一个场合甚至说，想再看到几十年前伊犁的情景，只能到王蒙的小说里去找了。2011年，人民文学出版社把王蒙写新疆的系列作品，包括散文、小说、诗歌集合在一起，起名《你好，新疆》，这本书的序是原人大常委会副委员长司马义•艾买提写的。他在这篇题为《维吾尔族人民的亲密朋友——王蒙》的文字里写道："他精心创作、精彩描写的新疆各族人民生活题材的作品中，反映维吾尔族人民生活的作品占了很大一部分，为新疆各族人民提供了很好的精神食粮。尤其是维吾尔族人民从王蒙先生的作品中，看到了自己可亲、可爱、真实、美好的艺术形象。"称他是"汉族人民优秀儿子，同样也是维吾尔族人民忠诚的儿子。他是汉族人民著名的作家，也是维吾尔族人民值得骄傲的作家。"

当80年代的人们都在写伤痕文学、写应时应景小说的时候，王蒙先生写起了他的"意识流"小说，然后，他写起了《活动变人形》，他的思想跑回到20世纪之初的中国，研究起了中国的命运，研究起了中国人的命运，揭露起中国人的人性。后来他在回答外国记者，在哈佛大学的讲台上都讲到，他想告诉他们，中国革命之不可避免。当然他是从中国革命的事实去说的，但是，你要看完他写的《活动变人形》，你同样可以得出这样的结论，中国社会的变革是一种必然。这部小说的架构宏大的，触及人的灵魂、社会的灵魂。这是王蒙先生的一贯手法与特点，可以说是黑色幽默，也可以说是他的勇敢与深刻。当代文学描写那个时代的作品中，能达到这一深度的，如果不是说唯一，也是不多见的。

我相信,正是《活动变人形》的成功,让王蒙先生想到了写季节四部曲。他说过,"文革"之后若干年,他突然发现原来自己曾经认为已经没用的经验,又有了可派的用场。他要把自己的人生经历,变成作品。这样我们就看到了一幅特别的图景,《活动变人形》是20世纪初到新中国成立之后,《青春万岁》写新中国成立之初那段时间的激情,《恋爱的季节》、《失态的季节》、《踌躇的季节》、《狂欢的季节》写了新中国成立之初到"文革"结束的故事,《青狐》写改革开放到90年代末的社会与人。这样一组作品,纵越上百年,背景广阔,世事多变,人的命运就像在大海里的一叶扁舟,自己无法左右,听任时代的摆布。90年代是中国经济社会飞速发展的年月,王蒙却静下心来,写他的五部长篇,是要用他自己的笔触,比较平静地以一个在场者的身份描述那个时代。他能这样做,与90年代意识形态紧张逐渐趋于淡化不无关系。

王蒙不是那种只会写一种文体的作家,他在写长篇的同时,还在不断创作他的短篇、中篇。其中知名度最高的要数《坚硬的稀粥》,这个短篇发表在《中国作家》1989年第二期,引起了一些左爷们的围攻,掀起一股社会风波或称狂浪,王蒙甚至不得不付诸法律。后来上面有人说了话,这事才算完了。不过这也是那个意识形态挂帅时代最后的疯狂。

这一时期也是他杂文多产的时期,特别是1994年他发表在《上海文化》上的《圈圈点点说文坛》一文,一石激起千重浪,在全国范围就什么是人文精神,人文精神的过去、现在等问题展开了大讨论。由他引起的这场讨论,客观上促进了中国的改革开放,特别是人们思想的解放,促进人们精神空间进一步扩大,在很多场合,人们都把这看作王蒙先生的一大成就。

王蒙的季节四部曲、《青狐》是他用了近10年来打造的系列作品,有专家认为这可以补中国经典性革命文学之缺,但实际上并没有引起特别大的反响。有分析认为,这与思想经过解放的人们的兴趣的转移有关,人们对于那段充满不幸时代的生活慢慢淡漠,关注的话也不过是以一种猎奇的心态来看一些传奇性的作品。王蒙先生的作品尽管写得比较轻松,但不对人们的口味。这些作品所揭示的那个时代人们的情感,这些作品对于人们更好地了解那个时代的国情、人与生活的作用,还有待于被人们去研究发现。

《青狐》出版之后,年过七十的王蒙先生没有接着写长篇小说,而是写起了自传,用另一种笔触,来继续他写史的工作。到2008年,三卷本的《王蒙自传》出齐。我很欣赏花城出版社为王蒙先生自传第一卷《半生多事》写的广告语:"一个人的'国家日记',一个国家的'个人机密'"。他用他自己作为案例,描述了近百年中国的发展变化,他的自传所描绘的生活的深度、广度都是前所未有的，有人惊讶于王蒙先生的记忆，有人惊讶于自己或自己的亲人还会被他记起，有人评价王蒙自传三卷是另一个版本的中国当代文学史，往后任何一个研究当代文学史的人，都无法不研究王蒙的自传。

黄秋耘曾经跟王蒙说过“青春作赋，皓首穷经”，自传还没有出齐，王蒙就又投身到“穷经”的工作中去了。他青年时代就已经迷上《老子》，2008 年底，一本 35 万字的《老子的帮助》问世，2009 年，王蒙干脆在北京电视台做起了电视讲座《老子的帮助》，后来出版讲稿时起名叫《老子十八讲》，在社会上引起了很大的反响。著名学者、《老子》研究的专家任继愈先生看到王蒙的书之后说王蒙“道破了老子的天机”。我不知道是不是这句话给了他灵感，两年之后，王蒙写成他专门讲述自己政治见解的《中国天机》一书，同样引起了很大的反响。有人说看完这部书，才知道原来“党史和国史是可以这样写的”。

在写《老子的帮助》与《中国天机》之间，王蒙钻进了《庄子》的怀抱。1980 年代初他写的《逍遥游》是一篇写新疆生活的小说，用的就是《庄子》里的一个标题，在不长的时间里，他完成了《庄子》内篇、外篇、杂篇的解读。

王蒙解读古典文学作品不是从老庄开始的。“谈红说李写季节”是 90 年代中期的事情。他解读李商隐，让研究李商隐的专家叫绝，黄世中教授专门著文，从当代性、无题诗多层次性、李商隐心灵场的混沌性等六个方面，论述王蒙研究李商隐手法的原创性。王蒙说他是把《红楼梦》当做小说来解读的，而不是把它当成历史、甚至是信史。他解读《红楼梦》更注重于《红》的当代性，有别于传统红学的研究方法。他的研究成果既有评点本，也有像《双飞翼》、《王蒙活说红楼梦》、《不奴隶，毋宁死》、《王蒙的红楼梦——讲说本》等专著。哲学教授赵士林是研究老庄的专家之一，他说王蒙太强大，他的手伸到哪个领域，哪个领域的专家就可能没饭吃。他说得有点绝对，不见得准确，但却道出了王蒙在传统经典、文化研究方面的实力和成就。

最后，我想引用两位大家的话来总结王蒙先生的文学成就，一是北大著名教授严家炎，他在《论王蒙的寓言小说》一文中说：“王蒙是中国当代最活跃、最有创造力的小说家之一。他复出以来，几乎一刻不停地在进行着多种小说文体和不同表现手法的试验，既不重复别人，也不重复自己。”二是刘小波和莫言的恩师童庆炳教授，他在《作为中国当代小说艺术的“探险家”的王蒙》一文中说：“有许多中国作家都在探索着小说的叙述艺术，但在我看来，没有一个作家能像王蒙这样多方面地领小说艺术革新风气之先。”在很多的场合，有记者问王蒙先生他现在还写小说吗？事实是他一直在写小说，他写的是一种类似于《世说新语》一样的微型小说，一开始叫《笑而不答》，后来是《尴尬风流》。在完成他的《中国天机》之后的这段日子里,他改完了他那部长篇《这边风景》,更多的短篇小说像滚落的山石,有写山村变革的《山中有历日》、《小胡子的爱情变奏曲》,有写感觉的《为什么是两只猫》,每篇都掷地有声。去年他还专程前往柔石的故乡宁海,领取首届柔石短篇小说金奖。有人问王蒙你是不是老了,于是王蒙干脆写了一篇《明年我将衰老》。这是一篇完全不写人物的小说,这是他小说创作手法上新的尝试。对,不断创新的王蒙还没有衰老,不知道明天、明年,他还会写出什么让你为之一惊的作品来,让我们期待吧。

彭世团:中华人民共和国文化部

学位论文选载

对“年轻人”批评的知识考古

夏文生

《组织部来了个年轻人》发表以后引起了热烈的反响。先是党的工作部门的同志“对号入座”——“我们这儿并不是那样呀”。紧接着，在社会上围绕这篇小说出现了争论。“在某些机关和学校里，人们在饭桌上、在寝室里都纷纷交换着各种不同的意见。有人认为它是一篇好作品，也有人认为它是不健康的、歪曲现实的。”[①]《文汇报》、《光明日报》、《人民日报》、《北京日报》等多家报纸都刊发了评论文章。把对《组织部来了个年轻人》的讨论推向高潮的，应该是韦君宜、黄秋耘主编的《文艺学习》杂志。该刊自1956年12月起，至1957年3月止，在刊物上开辟“关于‘组织部新来的青年人’的讨论”专栏，进行了为期四个月的讨论。“这次讨论，一共收稿1 300多件，编辑部在讨论进行中努力本着‘百家争鸣’的精神，对于各种具有代表性的意见都尽可能给以发表的机会。”[②]我对《文艺学习》所刊发的讨论文章做了一个统计，具体如下：

标　题	作　者	刊发时间	主要观点
生活的激流在奔腾	林　颖	1956年第12期	肯定林震这个典型人物
一篇严重歪曲现实的小说	增　辉	1956年第12期	批评小说歪曲了党委机关、党的领导干部的形象
清规戒律何其多	王　践	1956年第12期	肯定小说对生活中阴暗面的揭示，批评文学创作中的“清规戒律”

①《关于“组织部新来的青年人”的讨论〈编者按〉》,《文艺学习》1956年第12期,第6页。

②《编者的话》,《文艺学习》1957年第3期,第8页。

续表

标　题	作　者	刊发时间	主要观点
林震值得同情吗？	王　恩	1956年第12期	批评林震这个人物形象对青年人没有教育意义
生动地揭露了新式官僚主义者的嘴脸	王冬青	1956年第12期	这是一篇生动地揭露新式官僚主义者的嘴脸的好作品
真实呢，还是不真实？	李　滨	1956年第12期	小说过分夸大了党内生活复杂的一面，把青年人和党组织对立起来了，违反了生活的真实性
林震是我们的榜样	唐定国	1956年第12期	肯定作品忠实地为我们描写了生活中的矛盾和斗争
可喜的作品，同时是有严重缺点的作品	长　之	1957年第1期	肯定作者有干预生活的勇气，没有落入公式化、概念化的套子。批评小说没有重点描写工人形象魏鹤鸣，而是小资产阶级知识分子林震
我对“组织部新来的青年人”的意见	彭　慧	1957年第1期	肯定小说揭露生活中的阴暗面，反对官僚主义
一个区委干部的意见	戴宏森	1957年第1期	总体上肯定小说干预生活，鞭笞生活中旧的思想残余，反对官僚主义；也指出了小说在环境描写上的不典型和人物塑造上的缺陷
写真实——社会主义现实主义的生命核心	刘绍棠 从维熙	1957年第1期	肯定作者严酷地、认真地忠实于生活的创作态度，驳斥对小说的种种责难
不健康的倾向	一　良	1957年第1期	小说把区委组织部写成一个懒散、忙乱、充满灰尘的事务主义的机关，歪曲了生活，塑造了不真实的人物形象
伤了花瓣的花朵	赵　坚	1957年第1期	肯定小说冲破了公式化，概念化的俗套，也指出了小说写到的种种阴暗现象，不是在热情的批判，而是在“揭露黑暗”
去病和苦口	邵燕祥	1957年第1期	肯定小说揭示了存在于某些人身上的“隐疾”，及其对党内生活，社会生活的消极影响；肯定小说的认识价值和教育意义
作品中的真实问题	杜黎均	1957年第2期	肯定小说塑造了一个典型的艺术形象——刘世吾，但也批评了作者没有写出落后现象之所以存在的合情合理性，且正面力量也表现得很薄弱，损害了作品的真实性

续表

标　题	作　者	刊发时间	主要观点
一篇有特色的小说	王培萱	1957年第2期	肯定作者干预生活的态度和对生活的深邃的观察、对人物内心的复杂世界的深刻解剖
要实事求是地分析作品	江国曾	1957年第2期	小说的题材别开生面,构思具有独创性;几个主要人物虽然写得也还生动,但都不深刻,没有揭示人物的内在真实性,渗透了作者的小资产阶级思想感情
林震究竟向娜斯嘉学到了些什么?	艾克恩	1957年第2期	小说在揭示生活中的矛盾冲突,在塑造刘世吾这一人物上,是有意义、有成效的;但作者塑造的林震,在同落后现象斗争时,既不依靠群众,也不依靠党,这是小说的严重缺陷
准确地去表现我们时代的人物	马寒冰	1957年第2期	这篇小说不具有真实性,没能准确地表现我们时代的人物;所揭发的官僚主义现象,终究是少数,不是普遍的;且在党中央所在地的北京市的区委会,官僚主义者满天飞,这是令人无法相信的
林震及其他	邓啸林	1957年第2期	肯定林震这一形象来源于生活,照书本来处理实际问题;也指出小说忽视了现实生活本质上的特征,让人们看不到林震所处的环境中有多少积极的、正面的人物
达到的和没有达到的	秦兆阳	1957年第3期	肯定作者大胆、深刻地描写了艺术典型刘世吾,一定程度上写出了人物的复杂性;同时也指出由于作者受思想水平、生活经验、艺术修养的限制,不能揭示刘世吾与环境的关系,反而将过多的同情给予林震和赵慧文这样的人物
谈刘世吾性格及其他	唐　挚	1957年第3期	肯定小说塑造的刘世吾这个艺术形象,指出刘世吾性格的核心是高度熟练下面的高度冷漠;也指出作者艺术表现上较弱的一面,那就是对正面力量林震、赵慧文的性格的刻画,他们不能从群众中、从生活的主流里找到战斗的力量
道是无情却有情	刘宾雁	1957年第3期	如果按照马寒冰对小说的批评来修改作品,那王蒙就无法写作了。刘世吾是现实生活中的存在,他是一个复杂的人物,不能简单划为“好人”或“坏人”;也不能把生活机械地分割成“光明面”与“阴暗面”。文学不能回避生活的复杂性和重大矛盾

续表

标　题	作　者	刊发时间	主要观点
一篇充满矛盾的小说	康　濯	1957 年第 3 期	这是一篇充满矛盾和片面性的小说。它有揭发官僚主义和表扬知识青年的热情、勇敢的好的一面，也有着称颂小资产阶级的坏的一面。小说有着不少真实动人的细节，在人物形象及其所处环境的创造上有着相当的成就；但也有大量的片面的不真实的细节。有人物刻画上的含混和矛盾。小说依靠小资产阶级去反对官僚主义，因而找不到成功的方向。小说没能写出笼罩在整个区委会的官僚主义现象的偶然性及其产生的复杂条件
读了《组织部新来的青年人》的感想	艾　芜	1957 年第 3 期	小说所描写的那些有严重缺点的人物和记叙的那些令人激愤的事，在真实生活的世界里都存在着。作者没有对小资产阶级的片面认识和急躁情绪，加以批判；反而是颂扬，因而产生了有害的效果。作者对刘世吾这个人物也写得不深刻，且将揭露重点放到组织部；而揭露的东西，又是片面的，因而，总的效果是令人悲观失望的

从每期所刊发的文章来看，持不同态度的文章分布情况如下：1956 年第 12 期，共刊发文章 7 篇，其中，肯定小说的正面价值和积极意义的文章 4 篇，约占 57%；批评小说的负面价值和消极意义的文章 3 篇，约占 43%；正反两方面的文章大约各占一半，肯定的和批评的观点呈现着鲜明的对立。1957 年第 1 期，共刊发文章 7 篇，其中，肯定小说的正面价值和积极意义的文章 3 篇，约占 43%；既肯定小说积极的、有价值的一面，又指出小说消极的、不妥当的一面的文章 3 篇，约占 43%；批评小说的负面价值和消极意义的文章 1 篇，约占 14%。这一期刊发的文章，正面的观点明显多于负面的观点；从观点尖锐对立开始走向冷静分析，既肯定小说的积极意义，又指出不足的地方。1957 年第 2 期，共刊发文章 6 篇，其中，肯定小说的正面价值和积极意义的文章 1 篇，约占 17%；既肯定小说积极的、有价值的一面，又指出小说消极的、不妥当的一面的文章 4 篇，约占 66%；批评小说的负面价值和消极意义的文章 1 篇，约占 17%。这一期的文章主要是客观分析的文章，片面地激赏和指责的文章越来越少。1957 年第 3 期，共刊发文章 5 篇，其中，肯定小说的正面价值和积极意义的文章 1 篇，约占 20%；既肯定小说积极的、有价值的一面，又指出小说消极的、不妥当的一面的文章 3 篇，约占 60%；批评小说的负面

价值和消极意义的文章1篇，约占20%。这一期刊发了几篇长篇宏论。从创作规律、人物性格刻画、细节描写、文学作品与现实生活等方面，分别进行了阐释。唐挚、刘宾雁、艾芜的文章都在6 000字以上，康濯的文章更是长达13 000余字，秦兆阳的文章稍短，也在5 000字左右。

《文艺学习》组织的这次专题讨论，共发表讨论文章25篇。在这25篇文章中，既肯定小说积极的、有价值的一面，又指出小说消极的、不妥当的一面的文章10篇，占总数的40%；肯定小说的正面价值和积极意义的文章9篇，占总数的36%；批评小说的负面价值和消极意义的文章6篇，占总数的24%。从以上统计数字来看，《文艺学习》所刊发的讨论文章最多的是既指出优点又指出不足，占40%。这说明对小说的讨论还是在理性的、学术争鸣的范围内，讨论文章能够做到有好说好，有坏说坏，且各种不同的观点都能得到发表。讨论文章中，肯定《组织部来了个年轻人》的比否定的要多，二者分别是36%和24%，这说明小说的正面反响要强烈一些。总体看来，这篇小说发表后引起了激烈的争论是一个不争的事实。它的读者群已经分裂为三种立场不同的群落，每一个群落的人数都有一定的比例，从多到少依次为40%、36%、24%。这次讨论从初期的针锋相对，到后来的客观理性，表现出随着讨论的深入，意气相争走向了理性、学术化的轨道。诚如《文艺学习》编辑部在讨论结束时所总结的，“在讨论初期，有些意见是针锋相对，很极端的。如有些同志认为这篇作品完全是歪曲现实，歪曲了我们的老党员老干部的面貌，并且诬蔑了我们整个党和党的中央。而另外一些同志又对于这篇作品进行了全面的无保留的歌颂，提出‘以林震为自己的榜样’，‘朝着光辉的未来迈进’。这两种极端的意见，后来都在讨论中间受到了多数同志的批判。随着讨论的逐步深入，大家的意见也逐步接近。多数来稿，大致都觉得这篇作品揭露在我们的现实生活中存在的否定现象、官僚主义灰尘，揭露刘世吾这样一个政治热情衰退、把一切看成‘就那么回事’的人物，都是好的，有积极意义的。但是出现在作品中向否定现象作斗争的林震、赵慧文两人，却是带着很浓重的小资产阶级灰暗情调的。作者对于这种情调也未能从更高的角度去观察和批判，作品是有片面性的。多数同志对这作品指出优点，也指出缺点。只是各人所着重之点不同”。①

就我对这25篇文章的阅读来说，体会最为深刻的有三点。一是反官僚主义指涉。毫无疑问，反官僚主义是一个政治命题，是那个时代政治生活中迫切需要解决的政治问题。1956年9月召开的中国共产党第八次全国代表大会，就明确提出了整顿党内的主观主义、官僚主义、宗派主义的思想和作风。反

① 《编者的话》，《文艺学习》1957年第3期，第8页。

官僚主义是此后全党整风运动的内容之一。从我所读到的这25篇文章来看，有23篇文章或多或少地，谈到作品中的“反官僚主义”问题，或者谈林震对刘世吾思想上“衰退”、“退坡”的斗争。王东青更是直接用“生动地揭露了新式官僚主义者的嘴脸”，作为自己文章的标题。王蒙在1957年写的《关于〈组织部新来的青年人〉》一文中，谈到自己的写作初衷时，也承认作品涉及反官僚主义。他说，“最初写《组织部新来的青年人》时，想到了两个目的：一是写几个有缺点的人物，揭露我们工作、生活中的一些消极现象，一是提出一个问题，像林震这样的积极反对官僚主义却又常在‘斗争’中碰得焦头烂额的青年到何处去”①。在文学、政治一体化的时代，以文学的方式“干预政治”；或者说在“干预生活”的理论主张下，书写政治美学，原本是题中之意。但我们切不可忘记，这种一体化，实际上是文学失去独立品格，文学从属于政治的一体化。政治才是这个一体化“同心圆”的“圆心”。王蒙的另类行为，是以文学的方式言说政治。或者说王蒙以文学的方式直接切入那个时代政治生活的敏感内容，“以艺术的形象来揭露在我们国家迈进新时代时所必然产生的人民内部的矛盾，批评我们自己在前进中的缺点”②。这样自然就会引起站在不同的角度的人，或者具有不同政治倾向的人的不同评价。这种评价总体来看，大致有两类：一是肯定小说反官僚主义的思想主题，如林颖、王践、王东青、彭慧、邵燕祥、王培萱等人的文章。当然这种肯定的评价所取的角度也不尽相同。有的人是从林震与刘世吾这两个艺术形象对立的视角来谈的，有的人是从刘世吾扮演了现实生活中官僚主义者角色来谈的，有的人是从拥护党反对官僚主义的号召来谈的。二是否定或部分否定小说反官僚主义的思想主题，如增辉、王恩、李滨、长之、赵坚、江国曾、马寒冰、康濯、艾芜等人的文章。其理由五花八门。有的认为在党中央所在地北京市的区委会，不会有官僚主义者满天飞的现象；有的认为官僚主义有，但不会是24个人中只有两个正面人物；有的认为反官僚主义是对的，但林震、赵慧文充满了小资情调，林震的胜利是小资产阶级知识分子对一个老干部的胜利；有的人认为林震反官僚主义，既不和群众接近，又不积极争取党的领导，因而不足为训。然而，不管是肯定的一方，还是否定的一方；其判定作品的尺度，都是政治标准。文学为政治服务，文学的政治功利意识，像灰尘一样弥漫在这些文章的字里行间；政治上正确与否，成为衡

---

①《编者的话》,《文艺学习》1957年第3期，第8页。

② 王蒙：《关于〈组织部新来的青年人〉》，见宋炳辉、张毅主编《王蒙研究资料》（上），天津人民出版社2009年版，第21页。

量一部小说的重要尺度。这让我们看到,在那个时代政治文化对文学创作和批评的影响,是多么深刻。

二是正面力量与反面人物的分类。在这25篇文章中,有18篇文章把小说中的人物归类划分为反面人物与正面人物,或者区分为官僚主义者与反官僚主义者、旧势力残余与新生力量。在他们的眼里,“一边是林震,另一边是韩常新和刘世吾,他们对立着,不可能妥协,也不可能调和”[①]。“林震是作者创造的一个正面人物形象,他对官僚主义者作了可以说是勇敢的斗争。”[②]也有的人认为,林震“这个被作者作为正面力量的人物,却常常流露出一种怅惘、忧郁,甚至是寂寞的情绪”[③],充满了小资产阶级情调。我们从这种对人物的分类上,看到了二元对立的思维模式。这种二元对立的思维模式,在20世纪的中国是大行其道的,从某种意义上说,它深入到了中国知识分子的潜意识之中。谭桂林先生在总结“五四新文化运动”中中西之辩的思维特征时,分别从哲学的维度和历史的维度,分析了二元对立的思维模式对中国现当代文学发展的影响。他说,“要学习西方,就得摧毁传统,要提倡新学,就得反对旧学,这是20世纪中国知识分子激进的改革派中一种普遍的思维特征。陈独秀在《文学革命论》中就是将‘建设’与‘推倒’两两对立的,后来在《本志罪案之答辩书》中,也是运用了‘要拥护’什么‘便不得不反对’什么的论辩句式。这就是典型的二元对立的思维模式。”[④]这种二元对立的思维模式,运用到文学批评中,体现在对人物的评价上,便是将人物符号化、类型化,将性格复杂、丰富多彩的人简化为革命者与反动者、无产阶级与资产阶级、新生力量与旧势力残余、正面人物与反面人物、朋友与敌人、好人与坏人等相互对立而又黑白分明的人物。这种二元对立的思维模式运用到文学创作中,便是公式化、概念化、脸谱化、类型化的滥觞。这种二元对立的思维模式源自哪里呢?季水河先生从中国马克思主义文艺理论的引进源头进行了追溯。他认为,“中国文艺理论界接受马克思主义文艺理论,开始时并非从马克思主义创始人那里直接引入原生态的、完整的马克思主义文艺理论,而是从苏联辗转引入的、被简化了的马克思主义文艺理论。这种被简化了的马克思主义文艺理论,其思维方式是

---

① 林颖:《生活的激流在奔腾》,《文艺学习》1956年第12期,第6页。

② 汪国曾:《要实事求是地分析作品》,《文艺学习》1957年第2期,第13页。

③ 唐挚:《谈刘世吾性格及其它》,《文艺学习》1957年第3期,第11页。

④ 谭桂林:《20世纪中国文学的中西之争》,百花洲文艺出版社2006年版,第11～12页。

典型的二元对立。与马克思主义创始人的文艺思想相对比，它保留了二元论的形式而抛弃了对立面的联系、渗透、转化的精髓。这种简化了的马克思主义文艺理论及其典型的二元对立思维模式，一直影响着中国的马克思主义文艺理论研究者们”①。当然，这种二元对立的思维模式，不仅影响了文艺理论研究，也影响了文艺批评和创作。它把复杂的生活简单化，所得出的结论难免片面性。美国学者•M•瓦尔布朗和斯图尔特•M•基利在他们合著的《走出思维的误区》一书中，将二元思维称之为“思维的误区”、“思维的罗网”。他们指出：“很少有什么重要问题，可以用一个简单的‘是’或绝对的‘不是’来打发的。当人们考虑黑与白、是与否、正与误、用词恰当与不恰当时，他们是在进行两极式思维。这种思维方式认定，任何问题绝不会有多种答案，而只能做出两种问答。……两极思维本身，给我们的洞见大设罗网，因此，它足以把推理过程破坏得体无完肤。在对两种决定加以考察之后，我们自以为大功告成，万事俱备，却不知在每种选择背后，都还有无数的选择和结果有待考察。”②王蒙的这篇小说，是要写出生活的复杂性。或者说，他是用复杂性思维来努力消弭二元对立思维的误区。1957年，他在谈《组织部来了个年轻人》的创作体会时说，“生活的激流本来不是消过毒的蒸馏水……当今作品中的黑白脸给人的影响太深了，正面人物就必然是作者狂热歌颂、竭力提倡的，这是许多人的逻辑，他们不可能设想，正像人物在生活中是多方面的、复杂的，作者对人物的认识、态度、感情也是多方面的、复杂的，甚至是有某些矛盾的。”③王蒙的复杂性思维，与许多人的思维逻辑发生了冲突，于是便有了占优势地位的、把小说人物简化为正面人物与反面人物的批评文章。这些批评文章，有的是对作品的误读，有的是对作品的过度诠释。虽然有秦兆阳、唐挚、刘宾雁等人极力为王蒙辩解：“世界是复杂的，不要把生活简单化”。“刘世吾是官僚主义者，但不仅是官僚主义者”。与其说他是“反面人物”，不如说他是“两面人物”或“多面人物”。“不能像小孩子看戏那样把人分成好人坏人两个阵营”，更不能“把生活

① 季水河：《回顾与前瞻：论新中国马克思主义理论研究及其未来走向》，中国社会科学出版社2009年版，第224页。

② ［美］M•瓦尔•布朗、斯图尔特•M•基利：《走出思维的误区》，中央编译出版社1994年版，第195页。

③ 王蒙：《林震及其他》，见《王蒙文存•你为什么写作》，人民文学出版社2003年版，第3～5页。

机械地分割成‘光明面’‘阴暗面’”[①]。但这样的声音在强大的将生活简化为黑白分明的声浪中,已经很难引起人们的深思。在政治厄运中,他们与王蒙一样,逃不过被批判的命运。这里我们又看到了,王蒙在思维方式上与主流话语的冲突。他的复杂性思维是多么不合时尚,这就为他日后的厄运种下了祸根。

三是面对"真实性"的歧义。在这25篇文章中,几乎所有的文章都或多或少地涉及"真实性"的问题,更有三篇文章直接以"真实性"作为文章标题的关键词。如:李滨的《真实呢,还是不真实?》,刘绍棠、从维熙的《写真实——社会主义现实主义的生命核心》,杜黎均的《作品中的真实问题》。这说明那个时代对作品的真实性的关注,已经到了十分重要的地步。用刘绍棠、从维熙的话来说,是否真实事关作品的生命力。换句话来说,说一部作品不真实、虚假,那就算判定了它的死刑。仔细阅读这25篇文章,虽然观点不同,见解各异,但从中可以发现一个问题,那就是由于对"真实性"的不同理解,而导致了观点的差异或对立。或者说每个人心中都有一把"真实性"的尺度,用这把尺子来测量作品,得出的结论也就完全不同。这种对"真实性"理解的歧义,在这25篇文章中大致可以归纳为三类:一是把现实生活与作品所创造的艺术世界完全等同,用现实生活中是否存在作为判断真实性的标准,我们姑且称之为"生活真实性尺度"。如,增辉的《一篇严重歪曲现实的小说》认为,"作者笔下的北京区委,没有一个正面人物","把我们的党委机关写成一团糟"。"在现实里生活的老同志,并不是那样的倚老卖老,固步自封"。他还以自己的亲身经历补充说,"编辑同志,我是在军队工作的,军队里老党员很多,根本就没有这种现象"。[②]马寒冰的《准确地去表现我们时代的人物》一文,更是典型的把文学当"新闻"来读。他在列举作品所描写的区委会的官僚主义现象之后,设了一个自问自答:"是不是我们党和国家的机关里的情况都是这样的?是不是目前我们的参加工作较久的干部和参加工作不久的干部情况都是这样的?显然地绝不是这样的。"他还进一步强调,"在中共中央所在地的北京市,果然有这样的区委会,中央和北京市委居然不闻不问,听其存在,这是不能相信的,也是难于理解的。"[③]使用"生活性真实尺度"的人,混淆了生活与艺术的区别。他们把艺术与现实生活进行简单的比附,否定了文学的创造性和超越性。二是从政治意识形态出发,来理解作品所创造的艺术世界,用主流意识

---

① 以上引见《文艺学习》1957年第3期,第6～15页。

② 增辉:《一篇严重歪曲现实的小说》,《文艺学习》1956年第12期,第8～9页。

③ 马寒冰:《准确地去表现我们时代的人物》,《文艺学习》1957年第2期,第17页。

形态信条作为判断真实性的标准，我们姑且称之为“政治正确性尺度”。例如，李滨的《真实呢，还是不真实？》认为，“反对官僚主义的斗争只有在党的正确领导下进行才能取得更积极地成果”，“不写党的领导作用，片面地描写党的组织和党内生活”[④]，违反了生活真实。康濯的《一篇充满矛盾的小说》，在分析林震、赵慧文这两个“正面人物”时，指出作者“在肯定他们的长处的同时”，没有批判他们“有着不轻的小资产阶级情感”，“发现了麻袋厂的问题，却不懂得要依靠群众路线去求得解决”，以小资产阶级去反对官僚主义，“正如以唯心主义反对唯心主义一样”，必然找不到成功的正确方向。康文指出，“这正是王蒙的失败之处，没能站在生活高处以全面透视一切，而只片面地对待了生活真实和社会主义现实主义原则之处。”[⑤]使用“政治正确性尺度”的人，混淆了政治与艺术的区别。他们按照主流意识形态的要求，从作品的政治倾向性来讨论作品的“真实性”。在他们看来，林震只有抛弃了小资产阶级情调，依靠党的领导，走群众路线，去同官僚主义作斗争，才是“全面的真实”，否则就是不真实的，或是“片面的真实”。在这里，“权威的意识形态话语具有了最高的‘真实’，被广泛地当作判定文学作品真实与否的根本标准。”[⑥]三是参照现实生活的真实，用达到艺术的典型性作为判断真实性的标准，我们姑且称之为“艺术典型性尺度”。例如，林颖的《生活的激流在奔腾》认为，林震与刘世吾的对立，揭示了新生力量与旧势力斗争的困难，写出了许许多多区委会中的“这一个”。刘绍棠、从维熙的《写真实——社会主义现实主义的生命核心》认为，“王蒙同志没有一点歪曲这个作为典型环境的党组织，他逼真地、准确地写出了这里所发生的一切。我们不能要求他根据我们对党的整个概念来写这个党组织，因为这只能流于公式化……王蒙同志没有给刘世吾、韩常新的鼻梁上抹一块白，但是也没有根据百分比给这两个人加上一点‘光明的’佐料。他不肯违反典型环境中的真实，因此这两个人物是如此可信，如此有说服力。”[⑦]杜黎均在《作品中的真实问题》一文中，提出了相反的观点。他说，该小说的艺术光彩“主要由于刘世吾形象创造的比较成功”，“但，我却鲜明地感觉到作品在真实性上毕竟存在着重大的缺陷”，“作品接触到的许多落后现象，孤立地看，都是

---

④ 李滨：《真实呢，还是不真实》，《文艺学习》1956年第12期，第13页。

⑤ 康濯：《一篇充满矛盾的小说》，《文艺学习》1957年第3期，第16～19页。

⑥ 黄开发：《“十七年”文学三论》，《江淮论坛》2004年第2期，第126页。

⑦ 刘绍棠、从维熙：《写真实——社会主义现实主义的生命核心》，《文艺学习》1957年第1期，第18页。

真实的。从整个作品看来,真实性(整个作品的真实性)却是不深刻的……我觉得小说的作者正是没有把他揭露的全部落后现象之所以存在,充分合情合理地表现出来,没有把社会主义高潮当中依然存在停滞落后现象这种社会矛盾的深刻内容充分表现出来,以致使作品的真实性的深度受到了损害。"[①]看来,对待同一部作品是否达到了艺术的典型性也是有不同看法的。

对于使用"生活真实性尺度"的人,王蒙给予了明确的否定。他在1957年4月给《北京日报》编辑的复信中,明确指出:"我觉得小说不是真人真事,故事发生的地点在北京,也不等于北京真有这样一件事。可是有些人强调我写了北京,北京就那么几个区委会,有人就猜,你不是写这个一定是写那个。我希望做实际工作的人也应该体谅作者的困难和真心,不要乱猜作者的动机。[②]"小说是虚构的故事,不是真人真事,不能对号入座,王蒙明确表达了自己的态度。对于使用"政治正确性尺度"的人,王蒙也给予了毫不犹豫的反驳:"谁能说,生活中的一切人物,一切矛盾,都已早经过马克思主义经典作家的分析,都已有了结论,因而必须表现结论,却不能抛砖引玉呢!"[③]在王蒙看来,作者不能用马克思主义概念去图解生活,不能根据我们对党的整个概念来写这个党组织,来写这个现实生活中的有缺点的党员。作者只能忠实于生活,相信亲眼看到、亲身经历、亲自感受的真实,按照作家所见、所感、所信的生活的本来面目去真实地反映生活。在这里,我们也看到了王蒙与同时代的相当多数人的"文学真实观"是有分歧的。这种分歧直接涉及对小说的价值判断。按照"生活真实性尺度"和"政治正确性尺度"来判断作品,这篇作品无疑在当时人们十分看重的"真实性"品格方面,就有了令人生疑的地方。这种逻辑再延伸下去,于是后来尽管毛泽东同志肯定了这篇小说,它仍然被打成"毒草"就一点也不奇怪了。

夏义生:湖南省文联

(本文节选自其博士论文《王蒙小说流变与当代政治文化》第二章第二节。)

---

① 杜黎均:《作品中的真实问题》,《文艺学习》1957年第2期,第10页。

② 王蒙:《林震及其他》,见《王蒙文存·你为什么写作》,人民文学出版社2003年版,第9页。

③ 王蒙:《林震及其他》,见《王蒙文存·你为什么写作》,人民文学出版社2003年版,第5页。

王蒙新作
《闷与狂》

对话《闷与狂》

王蒙、刘震云、麦家、谢有顺、盛可以、张悦然

主持人：各位来宾，各位朋友，早上好！这本书有一个很特别的名字，《闷与狂》，更特别的是它是著名作家王蒙先生近十年来创作的第一部长篇小说。台上就座的有分别成长于40年代、50年代、60年代、70年代和80年代的中国代表性作家。还有权威级、重量级的文学评论家，从昨天到今天，中国当代文学界的精华就在台上了，请允许我一一介绍他们。首先是今天的主角，作家王蒙先生、作家刘震云先生、作家麦家先生、中山大学教授评论家谢有顺先生，以及两位年轻的女作家盛可以女士、张悦然女士。欢迎各位的光临。

下面想请问王老一个问题，在我们这本书上市之前，我们给少数的评论家寄过样本，请问您如何看待他们的评价——北京大学和复旦大学两位教授都给过您很高的评价，以及关于这本书您有什么样的创作感想可以和我们大家进行分享？

王蒙：我感谢他们对这本书有一定的兴趣。从我个人来说，跟过去写的不一样的地方就是，某些章节在文学刊物上发表的时候，责任编辑告诉我说，我感觉您已经写疯了，已经疯癫了，是一种癫狂的体验。

主持人：有人说《闷与狂》是一部文学与时代碰撞的史诗，关于这部作品，让我们有请谢有顺先生开始我们跨时代的对话。谢谢！

谢有顺：刚才王老师把自己的创作说得很简约，但是他用了一个词——有一种"癫狂"的体验。这是让我好奇的，他这么一个年龄，这么一个充沛的精力和语言恣肆的才华，我们私下交流都非常地佩服。而且王老师写这样一本书，对他个人的生命史肯定有一种特殊的回忆和特殊的技术，所以我还是想听王老师自己再简单地说一下这个创作，或者再解读一下"闷与狂"这三个字背后的深意。

王蒙：因为我年事比较高了，经历比较多，这些经历、这些沧桑、这些历史、这些事情已经写了很多了，也在其他各式各样的作品里面，但是这些东西堆

积到一块儿以后，除了生活，除了沧桑，除了历史，除了时代，它还有一大堆感受——主观的生命的切肤的酸甜苦辣、疼痛、舒适——这些东西堆在一块儿，我觉得它有一种潜在的能量，这种能量始终没有发挥出来，这种潜能就好比是“闷”。2012 年的冬天，由于我的妻子是和我同龄的，结婚 55 年，相识快 60 年，她去世对我精神的刺激太大了（王蒙亡妻崔瑞芳，2012 年因病去世，享年 80 岁）。我当时是作为一个短篇小说写的——《明年我将衰老》，这个写的时候我就觉得自己的世界、经历已经都可以退去了，我要写我的感受，就是我的情绪，就是我的悲哀，就是我悲哀中有的豁达和理解。

这个写完了以后，我觉得我一下子回到了非常陌生的写法。回到什么写法呢？类似风格的作品我还写过一篇，是 1990 年写的，在《收获》上发表的——《我又梦见了你》。1990 年我的生活也处在一个节点上，《我又梦见了你》里面也是略去了、隐藏了一切的人物、故事、情节、生活经验，但是充满了各种各样的情感。这个结果又使我想写一个童年最早的，最无法写的，生命第一个自我意识究竟是什么？这大概没有几个人能说得清楚，我们自己也说不清楚。但这是我最有兴趣的一个问题，我的出现对于我自己来说是一种什么样的体验。这就是为什么是这样的写法，用的是我三岁的感觉，我自己三岁的事记不得了，但还记得模模糊糊的一两点，在这一两点当中我有一种追寻，就像在黑暗里寻找一直不存在的，或者也可能存在的黑洞一样。我写完了这个以后，又觉得我底下还有很多东西可以用这种方法写，用一种反小说的方法来写——因为小说最重要的因素是人物、故事、环境，有时候再加上时间、地点——我偏偏不这样写，但是我把我内心里最深处的那些东西，就是把这种情感、记忆、印象、感受的反应堆点燃了，点燃了以后发生了一种狂烈的撞击，我把 1990 年的《我又梦见了你》、2012 年的《明年我将衰老》、2013 年的《为什么是两只猫》，这些都组合起来，又把前前后后、左左右右的很多东西组织进去，就变成了这个书，就变成了这么一大堆语言的狂妄，变成能量淋漓的释放。当然这种写法能不能被接受，我不知道，但是我过去没有这样写过一本大的书，今后这么写也并非易事，我现在把它写下来了。我特别感谢我的一些同行，震云、麦家、可以、悦然——这个话很好听，又有顺，也会顺，也感谢磨铁浩波老板的支持。

谢有顺：谢谢，我特别喜欢王老师那句话——“我偏偏不这样写”，一个老作家是多么的豪迈，在座年轻的作家真得学一点我们王老师的这种气派，这样一种要跟这个时代，要跟潮流拧着来的那一股劲儿。一个作家如果身上没有这种劲儿，他写作要创新是很难的。在座的几位也都读过了王老师以前的作品，包括最近的新作，我想请各位先简单来谈一下，我们后面再来往前走。刘老师,你觉得王老师反小说的这种写法(如何)?

刘震云:其实王老师这种“闷与狂”的写法,在他20年前、30年前的作品里面还是有线索可寻的。因为王老师是一个伟大的作家,一个作家的伟大之处在于他开创过,首先开创过别人没写过的领域,另外从写作的手法上他开创过小说另外写法的样式。当时我看第一眼,我马上能想起我在上大学的时候读王老师的作品,包括《我又梦见了你》,包括《春之声》、《风筝飘带》、《济南》等等,这种意识流的写法,特别是在意识流主观情绪的渲染、扩大,王老师曾经开过一代的先河。当然王老师有另外一些作品的写法,比如像他一些作品的写法同时有主观意识,主观跟世界之间的关系,关系变型的写法我也非常地赞赏。这本书读得我夜不能眠,因为我也写过这种写法,但是我没有像王老师这样写过。主要的特点,注重的不是一个故事,不是这个世界的整体,而是这个世界的某些细节和碎片,特别是记忆的细节和碎片,在这个按到作品里放大到极致的情况下会是什么样子,这个对作家是非常非常过瘾的,对于读者也是非常非常过瘾的。

但是对于读者有另外一个过瘾,就是阅读挑战的过瘾。如果你稍微分散一下精力的话,就跟不上作者想往哪去了。因为《组织部新来的年轻人》,是整体的像一个大鸟在天空中飞过,像群鸟在湖面上略过,湖光山色,这种写法非常考验人的精力,也非常考验人的体力。我看这本书不像81岁人写的,像18岁人写的。但是我觉得王老师您是最不喜欢吹捧的,但是我还得说一句,这本书比《春之声》,包括《风筝飘带》的时候还是要成熟很多,心还是那个心。

麦家:像子弹上膛,让它引而不发也是挺难受的。王蒙老师这个作品我最早的印象,《两只猫》是发在《人民文学》的,我当时在《人民文学》上看的时候真是非常惊讶,我看作品你说好像很挑战,当时真的完全是顺流而下,一下子看完了,看完了我说是不是我弄错了,这个王蒙是不是那个王蒙?难道是80岁高龄的人还能如此恣意汪洋?我就分析,我回想我以前看的小说,还是以前已经有一些端倪,像《蝴蝶》,像《坚硬的稀粥》,还是有端倪在前,《蝴蝶》是特别明显,我想最后我还证明了。

去年我在浙江碰到王蒙老师,我问他秘书,我说那个是吗?他说那个是王老师。这本书的第一章这次又从头到尾看了一遍,我还是觉得一点不像王老师。不知道说什么,看了语言本身有一种诱惑你话赶话地往下看,看了以后我有一种什么感觉,有些小说像一棵树一样很挺拔,一片森林一样非常挺拔,云杉、灌木,还有草坪。这个小说我整体看的时候有一种很怪的印象,我想到海上红树林,整个一片大海、一片绿色,我在海上看过红树林,整个海上灌木把海吃掉了，几乎没有树枝，我从空中看起来，就是海上的一个草坪面那种效果。我觉得这个小说整体给我这种感觉，虽然没有那种非常强烈的情节，没有人物的性格，但我觉得遍地都是树叶，遍地都是王老师那种别的作家无法可比的语言的才能。我看的时候，我想王老师是打破了世界吉尼斯纪录，王蒙老师是世界上用排比句最多的一个作家。

谢有顺：这句话可以做媒体标题——王老师是用排比句最多的作家。

盛可以：大家刚刚都说到，王蒙老师的语言就是那种蓬勃的生命力和一种非常饱满的激情，我也非常赞同。我花了两天看完王蒙老师这个小说，开始看的时候我在想这是小说，但我看到第二页，第三页的时候我就产生了怀疑，我觉得这是散文，特别抒情的散文，然后再往后看，你又产生了质疑，就是一直在这样的一种疑问当中，到底是什么，我觉得我没有办法去确定它是小说还是散文，也就是说王蒙老师他不但在创作上给自己一个创新，给自己一个难题，同时好像也给了读者这样的一个难题。其实作为一个读者来说，这本书到底是小说或者还是散文，其实我觉得并不重要，重要的是他用他强烈的情感把你带入到浩瀚的人生当中，这个就是这本书给你带来的一种近乎“旅途”的收获和享受。

刚才刘震云老师也说了，不像81岁的老人写的，而像18岁，我也有这样的感觉，不是老人追溯年华，反而是一位18岁少年的遐想。因为里面还有很多比较浪漫的，比较天真的，比较单纯的情感在里面，我当然觉得挺惊讶的。另外还有很多很陌生的东西在里面，比如说换了我，我这个年代、这样的社会背景，我会不会用这样的语言和这样的方式来写——因为我是一个职业作家，我肯定在阅读前辈作品的时候会有所思考。王蒙老师的书叫《闷与狂》，我想到情感上既奔放又节制，这是不是一种“闷”呢，网络上有一种语言叫“闷骚”，好多搞文艺的人内心情感丰富，他在语言上奔放，情感上那么节制，但是越节制越觉得他特别有冲击力。给我带来的感觉就是，读完之后就像惊涛拍岸，像麦家老师说的无数的排比，还有非常饱满的词汇一起涌向你，你会有一种夜海当中惊涛拍岸的余味。

张悦然：首先王蒙老师写这本书的时候实在是状态太好了，这种状态让作家同行都会很羡慕，很嫉妒，就是会很由衷地觉得他在写这本书的时候应该是非常非常幸福的状态，可以读得出来，会觉得是感官整个全部是打开的，好像身体的每一个毛孔都是打开的，感官完全接触到周围，捕捉所有的细节，这个状态对作家来说是非常难得的，我是达不到，王蒙老师能达到这个状态，让人非常羡慕。刚才大家都说像18岁的状态，我觉得这也是从简到繁，然后又从繁回到简的过程。回忆一下，最初写作的时候我可能也是这样一种以抒情为主的状态,后来才开始编织故事,有更多更多复杂的构想,或者说更多的野心。但是当你到了王蒙老师的这种境界,就抛弃掉了所有的野心,这些复杂的构想,又回到最简单、最初创作的状态。而也正是因为这样一种简单,所以才能够达到这样一种感官全部打开的状态,能够写出如此饱满的作品。

还有一点我跟其他的作家意见不太一致的地方,我会觉得不是没有故事,我会觉得有很多的故事在这本书里面,好像每一个章节,每一段落里面都潜藏了很多小的故事。也许是因为这里面讲的很多故事离我很远,所以对我来说很陌生,我会有更多的这样一种捕捉到它的愿望,我会觉得这里面充满了故事,我会希望把文字底下潜泳的故事"打捞"出来,里面有非常丰富的故事,很多细节是很让人难忘的,这些故事是需要读者自己去发现,需要读者自己把它连接在一起,把它编织起来这样一个过程。

谢有顺:每个作家都对王老师作出了解读,我觉得确实各有各的角度。王老师这部作品肯定像陈晓明所说的——在他的写作史上是非常特别,卓尔不群的。其实究竟是小说还是散文这不重要,因为这恰恰包含着王老师写作的那样一种"我偏偏不这样写"的雄心,它超越了文体的限制。刚才震云老师也讲,一个作家伟大不伟大在于他有没有创作新的文学的样式。我们熟悉新时期文学的人都知道,王老师是最早把一些西方现代派的写作技法应用到当代小说的创作中的,而且确实给我们贡献了一批完全崭新的文本,这个让我们印象特别深刻。我特别感兴趣王老师刚才讲的,也许他不把故事、人物放在重要的位置,关键是要说出生命的感慨、生命的这种看法。我觉得这是一个很有意思的话题。我记得一个外国作家讲过,作家是既写事实也写看法,他说看法是会过时的,事实永远不会过时。我个人并不完全同意这样一个观点,我觉得王老师的写作恰恰可以证明,有些看法也是不过时的,而且这个看法可能也建立在事实经验的基础上,所以刚才悦然讲的我很同意,里面潜藏着很多有意思的小故事,但是没有传统意义上故事的环环相扣的东西,但有一个东西是贯穿始终的,叙述着"我",王老师本人的这样一个口吻,我觉得成了这个小说最大的主角。

如果我们要说这部小说它的主角,除了"我",我觉得还有一个主角,也许特别要提醒大家,语言本身是主角。有一种小说,有一种文学是让你在语言当中能找到阅读的快乐,语言当中让你找到特别新鲜的经验。所以像王老师这样的作品,真的不能够太分心、太松散地阅读。如果很集中地读,会发现里面的神思,里面的妙语,包括里面所潜藏的信息量都是非常大的。在中国当代的作家当中,我觉得王老师的人生经历,或者人生的一些感慨,确实是别的作家很难与之相比的,他把这一份财富都变成了这种写作的方式,这样一部书的确是提供了很新的经验,不同的经验。尤其是他从童年,最早有的意识开始写,写到明年我将衰老,特别写到很小的时候有失眠的经验……这些是我在其他文学作品里面所没有见过的,所以这确实让我认识到另外一个王老师,也让我对王老师这一代人的成长,以及他们人生背后的艰难、困苦、快乐,包括有不失望的那样一种意志(有所了解)——确实有一种特别有冲击力的东西。

刚才讲到这个话题,我觉得一代人有一代人的文学经验,一代人有一代人的这种文学的写法,王老师是提供了一个很好的榜样,完全不同于别人的那样一种做法。

刘老师,像你这一代人,比起王老师这代人,你觉得最特殊的文学经验会是些什么?

刘震云:其实我们都跟王老师生活在一个时代,对于时代的划分我觉得是人为的,是 30 年代、40 年代、50 年代,或者是这个世纪,另外一个世纪,或者其他的世纪——当然这种春夏秋冬,包括岁月轮替的这种感受和感伤,在王老师这本书里已经集中地体现了。但是我觉得从先秦孔子开始一直到现在,其实我们都生活在一个时代。物质世界的变化是非常快的,但是人性的变化有时候是 1 000 年都前进不到一厘米。刚才谢老师有一句话我觉得说得特别的好,就是看法是永远不会过时的,但是物质的东西一定是客观存在的,正是不以人的意志,人的看法能够移动。王老师这本书里跟普鲁斯特有一点是共同的,对于时间的感觉、感触、感受、感伤,克服和不克服,屈服和不屈服,所谓这种混杂的情绪都有。

但是刚才悦然说的,里面确实有许多潜藏的故事,有一些故事可能还非常地隐秘。我看最后一章有一个记者给王老师提出来特别好的问题,说你是不是有"洛丽塔"的这种情结?我看王老师整本书写的是非常坚决的,唯一写到这个的时候有点儿含糊,有点儿藏而不露,王老师你有这种情绪是正常的,你有,麦家也有,张悦然也有,谢有顺更有,我倒不一定有。如果"洛丽塔"是一个人,王老师有"洛丽塔"的情结,王老师的情结一定是非常非常深的,从潜意识讲,为什么 81 岁的人能够写出 18 岁的这种感受和狂妄,我觉得主要是"洛丽塔"情结所导致的。

谢有顺:你就把这一代的经验概括为是"洛丽塔"情结,是用迂回的方式。

刘震云:不单我这一代,孔子、司马迁一样。司马迁的《报任安书》我觉得写的也是这样一种东西。

谢有顺:但是我觉得刘老师说这个话真的很新鲜,也很深刻。其实从孔子以来,也许我们都是一个时代,我记得前一段时间崔健说过一句更直白,他说只要天安门城楼还挂着毛主席的像,我们就是一代人。他是从一个时代的划分来讲的,别以为你们说几句骂娘的话,说几句看起来出格的话,以为你就跟我是不同时代的人了,我们都在一个时代。我们骨子里面可能还是在一种情结、一种语言体系里面,我觉得这是另外一个话题。

我们不要把时间拉得那么长,就王老师的个人生命史来讲,他确实跨越了好几个不同的,小小的时代。这个可能是他这样一个作家特殊的一种经验。但是王老师这种写作方式,确实既狂放又节制,既大胆又隐忍,包括语言里面充满着矛盾对立的、"闷与狂"的东西,他把这种人生的经验完全汇聚在一起,而且尤其是打破了我们过去认为小说应该有的这种时间叙事,或者说线性时间的这样一种阅读的习惯。其实每一章里面都把自己几十年的人生揉碎在一起写,所以我们只能进入王老师的体验当中,可能我们很难去拎出一条——王老师试图讲述的那条故事的主线。但是我觉得这就够了,如果我们能够分享,能够感受王老师这样一种人生的体验,这本身我觉得就是非常难得的事情。所以从这一代人里面,我们可以说是一代人,从这个角度,我们这一代人之间还是有这种细微的差异,我想各位是不是也讲一讲,你觉得自己还是跟王老师有一些差异的地方。悦然最年轻,也许这种差异最大。

张悦然:我觉得王老师是有一种力量让他跟年轻人搏击一样,他会让你觉得很吃惊,因为他和你交流的时候,没有什么是只有你知道而他不知道的事情,他的知识结构,包括网络语言,所有的这些他都知道,所以我真的不敢说有什么是我们这代特别的。

特别说到语言,在这本书我也感觉到,王老师的语言也是非常新的语言,虽然王老师有一贯的特点,有可能很澎湃的句式,但是你也会感觉到很多的词语,很多的用法也都是非常新的用法。所以我觉得他也是一直都在更新着自己的语言,自己的词库,这一点是特别值得学习的。因为可能对于一个年轻的读者来说,他能不能读进去一本老作家的书,最重要的就是语言是不是能够进入他的视野,能够被他接纳,在这一点上来说,我觉得王蒙老师是完全没有问题的。

麦家:面对有顺刚才提的问题,我觉得一代一代之间的差异是次要的,甚至可以是割裂的。这里只有人与人的差异,因为作家完全是以个体存在的,我觉得王蒙老师和我们这代人,甚至和我们最大的差异,他身上的那种才气,他是天才。我觉得作家需要天赋,就是一个有天赋性的作家,对语言的那种敏感,对语言的接纳、抛弃,或者"革命"的那种能力——肯定不是学的,一方面是与生俱来,另外一方面是写作本身赋予他的。他写了那么多年,就像练武功的人,每天站桩,身上的体力也好,经络贯通的能力也好,各方面都已经是卓尔不群,各方面都已经超出常人。首先王蒙是上帝给了他别人没有的一份财富;另外一方面，这么多年来他一直爱惜自己的财富，一直让自己的刀磨得极其锋利，是削铁如泥，这个我想是我们一辈子做不到的，“60后”还是有很多作家做到，我个人肯定是做不到。

谢有顺：“削铁如泥”，这个词好。

盛可以：我比较赞同我们是同一个时代，这个潜在的意思是我们在同一个体制之下。其实我也不赞同说我们在同一个时代，因为每一个时代的人，他经历的社会背景，他们当时的政治状况，他们的意识形态都是完全不一样的。这一些都给这个人的精神上，或者心灵上，包括在语言上的体现都会是非常明显的。就这一点来说，我觉得有非常非常大的差异。王蒙老师有一个非常丰富和睿智的人生，这是我非常羡慕的，而且我想如果我能写到80岁，如果还能像王蒙老师有这么蓬勃的生命力，有这么清晰的思维，还有这么旺盛创作的激情，还能保持这么天真单纯和真诚的一种心态，这是我的一个美好的向往，至少我能够保持创作的激情，这是我特别羡慕的。

我也不敢去评断王蒙老师这部作品会产生什么样的流派，但是他在里面运用的非常多的意识流的东西，我觉得这股意识流就像泥石流一样，它能把你淹没、覆盖，也能让你感到有某一种窒息，这种窒息来自于他的那个时代带给人的精神上的东西。

说到语言的话，王蒙老师的这种语言，我在想我可能不会特别地接受。这个就是一种差异吧，或者我不会用这样的语句来写，因为我觉得太强烈了，太浓烈了。我现在觉得我以前的小说会非常尖锐，但是现在我回到了一个非常平淡和温和的境界，我觉得我特别老了。

谢有顺：王老师，您觉得您和大家是一代人吗？

王蒙：差别不是特别大，《中国青年报》的记者访问我的时候，我就打过一个比喻，现在要让人们说起来是耄耋之年，是青春垒得太多了，青春很厚就是耄耋之年，什么是青春呢？把耄耋之年切成薄片让它透明一点，又恢复了青春。我开过这么一个玩笑。

谢有顺：刚才麦家老师说的是对的，一代一代的差距不重要，关键是人与人的差异，尤其写作是个体的劳动，每个人都不同。但是就我一个评论者和研究者来说，我读这么多的作家的作品，我还是觉得王老师身上有一点东西是很多作家所没有的。这里我想起有一对母女也写作，她的女儿还很年轻，有一天她跟她妈妈就很认真地说，妈妈我看了你所有的小说，我发现有一个特点，你不爱这个时代。你们发现没有，其实中国有好几代的作家，他们的写作普遍有这么一个调子，不爱这个时代。所以这样的一个调子背后的写作，我曾经称之为“中国写黑暗写得好的作家太多了，心狠手辣的作家太多了”。但是能写出那种温暖、亮光、希望、宽大的这种作家太少了。也就是说,通过阅读让我能感觉到这个时代真是汹涌澎湃,这个时代真是让我值得投身于其间,这个时代能够带来希望或者未来让我不绝望的这种作家,其实是非常少。不光是中国,20世纪以来写得最好的作家,都是关于黑暗、焦虑、恐惧和绝望的叙述,很少有作家能够让希望、温暖的东西写得让我们觉得真实。我觉得王老师身上有这样一种亮光,有这样一种不屈服的,要奋斗的,希望一直在前方的,永远对这个时代怀着一份特殊的爱,哪怕这个爱是爱得很难的,我觉得这个,可能真的在中国作家身上是非常罕见的。我尤其喜欢王老师这部书结尾那一节,"明年我将衰老"。这个让我想起很多很多年前读过的一本捷克作家的书,里面讲到集中营里面有一个孩子叫莫泰利,写了一句"明天我将悲伤,不是今天,也许明天有邪恶的风,会有死亡,会有黑暗,但是明天我将悲伤,不是今天",反复地强调,这是一种希望的力量。明天我将衰老,今天我依然有青春,如此地活力,如此地爱与被爱,如此地付出、拥有,我觉得这个确实是让人非常感动的,也让我非常地难以释怀的。这样一个作家,王老师一直以来有对时代不同于别人的那种情结,无论他受了多少的苦难,他在苦难中依然有欢乐。我们读他在新近的那些作品,他把新疆写成了一个幸福、欢乐、充满生活情趣的新疆,不像别的被流放、被下放的人都是苦难的,巴不得哪一天逃离的地方。他在任何时候如此热爱生活,如此热爱这个时代,我们不要去做这个意识形态的解读,好像有什么意识形态,不是,这就是王老师对生活的那一份爱,或者说他能够找到和生活和解的力量,他永远不会失去对生活的信心,他永远对活下去有着无穷的这样一种憧憬。我们这些年轻人可能都没有,都远远没有王老师这么昂扬的东西,生命意识如此地坚强,如此地能够感染人的,我觉得这个可能是王老师给我一个很深的印象,或者他区别于其他作家的一个很大的特点。

刘震云:我顺着谢老师的话说,一个作品到底跟时代有多大的关系,这个是可以讨论的。一个作家未必热爱这个时代,但他一定热爱生活中具体的人。热爱这个时代里、生活里具体的人和热爱这个时代是两个概念,这是一点。另外一点,作为一个作家,作品里的人物也未必是生活中的人物,热爱作品里这个人物、这种人性的温暖体现和对于生活的态度,我觉得又是两回事。但是我赞同谢老师的说法,就是中国这种描写黑暗,心狠手辣,利用黑暗,利用心狠手辣达到自己作品目的的这种机会主义作家确实是太多了。他们在批判一个东西的时候最感谢这个东西,如果这个东西没了,这些作家应该怎么活,但是确实这些作家得到的利益是最多的。因为一个人站在街头,酒瓶子砸到自己头上获得的效果和说书人讲一个特别感人的故事,它的效果是非常非常不一样的。我不知道王蒙老师他喜欢不喜欢这个时代,我看未必都喜欢,他一定是喜欢生活中的细节，生活中具体的人，包括作品中的对于一花一草，对于一家人住在一个房子里各种的气息、味道、环境这样的喜欢，我觉得是一定的。但是也可能在生活中未必是喜欢的，但是到创作的时候他一定是喜欢的，比如讲他特别喜欢伙食出来的感觉，棒子碴粥的味道。王老师的新疆作品谈到对维吾尔族朋友的感觉，他当过生产队的副大队长，他说他喝酒喝得最好的时候，是买买提赶集回来，俩人碰到了，新买了一瓶酒。王副大队长新买了一辆自行车，两人坐在路上喝一盅，喝酒没有工具，自行车有一个铃盖，把这个卸下来，你喝一下我喝一下，这个没有非常具体的，就是生活的温暖，这个温暖在加勒比海有，在哪儿都有，你是不是有这个感受，这个作家到底达到什么程度的重要的标准。

谢有顺：王老师的喜爱具体化，他是会生活，尤其对生活中的人和细节的爱，这确实是可能理解王老师非常重要的东西。他相信生活的力量，相信生活本身能焕发出来的东西，能够遮盖、驱散内心所有的阴霾。尤其是他对生活细节的爱，我很多年前听王老师的太太跟我说，王老师很喜欢看天气预报，没有一个人能想象，王老师在观看电视里的天气预报，上网看天气预报，打电话咨询天气预报，还看手机的天气预报。他喜欢看天气预报到什么程度？他太太告诉我，如果天气预报说今天是晴天，即便看到外面下雨他也不带伞，他对生活多么热爱。我还举另外一个例子，王老师曾经看过外国的小说，里面描写女郎走过来，高跟鞋踩地板的声音就像勺敲冰激凌玻璃杯的声音，为了证实这个细节真实与否，他到不同的地方买冰激凌，甚至敲咖啡杯，试图敲出美女走过来的声音。

王蒙：我找了 20 多年，我在武汉找到了，武汉大学的杯子一敲真像高跟鞋走的，哪儿都不行，什么好杯子都不行。武汉有，希望你们大家注意买武汉的玻璃杯，可是也没有人给我发广告费。

谢有顺：我讲的这两个细节能看得出来，王老师对生活的那种爱跟执著，那种投入是如此具体。

刘震云：杯子肯定跟美女联系在一起，跟美女的高跟鞋联系在一起，让王老师敲杯子敲了 20 多年。如果是阿 Q 的脚步走过去，让王老师找阿 Q 这个声音的杯子是永远不可能。

谢有顺：我知道很多的作家都比较重视细节，麦家你也说一点细节对你，或者所诠释出来的关于生活、写作的这种意义？

麦家：话说到这个地方越来越文学，越来越抽象。我觉得你们刚才谈到王老师对生活的爱在小说里面有非常充分的体现，包括谈到了一些他生活当中的具体的事情，我也经常会听到有关王老师的一些传言，就看他怎么热爱生活,跟生活的关系是怎么甜蜜,我很羡慕,这种生活我觉得难道是他的修养吗?是上帝赐予他的。有些人上帝给予他很多,他依然跟生活格格不入。王老师一生确实是历尽坎坷,受尽不公,但是他依然如此热爱生活。这种能力我还是认为是与生俱来的,不是修炼来的,也不是受了某种教育。归根到底,对生活的热爱,对错爱的那种无所谓,包括文字上,他的小说里的才华,我觉得都是上帝赐予他的。上帝塑造了他,我们只能看着他,仰慕他,欣赏他,拜倒他。我也许有一个方式接近他,吸毒,吸了毒以后忘乎所以,这个半真半假,我只能仰视他,如果我要接近你,我只有自我毁灭。

谢有顺:麦家是开了一个玩笑,但是他用这个词表达王老师进入语言狂放之后那种忘我的、得意的感觉,确实让人印象深刻。

麦家:包括他这么善待生活的能力,在贫瘠生活面前依然如此温暖,那种感觉像我这种心态的人是做不到的,正常情况下做不到的,只能在非正常的情况下。

盛可以:刚才说的两个细节,自行车铃盖喝酒和敲玻璃杯类似于女生高跟鞋声音,这两个细节让我一下子对王老师更加喜爱,真的。我觉得这才是文学的,这种细节是小细节,但是是大才华。而且一个作家花20年来寻找这种感觉来对应,这是多么执著的一种创作精神。对于王老师我用"正能量"这三个字,因为他相信爱,相信很多东西是宽容的,善良的,这是非常非常积极的。这也是一种能力,比如说爱的能力,对一切信任的能力。我觉得我恰恰没有这种能力,我觉得我怀疑,我是一个非常多疑的人,是怀疑主义者。我对很多充满好奇心,同时也对很多充满怀疑态度。

张悦然:确实,刚才两个细节很动人。我觉得王蒙老师可能会有很多很多这样的细节让他去寻找,去记忆,我看到这本书有一个细节,之前看王蒙老师文章的时候有提到,他去雅尔塔的时候,因为他很喜欢一本小说《领着狗的女人》,他去雅尔塔的雕像回忆这个小说的细节,想到很多的细节,他说和当时读小说的感觉会有不一样。所以他很多的细节都是用很多年的时间去寻找,去一遍遍修正自己的感受,去重新体验。所以这种细节,我觉得确实是像麦家老师说的一样,是一种天生的能力,你确实没有任何办法去获得。我觉得到了我们这代人,在物质的体验上会比王老师丰富很多,但是可能那种幸福感真的是差很多,我觉得这确实是每个人的个体差异的不同。刚才盛可以说到的,关于温暖的东西,王蒙老师确实写出了让人幸福的、温暖的感觉,不知道为什么,我们这代人不仅是喜欢写黑暗的东西,还不喜欢看别人写温暖的东西,看到别人写温暖的东西的时候常常会觉得有一种假,或者觉得非常抵触的这样一种感觉。但是我觉得在读王蒙老师作品的时候,我们会觉得有一种令人幸福、能够真正沉浸进去的这样一种温暖的感觉，这个对我来说是非常难得的一种体验。也确实是因为王蒙老师有那么丰富的经验，他在这样一个丰富的经验的基础上，去把这个温暖的东西指给你看，好像指给你一条路的感觉，真的有心悦诚服的感觉。

王蒙：我说一下为什么我会相对地来说，或者我还有许多温暖和美好的感觉。一个还确实跟我的年龄有关，我的少年时代、青年时代正好赶上了历史的那么一个大的变化，那么一个大的碰撞，在这种大的变化里就树立了一个希望，哪怕这个希望在现在看来有很多很幼稚的东西，有很多希望后来碰了壁了，后来还会碰到许多的坎坷，许多的麻烦，但是毕竟这个希望曾经在身上把自己照耀得那么兴奋、那么幸福，太深了，这个光明的底色太深了。

再一个，我觉得我特别幸运的地方，不是说上帝让我天生地就快乐，我老有人疼，有人爱我，我也一直有人爱，我也疼很多人，尤其是疼自己的情人，自己的妻子。所以我怎么那么幸运呢，比如我小时候的家里，我父母互相都是经常全武行的，很可怕的，非常可怕的，可是他们在疼爱我这一点上绝对没有任何的隐讳。在我自己最困难的时候，我也得到的是爱，所以在这方面，我只能说我非常幸运。我怎么老碰到好人呢？！我特别反感的，就是咱们老是传播婚恋中上当的故事，上当的结果，女的被男的杀了，男的被女的给捅了。这个你说什么不行，说点儿别的坏事，别说“爱”的坏话，别说一男一女都拉上手了，都搂在一块了，却一刀捅过去了，我觉得这个事无论如何我是最不能够接受。我想说的一个话，叫小说，叫散文，本来毫无关系，但是我宁愿管它叫小说呢，我觉得散文的背后是生活、学问和自己的思想感情，这个大东西、28万字左右的背后的是小说，不是直接从生活当中来的，而是一个已经夸张了、已经戏剧化了的、已经文学化了的、已经情结化了的、已经人物化了的小说，所以我光说了它是“反小说”这是不对的——这个字我到现在认不清楚，“浅浮”，我怕人说是浅薄的小说——绝对是浅层的小说，表层揭过去是长篇小说，是文学的东西为基础，上面再变成现代的，这是我自己的一个想法。别人看你不算小说，反正算嘛算嘛，反正吃嘛嘛香。

谢有顺：听了王老师的话，确实也很有感慨。其实我觉得，我们不爱生活，不是说生活没有乐趣，不是生活中没有温暖，真的是缺乏王老师那份感觉，那份发现的眼光。我记得纪德的《人间粮食》说过，“你永远不知道，为了让我自己对生活发生兴趣，我付出了多大的努力。”其实有很多的人都是这么一种感觉，为了让自己对生活发生兴趣，真的付出巨大的努力，但是确实文学史上有一类作家，他和生活的关系我概括为是“不共戴天”的，比如卡夫卡这种作家，他永远无法被生活消化，也消化不了生活，他好像是生活中的一根刺一样，活着就是生活中的一根刺。也有一种作家跟生活过分甜蜜,甜蜜到失去警觉,失去批判,失去距离感。我觉得那种作家也让人生烦。像王老师身上有着对生活的温暖的、爱的、宽大的、带着希望的,有暖意的东西,这一方面跟性格有关系,比如他善于去捕捉、珍惜,把这些片断、细碎的东西、我们过去可能很容易在指缝间就漏掉的东西积攒起来,积存起来,慢慢慢慢就多起来了,所以它是一点一点累积起来的,这是一方面。

另外一个方面,没有想到有另外一种和生活和解的方式,就是他的幽默。其实幽默作为一种品格,也是中国作家比较匮乏的。虽然我们也有一些人,像林语堂专门写过文章,证明中国人也很幽默。但是普遍给人的感觉,就是中国人好像活得比较沉重,缺乏自我调侃,缺乏这种幽默的能力,因为幽默的一个很重要的特点,就是你要善于调侃自己,甚至是践踏自己,甚至是不把自己当人看,这是对生活的一种和解也好,或者是对生活的一种反击也好。但在中国当代里面具有幽默才能,能够把一些事物通过幽默的方式,找到另外一种出口的作家很少。我觉得我能记住的就是几位,在座的就坐了两位,一个是王老师,还有一个是刘震云老师,其他几个有点幽默感的作品就是,我印象中王朔,像贾平凹,少数一些人具有这种才能。幽默当然是一种性格,也是一种智慧,正是有这种对生活的、“爱”的这样一种碎片的积攒能力,具有幽默的、智慧的这样一种看法,使得王老师对于自己生活有一整套不同于别人的观察,以及他能够在——在我们看来非常之虚假的、非常之高蹈的、非常没有意思的生活当中能看到乐趣,能够享受这一份生活给他带来的那种看起来很幽默的那些乐趣。这种能力确实是非常惊人的,是很多作家所没有的,这个也是王老师所不同于别的作家的一些特质。

刘震云:刚才谢老师对幽默的评价很不够,幽默是一种智慧,它不够,我觉得它是智慧里面的一个光明的、同时也是一个苦难的一个方向。因为大家一开始可能对于幽默的理解,这个人的文字很幽默,这个人在小说中,在文字中叙述的语言很幽默,而且讲的故事很幽默。我觉得这些都不是真正的幽默,真正的幽默是一种生活的态度。我曾经说过,其实好的戏剧不是说笑话,真正好的幽默是产生于苦难中,比如对新疆的理解可以有很多的理解,但是他可以说是自行车铃盖里的酒,这个故事叙述的口气未必是幽默的,但是这个事本身是很幽默的。最后是对生活的一个态度。

我记得20多年前,王蒙老师,包括50年前,他有一个很大的特点,他可以很快,如果说年龄层的话,可以很快跟不同年龄层的朋友成为很好的朋友,跟不同年龄层的作家,当然主要是女作家,也能很快地成为特别好的朋友。这是心态年轻和幽默的一部分。王老师从来不会板起脸来面对生活,我觉得这是最大的幽默,未必觉得这个生活是不严峻的,而是这个严峻到底对于世界有多大的意义,这是最幽默的东西。一个人或者一个利益集团说自己开创了一个时代,所有人都会这么说,康熙上来也是这么说的,但他很快在时间面前就没有了,严峻的东西,如果你钻到里面,一定是刚才谢老师说的那些,写得特别地阴暗,写得特别地心狠手辣,证明他写的东西是在同一个通道上,证明他的眼界一定是不开阔的。

另外人年轻还是不年轻,有的人已经老了,但依然年轻,有的人还很年轻,但已然老了。这个话您怎么看?

王蒙:不表态。老就是老了,想年轻年轻不起来了。

谢有顺:但是王老师的书里面关于年轻和老,有一句话很幽默,他说年轻怎么好,年轻奔放,年轻有活力,年轻怎么样,你老过吗?谁没有年轻过,你老过吗?这个话最早是王朔说的,一帮牛哄哄的记者,你们一直年轻,年轻有什么了不起,你有老过吗?这个话特别像王老师身上的气派,年轻是资本,老也是一个资本,无论是年轻和老对他都不构成限制,那不是个事儿。这是王老师"老王"的那种胆识、气魄。刚才震云老师讲的王老师幽默,幽默是种生活态度,这个观点我同意。但是我就发现一个特点,当你在调侃王老师的时候,后来我也在研究王老师的时候——固然王老师幽默,但是幽默有不同的层面,有一些幽默变成油腔滑调,或者全部是变成滑稽的,或者周星驰似的,但有一种幽默背后依然有很庄重的东西。我是很看重像你们所说幽默背后郑重、庄重的东西。王老师的幽默跟周星驰式的幽默不一样,很郑重的幽默。举个很简单的例子,王老师对感情、爱真的从来没调侃过,有一个东西我可以说给大家听,王老师是中国当代硕果仅存的没有绯闻的作家,王老师你承认吗?

王蒙:有一次在青岛的讨论会上,是张锲说王蒙是没有绯闻的,马上年轻的女作家就说张贤亮说了,明天开会要批判你,一个写小说的人连绯闻都没有,他哪配写小说呢,给我通信让我作好准备,当然开玩笑了,不需要准备。然后张贤亮第二天就发言了,刚才张锲说王蒙没有绯闻,他不需要绯闻,他已经把全世界最好的女人搞到手里了,他还需要什么绯闻呢?如果一个男作家没有找到这样的女人,他被冷淡,被抛弃,被疏远,再不许有点儿绯闻,让他怎么活下去,说得非常悲壮,后来全场给他鼓掌,觉得好像最值得同情的是不是属于那一种。底下我就说一句,我现在也看到这样一种用痛骂的口气,把整个中国全骂一遍,看着也特过瘾,也是现在网上很受欢迎的。我遇到这种东西,我只有一个问题,就是哥们儿您怎么样?中国 13 亿人,13 亿坏蛋,那你是不是那一个好人?你是十三亿分之一唯一的一个好人?你说的那些坏毛病,中国人有的你有没有?诚信不够你有没有?溜须拍马你有没有?人前一面,背后一面你有没有?利用一点小权力,小职务马上对自己有利,你有没有?凡是不把自己摆进去的,你骂得再痛快,无非就是骂别人。所以凡是不把自己摆进去,我都不信。至于说哪个里面你写得尖锐一点儿,厉害一点儿当然可以,你写得神经病一点儿也没有关系。神经病干别的不合适,写小说合适。陀思妥耶夫斯基如果没有得神经病,就没有那么伟大的成就,陀思妥耶夫斯基给我的感觉超过卡夫卡,他干什么都不合适,让他参加我们的活动也不合适,可是他写出的小说跟别人没法比,不是上帝对他的钟爱,而是上帝对他的摧残,那种摧残体现为他疯了,他简直不知道怎么骂才好。他写的是一种呕吐感,是这样人生只能让我呕吐。我觉得这样写小说可以,但是你要发文章骂整个13亿人的话,我希望你哪怕在这个文章里用三行骂一骂你自己,你才再有权利骂别人。

谢有顺:其实王老师说的升华一下,其实就是鲁迅的这句话,鲁迅最伟大的地方,我觉得不在于他写了绝望,他是带着绝望生活,他最伟大的不是批判别人,他更重要的是批判自己,他从来没有把自己从他所批判的对象、经历里面摘除出去。所以鲁迅曾经有一个比喻说,如果你是吃人的人,我就是那个帮助的人,他讲到我或许吃了人,这确实是一种自我批判,是批判的一个起点,不是终点。首先是自我批判,你才能获得这个批判的立场,你才有机会批判全世界。所以我个人也赞成王老师,也包括刚才盛可以说到这个年龄突然变得平和,很多人不理解这种平和,他觉得你很有锋芒的,怎么失去锐气了,好像平和是锐气的失去,这何尝不是对生活另外一种洞察。比如我搞批评的,现在大家认为批评的良心就是横扫一切,所有人都批判过去,你一定被誉为中国批评界的良师。但是就像王老师说的,把所有有成就的作家都踩在脚下的时候,你告诉我究竟要读什么书,究竟还有什么书值得我读,还有哪个作家值得我珍惜?如果你提不出一个有希望的名单,你就是横扫一切的批判,否定一切太容易了,"文革"的时候就否定过一切。你点开任何一个网络文学的论坛,基本都是否定一切的样子,还要大家做什么?很多时候"批判"是一方面,但是"发现"是另外一方面,既要"批判"可能也要"发现",既要否定也要肯定。其实在中国当代,我觉得"肯定"有的时候比"否定"更需要勇气。否定现在很安全,否定谁都很安全,你在网络上否定王老师,否定刘震云都是很安全的,你要肯定王蒙老师倒有可能会被挨骂,"肯定"反而需要有勇气。你要发现好的东西,并且要把这个好的东西证明为它真的好,这反而需要有勇气。所以我觉得在这一点上,确实像王老师说的,我们一方面批判,不能把自己摘除出去,另外一个我们总还是要发现一些有价值的、亮光的东西。

盛可以:从幽默又说到批判,跨度很大。从作家的写作到批评家的立场,我还是说幽默吧,刚才说到中国人缺乏幽默,事实上的确是,因为每个人基本上都吭哧吭哧地生活，还哪里来的幽默，每个人差不多都有一张比较苦难的面孔。王蒙老师为什么这么豁达，这么宽容，这么乐观，正是因为他读了很多咱们中国古典哲学的老子、庄子之类的，所以他的个人修养达到了这样一个境界，他可以把他那么苦难的人生以幽默的这种语言去化解。我觉得这是非常难得的一种品质。刚才谢有顺老师也说了，我这个人没有幽默感，我真的比较承认，而且我觉得我挺闷的。但是我不太赞同他说周星驰的是滑稽，我特别不赞同，因为周星驰的幽默真的是非常深刻的，是建立在贫苦的、非常艰难人生当中的幽默。他的幽默常常能让我热泪盈眶，是让人泪下的幽默。我觉得我最推崇的表演艺术家就是周星驰，我觉得他的幽默，他对人生的理解太深刻了。包括后来大陆的黄渤的表演，当然也非常出色，但是我个人觉得是远远地不及周星驰。如果一定要说幽默的话，我觉得周星驰真的是幽默大师。

我们中国作家，我觉得还有一个幽默非常高的作家就是王小波。王小波的幽默完全是综合了他的学识，他的人生的见解，我觉得阅读他的小说必须有乐趣、趣味，他就表现出这个很重要的元素，就是趣味性。我以后多努力，希望能增强我的幽默感，向王蒙老师学习，多读一读老子，读一读庄子，能多豁达、多飘逸一些，别那么沉重。

张悦然：我没什么想说的，我也没这个命，也没有幽默感。还是应该让在座两个有幽默感的人多说说话，这样观众也喜欢听。

谢有顺：两个幽默大师作一点总结性的发言。

刘震云：今天是近一段我参加过的最有趣味的一个研讨会。王老师红光满面，你看上去非常年轻。其实幽默不光是对写作特别有好处的事，对养生也是特别有好处的事。你如果用幽默的态度来看待这个世界，你会发现很多幽默，世界不是缺少幽默，是缺少发现。祝王老师年轻，其实王老师有时候说话真的话中有话，说“明年我将衰老”，其实这句话本身是什么呢，就是现在我依然年轻。

王蒙：每个人的自我感觉都这么好，所以这样的话，我的自我感觉就更好了，我感谢他们，也感谢今天，尤其是感谢麦家文友，张悦然文友和盛可以文友还有谢教授，还有这位虽然态度非常好，但是时不时有些虚构的刘震云文友，非常地感谢。我只再提一个情况，我热爱研究天气预报传出去了，以至于发生什么情况呢，我突然接到一个电话，说今天下午下雨不下雨。我说你怎么问我，你问 12121，他说 12121 没有你说的仔细。因为我要说的话，会告诉他手机上怎么说的，昨天晚上的电视是怎么说的，还有网上是怎么说的，网上的有一个专门问天气的 T7 是怎么说的，还有中长期是怎么说的，有时候还有凤凰网上是怎么说的，因为它的信息来源又不完全一样。

我再给大家讲一个最有意思的故事，每年夏天我喜欢在作协北戴河那儿游泳和写文章，秦皇岛每晚天气预报最有趣的事就是，天气预报说“万世长城，秦皇贡酒迎客来”，先来一段酒的广告——开始讲邓小平理论的时候就是这个广告，后来讲“三个代表”的时候也是这个广告，后来讲科学发展观的时候还是这个广告——我们指导思想的提法重点都有变化了，但是它这个广告在坚持性上不变。有一次我问食堂管理员，我说这个秦皇贡酒到底怎么回事，很敏感，他立刻脸就红了，他以为我想喝秦皇贡酒没有给我拿来，其实茅台都拿来过，他赶紧拿来了。现在没有了，不要钱的广告已经没有了，必须打96121，还得交很多的钱，我忽然一阵吝啬。这一方面的研究有了缺陷。否则的话，我相信在全国，我的研究天气预报，包括研究秦皇贡酒上我的贡献，是别人达不到的。

谢有顺：谢谢，今天真的是一个轻松，但是我觉得也是谈论了很多有意思话题的聚会。我们刚才说了很多的结论都值得大家记住，像刘震云说王蒙老师的作品是很好的作品，麦家老师说王蒙老师的作品是世界上用排比句最多的作品，盛可以说是王老师是硕果仅存的没有绯闻的作家，张悦然说王老师是可望而不可即的作家等等，也说到对生活的热爱，说到幽默是一种态度，说到只有好人才能碰到好人等等。虽然看起来很散，但能够感觉到王老师那种生命的气场，他对文学，对生活，对人，对我们这些年轻朋友的那样一种友爱是跃然纸上。我想起有一次跟王老师到青岛讲课，路过一个地方吃饭的时候，有一个草地上刚好有一个雕塑，两只羊雕得特别逼真，好看，我们就讨论这个雕塑肯定要花很多的钱，请一个有名的雕塑家，雕两只羊放在那儿。王老师就来了一句，那还不如直接养两只羊在那儿。我越想越觉得这不仅是幽默，这未尝不是城市景观的方式，花那么多钱请雕塑师雕得为了像羊，还不如养两只羊，成本更低，反正有草给它吃，养两只羊更有趣味。我们看再逼真的雕塑，也不如看真实的羊，这也说出王老师的幽默，也令我想起也许各位都可能读过很多王老师的书，真不如今天来现场看看真实的王老师，听一席王老师真实的话。您就是真实的羊，比雕塑有价值多了，您活着本身比书有价值多了，所以祝您永远年轻，最少活120岁。谢谢大家！谢谢王蒙老师。

提问：您年少时的理想是什么？现在的理想是什么？有没有变？

王蒙：小的时候，我看世界名人小传，我最佩服的是那些科学家，我老想着发明点什么东西，但是这个因为各种原因没有做到。其后我想做职业革命家，最有意思的是后面跟着一大堆的人，一会儿化装成刘震云，一会儿化装成麦家，一会儿化装成盛可以，谁都抓不到我，我突然到一个地方，突然一撒传单，说“起来吧”。后来北京一解放，我觉得我年龄特别小，组织上一定会派我去台湾，我到台湾他们不会防备我，我才十四五岁，谁防备我？后来就是想写小说，想写作，我写作很多都实现了，就不算理想了，我没实现的一个是我写过相声，也没人发表，也没人说，还有我写过话剧，也彻底地失败。

提问：王老师您好，我是"90后"，我第一次认识您的时候是看从维熙老师的书，他的书给我的印象是隐忍的，冷静的，因为那时候是受大环境所限，您收敛才气，也不谈文学，当时是给我这样一个印象。我今天来翻开您这本书，却是自由奔放的形象，我想知道您前后为什么有这种反差。

王蒙：这个问题太好了，我要说就是这样。说到差异，我不但和各位文友之间必然有非常明显的差异，谁也不可能照着谁的模子来做，我特别希望自己跟自己也拉开距离。比如说我写的，因为前面说近十年来唯一的一部长篇小说，这个事还存疑，因为去年发表过《这边风景》，初稿的时间是"文革"当中，第二稿的时间是"文革"刚刚结束，最后第三稿的时间是2012和2013年，《这边风景》是有70万字的长篇小说，和这个是完全两种，用的是最古典的现实主义，再加上"文革"当中的一些文艺的说法，但是主要的是靠特别老实的现实主义。还有这段期间写的《尴尬风流》，《尴尬风流》可以理解成一二百个微型小说，但是当时的作家出版社拼命地想造成一个那就是长篇小说的印象，那个写得特别平静。我不是一写都这一个样儿，我不赞成一个人把自己的风格弄得很窄，王安忆有一句名言，她说"我并不特别强调风格，原因在于没有比风格更容易模仿的"。所以有人看着我写这个东西是这样，有人看着我写的东西是那样。澳大利亚有一个人，他特别喜欢读我的作品，他给我写了一封信，他说他对王蒙作品的印象就是，如果王蒙说到眼泪别人会笑起来，如果王蒙说到爱别人会吓一跳。他认为我就专门逗哏的作家，这个也很好，大家可以从各个不同的层面来看。我压根不是一个样儿，我好几个样儿。

提问：我不知道您是怎么看待我们这群年轻人，您觉得我们现在的年轻人应该怎么看待这样一个世界，这样一个时代？

王蒙：年轻人各式各样的，有的特别的成功，特别有知识，特别有才华的，也有的是自以为自己特别成功，特别幸运的，也有的认为过去的事情都应该全部埋葬的。我小时候就这样，我认为我是生活在新中国的，我再一看我的父亲、母亲，这一代的人我就觉得他们都白活了。我觉得他们活着还有什么意思，非得活下去不可？！当然我也没有伤害他们的计划。（笑）我相信现在年轻人肯定也有这样的，从80年代就已经有文坛上著名的年轻人宣布王蒙已经过时了，每隔两三年宣布一次，这使我想起马克•吐温的一句名言，他说"没有比戒烟更容易的了，我每年都戒好几次"。

提问：王蒙老师您好，我想问一个关于这本书的问题，您刚才最开始说这本书是您的一个经历之外感情的一个宣泄，但是这本书又是一本小说，这本书又是以第一人称的“我”来写的，最后一句话是“我永远爱你”。我想问这个书里的“我”是您啊，或者是谁呢？或者这个书经常提到的“你”是谁？

王蒙：这个书里用得最多的人称不是“我”，是“你”，是第二人称，而一般的小说是不怎么用第二人称的，但是我特别喜欢用第二人称，这个“我”和“你”有时候是一个人，因为我觉得一个写作人的特点，就是自己是自己的主体，同时自己又是自己的对象，所以有时候又是自己，又是对象，但是因为我说了这是小说，所以这里的“我”和“你”就都有虚构。所以我又不能说这个就是我，就是我虚构的那部分我也有从别处来的，有从刘震云先生来的，你们看里面凡是最招人讨厌的地方，都是我从刘震云的特点上寻找到的，所以不能说一定是我，或者一定不是我。

（资料来源 http://book.ifeng.com/#_bookch=booktoutiao，有删改。）

征稿启事

《王蒙研究》是国内唯一的王蒙研究综合性学术刊物，2004年创刊，由中国海洋大学王蒙文学研究所主办，著名学者、北京大学教授严家炎先生担任主编，已出刊13期。值王蒙先生80华诞暨从事文学创作60周年之际，从2014年始，改为正式出版物，拟由中国海洋大学出版社出版发行，每年一辑。

《王蒙研究》现向广大学者约稿，敬请各位作者不吝赐稿。

一、论文格式要求

（1）论文信息包括：标题、作者姓名、工作单位、地址及邮政编码，并附个人简介及联系方式。

（2）论文请用 word 格式。

（3）论文注释采用脚注形式，具体格式为：

著作类：

作者：著作名，出版社及出版年，页码。

如：王蒙：《王蒙文存》（第21卷），人民文学出版社2003年版，第278页。

论文类：

作者：文章名，期刊名及期次。

如：严家炎：《论金庸小说的现代精神》，《文学评论》1996年第3期。

（4）论文遵循学术规范，文责自负。

二、投稿及联系方式

投稿信箱：wangmengyanjiu@163.com 或 wenfengqiao@163.com。如投稿三个月内仍没收到用稿通知，请作者自行处理，恕不退稿。

《王蒙研究》编辑部